Wilhelm Hauff
Die Memoiren des Satans

Die Deutsche Nationalbibliothek verzeichnet diese Publikation in der deutschen Nationalbibliografie; detaillierte bibliografische Daten sind im Internet über http://dnb.ddb.de abrufbar.

©Abentheuer Verlag Digital
Berlin 2018
Alle Rechte dieser Textfassung vorbehalten
Textbearbeitung von Karl Ernst Horbol
Covergestaltung von Tibor Horvath

Erstausgabe 1825 in der Franckhschen Buchhandlung Stuttgart
unter dem Titel „Mitteilungen aus den Memoiren des Satan"

ISBN 978-3-945976-62-3

www.abentheuerverlag.de

Wilhelm Hauff

Die Memoiren des Satans

Novelle aus der Reihe

Vergessene Bücher neu entdeckt

№ 3

neu bearbeitet von

Karl Ernst Horbol

ERSTER TEIL

Dir gleicht er, Mars, steigst du vom fünften Himmel
Mit Stahl und Graun umhüllt ins Kampfgewimmel.
(Zitat aus „Das befreite Jerusalem" von Torquato Tasso)

ERSTES KAPITEL

Eine interessante Bekanntschaft

Wer, wie der Herausgeber und Übersetzer vorliegender merkwürdiger Aktenstücke, in den letzten Tagen des Septembers 1822 in Mainz war und in dem schönen Gasthof „Zu den drei Reichskronen" logierte, wird gewiss diese Tage nicht unter die verlorenen seines Lebens rechnen.

Es vereinigte sich damals alles, um das Gasthofleben angenehm zu machen. Feine Weine, gutes Essen, schöne Zimmer hätte man auch sonst wohl dort gefunden, aber gewiss sehr selten eine so erlesene Gesellschaft. Ich erinnere mich nicht, einen meiner damaligen Tisch- und Hausgenossen vorher gesehen zu haben, und dennoch schlang sich in jenen Tagen ein so enges Band der Geselligkeit um uns, wie ich es unter Fremden, von denen keiner vorher den anderen kannte, nie für möglich gehalten hätte.

Der schöne Herbst von 1822 am Rhein mag allerdings zu dieser Heiterkeit des Gemüts innerhalb dieser Gesellschaft beigetragen haben. Aber mit Recht glaube ich, dieses Erlebnis maßgeblich einem sonderbaren, mir nachher höchst merkwürdig vorkommenden Mann zuschreiben zu müssen.

Ich lag schon beinahe anderthalb Tage in den drei Reichskronen vor Anker; hätte mich nicht ein Freund, den ich seit Jahren nicht gesehen hatte, am 25. treffen wollen, ich wäre eingestandenermaßen nicht mehr länger geblieben. Die schrecklichste Langeweile peinigte mich. Die Gesellschaft im Hause war ja freundlich, aber kalt; man ließ einander völlig in Ruhe und war wenig bekümmert um seinen Nachbarn. Wie man einander die schönen, geschmorten Fische, den feinen Braten oder die Saladière zuzureichen hatte, wusste jeder. Aber eine wirklich geistvolle Unterhaltung wollte hier einfach nicht aufkommen.

Eines Nachmittags aber sah ich aus meinem Fenster auf den freien Platz vor dem Hotel herab und dachte etwas betrüblich gestimmt über meine persönlichen Anforderungen an die Menschen im Allgemeinen nach und an die Gasthofmenschen insbesondere, da rasselte ein schmucker Reisewagen über das Steinpflaster der engen Seitenstraße und hielt gerade unter meinem Fenster. Der Wagen ließ auf eine elegante Herrschaft schließen. Merkwürdig war es übrigens, dass auf dem Bock kein einziger Diener saß, was doch eigentlich zu den vier kräftigen Postpferden, mit denen der Wagen bespannt war, gepasst hätte.

„Vielleicht ein Kranker, dem sie aus dem Wagen helfen müssen?", dachte ich und richtete die Lorgnette auf die Hand des Oberkellners, der den Schlag öffnete.

„Zimmer vakant?", rief eine wohl tönende Männerstimme.

„So viele Euer Gnaden wollen", war die Antwort.

Eine große, schlanke Gestalt schlüpfte aus dem Wagen und trat in die Halle.

„Numero. 12 und 13!", rief die gebietende Stimme des Oberkellners, und Jean und George flogen im Wettlauf die Treppe hinauf. Die Wagentüre war offen geblieben, aber noch immer wollte kein Zweiter heraussteigen. Der Oberkellner stand verwundert am Wagen, zweimal hatte er hineingesehen und immer dabei mit dem Kopf geschüttelt.

„Pssst, Herr Oberkellner, auf ein Wort!", rief ich hinab. „Wer war denn …?"

„Bin gleich bei Ihnen", antwortete er und trat bald darauf ins Zimmer.

„Eine sonderbare Erscheinung", sagte ich, „ein so großer Wagen mit vier Pferden und nur ein einzelner Herr, ohne alle Bedienung …?"

„Ja, gegen alle Regeln", versicherte er, „ganz sonderbar. Der Postillion versicherte aber, es sei ein sehr angenehmer Fahrgast, denn er gab immer zwei Taler schon seit acht Stationen. Vielleicht ein vornehmer Engländer? Die haben irgendwie alle so etwas Apartes."

„Wissen Sie den Namen nicht?", fragte ich neugieriger, als es sich gehörte.

„Wird erst beim Souper auf die Schiefertafel geschrieben", antwortete er. „Hat der Herr Doktor sonst noch einen besonderen Wunsch?"

Ich wusste zu meinem Verdruss im Augenblick nichts zu beauftragen. Der Oberkellner empfahl sich und ließ mich mit meinen Gedanken über den einsamen Mann im achtsitzigen Wagen allein.

Als ich dann abends zur Tafel hinabging, präsentierte mir der Kellner die Schiefertafel. „von Natas, Schiffseigner", stand darauf geschrieben.

„Hat er noch keine Bedienung?", fragte ich.

„Doch", war die Antwort, „er hat zwei Lohnlakaien eingestellt."

Im Speisesaal hatte sich die Gesellschaft bereits vollzählig niedergelassen. Ich eilte still an meinen Stuhl. Mir genau gegenüber saß der Herr von Natas.

Hatte dieser Mann schon vorher meine Neugierde erregt, so wurde er mir jetzt umso interessanter, da ich ihn aus der Nähe sah. Das Gesicht war schön, aber bleich, Haar, Augen und der volle Bart von glänzendem Schwarz, die weißen Zähne, von den fein gespaltenen Lippen oft enthüllt, wetteiferten mit dem Schnee der blendend weißen Wäsche. War er alt? War er jung? Man konnte es nicht bestimmen; denn bald schien sein Gesicht mit seinem pikanten Lächeln, das ganz leise im Mundwinkel anfängt und wie ein Wölkchen um die fein gebogene Nase zu den offen blickenden Augen hinaufzieht, eine früh gereifte, verblühte Jugend zu verraten, bald glaubte man einen Mann von schon vorgerückten Jahren vor sich zu haben, der sich kosmetisch zu konservieren weiß.

Es gibt Köpfe und Gesichter, die nur zu einer Körperform passen und sonst zu keiner anderen. *Dieser* Kopf konnte nie auf einem untersetzten, beleibten Körper sitzen, er durfte nur die Krone einer schlanken Gestalt sein. So war es auch in diesem

Fall, und die gedankenschnelle Bewegung der Gesichtsmuskeln, wie sie in leichtem Spott um den Mund, im tiefen Ernst um die hohe Stirne spielen, drückte sich auch in diesem Körper aus; durch die würdige, aber durchaus bequeme Haltung, durch die fließende Bewegung der Arme und überhaupt in dem königlichen Anstand des Mannes.

Ich hatte während der ersten Gänge Muße genug, diese Beobachtungen zu machen, ohne meinem Vis-à-vis durch besonders neugieriges Anstarren lästig zu sein. Der neue Gast schien noch mehrere Beobachtungen zu veranlassen, denn vom oberen Ende der Tafel waren die Sehhilfen mehrerer Damen in Gebrauch; mich hatten sie nur mit bloßem Auge gemustert.

Das Dessert wurde aufgetragen, der Dirigent der vorzüglichen Tafelmusik ging umher, seinen wohlverdienten Lohn einzusammeln. Er kam an den Fremden. Dieser warf einen Taler unter die ansonsten kleine Münzensammlung und flüsterte dem überraschten Sammler etwas ins Ohr. Mit drei tiefen Bücklingen schien dieser zu bejahen und schritt eilig wieder zu seiner Kapelle zurück. Nach kurzem Flüstern mit den Musikern wurden die Instrumente aufs Neue angesetzt.

Ich war gespannt, was jener wohl gewählt haben könnte; der Dirigent gab das Zeichen, und gleich in den ersten Takten erkannte ich die herrliche Polonaise von Osinsky. Der Fremde lehnte sich in seinen Stuhl zurück, er schien nur der Musik zu gehören. Aber bald bemerkte ich, dass die dunklen Augen unter den schwarzen Wimpern umherschweiften; er musterte die Gesichter der Anwesenden, um den Eindruck zu ergründen, den die Polonaise auf sie machte.

Dieses Verhalten schien mir einen geübten Menschenkenner zu verraten. Zwar wäre der Schluss unrichtig, den man sich aus der Art der Teilnahme am Reich der Töne auf die Empfänglichkeit des Gemüts für das Schöne und Edle ziehen wollte; heult ja doch selbst der Hund bei den sanften Tönen der Flöte und das Pferd spitzt die Ohren beim Schmettern der Trompeten, stolzer hebt es den Nacken und sein Tritt ist straffer. Aber dennoch war nichts interessanter, als die Gesichter der verschiedenen Personen bei den prägnantesten Stellen des Stückes; ich machte dem Fremden mein Kompliment über die glückliche Wahl dieser Musik, und schnell hatte sich zwischen uns ein lebhaftes Gespräch über deren Wirkung auf diese oder jene Charaktere entsponnen.

Die meisten Gäste entfernten sich allmählich, nur einige, die unserem Gespräch gefolgt waren, rückten nach und nach näher. Mitternacht war herangekommen, die Zeit war im Fluge verstrichen, denn der Fremde hatte uns so tief in alle Verhältnisse der Menschen, in alle ihre Neigungen und Triebe hineinblicken lassen, dass wir uns stille gestehen mussten, nirgends so tief gedachte, so überraschende Schlüsse gehört oder gelesen zu haben.

Von diesem Abend an zog ein frisches Leben in den Drei Reichskronen ein. Es war, als habe die Freude selbst ihren Einzug bei uns gehalten und feiere jetzt ihre heiligsten Festtage. Gäste, die sich nie hätten einfallen lassen, länger als eine Nacht hierzubleiben, schlossen sich an den immer größer werdenden Zirkel an und vergaßen, dass sie sich unter Menschen befanden, die der Zufall aus allen Weltgegenden zusammengeschneit hatte. Und von Natas, dieses seltsame Wesen, war die Seele des Ganzen. Er war es, der sich, sobald er sich nur erst mit seinen nächsten Tischnachbarn bekanntgemacht hatte, zum Maître de Plaisir hergab. Er veranstaltete Feste, Ausflüge in die herrliche Gegend und erwarb sich den innigen Dank eines jeden. Hatte er aber schon durch die sinnreiche Auswahl des Vergnügens alle Herzen für sich gewonnen, so war dies noch mehr der Fall, wenn er die Konversation führte.

Natas brauchte nur die Lippen zu öffnen, so fühlte jeder die freundlichsten Saiten seines Herzens angeschlagen, auf leichten Schwingen schwirrte dann das Gespräch um die Gesellschaft, gewagter wurden die Scherze, kühner die Blicke der Männer, schalkhafter das Kichern der Damen, und endlich rauschte die Rede in so fessellosen Strömen daher, dass man nachher wenig mehr davon wusste, als dass man sich „göttlich“ amüsiert habe.

Dennoch war der Zauberer, der diese Lust heraufbeschwor, weit davon entfernt, je ins Grobe oder Ordinäre zu fallen. Er griff irgendeinen Gegenstand, eine Tagesneuigkeit auf, erzählte

Anekdoten, spielte das Gespräch geschickt weiter, wusste jedem seine tiefste Eigentümlichkeit zu entlocken und ergötzte durch seinen lebhaften Geist, durch seine warme Erzählweise, die durch alle Schattierungen vom tiefsten Gefühl der Wehmut bis an jene Ausbrüche froher Laune reichte, die sich in dem sinnlichsten Kostüm auf der feinen Grenze des Anstandes bewegte. Seine glänzenden Eigenschaften rissen unwiderstehlich hin, sie umhüllten die Vernunft mit süßem Zauber, und seine kühnen Hypothesen schlichen sich als Wahrheit in das unbewachte Herz.

ZWEITES KAPITEL

Der schauerliche Abend

So hatte der geniale Fremdling mich und noch zwölf bis fünfzehn Herren und Damen in einen tollen Strudel der Freude gerissen. Beinahe alle waren eigentlich ohne Zweck in diesem Haus, und doch wagte keiner, den Gedanken an die Abreise zu erwägen. Im Gegenteil, wenn wir morgens lange ausgeschlafen, mittags lange gespeist, abends lange gespielt und nachts lange getrunken, geschwatzt und gelacht hatten, schien der Zauber, der uns an dieses Haus band, eine neue Kette um den Fuß geschlungen zu haben.

Doch es sollte anders werden, vielleicht zu unserem Glück. Am sechsten Tag unseres Freudenreiches, einem Sonntag, war Herr von Natas im ganzen Gasthof nicht zu finden. Die Kellner entschuldigten ihn mit einer kleinen Reise; er werde vor Sonnenuntergang nicht zurückkommen, aber zum Nachtmahl da sein.

Wir waren schon so an den Unentbehrlichen gewöhnt, dass uns diese Nachricht ganz betreten machte. Das Gespräch kam, wie natürlich, auf den Abwesenden und auf seine glänzende Erscheinung. Sonderbar war es, dass es mir nicht aus dem Sinn kommen wollte, ich wäre ihm, nur unter einer anderen Gestalt, schon früher einmal begegnet. So absonderlich auch der Gedanke war, so unwiderstehlich drängte er sich mir immer wieder auf. Aus früheren Jahren her erinnerte ich mich nämlich eines Mannes, der in seinem Wesen große Ähnlichkeit mit ihm hatte. Jener war ein fremder Arzt, der von Zeit zu Zeit meine Vaterstadt besuchte. Er lebte dort immer anfangs sehr unauffällig, hatte aber bald einen Kreis von Anbetern um sich versammelt. Die Erinnerung an jenen Menschen war mir übrigens fatal, denn man behauptete, dass, sooft er uns besucht habe, immer ein bedeutendes Unglück eingetreten sei. Aber dennoch konnte ich den Gedanken nicht loswerden, Natas habe die größte Ähnlichkeit mit ihm, ja es sei ein und dieselbe Person.

Ich erzählte meinen Tischnachbarn den unablässig mich verfolgenden Gedanken und den widersinnigen Vergleich eines so fragwürdigen Wesens wie dem Fremden in meiner Vaterstadt mit unserem Freund, der sich so ganz meine Achtung erworben hatte. Aber noch unglaublicher mutet es vielleicht an, wenn ich versichere, dass meine Nachbarn ganz ähnliche Gedanken hatten; auch sie glaubten, unseren geistreichen Gesellschafter irgendwann irgendwo schon einmal in einer anderen Gestalt gesehen zu haben.

„Sie können einem ganz bange machen", sagte die Baronin von Thingen, die nicht weit von mir saß. „Sie wollen unseren guten Natas am Ende noch zum Ewigen Juden oder zu Gott weiß, was sonst noch erklären!"

Ein kleiner, ältlicher Herr, Professor in Tübingen, der sich an unsere Gesellschaft angeschlossen hatte und eigentlich immer stillvergnügt und manchmal etwas weinselig war, hatte während unseres Disputes vor sich hin gelächelt und mit kunstfertiger Schnelligkeit seine ovale Schnupftabaksdose zwischen den Fingern gedreht, dass sie wie ein Rad anzusehen war.

„Ich kann mit meiner Bemerkung nicht länger hinterm Berg halten", brach er sein Schweigen. „Ich halte ihn nicht gerade für den Ewigen Juden, aber doch für einen ganz absonderlichen Kerl. Solange er zugegen war, wollte hie und da der Gedanke in mir aufblitzen, ‚Den hast du irgendwo schon einmal gesehen, wo war es doch nur?' Aber wie durch Zauber krochen diese Erinnerungen zurück, wenn er mich mit seinen schwarzen Augen anblickte."

„So war es mir gerade auch, mir auch, mir auch …!", riefen wir alle verwundert.

„Ha! Ich hab's!", lachte der Professor. „Jetzt fällt es mir von den Augen wie Schuppen, dass es niemand ist als der, den ich schon vor zwölf Jahren in Stuttgart gesehen habe!"

„Wie? Sie haben ihn also gesehen? Und unter welchen Umständen?", fragte Frau von Thingen eifrig, und errötete über die allzu große Neugier, die sie verraten hatte.

Der Professor nahm erst eine Prise und begann zu berichten.

„Es mag ungefähr zwölf Jahre her sein, als ich wegen eines Prozesses einige Monate in Stuttgart zubrachte. Ich wohnte in einem Gasthof und speiste auch dort für gewöhnlich in größerer Gesellschaft. Einmal kam ich nach einigen Tagen, in welchen ich das Zimmer hatte hüten müssen, zum ersten Mal wieder zu Tisch. Man sprach gerade sehr eifrig über einen gewissen Herrn Barighi, der seit einiger Zeit die Mittagsgäste durch seinen lebhaften Geist und durch seine Gewandtheit in allen Sprachen entzückt hatte. In seinem Lob waren alle einstimmig, nur über seinen Charakter war man sich nicht recht einig, denn die einen machten ihn zum Diplomaten, die andern zu einem Sprachmeister, die dritten zu einem hohen Verbannten, wieder andere zu einem Spion. Die Tür ging auf, man war still, beinahe verlegen, den Streit so laut geführt zu haben. Ich merkte, dass es der Besprochene war, der sich eingefunden hatte und sah …"

„Nun? Ich bitte Sie! Denselben, der uns …" fuhr jemand dazwischen. Der Professor nickte etwas zögerlich.

„Nun … ja. Denselben, der auch uns seit einigen Tagen so köstlich unterhält. Dies wäre übrigens gerade nichts Übernatürliches, aber hören Sie weiter. Zwei Tage schon hatte uns dieser Herr Barighi durch seine geistreiche Unterhaltung die Tafel gewürzt, als uns einmal der Wirt des Gasthofs unterbrach: ‚Meine Herren', sagte er, ‚richten Sie sich auf eine köstliche Unterhaltung ein, die Ihnen morgen zuteilwerden wird. Der Herr Oberjustizrat Hasentreffer zog heute aus und zieht morgen ein.'

Wir fragten, was das zu bedeuten habe, und ein alter Hauptmann, der schon seit Jahren in dem Gasthof logierte, erklärte uns den Schwank: Dem Speisesaal gegenüber wohnt ein alter Junggeselle in einem großen, öden Haus, ein Oberjustizrat außer Dienst. Dieser Mensch ist aber ein kompletter Trottel und er hat ganz merkwürdige Gewohnheiten, wie zum Beispiel, dass er sich selbst manchmal große Gesellschaften gibt, wobei es immer flott hergeht. Er lässt zwölf Couverts aus dem Wirtshaus kommen, feine Weine hat er im Keller, und einer unserer Kellner hat die Ehre, zu servieren. Man denkt vielleicht, er hat allerlei hungrige oder durstige Menschen bei sich? Mitnichten! Alte, gelbe Stammbuchblätter, auf jedem ein großes Kreuz, liegen auf den verstaubten Polsterstühlen. Dem alten Kauz ist aber so vergnügt dabei, als wenn er unter den lustigsten Kameraden wäre. Er spricht und lacht mit ihnen, und die Veranstaltung soll so gruselig anzusehen sein, dass man immer die arglosen, neuen Kellner dazu beauftragt, denn wer einmal bei einem solchen Souper dabei war, geht nicht mehr in das öde Haus. Vor einiger Zeit war wieder ein Souper, und unser neuer Franz schwört Himmel und Erde, ihn ziehen keine zehn Pferde mehr dort hinüber. Den nächsten Tag nach dem Gastmahl tritt dann die zweite Sonderbarkeit des Oberjustizrats zu Tage. Er fährt morgens früh aus der Stadt und kehrt erst am anderen Morgen zurück; nicht aber in sein Haus, das um diese Zeit fest verriegelt und verschlossen ist, sondern immer hierher ins Wirtshaus. Da benimmt er sich dann wie ein Fremder gegenüber den Leuten, die er sonst täglich sieht, speist zu Mittag und stellt sich nachher an ein Fenster und betrachtet sein Haus gegenüber.
‚Wem gehört das Haus da drüben?‘, fragt er dann den Wirt. Pflichtmäßig verbeugt sich dieser jedes Mal und antwortet: ‚Dem Herrn Oberjustizrat Hasentreffer, Exzellenz.‘"
„Aber Herr Professor, wie hängt denn Ihr toller Hasentreffer mit unserem Natas zusammen?", fragte ich dazwischen.
„Belieben Sie sich doch zu gedulden, Herr Doktor", bekam ich zur Antwort. „Es wird Ihnen gleich ein Licht aufgehen. – Also, der Hasentreffer beschaut das Haus und erfährt, dass es dem Hasentreffer gehört.

‚Ach! Derselbe, der in Tübingen zu meiner Zeit studierte?‘, fragt er dann, reißt das Fenster auf, streckt den Kopf hinaus und schreit ‚Haaasentreffer! – Haaasentreffer!‘
Natürlich antwortet niemand, er aber sagt dann: ‚Der Alte würde es mir nie verzeihen, wenn ich nicht bei ihm einkehrte.‘
Und er nimmt Hut und Stock, geht hinüber und schließt sein eigenes Haus auf. Und so geht es nach wie vor. Wir alle“, fuhr der Professor in seiner Erzählung fort, „waren sehr erstaunt über diese sonderbare Erscheinung und freuten uns also königlich auf den morgigen Spaß. Herr Barighi aber nahm uns das Versprechen ab, ihn nicht zu verraten, weil er einen köstlichen Scherz mit dem Oberjustizrat vorhabe. Früher als gewöhnlich versammelten wir uns im Speisezimmer und belagerten die Fenster. Da geschah es: Eine alte, klapprige Kutsche wurde von zwei müden Kleppern die Straße herangeschleppt und hielt vor dem Wirtshaus.
‚Das ist der Hasentreffer, der Hasentreffer!‘, tönte es aus aller Munde, und eine ganz besondere Fröhlichkeit kam auf, als wir das Männchen, übermäßig gepudert, mit einem knittrigen Überrock angetan, einen mächtigen Rohrstock in der Hand, aussteigen sahen. Ein Schwarm von wenigstens zehn verstohlen kichernden Kellnern schloss sich ihm an. So gelangte er ins Speisezimmer. Ich habe selten so viel gelacht wie damals, denn mit der größten Ernsthaftigkeit behauptete der Alte, geraden Weges aus Kassel zu kommen und vor sechs Tagen in Frankfurt im ‚Schwanen‘ recht gut logiert zu haben.

Schon vor dem Dessert musste Barighi verschwunden sein, denn als der Oberjustizrat aufstand und sich auch die übrigen Gäste erwartungsvoll erhoben, war er nirgends mehr zu sehen. Der Oberjustizrat stellte sich also ans Fenster, wir alle folgten seinem Beispiel und beobachteten ihn. Das Haus gegenüber schien öde und unbewohnt zu sein; auf der Türschwelle spross Gras, die Jalousien waren geschlossen, zwischen einigen schienen sich Vögel eingenistet zu haben.
‚Ein hübsches Haus da drüben‘, begann der Alte zum Wirt zu reden, der immer in Kratzfußstellung hinter ihm stand. ‚Wem gehört es?‘

‚Dem Oberjustizrat Hasentreffer, Eurer Exzellenz.‘

‚Ach, das ist wohl der Nämliche, der mit mir studiert hat?‘, rief er aus. ‚Der würde es mir nie verzeihen, wenn ich ihm nicht meine Anwesenheit kundtäte.‘

Er riss das Fenster auf.

‚Hasentreffer! – Hasentreffer!‘, schrie er mit heiserer Stimme hinaus. – Aber wer beschreibt unseren Schrecken, als gegenüber in dem öden Haus, das doch verschlossen und verriegelt war, sich ein Fensterladen langsam öffnete … Dann tat sich ein Fenster auf, und heraus schaute der Oberjustizrat Hasentreffer in seinem zerknitterten Nachthemd und mit der weißen Schlafmütze auf dem Kopf, unter welcher ein paar wenige graue Löckchen hervorquollen, denn genau so pflegte er sich zuhause zu kleiden. Bis auf das kleinste Fältchen des bleichen Gesichtes war der gegenüber der Gleiche wie der, der bei uns stand. Aber Entsetzen ergriff uns, als der im Schlafrock mit derselben heiseren Stimme über die Straße herüberrief: ‚Was will man, wem ruft man!? Hä?!‘

‚Sind Sie der Herr Oberjustizrat Hasentreffer?‘, rief der auf unserer Seite, bleich wie der Tod, mit zitternder Stimme, indem er sich bebend am Fenster festhielt.

‚Der bin ich!‘, kreischte jener und nickte freundlich grinsend mit dem Kopf. ‚Was gibt es denn!?‘

‚Ich bin er ja auch!‘, rief der auf unserer Seite wehmütig. ‚Wie ist denn das möglich!?‘

‚Sie irren sich, Wertester!‘, schrie jener herüber. ‚Sie sind der Dreizehnte! Kommen Sie nur herüber in meine Behausung, dass ich Ihnen den Hals umdrehe; es tut nicht weh!‘

‚Kellner! Stock und Hut!‘, rief der Oberjustizrat, bleich wie der Tod. ‚In meinem Haus ist der Satan und will meine Seele!‘

Und er wandte sich mit einem freundlichen Bückling zu uns und verließ dann den Saal.

‚Was war das?‘, fragten wir uns, indem wir uns ratlos anschauten. ‚Sind wir alle wahnsinnig?‘

Der im Schlafrock schaute noch immer ganz ruhig zum Fenster hinaus, während unser altes Trottelchen in steifen Schritten über die Straße ging. An der Haustüre zog er einen großen Schlüsselbund aus der Tasche – der im Schlafrock sah ihm völlig gleichgültig zu – riegelte die schwere, knarrende Haustür auf und trat ein. Jetzt zog sich auch der andere vom Fenster zurück. Man sah, wie er dem unsrigen an der Zimmertür entgegenging. Unser Wirt war bleich vor Entsetzen und zitterte. ‚Meine Herrschaften‘, sagte er, ‚Gott sei dem armen Hasentreffer gnädig, denn einer von beiden war der Leibhaftige.‘

Wir lachten den Wirt aus, und wollten uns einreden, dass es ein Scherz von Barighi sei, aber der Wirt versicherte, es habe niemand in das Haus gehen können ohne die kunstvollen Schlüssel. Barighi habe ja vor zehn Minuten noch an der Tafel gesessen. Wie hätte er denn in so kurzer Zeit die täuschende Maske anziehen sollen, vorausgesetzt auch, er hätte sich das fremde Haus öffnen können. Die beiden seien aber einander so ungeheuer ähnlich gewesen, dass er, ein langjähriger Nachbar, den echten nicht hätte vom falschen unterscheiden können.

‚Aber um Gottes willen, meine Herren, hören Sie nicht das grässliche Geschrei da drüben?‘

Wir sprangen wieder ans Fenster, schreckliche Stimmen tönten aus dem öden Hause herüber. Einige Mal war es uns, als sähen wir unseren Oberjustizrat, verfolgt von seinem Ebenbild im Schlafrock am Fenster vorbeijagen. Plötzlich war alles still. Wir sahen einander an. Jemand machte den Vorschlag, hinüberzugehen. Man ging über die Straße, die große Hausglocke an des alten Mannes Haus tönte dreimal, aber niemand öffnete. Da fing uns an, zu grauen. Wir schickten nach der Polizei. Man brach die Tür auf. Der Strom der Neugierigen zog die Treppe hinauf. Alle Türen waren verschlossen, eine ging auf. In dem Zimmer lag der Oberjustizrat im zerrissenen Überrock, die gepuderte Frisur schrecklich zerzaust, tot, mit umgedrehtem Hals auf dem Sofa. Von Barighi hat man weder in Stuttgart noch sonst irgendwo jemals eine Spur gefunden.“

DRITTES KAPITEL

Die Fortsetzung des schauerlichen Abends

Der Professor hatte seine Erzählung beendet. Wir saßen eine gute Weile still und nachdenklich da. Das lange Schweigen wurde mir peinlich, ich wollte das Gespräch wieder anfachen, es aber auf eine andere Bahn bringen, als mir ein Herr von mittleren Jahren in reicher Jagduniform, wenn ich nicht irre, ein Oberforstmeister aus dem Nassauischen, zuvorkam.

„Es ist wohl jedem von uns schon begegnet, dass er unzählige Male für einen andern gehalten wurde oder auch Fremde für Bekannte ansprach. Sonderbar ist doch aber, dass solche Verwechslung weniger bei alltäglichen, nichtssagenden Gesichtern, als viel mehr bei auffallenden und interessanten vorkommt, wie mir scheint."

Wir wollten ihm seine Behauptung als ganz unwahrscheinlich verwerfen, aber er berief sich auf die unstrittig interessante Erscheinung unseres Natas.

„Fast jeder von uns gesteht", sagte er, „dass er dem Gedanken Raum gegeben hatte, unseren Freund schon unter anderer Gestalt, hier oder dort gesehen zu haben, und doch sind seine markanten Formen, sein wissender Blick, sein gewinnendes Lächeln ganz dazu gemacht, sich ins Gedächtnis zu prägen."

„Sie mögen so Unrecht nicht haben", entgegnete Flaßhof, ein preußischer Hauptmann, der auf die Strafe des Arrestes hin schon zwei Tage bei uns gezaudert hatte, nach Koblenz in seine Garnison zurückzukehren. „Sie mögen Recht haben; ich erinnere mich einer Stelle aus den launigen Memoiren des italienischen Grafen Gozzi, die ganz für Ihre Behauptung spricht: ‚Jedermann', sagt er, ‚hat den Michele d'Agata gekannt und weiß, dass er einen Fuß kleiner und wenigstens um zwei dicker war als ich und auch sonst nicht die geringste Ähnlichkeit in Kleidung und Physiognomie mit mir gehabt hat.

Aber viele Jahre lang hatte ich täglich den Verdruss, von Sängern, Tänzern, Geigern und Lichtputzern als Herr Michele d'Agata angeredet zu werden und lange Klagen über schlechte

Bezahlung oder unzumutbare Forderungen anhören zu müssen. Nur selten ließen sie sich davon überzeugen, dass ich *nicht* Michele d'Agata sei.

Einst besuchte ich in Verona eine Dame. Das Kammermädchen meldet mich an, ‚Herr Agata‘. Ich trat ein und wurde als Michele d'Agata begrüßt und unterhalten. Ich ging weiter und begegnete einem Arzt, den ich ganz gut kannte. ‚Guten Abend, Herr Agata‘, war sein Gruß, indem er vorüberging. Ich glaubte am Ende beinahe selbst, ich sei der Michele d'Agata.“

Ich war dem guten Hauptmann dankbar, dass er uns aus den ängstigenden Phantasien, welche die Erzählung des Professors in uns erzeugt hatte, erlöste. Das Gespräch floss jetzt ruhiger fort, man stritt sich um das Vorrecht ganzer Nationen, ein interessantes Gesichtsprofil zu haben, über den Einfluss des Geistes auf die Gesichtszüge überhaupt. Derlei Dinge, die ich hundertmal besprochen hatte, mochte ich nicht mehr wiederkäuen, ich zog mich in ein Fenster zurück. Bald folgte mir der Professor dahin nach, um wie ich die Gesichter der Streitenden zu betrachten.

„Welch ein leichtsinniges Volk“, seufzte er. „Ich habe sie doch eben gewarnt und ihnen die Hölle recht heißgemacht, ja, sie wagten in keine Ecke mehr zu sehen, aus Furcht, der Leibhaftige könnte daraus hervorgucken, und jetzt lachen sie wieder und machen tolle Streiche im Geiste, als ob der böse Versucher nicht immer und überall umherschliche.“

Ich musste über die Amtsmiene des Professors lachen.

„Noch nie habe ich das Talent eines Vesperpredigers an Ihnen bemerkt“, sagte ich. „Sie erstaunen mich durch Ihre kühnen Angriffe auf die sündige Welt und auf den Bösen selbst. Bilden Sie sich denn wirklich ein, dieser harmlose Natas …“

„Harmlos nennen Sie ihn?“, unterbrach mich der Professor heftig. „Harmlos!? Haben Sie denn nicht bemerkt“, flüsterte er leiser, „dass ausnahmslos alles bei diesem feinen … Herrn ein berechneter Plan ist?“

„Sie setzen mich in Erstaunen. Wie meinen Sie das?“

„Haben Sie nicht bemerkt“, fuhr er eifrig fort, „dass der gebildete Herr Oberforstmeister dort mit Leib und Seele sein ist, weil er ihm fünf Nächte hindurch alles Geld abjagte und den Ausgebeuteten gestern Nacht fünfzehnhundert Dukaten gewinnen ließ? Er nennt den abgefeimten Spieler einen noblen Gentleman und sagt, er müsse über die Hälfte wieder an den Fremden verlieren, sonst fände sein Gewissen keine Ruhe. – Haben Sie nicht bemerkt, wie er den Ökonomierat geködert hat?"

„Ich habe wohl gesehen", antwortete ich, „dass der Ökonomierat, sonst so phlegmatisch, jetzt ein wenig aufgewacht ist, aber ich habe es dem allgemeinen Einfluss der Gesellschaft zugeschrieben."

„Ach wo! Er läuft schon seit zwanzig Jahren in den Gesellschaften umher und wacht doch nicht auf. Der arme Esel reist krank im Land umher, behauptet, einen großen Wurm im Leib zu haben und macht allen Leuten das Leben sauer mit seinen merkwürdigen Behauptungen. Und jetzt? Jetzt hat ihn dieser Wundermann erwischt, gibt ihm ein Pülverchen und rät ihm, nicht wie ein anderer vernünftiger Arzt, Diät und Mäßigkeit zu halten, sondern er soll seine Jugend, wie er die fünfzig Jahre des alten Kerls nennt, genießen und viel Wein trinken. Und das tut er seit vier Tagen schlimmer als der verlorene Sohn."

„Und darüber wundern Sie sich, Herr Professor? Der Mann ist sich und dem Leben wiedergeschenkt …"

„Nicht davon spreche ich", entgegnete er. „Ich finde es einfach bemerkenswert, dass er sich dem nächstbesten Scharlatan anvertraut und sich also ruinieren muss. Ich habe ihn vor acht Jahren in Behandlung gehabt, und es besserte sich schon zusehends."

Der Eifer des guten Professors war mir nun einigermaßen erklärlich; der liebe Brotneid schaute hier nicht gerade undeutlich aus ihm heraus.

„Und unsere Damen?", fuhr er fort, „die sind nun völlig toll geworden. Ich bedaure nur den armen Trübenau. Ich kenne ihn zwar nicht, aber übermorgen soll er hier ankommen. Und wie findet er die gnädige Frau vor? Hat man je gehört, dass eine junge, gebildete Frau in den ersten Jahren einer glücklichen Ehe sich in ein solches Verhältnis mit einem ganz fremden Menschen einlässt, und zwar innerhalb fünf Tagen?!"

„Was? Die schöne, bleiche Frau dort?", fragte ich.

„Genau die", antwortete er. „Vor vier Tagen war sie noch einigermaßen rotwangig, da begegnet ihr der Interessante auf der Straße und er fragt, ob er sie ein Stück begleiten darf, und beschwatzt sie, sie soll doch ihre Wangen nicht so rot schminken, sie hätte ein so interessantes Ichweißnichtwas im Gesicht, dem ein blasser Teint viel besser stünde. Was tut sie? Sie geht tatsächlich in den nächsten Galanterieladen und kauft weiße Schminke! Ich war gerade dort, um ein Pfeifenrohr zu erwerben, da höre ich sie mit ihrer süßen Stimme den Verkäufer fragen, ob man das Weiß nicht noch etwas ‚ätherischer‘ habe? Hol mich der Teufel! Hat man je so was gehört?"

Ich bedauerte den Professor aufrichtig, denn wenn ich nicht irrte, so suchte er von Anfang an die Aufmerksamkeit der schönen Frau auf den schon etwas verschossenen „Einband seiner gelehrten Seele" zu ziehen. Dass es aber zwischen Natas und der Trübenau heftig knisterte, sah ich selbst. Wer sich auf die Deutung von Blicken verstand, hatte keine weitere Erklärung nötig, um das zu erkennen. Der Professor hatte in tiefe Gedanken versunken eine Zeit lang geschwiegen. Er richtete jetzt seine Augen durch die Brille an die Zimmerdecke, wo allerlei Engelchen und Blümchen in Gips aufgetragen waren.

„Oh Himmel!", seufzte er. „Und die Thingen hat er auch! Sie glauben nicht, welcher Reiz in diesen heiteren Augen, in diesen süßen Grübchen auf den blühenden Wangen, in diesen frischen, zum Kuss geöffneten Lippen, in diesen weichen Armen, in diesen runden, vollen Formen der schwellenden …"

„Herr Professor!", rief ich erschrocken über seine Ekstase und rüttelte ihn am Arm ins Leben zurück. „Sie geraten ja außer sich, Wertester!"

„Er hat sie auch", fuhr er ganz zerknirscht fort. „Haben Sie nicht bemerkt, mit welcher Hast sie vorhin nach seinen Verhältnissen fragte? Wie sie rot wurde? Jung, schön, wohlhabend, Witwe – sie hat alles, um eine angenehme Partie zu machen. Geistreiche Männer von Ruf in der literarischen Welt buhlen um ihre Gunst. Sie wirft sich an einen Landstreicher weg! Ach, wenn Sie nur wüssten, bester Doktor, was mir neulich der Oberkellner … aber mit der größten Diskretion … Dass man Natas vorgestern nachts aus ihrem Zimmer …!"

„Bitte, verschonen Sie mich!", fiel ich ihm ins Wort. „Gestehen Sie mir lieber, ob der Wundermensch Sie selbst noch nicht unter den Pantoffel gebracht hat."

„Das ist es eben", antwortete der Professor verlegen lächelnd, „das ist es, was mir Kummer macht. Sie wissen, ich lese über Chemie. Er brachte einmal das Gespräch darauf und demonstrierte so tiefe Kenntnisse, deckte so neue und kühne Ideen auf, dass mir der Kopf schwindelte. Ich könnte ihm um den Hals fallen und um seine Notizen bitten, es zieht mich mit unwiderstehlicher Geisterkraft in seine Nähe, und doch würde ich ihn am liebsten vergiften."

Wie komisch war die Wut dieses Mannes, er ballte die Faust und fuhr damit hin und her, seine grünen Brillengläser funkelten wie Katzenaugen, sein kurzes schwarzes Haar schien sich in die Höhe zu richten. Ich versuchte, ihn zu besänftigen. Ich stellte ihm vor, dass er ja nicht wütender sein könnte, wenn der Fremde der Teufel selbst wäre, aber er ließ mich nicht zu Wort kommen.

„Er ist es! Der Satan selbst logiert hier in den Drei Reichskronen", rief er, „um unsere Seelen zu angeln! Aber einen so hochgebildeten Mann wie mich, den führt er nicht aufs Eis!"

Ein heiseres Lachen, das eben hinter meinem Rücken zu entstehen schien, zog meine Aufmerksamkeit auf sich. Ich wandte mich um und glaubte Natas höhnisch durch die Scheiben hereingrinsen zu sehen. Ich ergriff den Professor am Arm, um ihm die sonderbare Erscheinung zu zeigen, denn das Zimmer lag einen Stock hoch. Der aber hatte weder das Lachen gehört, noch konnte er die Erscheinung sehen, denn als er sich umwandte, sah nur die bleiche Scheibe des Mondes durch die Fenster, wo ich vorhin das gräulich verzerrte Gesicht des geheimnisvollen Fremdlings zu sehen geglaubt hatte.

Ehe ich noch recht mit mir einig war, ob das, was ich gesehen hatte, nur die Ausgeburt einer aufgeregten Phantasie oder

Wirklichkeit war, wurde die Tür aufgerissen und Herr von Natas trat stolzen Schrittes ins Zimmer. Mit sonderbarem Lächeln maß er die Gesellschaft, als wüsste er ganz gut, was über ihn gesprochen worden war. Mit der ihm eigenen Leichtigkeit hatte er der Trübenau gegenüber neben der Frau von Thingen Platz genommen und die Leitung der Konversation an sich gerissen. Das böse Gewissen ließ den Professor sich nicht an den Tisch setzen. Mich selbst fesselte das Verlangen, diesen Menschen einmal aus der Ferne zu beobachten von meinem Platz am Fenster aus. Da bemerkten wir denn das Augenspiel zwischen Frau von Trübenau und dem gewandtesten der Liebhaber. Während er der Tochter des Ökonomierats so viel Verbindliches zu sagen wusste, dass sie bis unter die breiten Brüsseler Spitzen ihrer Busenkrause errötete, ließ der verruchte Kerl unter dem Tisch verborgen das fein geformte Füßchen der Frau von Thingen auf seinem blankgeputzten Stiefel tanzen.

„Drei Mücken auf einen Schlag!", brummte der zornglühende Professor, dem jetzt auch seine letzte Hoffnung weggeschnappt werden sollte. Mit polternden Schritten ging er an den Tisch, nahm sich einen Stuhl und setzte sich, breit wie eine Mauer, neben die schöne Ökonomieratstochter. Doch die schien nur Augen und Ohren für Natas zu haben, denn sie antwortete auf seine Frage nach ihrem werten Befinden: „Übermorgen."

Und als er voller Enttäuschung die Anmerkung hinwarf, sie scheine wohl etwas zerstreut zu sein, meinte sie: „Dann war es wahrscheinlich vorgestern."

Ich sah jetzt einem unangenehmen Auftritt entgegen. Der Professor, der nicht daran dachte, durch eine geistreiche Bemerkung oder einen Scherz wieder gut Wetter zu machen, widersprach jetzt geradezu *jeder* Behauptung, die Natas vorbrachte; und ach, nicht zu seinem Vorteil. Denn Natas, in der Redegewandtheit dem alten Kathedermann bei Weitem überlegen, führte ihn dermaßen aufs Glatteis, dass die etwas fadenscheinige Decke seiner Logik zu reißen und er in ein Chaos von Widersprüchen zu stürzen drohte.

Eine lieblich duftende Bowle Punsch unterbrach für einige Zeit den Streit, gab aber dafür Anlass zu desto feindseligeren

Blicken zwischen Frau von Trübenau und Frau von Thingen. Letztere hatte, sich ihrer schönen runden Arme bewusst, die silberne Kelle ergriffen, um beim Eingießen die ganze Grazie ihrer Haltung zu demonstrieren. Die Andere aber kredenzte die gefüllten Becher mit solcher Anmut, mit so liebenswürdigen Blicken, dass das Bestreben, sich gegenseitig so viel als möglich auszustechen, unverkennbar war.

Als aber der äußerst starke Punsch die leisen Schauer des Herbstabends verdrängt hatte, als er anfing, die Wangen unserer Damen röter zu färben und aus den Augen der Männer zu leuchten, da schien es mir mit einem Mal, als sei man, ich weiß nicht wie, aus den Grenzen des Anstands herausgetreten.

Allerlei dumme Gedanken stiegen in mir auf, das Gespräch schnurrte und summte wie ein Mühlrad, man lachte und jauchzte und wusste nicht über was. Man kicherte und neckte sich, und der Oberforstmeister brachte sogar ein Pfänderspiel mit Küssen in Vorschlag. Plötzlich hörte ich jenes heisere Lachen wieder, das ich vorhin vor dem Fenster zu hören glaubte. Und wirklich, es war Natas, der dem Professor zuhörte, und trotz des Eifers und Ernstes, mit welchem dieser seine Meinung vorbrachte, alle Augenblicke in sein heiseres Gelächter ausbrach.

„Nicht wahr, meine Herren und Damen", schrie der Punsch aus dem Professor heraus, „Sie haben vorhin selbst bemerkt, dass unser verehrter Freund dort jedem von Ihnen, nur in anderer Gestalt, schon begegnet ist! Sie schweigen? Ist das anständig, einen so allein im Sand sitzenzulassen? Herr Oberforstmeister! Frau von Thingen! Sagen Sie doch selbst! Namentlich Sie, Herr Doktor!"

Wir befanden uns nun alle durch die Indiskretion des Professors in großer Verlegenheit.

„Ah, ja, ich erinnere mich", gab ich zur Antwort, als alles schwieg, „von interessanten Gesichtern und ihren Verwechslungen gesprochen zu haben, und wenn ich nicht irre, wurde auch Herr von Natas aufgeführt."

Der Benannte verbeugte sich und meinte, es sei gar zu viel Ehre, ihn unter die Interessanten zu zählen. Aber der beschwipste Professor verdarb wieder alles.

„Ich nehme kein Blatt vor den Mund!", sagte er zu Natas gewandt. „Ich behauptete, dass mir ganz unheimlich in Ihrer Nähe sei. Und ich erzählte, wie Sie in Stuttgart dem armen Hasentreffer den Hals umgedreht haben. Wissen Sie noch?"

Natas aber stand auf und lief mit schrillem Gelächter im Zimmer umher, und plötzlich glaubte ich tatsächlich, den unglückbringenden Doktor meiner Vaterstadt vor mir zu haben. Es war nicht mehr Natas, es war ein älterer, unheimlicher Mensch.

„Da hat man's ja deutlich!", rief der Professor. „Da läuft er als Barighi umher!"

„Barighi?", entgegnete Frau von Trübenau. „Ach, bleiben Sie doch weg mit Ihrem Barighi! Es ist ja unser Privatsekretär Gruber, der da hereingekommen ist."

„Ich möchte doch um Verzeihung bitten, gnädige Frau", unterbrach sie der Oberforstmeister, „aber es ist der Spieler Maletti, mit dem ich in Wiesbaden bekanntwurde."

„Ha! Wie man sich doch täuschen kann", sprach Frau von Thingen, den auf und ab Gehenden durch die Brille beschauend. „Es ist ja niemand anders, als der Kapellmeister Schmalz, der mir das Gitarrespielen beibringt."

„Was für ein Quark!", brummte der alte Ökonomierat. „Es ist der lustige Bäckermeister, den ich aus Dresden kenne."

„Ach, Papa!", kicherte seine Tochter. „Der war ja schwarz, und dieser ist blond! Erinnerst du dich denn nicht mehr an den jungen Landwirt, der uns immer die frischen Eier lieferte?"

„Hol mich der Kuckuck!", schrie der preußische Hauptmann. „Das ist doch ... ja, das ist dieser verfluchte Krämerlehrling, der mir damals meine Hannelore abspenstig gemacht hatte! Auf Pistolen fordere ich den Hundesohn! Gleich morgen! Nein, gleich jetzt!"

Er sprang auf und wollte auf den ruhig auf und ab gehenden Natas losstürzen. Der Professor aber packte ihn am Arm.

„Bleiben Sie weg, Hauptmann!", schrie er. „Ich hab's gefunden! Kehrt seinen Namen um! Es ist der Satan!"

VIERTES KAPITEL

Das Manuskript

Was ich hier niedergeschrieben habe, lebt von diesem Abend noch in meiner eigenen Erinnerung. Doch kostete es geraume Zeit, bis ich mich auf alles wieder besinnen konnte. Ich muss in einem tiefen Schlaf gewesen sein, denn als ich erwachte, stand Jean vor mir und fragte, indem er die Gardine für die Morgensonne öffnete, ob jetzt der Kaffee gefällig sei. Es war schon elf Uhr! Wo war denn die Zeit zwischen gestern und heute geblieben? Meine erste Frage war, wie ich denn zu Bett gekommen sei? Der Kellner blickte mich erstaunt an und meinte mit sonderbarem Lächeln, das müsste ich doch besser wissen, als er.

„Ah! Ich erinnere mich", sagte ich leichthin, um meine Unwissenheit zu verbergen, „nach dem Abendessen ..."

„Verzeihen Sie, Herr Doktor", unterbrach er mich. „Sie haben gar nicht soupiert. Sie waren alle zu Tee und Punsch auf Nummer 15."

„Richtig, auf Nummer 15, wollte ich sagen. Ist der Herr Professor schon auf?"

„Wissen Sie denn nicht, dass er schon abgereist ist?", fragte der Kellner.

„Nein, woher?", versicherte ich staunend.

„Er lässt Sie noch vielmal grüßen, und Sie möchten doch in Tübingen bei ihm einsprechen. Auch lässt er Sie bitten, seiner und des gestrigen Abends recht oft zu gedenken; er habe es ja gleich gesagt."

„Aha, ich weiß schon", sagte ich, denn mit einem Mal fiel mir ein Teil des gestern Erlebten ein.

„Wann ist er denn abgereist?"

„Gleich in der Früh", antwortete jener, „noch vor dem Ökonomierat und dem Herrn Oberforstmeister."

„Ach? Also sind die auch weg?"

„Aber ja!", antwortete der verwunderte Kellner. „Dann wissen Sie auch *das* nicht? Auch nicht, dass Frau von Thingen und Frau von Trübenau ..."

„Sie sind auch nicht mehr hier?“

„Nein. Kaum vor einer halben Stunde sind die Damen abgefahren“, versicherte Jean. Ich rieb mir die Augen, um zu sehen, ob ich nicht träume, aber es war und blieb so. Jean stand nach wie vor an meinem Bett und hielt das Kaffeebrett in der Hand.

„Und … Herr von Natas …?“, fragte ich kleinlaut.

„Ist noch hier. Ach, das ist ein goldiger Herr. Wenn der nicht gewesen wäre, wir wären heute Nacht in die größte Verlegenheit gekommen.“

„Wieso?“

„Nun, bei dieser Sache mit Frau von Trübenau. Wer hätte dem Herrn zugetraut, dass er zur Ader zu lassen versteht?“

„Zur Ader lassen? Herr von Natas?“

„Ich sehe, Herr Doktor ist sehr frühzeitig zu Bett gegangen und hat wahrhaft eine ruhigere Nacht gehabt als wir.“

Und Jean berichtete in gedämpftem Ton: „Es mochte kaum elf Uhr gewesen sein, die Geschichte mit der Polizei war schon vorbei …“

„Zum Kuckuck, was denn nun für eine Geschichte mit der Polizei?“, rief ich verwirrt.

„Nun, Nummer 15 ist vorn heraus, und weil, rundheraus zu sagen, dort ein ganz höllischer Lärm war, so kam die Streife ins Haus und wollte die Gesellschaft ermahnen. Herr von Natas aber, der wohl ein guter Bekannter des Herrn Polizeileutnants sein muss, beruhigte sie, sodass sie wieder weggingen. Also gleich nachher kam das Kammermädchen der Frau von Trübenau ganz aufgelöst hereingestürzt; ihre gnädige Frau wolle sterben. Na, Sie können sich ja denken, wie unangebracht so etwas in einem Gasthof nachts zwischen elf und zwölf Uhr ist. Wir sind alle wie der Wind hinauf, auf der Treppe begegnet uns Herr von Natas und fragt, was das Rennen und Laufen zu bedeuten habe, hört kaum, worum es geht, da läuft er in sein Zimmer, holt sein Etui, und ehe fünf Minuten vergehen, hat er der gnädigen Frau am Arm mit der Lanzette eine Ader geöffnet, dass das Blut in einem Bogen heraussprang. Sie schlug die Augen wieder auf und es ging ihr bald besser, doch versprach Herr von Natas, bei ihr zu wachen.“

„Ach! Was Sie nicht sagen, Jean!", rief ich mit einer wohl etwas zu grob gespielten Verwunderung.

„Ja warten Sie nur ab! Kaum war eine Stunde vorbei, so ging der Tanz von Neuem los. Auf Nr. 18 läutete es, dass wir meinten, es brenne. Herrn Ökonomierats Tochter Rosalie hatte hysterische Anfälle bekommen. Der Alte hatte wohl ein Glas über den Durst intus, denn er sprach vom Teufel, der ihn und sein Kind holen wolle. Wir wussten uns nicht anders zu helfen, als wieder unsere Zuflucht zu Herrn von Natas zu nehmen. Er hatte versprochen, bei Frau von Trübenau mit dem Kammermädchen zu wachen. Aber … lieber Gott! Er muss geschlafen haben wie ein Dachs im Winter, denn wir pochten und pochten und hämmerten an die Tür, bis er uns endlich Antwort gab, und die Kammerkatze war überhaupt nicht wach zu bekommen."

„Nun, und ließ er die schöne Rosalie ebenfalls zur Ader?", wollte ich wissen.

„Nein, er hat ihr, wie mir Lieschen sagte, zwei Hand breit Senfteig aufs Herz gelegt, und daraufhin soll es sich bald gebessert haben."

‚Armer Professor!' dachte ich. ‚Dein hübsches Töchterlein mit ihren sechzehn Jährchen und dieser Natas in traulicher Stille der Nacht, ein Senfpflaster auf das pochende Herz pappend …"

„Der Herr Papa Ökonomierat war wohl ziemlich angegriffen durch die Geschichte?", fragte ich.

„Es schien nicht so, denn er schlief schon fest, ehe noch Lieschen mit dem Hirschhorngeist aus der Apotheke zurückkam. Oh, es läutet im zweiten Stock, und das gilt mir."

Er sprach's und flog pfeilschnell davon.

So war also mit einem Mal die lustige Gesellschaft zerstoben. Ich konnte mir nicht erklären, wie dies alles so plötzlich kommen konnte. Ich entsann mich zwar nebelhaft, dass gestern beim Punsch etwas Sonderbares vorgefallen war; was es aber gewesen sein mochte, daran konnte ich mich nicht erinnern. Sollte Natas mir Aufschluss geben können? Doch, wenn ich recht nachsann, so war mit Natas irgendetwas vorgefallen; der Professor schwankte in meiner Erinnerung umher …

Am besten wird es sein, meinte ich, zu Natas zu gehen und ihn um die Ursache des schnellen Aufbruchs der Leute zu befragen. Ich warf mich in die Kleider, und ehe ich noch ganz fertig war, brachte mir ein Lakai folgendes Billett:

Lieber Herr Doktor, Sie würden mir eine große Freude bereiten, wenn Sie mich vor meiner Abreise, die auf den Mittag festgesetzt ist, noch einmal aufsuchen wollten.
von Natas

Neugierig folgte ich diesem Ruf und traf den Freund reisefertig zwischen Koffern und Kästen stehen. Er kam mir mit seiner gewinnenden Freundlichkeit entgegen, doch wunderte mich ein unverkennbarer Zug von Ironie, der um seinen Mund spielte. Er lachte mich aus, dass ich mich vor den Damen als schwachen Trinker ausgewiesen hatte und mir eine Lockenperücke hatte aufsetzen lassen. Und er erzählte mir, dass ich selig auf meinem Stuhl entschlafen sei, und er fragte mit einem lauernden Blick, was ich noch von gestern Nacht wüsste. Ich teilte ihm meine verworrenen Erinnerungen mit. Er belachte sie herzlich und bezeichnete sie als Ausgeburten einer ‚verpunschten‘ Phantasie.

An der Abreise der ganzen Gesellschaft gab er einer großen Herbstfeierlichkeit die Schuld, die jetzt in Worms abgehalten wird. Sie seien alle, sogar der stieselige Ökonomierat, dorthin gereist. Ihn selbst aber riefen seine Geschäfte den Rhein hinab. Die Zufälle der Trübenau und der schönen Rosalie maß er dem starken Punsch zu und freute sich, durch Liebhaberei gerade so viele medizinische Kenntnisse zu besitzen, um bei solchen kleinen Beschwerden helfen zu können.

Wir hörten den Wagen vorfahren, der Kellner meldete dies und brachte vom dankbaren Hotel noch eine Flasche des ältesten Rheinweins. Natas hatte sie völlig verdient, denn nur er hatte uns so lange hier gefesselt.

„Sie sind Schriftsteller, verehrter Herr Doktor?“, fragte er mich, während wir den narkotisch duftenden Abschiedstrunk ausschlürften.

„Wer pfuscht nicht heutzutage etwas in die Literatur?“, antwortete ich ihm. „Ich habe mich früher als Dichter versucht, aber ich sah bald ein, dass ich nicht für die Unsterblichkeit zu singen im Stande bin. Ich griff daher einige Töne tiefer und übersetze nun unsterbliche Werke aus Fremdsprachen für das deutsche Publikum."

Er lobte meine bescheidene Resignation, wie er es nannte, und fragte mich, ob ich mich entschließen könnte, die Memoiren eines berühmten Mannes, die bis jetzt nur im Manuskript vorhanden seien, zu übersetzen?

„Vorausgesetzt, dass Sie dechiffrieren können, ist es eigentlich eine leichte Arbeit für Sie, weil ich Ihnen den Schlüssel dazu geben würde, und weil das Manuskript im Hochdeutschen abgefasst ist."

Ich zeigte mich - was denn auch sonst? - natürlich sehr bereitwillig dazu. Dechiffrieren konnte ich schon ein wenig und hoffte, es mit einiger Übung vollkommen zu lernen. Er schloss ein schönes Kästchen von rotem Saffian auf und überreichte mir ein vielfach zusammengebundenes Manuskript. Die Zeichen krochen mir vor dem Auge umher wie Ameisen, aber er gab mir den Schlüssel seiner Geheimschrift und die Arbeit schien mir wirklich nicht kompliziert zu sein.

Wir umarmten uns also und sagten uns Lebewohl. Mit herzlichem Dank für seine Güte, die er noch zuletzt für mich gehabt, und für die schönen Tage, die er uns bereitet hatte, begleitete ich ihn bis an seinen Wagen. Die Wagentüre schloss sich, der Postillion hob die Peitsche und die vier Rosse zogen an. Die interessante Erscheinung flog von dannen, aber aus dem Innern des Wagens glaubte ich, jenes heisere Lachen zu vernehmen, das ich seit gestern unter den Bruchstücken meiner Erinnerung bewahrte.

Als ich die Treppe hinaufstieg, händigte mir der Oberkellner einen Brief aus. Der Professor habe ihm den zu meinen eigenen Händen zu übergeben aufgetragen. Ich riss ihn auf …

Verehrter Herr Doktor,
ich bin im Begriff, mein Ross zu besteigen und aus dieser Höhle des Löwen zu entfliehen. Ich sage Ihnen schriftlich Lebewohl, weil Sie aus der todähnlichen Betäubung, die Sie härter als uns

alle befallen hat, nicht zu wecken sind. Dass unser fröhliches Zusammensein so schauerlich endigen musste! Jetzt haben Sie es ja klar vor Augen, dass dieser Natas niemand anderes, als der leibhaftige Satan ist! Er schaut mir vielleicht in diesem Augenblick über die Schulter und liest, was ich Ihnen schreibe, aber dennoch schweige ich nicht. Den armen Ökonomierat und sein Töchterlein, die blasse Trübenau, die schöne Thingen, den Hauptmann und den Oberforstmeister hat er offenbar fest in seinem Netz. Gott gebe, dass er Sie nicht auch geködert hat! Mich hat er halb und halb gewonnen, denn ich habe allzu stark angebissen an seine mit chemischen Ideen gespickte Angel. Ich reiße mich los und mache, dass ich fortkomme.
Adieu Bester! Montag den 7. Oktober, früh 6 Uhr

Jetzt erst kehrten meine Erinnerungen ganz allmählich zurück. Ja, es war tatsächlich der Teufel, der sein Spiel mit uns gespielt hatte. Es war der Teufel, dem es gestern großen Spaß gemacht hatte, uns zu ängstigen. Es mussten also des Teufels Memoiren sein, die ich in der Hand hielt! Wer aber garantierte mir dafür, dass diese Schriftzüge mir nicht durch die Augen ins Hirn hinaufkrochen und mich wahnsinnig machten? Und konnte ich mich nicht gerade dadurch, dass ich mich zum Dechiffreur und Kopisten des Satans machte, unbewusst in seine Leibeigenschaft hineinschreiben?

Ich packte die Handschrift in meinen Koffer und reiste dem Professor nach, um ihn um Rat zu fragen. Aber in Worms traf ich keine Spur von irgendeinem der Gesellschaft aus den Drei Reichskronen. Entweder hatte sie der Satan eingeholt und in seinem Wagen in sein Reich entführt, oder er hatte mich in den April geschickt. Das Letztere schien mir wahrscheinlicher.

In Worms aber traf ich einen Geistlichen in der Domkirche. Ich trug ihm meinen Fall vor, und erhielt von ihm den Rat, ich solle über jeden einzelnen Bogen des Manuskripts eine Messe lesen lassen, bevor ich ihn dechiffriere. Der Rat schien mir akzeptabel. Ich reiste in meine Heimat zurück.

Noch am Tag meiner Ankunft schickte ich meinen Diener mit dem ersten Satansbogen zur Messe in die Kirche. Und am darauf folgenden Tag fing ich an, zu dechiffrieren und habe noch nicht das geringste Spukhafte an dem Papier bemerkt.

Von meinen Gefährten habe ich indessen wenig gehört. Der Professor fährt fort, durch seine Entdeckungen in der Chemie zu glänzen, und ich fürchte, er ist auf dem besten Wege, dem Satan Gehör zu geben, bei dem, was er da tut. Der Hauptmann soll sich erschossen haben, und Frau von Thingen, die schöne Witwe, hat laut einer Anzeige im „Hamburger Correspondenten" vor Kurzem wieder geheiratet.

„Betrogene Betrüger! Eure Ringe sind alle drei nicht echt! Der echte Ring vermutlich ging verloren." (Zitat aus Lessing, Nathan der Weise)

FÜNFTES KAPITEL

Einleitende Bemerkungen des Satans zu seinen Memoiren

Alle Welt schreibt oder liest in dieser Zeit Memoiren. Männer und Frauen ergreifen die Feder, um den Menschen schriftlich klar zu machen, dass auch sie in denkwürdigen Zeiten gelebt haben, dass auch sie sich irgendwann einmal in einer Sonnennähe bewegt haben, um damit ihrer sonst vielleicht recht bedeutungslosen Person einen Nimbus von Bedeutsamkeit zu verleihen. Gekrönte Häupter schreiben Memoiren für ihre Völker, erzählen ihnen ihre Schicksale und ihre Reisen.

Große Generäle und berühmte Marschälle bauen in ihren Memoiren ganze Bühnenbilder der Historie und treten mutig vorne an der Rampe auf. Mit Schlachtgemälden dekorieren sie die Kulissen, sie stellen Staatsmänner und berühmte Damen auf die Bretter, und die große Armee mit ihren lorbeerbekränzten Adlerwappen und das Volk stellen sie im Hintergrund als Statisten auf. Sie selbst aber spielen die Hauptrollen.

Ja, die Leute lesen Memoiren; was hält mich ab, ihnen nun auch selbst ein solch bekömmliches Gericht vorzusetzen? Man möge vielleicht einwenden, „der Schuster bleibe bei seinem Leisten, der Satan hat sich nicht mit so etwas abzugeben".

Ach, wirklich? Und wenn nun der Satan doch eine wirkliche Berechtigung hätte, Memoiren in die Welt zu streuen, weil er doch mindestens so viel oder noch mehr gesehen hat, als jene kriegerischen Diplomaten oder diplomatischen Krieger, die die Welt mit ihrem literarischen Ruhm anfüllen, nachdem die Zeitungen aufgehört haben, ihre Siege zu bejubeln? Wenn nun dieser arme Teufel einen Drang in sich fühlte, auch für einen Literaten gehalten zu werden?

Also, ich gestehe mit Erröten, je länger ich mich in meinem geliebten Deutschland umhertreibe, desto unwiderstehlicher habe ich das Bedürfnis, zu schreiben. Und wenn es schon den Damen erlaubt ist, sich die Finger mit Tinte zu beschmutzen, so wird es doch wohl auch dem Teufel erlaubt sein!

Und da komme ich auf einen weiteren Punkt. – Man argumentiert vielleicht gegen meine schriftstellerischen Versuche, ich sei nun mal kein Literatus, kein Mann von diesem Gewerbe. Aber ich behaupte, dass das landläufige Vorurteil, ich sei ein unstudierter Teufel, ganz falsch ist, denn ich bin tatsächlich Doktor der Philosophie geworden, wie aus meinen Memoiren noch zu ersehen sein wird, und kann das Diplom schwarz auf weiß vorweisen.

Der Erzengel Gabriel, als ich ihn mit dem Plan, meine Memoiren auszuarbeiten, bekanntmachte, warnte mich mit bedenklicher Miene vor den so genannten Rezensenten. Er gab mir zu verstehen, dass ich übel dabei wegkommen könnte, weil diese Leute niemanden verschonen und sogar neuerdings selbst Doktoren der Theologie in Berlin, Halle und Leipzig hart drangenommen haben. Ich erwiderte ihm, dass ich derlei ohnehin erwarte.

Gottes Welt hat nie mit Fairness und Wahrheit geglänzt, was meine Person betraf. Ich werde ja doch schon im Alten Testament „satan adversarius", der Widersacher genannt, was natürlich völlig unzutreffend ist. Im Neuen Testament nennt man mich sogar Verleumder, und das ist nun völlig an den Haaren herbeigezogen.

Man wird bei der Lektüre meiner Memoiren vielleicht nicht diesen harmonischen Zusammenhang der Rede finden, die den Werken tief denkender Geister zu eigen ist. Man wird kürzere und längere Bruchstücke aus meinem Walten und Treiben auf der Erde finden und gelegentlich den inneren Zusammenhang vermissen. Man tadle mich nicht deswegen; es war ja nicht meine Absicht, ein Gemälde dieser Zeit zu entwerfen; man findet schließlich genug davon in allen gut sortierten Buchhandlungen Deutschlands.

Ein jeder Memoirenschreiber hat seinen Zweck erreicht, wenn er sich und seine Stellung in der Zeit, der er angehört, darstellt und darüber reflektiert, wenn er Begebenheiten entwickelt, die entweder auf ihn oder die Mitwelt nähere oder entferntere Beziehungen haben, wenn er dem Leser berühmte Zeitgenossen und seine Beziehung zu ihnen aufzeigt. Und diese Bedingungen glaube ich, in meinen Memoiren erfüllt zu haben. Diese Bedingungen sind es wenigstens, die mich bei meiner Arbeit leiteten, die meine Kühnheit vor mir rechtfertigten, vor einem gelehrten Publikum als Schriftsteller aufzutreten.

Über meine persönlichen Verhältnisse oder über meine besondere Abstammung habe ich nichts mitzuteilen. Was darüber zu sagen wäre, habe ich im Abschnitt „Besuch bei Goethe“ in Erwähnung gebracht und verweise daher den Leser dahin.

*

Ehe mein Diener mit dem zweiten Bogen aus der Messe zurückkommt, habe ich noch Zeit, einige Bemerkungen einzuflechten. Es scheint mir nämlich, dass der Satan eine ziemliche Dosis Eitelkeit besitzt; man bemerke nur, mit welcher geheimnisvollen Beiläufigkeit er von jenem Abschnitt spricht, worin er über seine eigenen Verhältnisse einige Bemerkungen zu machen verspricht, anstatt rundheraus darüber zu berichten.

Und dann die Unordnung, in der sich dieser Text befindet! Jeder andere hätte doch, wenn auch nicht mit dem Taufschein, was nun freilich beim Teufel kaum möglich ist, so doch wenigstens mit einer Begebenheit angefangen, die der zeitlichen Abfolge nach die erste ist. Ich habe das Manuskript eingestandenermaßen schon flüchtig durchgeblättert - zu lesen, ehe jeder Bogen kirchlich geweiht ist, hüte ich mich wohl! - und stellte fest, dass er mit Ereignissen anfängt, die der Gegenwart angehören, und nachher in buntem Gemisch verschiedene Begebenheiten von vor zehn oder zwanzig Jahren schildert. Man sieht also sehr wohl, dass er keine besonders gute Schule gehabt haben muss.

Damit der geneigte Leser wählen kann, was ihn interessiert, habe ich jedem einzelnen Kapitel eine kurze Angabe des Inhalts vorangesetzt.

Der Herausgeber

SECHSTES KAPITEL

Wie der Satan auf die Universität kommt

Deutschland hat mir von jeher besonders gut gefallen, und ich verrate hier nun, dass diesem Geständnis ein kleiner Egoismus zu Grunde liegt; man glaubt nämlich dort an mich genauso fest wie an das Evangelium. Jenen philosophischen Wagehälsen, die auf die Gefahr hin, dass ich sie hole, meine Existenz geleugnet und mich zu einem lächerlichen Phantom gemacht haben, ist es noch nicht gelungen, den glücklichen Kindersinn dieses Volkes zu zerstören. In seiner ungetrübten Phantasie lebe ich noch immer schwarz wie ein Mohr mit Hörnern und Klauen und mit Bocksfuß und Schwanz fort, wie ihre Ahnen mich gekannt haben.

Wenn andere Nationen durch die so genannte Aufklärung so weit fortgeschritten sind, dass sie weder an Gott noch an den Teufel glauben, so sorgen hier unter diesem Volk sogar meine vermeintlichen Erzfeinde, die Theologen, fleißig dafür, dass ich allgegenwärtig bleibe. Hand in Hand mit dem Glauben an die Gottheit schreitet bei ihnen der Glaube an mich einher."

Ich ärgere mich direkt darüber, dass ich nicht schon früher auf den Gedanken kam, meine freie Zeit auf einer Universität zu verleben, um dort zu sehen, wie man mich von Semester zu Semester traktiert. Alle Welt ist ja jetzt zivilisiert, gesittet und belesen. Daher kommen diese überheblichen Redewendungen, die in Deutschland kursieren: ein dummer Teufel, ein armer Teufel, ein unwissender Teufel, was offenbar auf meine vermeintliche wissenschaftliche Unbildung hindeuten soll.

Es ist noch kein Gelehrter vom Himmel gefallen, aber *ich* bin es. Ich bin aber nicht als gelehrt vom Himmel gefallen; darum entschloss ich mich, zu studieren und es womöglich in der Philosophie so weit zu bringen, dass ich ein völlig neues Gesellschaftssystem erfinden könnte, wovon ich mir keinen geringen Erfolg versprach. Ich wählte also die Universität in …

Doch halt! Den Ort will ich aus Gründen, die sich dem Leser im Laufe der Lektüre von selbst erschließen werden, nicht nennen. Man sei gespannt, ob nicht der Eine oder Andere meine Bildungsstätte auch als die seinige erkennt …

Nun also, im Herbst des Jahres 1819 ließ ich mich immatrikulieren. Ich hatte, wie man sich denken kann, nicht versäumt, mich meinem neuen Stand gemäß zu kostümieren. Mein Name war von Barbe, meine finanziellen Verhältnisse waren glänzend, das heißt, ich brachte einen großen Scheck mit, hatte viel Bargeld in den Taschen und eine gute Garderobe. Ich hütete mich sehr davor, als totaler Neuling aufzutreten; ich hatte schon ein bisschen herumstudiert und mich in der wissenschaftlichen Welt umgesehen.

Kein Wunder, dass ich schon am ersten Abend höfliche Gesellschafter, am nächsten Morgen vertraute Freunde und am zweiten Abend Brüder auf Leben und Tod hatte. Man denkt vielleicht, ich übertreibe? Mitnichten. Es waren gute Jungen, die ich da fand. Es begab sich also folgendermaßen: Man kann sich denken, dass ich nicht ganz unvorbereitet kam. Wer die deutschen Universitäten nur entfernt kennt, weiß, dass dort ein an Sprache, Sitte, Kleidung und Denkungsart von der übrigen Welt ganz verschiedenes Volk agiert. Ich versuchte zunächst, mich etwas darüber zu belesen, wollte aber aus der einschlägigen Literatur nicht recht klug werden.

Der Zufall half mir aus der Not. Auf einer Kutschfahrt zu meinem Studienort traf ich einen alten Studenten, der seit acht Jahren das Fach Medizin belegte. Er hatte die angenehmen Umgangsformen eines alten Haudegens, der viel zu erzählen hat.

Und ich bemühte mich in den sechs Stunden, die ich mit ihm erwartungsvoll der großen Stadt entgegenfuhr, an ihm meine Rolle zu erproben.

Er war ein gut gewachsener Mann von Mitte zwanzig. Sein Haar war dunkel und mochte früher nach der Mode geschnitten gewesen sein, es hing aber unordentlich um seinen Kopf herum, weil der Studiosus die Kosten scheute, es scheren zu lassen. Daher war er ständig dabei, sich das Haar mit fünf Fingern aus der Stirne zu streichen. Sein Gesicht war recht schön, besonders Nase und Mund waren durchaus edel und fein geformt, die Augen waren ausdrucksvoll. Aber einen etwas sonderbaren Eindruck machte es, dass das Gesicht von der Sonne übermäßig stark gebräunt war. Ein dichter Bart wucherte von den Schläfen bis zum Kinn herab, und um die Lippen hing ein vom Bier gebleichter Schnauzer. Sein Mienenspiel war schrecklich und lächerlich zugleich, die Augenbrauen waren zusammengezogen und bildeten düstere Falten. Die Augen blickten streng und stolz umher und maßen jeden Gegenstand mit einer Hoheit, die eines Königssohnes würdig gewesen wäre.

Über die unteren Partien des Gesichtes, namentlich über das Kinn, konnte ich nicht recht klug werden, denn sie staken tief in der Krawatte. Diesem Kleidungsstück schien der junge Mann bei Weitem mehr Sorgfalt gewidmet zu haben, als dem übrigen Anzug. Diese beiläufig einen halben Fuß Höhe messende Binde aus schwarzer Seide zog sich, ohne ein einziges Fältchen zu werfen, vom Kinn bis auf das Brustbein und bildete auf diese Art ein feines Mauerwerk, auf welchem der Kopf ruhte. Seine Kleidung bestand in einem weißgelben Überrock, der bis eine Spanne über das Knie reichte und sich eng um den ganzen Leib schloss. Auf der Brust war er offen und zeigte, soviel die Krawatte sehenließ, dass der Herr Studiosus offenbar mit Wäsche nicht besonders gut versehen war. Ferner trug er weite, Wellen schlagende Hosen aus schwarzem Samt und elegante Stiefel mit ungeheuren Sporen aus poliertem Eisen. Auf dem Kopf hatte er ein Stück rotes Tuch in Form einer umgekippten Blumenschale; es sah ein bisschen komisch aus, so als würde man mit einem kleinen Trinkglas einen Kohlkopf bedecken wollen.

Es war mir inzwischen klar, dass, sobald ich mir eine Blöße gegen den Herrn Kommilitonen gebe, sein Respekt vor mir auf ewig verloren wäre. Ich schaute ihm daher seine Augenbrauenfalten und seinen taxierenden Blick so gut es ging ab und hatte die Freude, dass er mich gleich nach der ersten Stunde vor dem „Philister und dem Florbesen", gemeint waren ein alter Professor und seine Tochter, welche unsere übrige Reisegesellschaft bildeten, bevorzugte. Unsere Unterhaltung wurde immer lebhafter. In der zweiten Stunde hatte ich ihm bereits gestanden, dass ich in Kiel studiert und mich auch schon einige Mal geprügelt hatte. Und bald hatte er mir versprochen, eine anständige Wohnung für mich zu besorgen und mich mit einigen Leuten von Bedeutung bekanntzumachen.

Der Herr Studiosus Würger, so hieß mein Gesellschafter, ließ an einem Wirtshaus vor der Stadt anhalten und lud mich ein, seinem Beispiel zu folgen und hier auf die Beschwernisse der Reise ein Glas zu trinken.

Die ganze Fensterreihe des Wirtshauses war mit roten und schwarzen Mützen bedeckt. Es war nämlich eine große Anzahl der Herren Studiosi hier versammelt, um die neuen Ankömmlinge, die gewöhnlich am Anfang des Semesters einzutreffen pflegen, in altgewohnter Weise zu empfangen. Ein Chorus von wenigstens 30 Bässen scholl von den geöffneten Fenstern herab. Sie sangen ein Lied, das mit den Worten anfängt: „Was kommt dort von der Höh?"

Während des Gesanges entstieg mein Gefährte majestätisch der Kutsche, und kaum hatte er den Boden berührt, schrie er zu den Fenstern empor: „Was schlagt ihr für einen Radau, ihr Kamele! Seht ihr nicht, dass zwei alte Häuser aus diesem Karren gestiegen sind?", (auf Deutsch: Lärmt doch nicht so sehr, Kameraden, ihr seht doch, dass zwei alte Studenten aus dem Wagen steigen.)

„Würger! Du altes fideles Haus!", schrien die Musensöhne und kamen die Treppen herab in seine Arme. Die Raucher vergaßen, ihre langen Pfeifen wegzulegen, die Billardspieler hielten noch ihre Queues in der Hand. Sie bildeten eine Leibwache mit sonderbarer Bewaffnung um den Angekommenen. Doch der

Edelmütige vergaß in seiner Glorie auch mich nicht, der ich bescheiden an der Seite stand. Er stellte mich den ältesten und angesehensten Männern der Gesellschaft vor und ich wurde mit herzlichem Handschlag von ihnen begrüßt. Man führte uns in wildem Tumult die Treppe hinauf, man setzte mich zwischen zwei bemooste Häuser an den Ehrenplatz, gab mir ein großes Glas voll Bier und ein so genannter Fuchs, ein Jungstudent, musste dem neuen Ankömmling seine Tabakspfeife abtreten.

So war ich denn als Student in der Stadt eingeführt, und ich gestehe, es gefiel mir gar nicht so übel unter diesem Völkchen. Es herrschte ein offener, zutraulicher Ton. Man brauchte sich nicht in den Fesseln der Konventionen, die gewiss dem Teufel am lästigsten sind, zu bewegen. Man sprach und dachte, wie es einem gerade gefiel. Wenn man bedenkt, dass ich gerade im Herbst 1819 dorthin kam, so wird man sich nicht wundern, dass ich mich am Anfang gar nicht so recht in die Konversation zu finden wusste. Denn mir machten diese Kunstwörter einiges zu schaffen; ich verwechselte oft „Sau", das Glück, mit „Pech", was hier Unglück bedeutet, wie auch „holzen", mit einem Stock schlagen, mit „pauken", sich mit anderen Waffen schlagen. Aber auch etwas Anderes fiel mir schwer. Wenn nämlich nicht von Hunden, Paukereien, Besen oder dergleichen gesprochen wurde, so fiel man hinter dem Bierglas in ungemein transzendentale Untersuchungen, von denen ich anfangs wenig verstand. Ich merkte mir aber die Hauptworte, die da vorkamen. Und wenn ich dann auch in die Konversation einbezogen wurde, so antwortete ich mit ernster Miene: „Freiheit, Vaterland, Deutschtum, Volkstümlichkeit."

Da ich nun überdies ein guter Turner war und „teufelsmäßige" Sprünge machen konnte und da ich mir langes Haar wachsen ließ und auch nicht übel mit der Klinge umgehen konnte, so war es kein Wunder, dass ich bald ein großes Ansehen unter diesem Volk erwarb. Ich benutzte diesen Einfluss so viel als möglich, um die Leute nach meinen Ansichten zu erziehen.

Es hatte sich nämlich unter einem Teil meiner Kommilitonen ein frömmelnder Ton eingeschlichen, der mir gar nicht behagte und nach meiner Meinung sich auch nicht für junge Leute schickte. Wenn ich an die jungen Herrn in London und Paris, in Berlin, Wien oder Frankfurt dachte, an die vergnügten Stunden, die ich in ihrem Kreis zubrachte, und wenn ich diese Leute dagegenhielt, die sich nur zu überschwänglichen Idealen hingezogen fühlten und nicht zu lebhaftem Witz, zu feinem Spott, der das Leben würzt, wenn ich sie, statt schönen Mädchen nachzustellen, in die Kirche schleichen sah, um einen ihrer orthodoxen Professoren anzuhören, so konnte ich recht ärgerlich werden.

Sobald ich daher in diesem Ort festen Fuß gefasst hatte, zog ich einige lustige Brüder an mich, lehrte sie neue Kartenspiele, sang ihnen ein paar ergötzliche Lieder vor und wusste sie so zu unterhalten, dass sich bald mehr und mehr anschlossen. Jetzt machte ich kühnere Angriffe. Ich stellte mich sonntags mit meinen Gesellen vor die Kirchentüre, musterte mit geübtem Auge die vorübergehenden Damen, zog dann, wenn die Schäflein drinnen waren und der Küster den Stall zumachte, mit den Meinigen in ein Wirtshaus der Kirche gegenüber und bot alles auf, die Gäste viel besser zu unterhalten, als jeder Doktor oder Professor Sowieso in der Kirche seine Zuhörer.

Ehe drei Wochen vergingen, hatte ich die größere Partei auf meiner Seite. Die Frömmeren meckerten über den rohen Geist, der einreiße, und gaben zu bedenken, dass wir doch ein christliches Volk seien. Aber es half nichts; meine Persiflagen hatten so gute Wirkung getan, dass sie sich selbst zu schämen anfingen, in der Kirche gesehen zu werden. Und es gehörte zum guten Ton, jeden Sonntag vor der Kirchentür zu sein, aber bis hierher und nicht weiter. Die Wirtshäuser waren gefüllter als jemals vorher, es wurde viel getrunken, ja, es riss die Sitte ein, Wettkämpfe im Trinken zu veranstalten!

Es predigte zwar mancher gegen das einreißende Verderben, aber man argumentierte ebenfalls, dass die „Altvorderen" auch viel getrunken haben. Und schließlich ließen sich sogar die Frömmsten große Humpen anfertigen und übten so lange, bis sie mindestens so gewaltig wie Götz von Berlichingen oder sogar wie Hermann der Cherusker saufen konnten.

SIEBENTES KAPITEL

Wie der Satan die Vorlesungen besuchte

Während ich auf die beschriebene Weise lebte und leben ließ,
vergaß ich auch das Theoretische nicht. Ich hörte die Philosophen und Theologen und hospitierte fleißig bei den Juristen und
Medizinern. Ich hatte, um zuerst über die Philosophen zu reden,
von einer der größten Koryphäen jener Universität oft sagen
hören, der Kerl hätte den Teufel im Leib. Eine solche geheimnisvolle Tiefe, so behauptete man, solche überschwänglichen
Gedanken, eine solch hinreißende Beredsamkeit sei sonst noch
nirgendwo gefunden worden. Ich habe ihn gehört und verwahre
mich hiermit feierlich vor jener Anschuldigung, dass ich in ihm
gesessen hätte. Ich habe schon viel an dummen Behauptungen
ausgehalten in Gottes Welt. Ich soll ja sogar laut Matthäus-
Evangelium in die Säue gefahren sein ... Sei's drum. Aber in
einen solchen Philosophen? – Niemals!

Was der gute Mann in seinem schläfrigen Ton vorbrachte,
war für seine Zuhörer so gut wie Französisch für einen Eskimo.
Man musste alles erst einmal ins Deutsche übersetzen, ehe man
sich darüber klar wurde, dass er ebenso wenig fliegen konnte
wie jeder andere Mensch auch. Er aber machte sich wichtig,
weil er sich aus seinen Schlüssen eine himmelhohe Jakobsleiter
gezimmert hatte; auf dieser kletterte er nun zum blauen Äther
hinauf und versprach aus seiner Sonnenhöhe herabzurufen, was
er geschaut habe. Er stieg und stieg, bis er mit dem Kopf durch
die Wolken stieß, er blickte hinein in das reine Blau des Himmels und sah unter sich die Erde so groß wie ein Senfkorn und
die Menschen wie Mücken und über sich selbst sah er – nichts.

Die Leute dieser Art kommen mir vor wie die Männer von
Babel, die einen großen Leuchtturm bauen wollten für alles
Volk, damit sich keines verlaufe in der Wüste; und siehe da, der
Herr verwirrte ihre Sprache, dass weder Meister noch Gesellen
einander mehr verstanden.

Da lobe ich mir einen anderen der dortigen Philosophen; er
las über die Logik und deduzierte jahrein, jahraus, dass zwei-

mal zwei vier sei, und die Herren Studenten schrieben ganze Stöße von Heften voll, dass zweimal zwei tatsächlich vier sei. Dieser Mann blieb jedenfalls verständlicher als seine illustren Kollegen, die, wenn ein Anderer ihr Gewäsch nicht evangeliumsgleich nannte, Antikritiken und Metakritiken der Antikritiken in alle Welt sandten.

Ich gestehe redlich, der Teufel amüsiert sich schlecht bei derlei Dingen. Ich schlug den Weg zu einem anderen Hörsaal ein, wo man über die Seele des Menschen dozierte. Gerechter Himmel! Wenn ich so viel Umstände machen müsste, um eine liederliche Seele ins Fegefeuer zu argumentieren! Der Mensch am Katheder malte die Seele auf eine große Tafel und sagte, „so ist sie, meine Herren", damit war er aber nicht zufrieden, er behauptete, sie sitze oben in der Zirbeldrüse ...!

Ich quittierte die Philosophen und besuchte die Theologen. Um die Leute näher kennen zu lernen, beschloss ich, an einem Sonntag nach der Kirche dem einen oder anderen meine Visite abzustatten. Ich kleidete mich schwarz, damit ich ein theologisches Aussehen hatte, und trat also meine Konsultations-Besuche an. Man hatte mir schon gesagt, ich sollte keinen zu voreiligen Schluss auf den reinen und frommen Charakter dieser Männer ziehen; sie seien etwas alttestamentarisch kostümiert, vernachlässigen ihre Körperpflege und haben meist ungeschickte Umgangsformen.

Derart vorgewarnt trat ich in das Zimmer des ersten Theologen. Aus einer bläulichen Rauchwolke erhob sich ein dicker, ältlicher Mann in einem groß geblümten Schlafrock, eine ganz schwarze Meerschaumpfeife in der Hand. Er nickte kurz und sah mich dann ungeduldig und fragend an. Ich setzte ihm auseinander, wie mich die Philosophie gar nicht befriedige und dass ich gesonnen sei, einige theologische Kollegien zu besuchen. Er murmelte einige unverständliche, aber wie es schien, gelehrte Bemerkungen, verzog beifällig lächelnd seinen Mund und schritt im Zimmer auf und ab.

Ich setzte die Einladung voraus, ihn bei seinem Auf- und Abgehen zu begleiten, und ging in ebenso gravitätischen Schritten neben ihm her, wobei ich aufmerksam lauschte, was sein gelehrter Mund nun weiter vorbringen würde. Leider vergebens! Er grinste hie und da noch ein wenig, sprach aber kein gelehrtes Wort mehr. Wenigstens verstand ich nur die Worte: „Pfeife rauchen?" Ich begriff, dass er mir höflich eine Pfeife anbot, konnte aber keinen Gebrauch davon machen, denn er rauchte wahrhaftig einen gar zu billigen Tabak.

Ich habe mir schon lange abgewöhnt, über irgendetwas in Verlegenheit zu geraten, sonst hätte dieses absurde Schweigen des Professors mich gänzlich irritiert. So aber ging ich gemächlich neben ihm her, kehrte um, wenn er umkehrte, und zählte die Schritte, die sein Zimmer in der Länge maß. Nachdem ich die wurmstichige Möblierung, die fadenscheinigen Kleider- und Wäscheteile, die überall auf den Stühlen umherlagen, sowie das wunderliche Chaos seines Arbeitstisches genügend gemustert hatte, wagte ich meine prüfenden Blicke an den Professor selbst. Sein Aussehen war höchst merkwürdig. Die Haare hingen ihm dünn und lang um die Glatze, die gestrickte Schlafmütze hielt er unter dem Arm. Das Nachthemd war an den Ellbogen zerrissen und hatte vorn mehrere Löcher, die vermutlich von glimmenden Tabakskrümeln hineingebrannt worden waren. Das eine Bein war mit einem schwarzseidenen Strumpf und der Fuß mit einem Schnallenschuh bekleidet, der andere stak in einem weiten, abgelaufenen Filzpantoffel, und um das halb entblößte Bein hing eine gelbliche Socke. Ehe ich noch während dieses unbegreiflichen Stillschweigens des Gelehrten meine Beobachtungen weiter fortsetzen konnte, wurde die Tür aufgerissen. Eine große, dürre Frau mit der Röte des Zorns auf den schmalen Wangen stürzte herein.

„Nein, das ist doch wohl die Höhe, Blasius!", schrie sie. „Der Küster ist da und sucht dich zum Abendmahl, der Dekan steht schon vor dem Altar und du steckst noch im Nachthemd!"

„Weiß Gott, meine Liebe", antwortete der Professor, „das habe ich tatsächlich vergessen! Doch sieh, einen Fuß hatte ich schon zum Dienste des Herrn gerüstet, als mir ein Gedanke einfiel, den ich unbedingt zu Ende meditieren musste."

Ohne darauf zu achten, dass er sich damit der allerletzten Hülle beraubt hätte, wollte er sich eilfertig das Nachthemd herunterreißen, um auch seinen übrigen Kadaver zum Dienst des Herrn zu schmücken. Seine besorgte Ehefrau aber stellte sich vor ihn hin, und zog dabei die weiten Falten ihrer Kleider auseinander, sodass von ihm dahinter nichts mehr zu sehen war.

„Sie verzeihen Herr Studiosus", sprach sie, ihre Wut kaum unterdrückend, „er ist so im Amtseifer, dass Sie ihn entschuldigen werden. Schenken Sie uns ein andermal das Vergnügen. Er muss jetzt in die Kirche."

Ich griff schweigend nach meinem Hut und überließ den Ehemann den Händen seiner liebenswürdigen Xanthippe.

„Ein schöner Anfang in der Theologie!", dachte ich, und die Lust, die übrigen geistlichen Männer zu besuchen, war mir gänzlich vergangen. Doch beschloss ich, einige Vorlesungen anzuhören, was ich auch am nächsten Tag ausführte.

Man denke sich einen weiten, niedrigen Saal, vollgepfropft mit jungen Leuten in den abenteuerlichsten Gestalten. Mützen von allen Farben und Formen, lange herabwallende oder auch kurze, emporsteigende Haare, dazu abenteuerlichste, wuchernde Bartgewächse, auch zierliche Stutzbärtchen, galante Fracks und hohe Krawatten neben deutschen Gehröcken und ellenbreiten Hemdkragen, so saßen die jungen, geistlichen Herren im Kollegium. Vor sich hatte jeder seine Mappe, einen Stoß Papier, Tinte und Feder, um die Worte der Weisheit eifrig notierend festzuhalten. ‚Oh, Platon und Sokrates‘, dachte ich, ‚hätten eure Studiosen damals nur mitgeschrieben, wäre so manches Wort tiefer, heiliger Weisheit nicht umsonst verrauscht.‘

Jetzt wurden alle Häupter entblößt. Eine kurze, dicke Gestalt drängte sich durch die Reihen der jungen Herren dem Katheder zu. Es war der Doktor Schnatterer, den ich gestern besucht hatte. Mit Genugtuung schien er die Versammlung zu überschauen, hustete dann ein wenig und begann: „Hochachtbare, hochansehnliche!" - damit meinte er die, welche sechs Taler Honorar zahlten - „Wertgeschätzte!" - die welche das gewöhnliche Honorar zahlten - „Meine Herren!" - das waren die, welche nur die Hälfte oder aus Armut gar nichts entrichteten. Und nun begann er seinen Sermon. Die Federn kratzten, das Papier raschelte, er aber schaute herab wie der Mond aus Regenwolken.

Ich hätte zu keiner gelegeneren Zeit diese Vorlesungen besuchen können, denn der Doktor behandelte gerade den Abschnitt „Die bösen Engel“, worin ich also genannt zu werden hoffen durfte. Tatsächlich, er ließ mich nicht lange warten.

„Der Teufel“, sagte er, „überredete schon die ersten Menschen zur Sünde und ist noch immer gegen das ganze Menschengeschlecht feindlich gesinnt.“

Nach diesem bedeutungsvollen Satz hoffte ich nun eine wissenschaftliche Begründung dieser Einschätzung meiner Person zu hören, aber weit gefehlt. Er blieb bei dem ersten Wort Teufel stehen, und dass mich die Juden Beelzebub genannt hätten. Mit einer Gelehrsamkeit, wie ich sie hinter dem armen Schlafrock nie vermutet hätte, drehte er nun das Wort Beelzebub drei viertel Stunden lang hin und her. Er behauptete, es bedeute einen „Fliegenmeister“, der die Mücken aus dem Lande treiben solle. Die Zitate aus allen möglichen heiligen Schriften wollten kein Ende nehmen.

Anfangs hatte es mir noch Spaß gemacht, den Satan so gründlich analysiert zu sehen. Aber dann begann es mich doch zu langweilen und ich wollte schon meinen Platz verlassen, um diesem unendlichen Gewäsch zu entfliehen, da ruhte der Doktor einen Augenblick aus, die Schnupftücher wurden gebraucht, die Füße wurden in eine andere Lage gebracht, die Federn ausgespritzt und neu beschnitten – alles deutete darauf hin, dass jetzt etwas Bedeutendes geschehen werde.

Und es war tatsächlich so; der große Theologe, nachdem er die Meinungen anderer aufgeführt und gehörig gewürdigt hatte, begann jetzt, mit hoch erhobener Stimme seine eigenen Anschauungen zu entwickeln.

Er führte aus, dass alle diese Erklärungen überhaupt nichts taugen, weil sie keinen passenden Sinn ergeben. Er habe eine vollkommen andere Meinung dazu. Er setze nämlich den Teufel mit Begriffen wie Dreck oder Mist gleich. Er bezeichne den Teufel als „Herrn im Kot“ oder „den Unreinlichen“ oder „den Stinker“, weil auch im Volksglauben mit den Erscheinungen des Satans stets ein gewisser unanständiger Geruch verbunden sei. Ich traute meinen Ohren kaum. Ein solcher Schwachsinn war mir wirklich noch nie vorgekommen. Ich war nahe daran, den orthodoxen Exegeten mit dem gleichen Mittel zu bedienen, das einst Doktor Luther, der leider überhaupt keinen Spaß verstand, an mir probiert hatte; ihm nämlich ein Tintenfass an den Kopf zu werfen. Aber es fiel mir ein, wie ich mich noch besser an ihm rächen könnte. Ich unterdrückte meinen Zorn und schob meine Rache noch ein Weilchen auf.

Der Doktor aber schlug im Bewusstsein seiner Würde sein Heft zu, stand auf, verbeugte sich nach allen Seiten und schritt zur Türe. Die tiefe Stille, welche im Saal geherrscht hatte, löste sich in einem dumpfen Beifallsgemurmel auf. Emsig verglichen die Schüler untereinander ihre Notizen, ob ihnen auch kein Wörtchen von seinen schlagenden Beweisen, von seinen kühnen Behauptungen entgangen sei. Und wie glücklich waren sie, wenn auch kein Pünktchen fehlte, wenn sie hoffen durften, ein dickes, reinliches, vollständiges Heft zu besitzen. Sobald sie aber die teuren Blätter in den Mappen hatten, waren sie wieder ganz die alten; man stopfte sich die ellenlangen Pfeifen, man setzte die Mütze kühn aufs Ohr, zog singend oder den großen Hunden pfeifend ab, und wer hätte den Jünglingen angesehen, die im Sturmschritt dem nächsten Bierhaus entgegengingen, dass sie die Stammhalter der Orthodoxie seien und gerade aus der Vorlesung des großen Dogmatikers kommen?

Das also war mein erster theologischer Unterricht. Ich war zwar nicht an Weisheit reicher geworden, aber um einen Begriff von mir selbst, an den ich nie gedacht hätte. Ich schwor mir, keinen Theologen dieser finsteren Schule mehr zu hören. Denn wenn der Oberste unter ihnen schon solche krassen Dinge behauptete, was durfte ich da erst von den übrigen erwarten?

ACHTES KAPITEL

Wie der Satan Streit bekommt und sich schlägt

Indessen ereignete sich etwas Anderes, das ich hier nicht übergehen will, weil es als eine gute Beschreibung der Sitten des wunderlichen Studentenvolkes, unter welchem ich lebte, dienen kann. Ich hatte schon seit einiger Zeit die Anatomie besucht, um auch die Ärzte kennen zu lernen. Da geschah es eines Tages, dass ich mit mehreren Freunden an einem Kadaver beschäftigt war, wobei ich ihnen durch Zergliederung des Hirns und des Herzens die Nichtigkeit des Glaubens an Unsterblichkeit zu erklären versuchte. Auf einmal hörte ich hinter mir eine Stimme: „Pfui Teufel! Wie riecht's denn hier!"

Ich wandte mich um und erblickte einen jungen Theologen, der mich schon in jener dogmatischen Vorlesung durch seinen Eifer, mit dem er die unsinnigen Ausführungen des Professors niederschrieb, gegen sich aufgebracht hatte. Als ich nun diese Äußerung „Pfui Teufel! Wie riecht's denn hier!", hörte, die ich in jenem Augenblick aus dem Munde dieses Theologen nur auf mich als den „Herrn im Kot" bezog, sagte ich ihm in ziemlich scharfem Ton, dass ich mir solche Anzüglichkeiten verbitte.

Nach dem uralten, heiligen Gesetzbuch der „Burschen", das Komment genannt wird, war dies eine Beschimpfung, die nur mit Blut abgewaschen werden konnte. Der Theologe, ein tüchtiger Raufbruder, ließ mich am anderen Tag sogleich fordern.

Ein solcher Spaß war mir durchaus erwünscht, denn wer sein Ansehen unter seinen Kommilitonen behaupten wollte, musste sich damals geschlagen haben, obgleich das Duell an sich von meinen Freunden als etwas Unvernünftiges angesehen wurde. Ich hatte meinen Gegner bestimmen lassen, die Sache in einem Vergnügungsort, eine Stunde vor der Stadt, auszumachen, und beide Parteien erschienen zur bestimmten Zeit an Ort und Stelle.

Feierlich wurde jeder Einzelne in ein Zimmer geführt. Da wurde ihm der Überrock ausgezogen und der „Paukwichs", das heißt, die Rüstung, in welcher das Duell vor sich gehen sollte, angelegt. Dieser Paukwichs bestand aus einem Hut mit breiter Krempe, die dem Gesicht hinlänglichen Schutz gab und aus einer fußbreiten Binde, die über den Bauch geschnallt wurde. Sie war aus Leder, dick gepolstert und mit der Farbe der Verbindung, zu welcher man gehörte, ausgeschmückt. Eine breite Krawatte stand steif um den Hals und schützte auch Kinn und Kehle, einen Teil der Schultern und den oberen Teil der Brust. Den Arm, vom Ellbogen bis zur Hand, bedeckte ein, aus alten seidenen Strümpfen verfertigtes Rüstzeug, das Handschuh genannt wird. Ich gestehe, dass die Figur, die in diese sonderbare Rüstung gepresst wurde, ziemlich komisch aussah. Doch so war man gut gesichert, denn nur ein Teil des Gesichtes, der Oberarm und ein Teil der Brust waren für die Klinge des Gegners zugänglich.

Ich konnte mich daher des Lachens nicht enthalten, wenn ich im Spiegel meinen sonderbaren Aufzug betrachtete; der Satan in einer solchen Klamotte und im Begriff, sich wegen des schlechten Geruchs auf der Anatomie zu schlagen!

Meine Genossen werteten dieses Lachen für einen Ausbruch der Kühnheit und des Mutes. Sie führten mich also in einen großen Saal, wo man mit Kreide die gegenseitige feindliche Stellung auf dem Boden markiert hatte. Ein „Fuchs" rechnete es sich zur Ehre an, mir den „Schläger" vorantragen zu dürfen, wie man den alten Kaisern Schwert und Zepter vorantrug. Der Schläger war eine schön gearbeitete Waffe aus poliertem Stahl mit großem, schützendem Korb und so scharf geschliffen wie ein Rasiermesser.

Endlich also standen wir einander gegenüber. Der Theologe machte ein grimmiges Gesicht und blickte mit einem Hohn auf mich, der mich nur noch mehr in dem Vorsatz bestärkte, ihn tüchtig zu zeichnen. Wir nahmen die Fechtstellung ein, die Klingen wurden gekreuzt, die Sekundanten schrien „Los!" und unsere Schläger schwirrten durch die Luft. Ich verhielt mich meistens parierend gegen die wirklich schönen, kunstvoll ausgeführten Angriffe meines Gegners, denn mein Siegesruhm würde größer sein, wenn ich mich anfangs nur verteidigte und ihm erst im vierten oder fünften Gang eine Schlappe bereitete.

Allgemeine Bewunderung folgte jedem Gang. Man hatte noch nie so kühn und schnell angreifen, noch nie mit solcher Kaltblütigkeit sich verteidigen sehen. Meine Fechtkunst wurde von den ältesten „Häusern" bis in den Himmel erhoben und man war nun darauf gespannt, wann ich selbst angreifen würde. Doch es wagte keiner, mich dazu aufzufordern.

Vier Gänge waren vorüber, ohne dass irgendwo ein Hieb blutig gewesen wäre. Ehe ich mich zum fünften bereitstellte, zeigte ich meinen Kameraden die Stelle auf der rechten Wange, wohin ich meinen Theologen zu treffen gedachte. Dieser mochte es mir wohl ansehen, dass ich jetzt selbst angreifen würde. Er deckte sich sehr gekonnt und hütete sich, selbst einen Angriff zu machen. Ich begann mit einer gelungenen Finte, der ein allgemeines „Ah!" aus vielen Kehlen folgte, schlug dann einige regelmäßige Hiebe, und – zack! – saß ihm mein Schläger in der Wange.

Der gute Theologe wusste gar nicht recht, wie ihm geschehen war. Mein Sekundant und mein Zeuge sprangen mit einem Zollstock hinzu, maßen die Wunde und sagten feierlich: „Es ist mehr als ein Zoll, es klafft und blutet, also „Anschiss"; das bedeutete also: Weil ich dem Jungen ein zolllanges Loch ins Fleisch gemacht hatte, war seine Ehre wiederhergestellt.
Jetzt stürzten meine Freunde herzu, die ältesten fassten meine Hände, die jüngeren betrachteten ehrfurchtsvoll die Waffe, mit welcher die unerhörte Tat ausgeführt worden war; denn wer durfte sich schon rühmen, vorher die Stelle, die er treffen wollte, angezeigt und mit solcher Genauigkeit getroffen zu haben?

Ernsten Blickes trat der Sekundant meines Gegners herein und bot mir in dessen Namen Versöhnung an. Ich ging zu dem Verwundeten, dem man gerade mit Nadel und Faden die Wunde zunähte und versöhnte mich mit ihm.
„Ich bin Ihnen Dank schuldig", sagte er zu mir, „dass Sie mich so gezeichnet haben. Ich wurde, ganz gegen meinen Willen, gezwungen, Theologie zu studieren. Mein Vater ist Landpfarrer und meine Mutter eine fromme Frau, die ihren Sohn gerne einmal im Chorrock sehen möchte. So hat sich die Sache mit einem Mal entschieden, denn mit einer solchen Schmarre vom

Ohr bis zum Mund darf ich keine Kanzel mehr besteigen.“
Die Burschen sahen teilnahmsvoll auf den wackeren Theologen, der wohl mit Wehmut an den Schmerz des alten Pastors, an den Jammer der frommen Mama dachte. Ich aber hielt es für das größte Glück des Jünglings, durch eine so kurze Operation der Welt wiedergeschenkt zu sein. Ich fragte ihn, was er jetzt anzufangen gedenke, und er gestand offen, dass der Stand eines Kavalleristen oder eines Schauspielers ihn von jeher am meisten angezogen hätte.

Ich hätte ihm um den Hals fallen mögen für diesen vernünftigen Gedanken, denn gerade unter diesen beiden Ständen habe ich die meisten Anhänger. Ich riet ihm, dem Trieb der Natur zu folgen, indem ich ihm die besten Empfehlungsbriefe an bedeutende Generale und an die vorzüglichsten Bühnen versprach.

Das ganze Personal aber, das dem merkwürdigen Duell beigewohnt hatte, lud ich zu einem reichen Festschmaus ein, wobei auch mein Gegner und seine Gesellen nicht vergessen wurden. Dem ehemaligen Theologen zahlte ich nachher in der Stille seine Schulden und versah ihn, als er genesen war, mit Geld und Briefen, die ihm eine glänzende Laufbahn eröffneten.

Meine geheime Wohltätigkeit war genau so wenig wie der triumphale Ausgang der Schlägerei ein Geheimnis geblieben. Man betrachtete mich von jetzt an wie ein höheres Wesen, und ich kannte manche junge Dame, die sogar über mein großmütiges Verhalten Tränen der Rührung vergoss.

Die Mediziner aber ließen mir durch eine gemeinschaftliche Spende einen prachtvollen Schläger überreichen, weil ich mich, wie sie sich ausdrückten, „für den guten Geruch ihrer Anatomie geschlagen habe“.
Die menschliche Gesellschaft bleibt unter allen Gestalten immer dieselbe, die sie von Anfang an war. Dem Bösen, selbst dem Unvernünftigen huldigt sie gern, wenn es sich nur in einem glänzenden Gewand zeigt; die ehrliche Tugend mit ihren rauen Manieren und ihrem ungeschliffenen Aussehen wird allerhöchstens einmal Achtung, aber niemals Beifall erlangen.

NEUNTES KAPITEL

Satans Rache an Doktor Schnatterer

Als ich sah, wie unendlich weit die Philosophie und Theologie an dieser Universität hinter meinen Vorstellungen zurückblieb, legte ich mich mit Eifer auf Ästhetik, Rhetorik, besonders aber auf die schöne Literatur. Man sage nicht, ich hätte auf diese Art meine Zeit unnütz angewendet. Ich besuchte ja jene berühmte Schule nicht, um ein Brotstudium zu treiben, das einmal einen Mann mit Weib und Kind ernähren könnte. Ich sagte mir immer, ich sollte versuchen, von jeder Wissenschaft einen kleinen Happen zu bekommen, mich aber so gut als möglich in jenen Künsten zu vervollkommnen, die heutzutage einem Mann von Bildung unentbehrlich sind. Bei Gelegenheit eine Stelle aus einer Dichtung zu zitieren, über die Schönheit eines Gemäldes mitzusprechen, eine Statue nach allen Regeln für erbärmlich zu erklären, das sollte man heutzutage beherrschen. Einige theologische Zitate, einige juristische Phrasen, einige neue medizinische Entdeckungen und einige exorbitante philosophische Behauptungen in petto zu haben, hielt ich für unumgänglich notwendig, um mich mit Anstand in der modernen Welt bewegen zu können. Und ohne mir selbst ein Kompliment machen zu wollen, darf ich sagen, dass ich dies in den paar Monaten meines Studiums hinlänglich gelernt habe.

Ich habe mir nach dem Beispiel meiner großen Vorbilder im Memoirenschreiben vorgenommen, auch die geringfügigsten Ereignisse aufzuführen, wenn sie merkwürdig sind, wenn sie Stoff zum Nachdenken oder zum Lachen enthalten. Ich darf daher nicht versäumen, meine Rache an Doktor Schnatterer zu erzählen. Der Doktor hatte die Gewohnheit, sonntagnachmittags mit noch mehreren anderen Professoren in ein Wirtshaus ein halbes Stündchen vor der Stadt zu spazieren. Dort pflegte man, um die steif gesessenen Glieder wieder auszurenken, Kegel zu schieben oder allerlei sonstige Kurzweil zu treiben, wie es sich für ehrbare Männer geziemt. Man spielte wohl auch bei verschlossenen Türen einmal Karten und trank manchmal ein oder zwei Gläschen über den Durst. Jedenfalls wollte die böse Welt das daraus ersehen, dass sich die Herren abends in der geschlossenen Kutsche des Wirtes zur Stadt bringen ließen.

Der ehrwürdige Theologe aber pflegte immer lange vor Sonnenuntergang heimzukehren; man sagt, weil die Frau Doktorin ihm keine längere Frist erlaubt hatte. Er ging dann bedächtigen Schrittes seinen Weg, vermied aber die breite Chaussee und schlug den Wiesenpfad ein, der dreißig Schritte seitwärts neben jener entlanglief. Der Grund war, dass der breite Weg am schönen Sonntagabend mit Fußgängern übersät war, der Doktor aber die höhere Röte seines Gesichtes und den etwas unsicheren Gang nicht den Augen der Welt preisgeben wollte.

So jedenfalls erklärten sich die Bösen den einsamen Gang Schnatterers; die Frommen aber blieben stehen, schauten ihm nach und sprachen: „Siehe, er geht nicht auf dem breiten Weg der Gottlosen, der fromme Herr Doktor, sondern den schmalen Pfad, welcher zum Leben führt."

Auf diese Gewohnheit des Doktors hatte ich meinen Racheplan gebaut. Ich lauerte ihm an einem schönen Sonntagabend auf. Er trat noch bei heller Tageszeit aus dem Wirtshaus. Mit demütigem Bückling nahte ich mich ihm und fragte, ob ich ihn auf seinem Heimweg begleiten dürfe; der Abend scheine mir in seiner gelehrten Nähe noch einmal so schön.

Der Herr Doktor schien einen mächtigen Hieb zu haben. Er legte zutraulich meinen Arm in den seinigen und begann sofort über die Tiefen der theologischen Wissenschaften zu referieren. Aber ich schlug sein Auge mit Blindheit, und indem ich als ehrbarer Studiosus neben ihm zu gehen schien, verwandelte ich meine Gestalt und erschien den verdutzten Blicken der anderen abendlichen Spaziergänger als die „picklige Liese", die berüchtigtste Dirne der Stadt. – Ach! Welch frommer Unwille, welch starres Erstaunen, welche hämische Schadenfreude malte sich in den Gesichtern der Christenheit. Die Vordersten blieben stehen, als sie das seltsame Paar auf dem Wiesenpfad schwankend wandeln sahen. Sie kehrten um und folgten uns und zogen die Nachkommenden mit. Wie eine ungeheure Prozession wälzte sich uns die erstaunte Menge nach, wie ein Lauffeuer flog das unglaubliche Gerücht „Der Herr Doktor Schnatterer spaziert reichlich beschwipst Arm in Arm mit der pickligen Liese!" von Mund zu Mund der Stadt zu.

„Hat man das je erlebt von einem christlichen Prediger?", riefen die Frommen.

„Oh je, wer hätte *das* hinter dem ehrsamen Doktor vermutet?", sprachen mit Achselzucken die Halbfrommen.

„Der Herr Doktor geht mit der Sünde spazieren!", lachten die Unfrommen.

So hallte es draußen vom Feld bis in die Stadt hinein, Bürger und Studenten, Mägde und Straßenjungen erzählten es in Kneipen, am Brunnen und an allen Ecken. Und Doktor Schnatterer und die picklige Liese waren *das* Thema für diesen Abend und manchen folgenden Tag.

An einer Krümmung des Wegs machte ich mich unbemerkt aus dem Staube und schloss mich als Studiosus meinen Kameraden an, die mir die Neuigkeit brühwarm auftischten. Der gute Doktor aber zog ruhig seines Weges. Er bemerkte, in seine tiefen Meditationen versenkt, nicht das Gedränge der Menge, die sich um seinen Anblick schlug, nicht das wiehernde Gelächter, das seinen unsicheren Schritten folgte.

Es war natürlich zu erwarten, dass einige besonders fromme Weibsbilder seiner zärtlichen Ehehälfte die Geschichte beigebracht hatten, ehe noch der Theologe an der Hausglocke zog, denn auf der Straße hörte man deutlich die fürchterliche Stimme des Gerichtsengels, der ihn in Empfang nahm. Und das Klatschen, welches man hie und da vernahm, war viel zu volltönend, als dass man hätte denken können, die Frau Doktorin hätte die Wangen ihres Gemahls mit Küssen bedeckt.

Wie ich mir aber dachte, so geschah es. Nach einer halben Stunde schickte die Frau Doktorin nach mir und ließ mich holen. Ich traf den Doktor mit hochroten Wangen ganz niedergeschlagen in einem Lehnstuhl sitzend. Die Frau schritt auf mich zu und schrie, indem sie die Augen auf den Doktor hinüberblitzen ließ: „Dieser Mensch dort behauptet, heute Abend mit Ihnen vom Wirtshaus heimgegangen zu sein. Sagen Sie mir sofort, ob das wahr ist!"

Ich verbeugte mich geziemend und versicherte, dass ich mir habe nie träumen lassen, eine solche Ehre zu genießen; ich sei den ganzen Abend zuhause bei meinen Büchern gewesen. Wie vom Donner gerührt sprang der Doktor auf. Die Erregung schien seine Zunge gelähmt zu haben.

„Zuhause g...wesen?", lallte er. „Nicht mit mir g...gangen? Mit wem soll ich denn sonst gega...gangen sein, als mit Ihnen, Wertester?"

„Was weiß ich, mit wem der Herr Doktor gegangen ist?", gab ich lächelnd zur Antwort. „Mit mir auf keinen Fall!"

„Ach, Sie sind nur zu nobel, Herr Studiosus", heulte die wütende Frau. „Was sollten Sie nicht wissen, was die ganze Stadt weiß? Der alte Sünder! Der Schandenmensch! Mit der pickligen Liese ist er herumscharwenzelt!"

„Das hat mir der böse Feind ang...tan!", raste der Doktor und rannte strauchelnd im Zimmer umher. „Der Teufel, der Beelze...hick...bub, der Stinker!"

„Der Suff hat dir's angetan, du Lump!", schrie die Zärtliche, riss sich ihren breitgetretenen Pantoffel vom Fuß und rannte ihm nach. Ich aber schlich mich zufrieden die Treppe hinab und zum Haus hinaus und dachte: ‚Dem Doktor ist ganz recht geschehen; man sollte den Teufel nicht an die Wand malen, sonst kommt er.'

Der Doktor Schnatterer wurde von da an bei seinen Vorträgen ausgezischt. Er konnte selbst mit den kühnsten Gedankenkonstruktionen den Eifer nicht mehr erwecken, der vor dieser fatalen Begebenheit unter der studierenden Jugend geherrscht hatte. Die Kollegiengelder erreichten nun nicht mehr jene Summen, welche die Frau Professorin als allgemeinen Maßstab angesetzt hatte, und der Professor lebte daher in ständigem Hader mit der Unversöhnlichen. Ja, der Teufel hatte ihm ein gehöriges Ei in die Wirtschaft gelegt.

ZEHNTES KAPITEL

Die politischen Umtriebe des Satans

Um diese Zeit hörte man in Deutschland viel von Demagogen, Umtrieben, Verhaftungen und Untersuchungen.

Wenn man sich unbefangen unter den Studenten bewegte und an ihren Gelagen teilnahm, so drängte sich einem von selbst der Eindruck auf, dass viele unter ihnen mit etwas Anderem beschäftigt seien, als mit dem eigentlichen Zweck ihres Brotstudiums. Einige fanden halt großes Interesse daran, sich mit ihren Gläubigern herumzuzanken oder ihren Hund zu bekleiden und ihm Kunststücke beizubringen und sodann Fensterparade vor den Häusern ihrer Schönen zu machen. Andere wiederum beschäftigten sich mit gewissen Idealen.

Ich hatte zwar dadurch, dass ich sie fleißig zum Studium des Trinkens ermunterte, dafür gesorgt, dass die Herren sich nicht gar zu sehr der Welt entzogen. Aber es blieb doch immer ein geheimnisvolles Walten, aus welchem ich nie so recht klug werden konnte. Besonders aber äußerte sich dies, wenn die Köpfe erleuchtet waren; da sprach man viel von Volksbildung, von frommer, deutscher Art, manche sprudelten auch über und schrien von der Not des Vaterlandes und von …

Doch das ist jetzt gleichgültig, von was gesprochen wurde; es genügt zu sagen, dass es schien, als hätte eine große Idee viele Herzen ergriffen und sie zu einem Streben vereinigt. Mir behagte die Sache an sich nicht übel. Sollte es auf etwas Unruhiges hinauslaufen, so war ich gleich dabei, denn Revolutionen waren von jeher mein Element. Nur sollte nach meiner Meinung das Ganze einen etwas eleganteren Anstrich haben.

Es gab zwar Leute, die mit der Gewandtheit eines Staatsmannes die Menge zu leiten wussten, die sich eine Eleganz des Stils, eine Leichtigkeit des Umgangs angeeignet hatten wie sie in den diplomatischen Salons erlernt und mit Anstand ausgeführt werden. Aber die meisten waren in ein phantastisches Dunkel geraten, munkelten viel von dem Dreiklang in der Einheit, von der Idee, die ihnen aufgegangen sei, und hatten Vergangenheit und Zukunft, Mittelalter und das Chaos der jetzigen Zeit unentwirrbar ineinander geknetet.

Ich merkte oft, dass einer oder der andere der Koryphäen in einer traulichen Stunde mir wohl gern etwas anvertraut hätte. Schließlich zeigte ich Verstand und Weltbildung und ich hatte Geld und gute Beziehungen; Eigenschaften, die nicht zu verachten sind und die man gern an sich zu ziehen bestrebt ist. Aber immer, wenn sie im Begriff waren, die dunkle Pforte des Geheimnisses vor meinen erwartungsvollen Augen zu öffnen, schien sie etwas zurückzuhalten. Sie behaupteten, ich hätte keine Empathie, denn dieses edle Seelenvermögen schienen sie als Probierstein zu bewerten.

Ob es wohl daran lag, dass ich durch meinen bekannten Einfluss auf die Menge Verdacht erregt hatte? Jedenfalls trat eines Morgens der Pedell in mein Zimmer und nahm mich im Namen seiner Magnifizenz gefangen. Ihn begleitete der Universitätssekretär, um meine Papiere zu beschlagnahmen und zu versiegeln. Man gab mir also zu verstehen, dass ich als Demagoge verhaftet sei. Man wies mir ein recht anständiges Zimmer im Universitätsgebäude zu und sorgte eifrig für jede Bequemlichkeit. Und als der Hohe Rat endlich beisammen war, wurde ich in den Verhandlungssaal geführt, um wegen meiner politischen Verbrechen vernommen zu werden.

Die Dekane der vier Fakultäten, der Rector magnificus, ein Mediziner, und der Universitätssekretär saßen um einen grünbehängten Tisch in feierlichem Ornat. Die tiefe Stille, welche im Saal herrschte, die steife Haltung der gelehrten Richter, ihre beeindruckend wichtigen Mienen nötigten mir unwillkürlich ein Lächeln ab. Der Rektor zeigte auf einen Stuhl ihm gegenüber am Ende der Tafel, auf den sich der Delinquent setzen sollte. Dann winkte der Rektor und der Pedell entfernte sich.

Noch immer herrschte tiefe Stille. Der Sekretär legte sich das Papier zum Protokoll zurecht und schnitt Federn. Ein alter Professor ließ seine ungeheure Schnupftabaksdose herumgehen. Jeder der Herren nahm eine Prise, bedächtig und mit dankender Beugung des Hauptes. Doktor Saper, mein nächster Nachbar, schnupfte und präsentierte auch mir die Dose. Er ließ aber das teure Behältnis, von einem missbilligenden Blick des Rektors erschreckt, mit polterndem Geräusch zu Boden fallen, dass es staubte.

„Also wirklich, Herr Doktor!", schrie der alte Professor ärgerlich, die Würde des Augenblicks völlig vergessend.

„Hach, zum Kuckuck!", ächzte der Sekretär und warf das Federmesser hin, denn er hatte sich vor Schreck in den Finger geschnitten.

„Bitte untertänigst um Entschuldigung", stammelte der verdatterte Doktor Saper. Alle sprachen auf einmal durcheinander und der Letztere kroch auf Knien unter den Tisch und wollte allen Ernstes mit einer Papierschere, die er in der Eile ergriffen hatte, den verschütteten Tabak aufschaufeln.

Der Rektor aber nahm die Glocke und schellte. Der Pedell trat herein und fragte, was zu Befehl sei. Der Rektor sprach mit einem verbindlichen Lächeln zu Doktor Saper hinüber: „Lassen Sie es gut sein, mein Lieber, er taugt doch nichts mehr. Da wir aber in dieser Sitzung wohl noch einiges an Tabak benötigen werden, glaube ich, dafür stimmen zu müssen, dass frischer gebracht werden sollte."

Doktor Saper zog schnell sein Beutelchen, reichte dem Pedell einige Groschen und befahl ihm, drei Lot Schnupftabak zu bringen. Dieser verließ den Saal. Vor dem Haus sah er, wie ich später erfuhr, die halbe Universität versammelt, denn meine Verhaftung war schnell bekanntgeworden. Alles drängte sich herzu, um Näheres zu erfahren. Man kann sich wohl die Spannung der Gemüter vorstellen, als man den Pedell so eilig aus der Türe stürzen sah. Die Vordersten hielten ihn fest und fragten ihn, wohin er denn so eilig versendet worden war. Natürlich konnte man kaum seiner Beteuerung glauben, dass er drei Lot Schnupftabak holen müsse.

Aber im Saal war nach der Entfernung des Götterboten wieder die vorige, würdevolle Stille eingetreten. Der Rektor erfasste mich mit einem Blick voller Strenge und begann zu sprechen: „Es ist uns von einer höchstpreuslichen Zentral-Untersuchungskommission der Auftrag zugekommen, auf gewisse geheime Umtriebe und Verbindungen, die sich auf der Universität seit einiger Zeit entsponnen haben sollen, unser Augenmerk zu richten. Wir sind uns nun nach reiflicher Prüfung der Umstände vollkommen darüber einig geworden, dass Sie, Herr von Barbe, sich verdächtig gemacht haben, solche Verhältnisse unter unserer akademischen Jugend herbeigeführt und angesponnen zu haben. Hm! Was sagen Sie dazu, Herr von Barbe?"

„Was ich dazu sage? Bis jetzt noch nichts, ich erwarte geziemend die Beweise, die mein Betragen einer solchen Beschuldigung verdächtig machen."

„Die Beweise?", antwortete erstaunt der Rektor. „Sie verlangen Beweise? Ist das Ihre Art von Respekt vor einem akademischen Senat? Man hat hier selbst den Beweis zu führen, dass man nicht im sträflichen Verdacht der Demagogie ist."

„Mit gütiger Erlaubnis, Euer Magnifizenz", entgegnete der Dekan der Juristen, „der Vorgeladene kann, wenn er eines Verdachtes verdächtig ist, in jedem Fall verlangen, dass ihm die Gründe des Verdachtes genannt werden."

Dem medizinischen Rektor stand der nackte Angstschweiß auf der Stirn. Man sah ihm an, dass er mit Mühe die nicht vorhandenen Beweisgründe in seinem Kopf hin- und herwälzte. Wie ein Bote vom Himmel erschien ihm daher der Pedell mit dem Schnupftabak. Der berichtete sogleich mit ängstlich zitternder Stimme, dass die Studierenden in großer Anzahl sich vor dem Universitätsgebäude zusammengerottet hätten und ein äußerst verdächtiges Gemurmel durch ihre Reihen laufe. Kaum hatte er ausgesprochen, so stürzte eine Magd herein und richtete von der Frau Magnificussin an den Herrn Magnificus einen Gruß aus, und er möchte sich doch möglichst unverzüglich nachhause bemühen, weil die Studenten allerhand verdächtige Bewegungen machten.

„Ist das nicht der klarste Beweis gegen Ihre geheimen Umtriebe, lieber Herr von Barbe?", sprach die Magnifizenz in kläglichem Tone. „Aber der Aufruhr steigert sich anscheinend. Wollen wir uns nicht lange mit Reden aufhalten. Man mache seine Vorschläge für Maßregeln. – Verflucht, dass auch der Teufel gerade in *meine* Amtsführung alle fatalen Komplikationen bringen muss! – Äh, Herr Doktor Pfeffer, wofür stimmen Sie?"

„Ja, aber ... Es ist eigentlich noch gar nichts zur Abstimmung vorgeschlagen worden. Ich rate aber, Herrn von Barbe bis auf Weiteres zu entlassen und ihm ...“

„Ja, richtig, so soll es geschehen“, stimmte der Rektor zu. „Sie können gehen, wertgeschätzter junger Freund. Beruhigen Sie Ihre Kameraden dort draußen. Sie sehen ja, wie glimpflich wir mit Ihnen verfahren sind. Und zu einer gelegeneren Stunde werden wir uns wieder hier versammeln, um ... äh ... Damit aber die Sache kein unnötiges Aufsehen erregt ... Weiß Gott, der Aufruhr steigt, ich höre es näherkommen! So kommen Sie doch am besten morgen Abend alle zum Tee zu mir, Sie auch, lieber Barbe, sodass denn die Sache in aller Ruhe weiter besprochen werden kann.“

Ich konnte mich kaum beherrschen, den ängstlichen Herren nicht ins Gesicht zu lachen. Sie saßen wahrhaft jämmerlich da wie von Gott verlassen.

„Was kann man nicht alles von der erhitzten Jugend erwarten?“, klagten sie. „Seitdem etliche Lehrer von den Kathedern gestiegen sind und sich unter die Umtriebigen gemischt haben, ist keine Ehrfurcht, kein Respekt mehr da. Man muss ja befürchten, wie schlechte Schauspieler ausgepfiffen oder am hellen Tage angefeindet zu werden.“

Draußen dankte ich meinen versammelten Kommilitonen für ihre Aufmerksamkeit für mich und sagte ihnen, dass sie nachts doch viel bessere Gelegenheit zum Fenstereinwerfen hätten. Ich überzeugte sie davon, jetzt besser abzuziehen. Sie marschierten in geschlossenen Reihen durch das erschreckte Städtchen und ließen ihre aufrührerischen Gesänge ertönen, nämlich: „Die Burschenfreiheit lebe“ und auch das erhabene Lied „Rautsch, rautsch, rautschitschi, Revolution!“

Ich ging wieder in den Saal zurück und sagte den versammelten Herren, dass sie gar nichts zu befürchten haben, weil ich die Herren Studenten zu überzeugen vermocht habe, nachhause zu gehen. Beschämung und Zorn röteten jetzt die bleichen Gesichter, und meine wenigen Kenntnisse der Psychologie mussten mich ganz getäuscht haben, wenn mich die Herren nicht für ihre blamable Angst büßen lassen würden. Und so kam es auch!

Meine Ahnung hatte mich nicht getrogen. Der Rektor ging ans Fenster, um sich zu überzeugen, dass die Aufrührer abgezogen seien. Dann wendete er sich mir zu und er, der gerade vorhin noch „mein wertgeschätzter Freund" zu mir gesagt hatte, herrschte mich jetzt an: „Wir können das Verhör fortführen. Setzen Sie sich gefälligst wieder hin!"

Ja, so sind die Menschen; nichts vergisst der Höhere so gern, als dass der Niedere ihm in der Not zur Hilfe eilte, nichts versucht er eifriger zu vergessen, als jene Not, wenn er sich dabei eine Blöße gegeben hatte, für die er sich zu schämen hat.

Nach der strengen Miene des Rektors richteten sich nun auch die Gesichter seiner Kollegen aus. Sie behandelten mich grob und mürrisch. Der Rektor entwickelte mit großer Gelehrsamkeit den ersten Anklagepunkt.

„Haben wir nicht in Erfahrung gebracht, dass Sie die jungen Leute zum Trinken verleiteten? Dass Sie neue Lieder und Kartenspiele hierherbrachten? Diese verwerflichen Sachen werden landläufig als die sichersten Symptome der Demagogie benannt; folglich sind Sie ein Demagoge!"

Mit triumphierendem Lächeln wandte er sich zu seinen Kollegen: „Habe ich nicht Recht, Doktor Pfeffer? Habe ich nicht Recht, Herr Professor Saper?"

„Vollkommen, Magnifizenz", versicherten die Angesprochenen und schnupften.

„Zweitens, jetzt kommt der andere Punkt", fuhr der Mediziner fort. „Das Turnen ist eine Erfindung des Teufels und der Demagogen. Es ist, um mich deutlich auszudrücken, eine vaterlandsverräterische Ausbildung der körperlichen Kräfte. Da Sie aber, wie wir in Erfahrung gebracht haben, einer der eifrigsten Turner sind, so haben Sie sich durch Ihre Salti mortales und Ihre übrigen Übungen als offenbarer Demagoge gezeigt. Habe ich nicht Recht, Herr Doktor Bruttler? Sage ich nicht die Wahrheit, Herr Doktor Schräg?"

„Vollkommen, Magnifizenz!", versicherten die Doktoren und schnupften.

„Demagogen", fuhr der Rektor fort, „Demagogen schleichen sich ohne bestimmten äußeren Zweck ins Land und versuchen immer irgendwie Feuer zu legen. Sie sind hinterhältige Leute, denen man ihre Verdächtigkeit schon ansieht. Der Herr Studiosus von Barbe ist ebenfalls ohne bestimmten Zweck hier, denn er läuft in allen Kollegien umher und schnüffelt in allen Wissenschaften herum, ohne sie regelmäßig zu frequentieren oder gar mitzuschreiben. Was schlussfolgern wir daraus? Er hat sich der Demagogie verdächtig gemacht! Und ich füge gleich den vierten Grund hinzu: Man hat bemerkt, dass Demagogen, vielleicht von geheimen Bünden ausgerüstet, über reichlich Geld verfügen und damit die Leute an sich locken. Wer hat sich in diesem Punkt der Anklage verdächtiger gemacht, als der Studiosus von Barbe? Habe ich nicht recht, meine Herren?"

„Vollkommen! Sehr scharfsinnig!", antworteten die Aufgerufenen im Chor und ließen die Dose herumgehen. Der Rektor, nachdem er geschnupft hatte, richtete sich majestätisch auf.

„Wir glauben, hinlänglich bewiesen zu haben, dass Sie, Herr Studiosus Friedrich von Barbe, in dem Verdacht geheimer Umtriebe stecken. Wir sind aber weit davon entfernt, ein abschließendes Urteil zu fällen, ohne den Beklagten anzuhören. Darum also verteidigen Sie sich! – Aber mein Gott! Wie schnell doch die Zeit wieder vergangen ist! Da läutet es schon zu Mittag. Ich meine, der Herr kann seine Verteidigung im Karzer schriftlich abfassen. Somit wäre die Sitzung aufgehoben. Ich wünsche gesegnete Mahlzeit, meine Herren."

So wurde mein merkwürdiges Verhör beendet. Im Karzer dann entwarf ich eine Verteidigung, die den Herren einzuleuchten schien. Wahrscheinlicher aber schien es mir, dass sie sich scheuten, einen jungen Mann, der so viel Geld ausgab, aus ihrer Stadt zu verbannen. Sie gaben mir daher den Bescheid, dass man mich aus besonderer Rücksicht diesmal noch mit einem weiteren Verfahren verschonen wolle, und setzten mich somit wieder auf freien Fuß.

Als Demagoge eingekerkert gewesen zu sein, als Märtyrer der guten Sache gelitten zu haben, zog einen neuen Nimbus um meinen Scheitel, und im Triumph wurde ich von zahlreichen Freunden aus dem Karzer nachhause begleitet. Aber die Freude sollte nicht lange andauern. Ich hatte jetzt so ziemlich meinen

Zweck erreicht, der mich in jene Stadt geführt hatte. Ich beabsichtigte, alsbald weiterzuziehen. Ich hatte mir aber vorgenommen, vorher noch den Titel eines Doktors der Philosophie zu erringen, und zwar auf völlig legalem Wege. Ich schrieb daher meine Dissertation über das Thema „Die Angelegenheiten des Teufels", ließ sie drucken und verteidigte sie öffentlich. Wie ich meine Gegner und Opponenten in Grund und Boden argumentierte, will ich hier aus Gründen der mir eigenen Bescheidenheit nicht ausführen.

Nachdem ich also den Doktorhut mit Bravur errungen hatte, bestellte ich einen großen Festschmaus, in dessen feuchtfröhlichem Verlauf so manche Seele auf ewig die meinige wurde. Und während noch die guten Kommilitonen meinen Champagner und Burgunder mit schwerer Zunge verkosteten, ließ ich meine Rappen vorführen und sagte der lieben Universitätsstadt Adieu. Die immense Rechnung des Doktorschmauses aber brachte der Wirt am nächsten Morgen den erstaunten Gästen. Manches Pochen des ungestümen Gläubigers, das die bezechten Kumpanen aus den süßen Morgenträumen weckte und manches schmerzhafte Loch in ihrem Budget erinnerte sie noch lange an diesen Doktorschmaus und an ihren Freund, den Satan.

DIE UNTERHALTUNGEN DES SATANS
UND DES EWIGEN JUDEN IN BERLIN

*Die heutigen dummen Gesichter sind nur das bœuf a la mode
der früheren dummen Gesichter. (Zitat aus Welt und Zeit)*

ELFTES KAPITEL

Wen der Teufel im Tiergarten traf

Vor etwa drei Jahren saß ich an einem schönen Sommerabend
im Berliner Tiergarten nicht weit vom Weberischen Zelt. Ich
betrachtete die bunte Welt um mich her und hatte großes Wohlgefallen an ihr; war es doch schon wieder anders geworden als
zu der frommen Zeit anno dreizehn, wo alles so ehrbar zuging,
dass es mich fast schon bekümmerte. Besonders über die schönen Berlinerinnen konnte ich mich damals richtig ärgern; sonst
zogen sie an den Sonntagen nachmittags mit Saus und Braus
nach Charlottenburg oder mit Jubel und Lachen die Linden ent-
lang in den Tiergarten, aber damals …? Jetzt ging es ja auch
wieder hoch her. Das Alte war dem Neuen gewichen. Lust und
Leben zogen wie früher durch die grünen Bäume, und der Teufel war ein geschätzter und angesehener Mann.

Ich konnte mich nicht enthalten, einen Spaziergang durch
diese bunt gemischte Gesellschaft zu machen. Die glänzenden
Militärs aller Dienstgrade mit ihren ebenso verschieden ausstaf-
fierten Schönen, all die Mütter, die ihre aufgeputzten Töchter
zu Markte brachten, die wohl genährten Beamten mit einem or-
dentlichen Batzen Geld in der Tasche, und die Grafen, Barone,
Bürger, Studenten und Handwerksburschen, die anständige und
die unanständige Gesellschaft – sie alle um mich her, sie alle
waren auf dem besten Wege, mein zu werden! In fröhlicher
Stimmung ging ich weiter und weiter, ich wurde immer zufrie-
dener und heiterer.

Da sah ich unter dem wogenden Gewühl der Menge ein
paar Männer an einem kleinen Tischchen sitzen, die gar nicht

recht zu meiner fröhlichen Gesellschaft taugen wollten. Den einen konnte ich nur von hinten sehen, es war ein ziemlich kleiner Mann. Er schien lebhaft zu sprechen und gestikulierte viel mit den Armen und er nahm nach jedem längeren Satz ein ordentliches Schlückchen dunkelroten Franzweins zu sich. Der andere mochte schon in weit vorgerückten Jahren sein. Er war ärmlich aber sauber gekleidet und stützte den Kopf auf die eine Hand, während die andere mit einem Wanderstab wunderliche Figuren in den Sand malte. Er hörte mit trübem Lächeln dem Sprechenden zu und schien ihm stets nur kurz zu antworten.

Beide Figuren hatten etwas irgendwie Bekanntes an sich, und doch konnte ich mich im Augenblick nicht entsinnen, wo sie mir schon einmal begegnet waren. Der kleine Lebhafte stand endlich auf, drückte dem Alten die Hand und ging mit schnellen Schritten heiser vor sich hin lachend fort und verlor sich bald im Gedränge. Der Alte schaute ihm wehmütig nach und stützte dann die tief gefurchte Stirne wieder in seine Hand.

Ich besann mich auf alle meine Bekannten, aber keiner passte zu dieser Figur. Doch eine leise Ahnung kam jetzt in mir auf. Sollte es nicht etwa …? Ich trat also näher, setzte mich auf den Stuhl, welchen der andere soeben verlassen hatte und wünschte dem Alten einen guten Abend. Langsam hob er seinen Kopf und schlug die Augen auf. Ja! Er war es! Es war tatsächlich Ahasverus, der Ewige Jude.

„Bon soir, Brüderchen!“, sagte ich zu ihm. „Es ist doch wirklich neckisch, dass wir uns in Berlin im Tiergarten wiederfinden. Es muss wohl so achtzig Jährchen her sein, dass ich nicht mehr das Vergnügen hatte?“

Er sah mich ein Weilchen fragend an.

„So, du bist es?“, presste er endlich heraus. „Heb dich weg, mit dir hab ich nichts zu schaffen!“

„Nun sei doch nicht gleich so grob, Ewiger“, gab ich ihm freundlich zur Antwort. „Wir haben manche Mitternacht miteinander vertollt, als du noch munter zu Gange warst auf der Erde und so richtig systematisch liederlich lebtest, um dich selbst möglichst schnell unter den Boden zu bringen. Aber jetzt bist du, glaube ich, ein Heiliger geworden.“

Ahasverus antwortete nicht, aber ein hämisches Lächeln, das über seine verwitterten Züge flog wie ein Blitz durch eine Ruine, zeigte mir, dass er sich mit der Kirche noch immer nicht so recht einig war.

„Sag mal, wer ging da eben von dir weg?", fragte ich, als er noch immer auf seinem Schweigen beharrte.

„Das war der Kammergerichtsrat Claudius Hoffmann", erwiderte er knurrig mit einem immer noch etwas verbockten Gesichtsausdruck.

„So, der? Ich kenne ihn ziemlich gut, obwohl er mir immer ausweicht wie ein Aal. Ich war ihm schon zu mancher seiner nächtlichen Phantasien behilflich, dass es ihm selbst oft angst und bange wurde. Einmal habe ich ihm als sein eigener Doppelgänger über die Schulter geschaut, als er an einer seiner Gruselgeschichten schrieb. Als er sich umwandte und den Spuk anschaute, schrie er nach seiner Frau. Es war schon Mitternacht und seine Lampe brannte trüb. – Soso, der war es also? Und was wollte er von dir, Ewiger?"

„Verdorren und verkrümmen sollst du, Verfluchter! Nenne diesen Namen nicht mehr, den ich hasse! Dass du deinen Spott nicht lassen kannst! Bist du nicht genauso ewig wie ich, und drückt dir die Zeit nicht auch auf den Rücken?", so zischte er, fuhr dann aber ruhiger fort: „Was aber den Herrn Kammergerichtsrat Hoffmann betrifft, so geht er umher, um die Leute zu studieren. Und wenn er einen findet, der etwas Besonderes an sich hat, etwa einen Hieb aus dem Narrenhaus oder einen Stich aus dem Geisterreich, so freut er sich halt und zeichnet ihn mit Worten oder auch mit dem Griffel. Und weil er an mir etwas Absonderliches verspürt zu haben meinte, setzte er sich zu mir, beschwatzte mich und lud mich ein, ihn in seinem Haus am Gendarmenmarkt zu besuchen."

„So? Und wo kommst du eigentlich gerade her, wenn man fragen darf?"

„Geradewegs aus China", antwortete Ahasverus. „Ein langweiliges Land mit langweiligen Menschen. Es sieht immer noch so aus wie vor fünfzehnhundert Jahren, als ich zum ersten Mal dort war."

„In China warst du!", lachte ich. „Wie kommst du denn zu diesem langweiligen Volk, das selbst für den Teufel zu wenig amüsant ist?"

„Lass das!", knurrte Ahasverus. „Du weißt ja, wie mich die Unruhe durch die Länder treibt. Ich habe mir, als die Morgensonne des neuen Jahrhunderts hinter den mongolischen Bergen aufging, den Kopf an dieser langen Mauer eingerannt, aber es wollte noch immer nicht mit mir zu Ende gehen. Der dort oben lässt es einfach nicht zu, dass mir auch nur ein Härchen gekrümmt wird."

Tränen rollten dem alten Menschen aus den Augen. Die müden Augenlider wollten sich schließen, aber der Schwur des Ewigen hält sie ja offen, bis er schlafen darf, wenn die andern auferstehen. Er hatte wohl lange geschwiegen. Und wahrhaftig, selbst *ich* konnte den Armen nicht ohne eine Regung von Mitleid ansehen. Er richtete sich auf.

„Satan", fragte er mit zitternder Stimme, „wie viel Uhr ist es in der Ewigkeit?"

„Es will nun allmählich Abend werden", gab ich ihm zur Antwort.

„Oh selige Mitternacht", stöhnte er, „wann endlich kommen deine kühlen Schatten und senken sich auf meine brennenden Augen! Wann nahst du, Stunde, wo die Gräber sich öffnen und Platz wird für den Einen, der dann ruhen darf!"

„Pfui Kuckuck, alter Heuler!", schimpfte ich los, erbost über das weinerliche Gehabe des ewigen Wanderers. „Wie kannst du nur solch ein verlogenes Lamento loslassen? Du darfst dir gratulieren, dass du noch etwas Besonderes hast. Manche lustige Seele hat es an einem … gewissen Ort viel schlimmer, als du hier auf der Erde. Man hat doch hier oben immer noch seinen Spaß, denn die Menschen sorgen ja ständig dafür, dass einem die Ideen für tolle Streiche nicht ausgehen. Also, wenn ich so viel freie Zeit hätte wie du, würde ich das Leben schon zu genießen wissen. Sag mal, Brüderchen, warum gehst du nicht nach England, wo man jetzt öffentlich über die galanten Abenteuer einer Königin spricht? Warum nicht nach Spanien, wo jetzt bald ein Umsturz losbricht? Warum nicht nach Frankreich, um dein Gaudium daran zu haben, wie man die Wände des Kaisertums überpinselt und mit alten Gobelins behängt. Ich kann dir versichern, es sieht wirklich närrisch aus, denn die Tapete ist überall zu kurz und durch die Risse guckt immer noch ernst und drohend das Kaisertum wie das Blut des Ermordeten, das man mit keinem Gips auslöschen kann, und das, sooft man es überstreicht, immer wieder mit roter Farbe durchschlägt."

Der alte Mensch hatte mir aufmerksam zugehört, sein Gesicht war heiterer geworden und er lachte jetzt aus vollem Herzen.

„Wie ich sehe, bist du immer noch der Alte", sagte er, und schüttelte mir die Hand. „Du verstehst es, jedem etwas anzuhängen, selbst wenn er gerade aus Abrahams Schoß käme."

„Warum", fuhr ich fort, „warum hältst du dich nicht länger und öfter hier in dem ehrlichen Deutschland auf? Kann man etwas Possierlicheres sehen, als diese Deutschen mit ihren …? – Doch still! Da geht einer von der geheimen Polizei umher. Man könnte leicht etwas aufschnappen und den Ewigen Juden und den Teufel als Unruhestifter nach Spandau schicken. Aber, um auf etwas Anderes zu kommen, warum bist du eigentlich in Berlin?"

„Das hat eine besondere Bewandtnis", antwortete der Jude. „Ich bin hier, um einen Dichter zu besuchen."

„Du einen Dichter!", rief ich verwundert. „Wie kommst du auf diesen Einfall?"

„Ich habe vor einiger Zeit ein Ding gelesen, man nennt es Novelle, worin ich die Hauptrolle spiele. Es führt zwar den dummen Titel ‚Der Ewige Jude', aber ansonsten ist es eine sehr schöne Dichtung, die mir wunderbaren Trost bescherte. Nun möchte ich den Mann sehen und sprechen, der das wunderbare Buch geschrieben hat."

„Und der soll hier in Berlin wohnen?", fragte ich neugierig. „Und wie heißt er denn?"

„Er heißt Hans Müller. Man hat mir auch die Straße genannt, aber mein Gedächtnis ist wie ein Sieb, durch das man Mondschein gießt!"

Ich war nun gespannt darauf, wie sich der Ewige Jude bei einem Dichter produzieren würde.

„Hör mal, alter Mann", sagte ich, „wir sind von jeher auf gutem Fuß miteinander gewesen, und ich hoffe nicht, dass du deine Gesinnung gegen mich geändert hast, sonst …"

„Deine albernen Drohungen kannst du dir sparen, Satan", antwortete er ruhig, „denn du weißt, du kannst mir bis zum Ende aller Zeiten den Buckel rutschen. Und außerdem kenne ich ja deine Schliche inzwischen. Aber gelegentlich bist du mir doch als alter Bekannter einigermaßen angenehm. Also sag nur an, was soll ich für dich tun?"

„Nun, du könntest mir die Gefälligkeit erweisen, mich zu dem Dichter mitzunehmen, der dich so schön in einer Novelle beschrieben hat."

„Ich sehe nicht, was für ein Interesse du daran haben könntest", antwortete der Alte, und sah mich misstrauisch an. „Du könntest irgendeinen hinterhältigen Spuk im Sinn haben und dich vielleicht gar mit bösen Absichten dem braven Mann zu nähern versuchen. Schlag dir das aber getrost aus dem Kopf, denn der schreibt so fromme Geschichten, dass kein Teufel ihm etwas anhaben könnte. – Na, aber meinetwegen kannst du mitkommen."

„Ach, weißt du, ich kümmere mich wenig um Dichter und dergleichen. Das ist eine Ware, die der Teufel kaum für begehrenswert hält. Es ist bei mir wirklich nur Interesse an dem Mann selbst, was mich zu ihm zieht. Aber übrigens, in *diesem* Kostüm kannst du hier im vornehmen Berlin keine Besuche machen, alter Mann!"

Der Ewige Jude beschaute mit einigem Wohlgefallen sein abgeschabtes braunes Röcklein mit den großen Perlmuttknöpfen, seine lange Weste mit breiten Schößen und seine zeisiggrünen Hosen, die auf den Knien ins Bräunliche übergingen. Er setzte das schwarzrote, dreieckige Hütchen aufs Ohr, nahm den langen Wanderstab kräftiger in die Hand, stellte sich vor mich hin und fragte: „Bin ich nicht mindestens so stattlich gekleidet wie König Salomo? Was hast du nur an mir auszusetzen? Freilich trage ich keinen falschen Bart wie du, keine alberne Brille sitzt mir auf der Nase, meine Haare stehen nicht überintellektuell in die Höhe, ich habe meinen Leib in keinen wattierten

Überrock gepresst und um meine Beine schlottern keine ellenweiten Hosen wie beim Herrn Bocksfuß ...“

„Solche Anzüglichkeiten solltest du wirklich lassen“, antwortete ich dem alten Juden. „Man muss heutzutage nach der Mode gekleidet sein, wenn man sein Glück machen will, und selbst der Teufel macht davon keine Ausnahme. Aber höre meinen Vorschlag. Ich spendiere dir einen anständigen Anzug und du gibst dich dafür als mein Hofmeister aus. Auf die Art könnten wir leicht Zutritt in bedeutende Häuser erlangen und ästhetischen Tee kredenzt bekommen.“

„Ästhetischer Tee, was ist denn das? In China habe ich schon so manchen Tee geschluckt; schwarzen Tee, Blumentee, Kaisertee, Mandarinentee und sogar Kamillentee, aber ästhetischer Tee war nie dabei.“

„Oh heilige Einfalt! Jude, wie weit bist du zurückgeblieben in der Kultur! Weißt du denn nicht, dass so heutzutage Zusammenkünfte genannt werden, wo man sowohl über Teeblätter als auch über schöne Ideen reichlich warmes Wasser gießt, um die Leute damit zu ergötzen? Zucker und Rum tut jeder nach Belieben dazu und man amüsiert sich dabei prächtig.“

„Wenn ich jemals so etwas gehört habe, will ich Hans heißen“, versicherte der Jude. „Und was kostet es, wenn man es erleben darf?“

„Kosten? Gar nichts kostet es. Man braucht nur der Frau des Hauses mit Anstand die Hand zu küssen, und wenn ihre Töchter etwas vorsingen oder mimische Vorstellungen geben, sollte man hie und da ein halblautes ‚wundervoll‘ oder ‚göttlich‘ hören lassen.“

„Das ist ein merkwürdiges Volk geworden in den letzten achtzig Jahren. Zu Friedrichs des Großen Zeiten wusste man noch überhaupt nichts von diesen Dingen. Doch des Spaßes wegen kann man einmal hingehen.“

Der Besuch war also auf den nächsten Tag festgesetzt. Wir besprachen uns noch über die Rollen, die ich als ein Eleve von dreiundzwanzig Jahren, er als mein hochgelehrter Hofmeister zu spielen hatten, und gingen dann für den Rest dieses Tages getrennt unserer Wege.

Ich versprach mir beste Unterhaltung von dem morgigen Tag. Der Ewige Jude hatte so altertümlich unbeholfene Manieren und er konnte sich so gar nicht in die Sitten der heutigen Welt einfügen, dass man ihn im Kostüm eines Hofmeisters wenigstens für einen recht bescheuerten Naivling halten musste. Ich nahm mir vor, möglichst elegant zu erscheinen, um den Alten schon durch den Unterschied unseres Auftritts in Misskredit zu bringen. Etwas Zerstreuung war ihm wirklich sehr nötig, denn er hatte in der letzten Zeit auf seinen einsamen Wanderungen eine widerwärtige Hinwendung zur Frömmelei entwickelt, wie ich leider feststellen musste.

Der Dichter, zu welchem mich der Ewige Jude führte, ein Mann in mittleren Jahren, nahm uns sehr freundlich auf. Der Jude nannte sich Doktor Mucker und stellte mich als seinen Eleven, den jungen Baron von Stobelberg vor. Der alte Mensch begann sofort mit einem überschwänglichen Lob über die Novelle vom Ewigen Juden. Der Dichter aber, ein feiner und hochgebildeter Mann, lenkte das Gespräch recht bescheiden auf die ursprüngliche Sage vom Ewigen Juden ganz allgemein und wie sie ihn zu seiner Novelle inspiriert hatte. Der Ewige machte, zur Verwunderung des Dichters, ein recht grimmiges Gesicht dabei. Besonders tat er das, als der Dichter behauptete, es läge in der Sage vom Ewigen Juden ein tieferer Sinn, denn der Verworfenste unter den Menschen sei nun einmal der, welcher den Schmerz über seine vermeintlich getäuschte Hoffnung gerade an dem auslässt, der diese Hoffnung erregt hatte. Und besonders verworfen sei Letzteres doch, so führte er aus, wenn zugleich der, welcher die Hoffnung erregte, gerade in einem noch größeren Unglück steckt, als derjenige, welcher sich getäuscht sah.

Es fehlte nicht viel, und Doktor Mucker hätte sein Inkognito abgelegt und wäre dem klugen Dichter zu Leibe gerückt. Noch verwirrter wurde aber mein alter Hofmeister, als der Dichter das Gespräch auf die neuere Literatur brachte. Bei diesem Thema ging ihm die Stimme völlig aus, und er suchte die nächstbeste Gelegenheit, um sich eiligst zu empfehlen. Der brave Dichter aber lud uns ein, ihn noch oft zu besuchen. Und kaum

hatte er gehört, dass wir fremd in Berlin wären und noch nicht
wüssten, wie wir den Abend verbringen sollten, so bat er uns,
ihn in ein Haus zu begleiten, wo alle Montage eine ausgesuchte
Gesellschaft von Freunden der schönen Literatur bei Tee versammelt sei. Wir sagten dankbar zu und machten uns davon.

ZWÖLFTES KAPITEL

Satan besucht mit dem Ewigen Juden einen ästhetischen Tee

Ahasverus war den ganzen Tag über verstimmt. Gerade dass er
in seinem Innern dem Dichter Recht geben musste, ärgerte ihn
sehr. Er machte abfällige Bemerkungen über die „naseweise Jugend", obgleich der Dichter dieser Novelle durchaus schon bei
Jahren war, und er seufzte über den Verfall der Sitten. Trotz des
Respekts, den ich ihm gegenüber als meinem Hofmeister hätte
haben sollen, sagte ich ihm tüchtig die Meinung. Jedenfalls
brachte ich den alten Knaben dadurch wenigstens dazu, dass er
höflich zu dem Mann sein wollte, der so nett war, uns zu dem
ästhetischen Tee zu führen.

Es schlug sieben Uhr. In einem modischen Frack, wohl par-
fümiert, in feinem Leinenhemd, die Hosen aus Paris, die durch-
brochenen Seidenstrümpfe aus Lyon, die Schuhe aus Straßburg
und bewaffnet mit kostbarer Lorgnette, so stellte ich mich den
erstaunten Blicken des Juden dar. Dieser war mit seinem modischen Erscheinungsbild allerdings nicht besonders gut zurecht-
gekommen. Er hatte sich wirklich höchst sonderbar angezogen.
Beispielsweise hatte er sich die elegante Krawatte als Gurt um
den Bauch gebunden, und er bestand hartnäckig auf der Behauptung, dies sei die neueste Tracht in Korea.

In sehr erwartungsvoller Stimmung brachen wir auf. In dem
prächtigen Wagen, den ich extra für diesen Abend gemietet hatte, sprach ich über den gesellschaftlichen Anstand.

„Du solltest", sagte ich ihm, „bei so einem ästhetischen Tee eher zerstreut und tief denkend als vorlaut erscheinen. Du darfst auf keinen Fall etwas voll und ganz loben, sondern musst immer so aussehen, als hättest du noch etwas in petto, das viel zu weise für ein sterbliches Ohr ist. Das Beifalllächeln hochweiser Befriedigung ist schwer, und kann erst nach langer Übung vor dem Spiegel perfekt erlernt werden, also solltest du das heute besser lassen. Unbedingt merken solltest du dir aber ein paar Sprüche, mit denen man etwas sehr loben oder bitter tadeln kann, ohne es gelesen zu haben. Du hörst zum Beispiel von einem Roman reden, der gerade sehr viel Aufsehen macht, man setzt hier als ganz natürlich voraus, dass du ihn schon gelesen haben müssest, und fragt dich nach deiner Meinung. Willst du dich nun lächerlich machen und antworten, ich habe ihn noch nicht gelesen? Nein! Du antwortest also mit fester Stimme: ‚Er gefällt mir im Ganzen nicht übel, obgleich er meinen ästhetischen Anforderungen an Romane noch nicht ganz entspricht. Der Text hat manches Tiefe und Originelle, die Handlung ist einigermaßen durchdacht, doch scheint mir in einigen Abschnitten der Ausdruck etwas missverständlich zu sein und einige der Charaktere sind irgendwie unstimmig.' Also, wenn du in dieser Weise redest und dabei die Stirne in Falten legst, wird dir niemand deine überaus intelligente Urteilsfähigkeit absprechen."
„Behalte doch dein Gewäsch für dich, Teufel", entgegnete der Alte mürrisch. „Meinst du, ich werde auf meine alten Tage noch vor dem Spiegel lernen wollen, ästhetische Grimassen zu schneiden, damit du was zu lachen hast? Mach dir keine Hoffnungen, Satan. Den Tee will ich meinetwegen saufen, aber …"
„Da sieht man es wieder!", wandte ich besorgt ein. „Wer wird denn in einer vornehmen Gesellschaft ‚saufen'? Es ist ziemlich viel, was dir noch fehlt, um als gebildet zu erscheinen. Nippen, leise schlürfen, in kleinen Schlucken trinken … Da hält schon der Wagen bei dem Dichter. Jetzt nimm dich aber bittesehr zusammen, dass wir uns nicht dem Spott aussetzen, Ahasverus!"

Der Dichter setzte sich zu uns und der Wagen rollte weiter. Ich sah es dem alten Juden deutlich an, dass ihm, je näher wir unserem Ziel kamen, desto bänger zumute wurde. Obgleich er schon seit nunmehr achtzehn Jahrhunderten über die Erde wandelte, konnte er sich doch so wenig in die Menschen und ihre Verhältnisse einfinden, dass er alle Augenblicke Anstoß erregte. So fragte er zum Beispiel den Dichter unterwegs, ob denn die Versammlung, in welche wir fahren, aus lauter Christen bestehe. Zu dieser Frage machte der Dichter natürlich großen Augen, weil er sich nicht recht erklären konnte, wie sie zu Stande gekommen war.

Mit wenigen, aber treffenden Worten beschrieb uns der Dichter den Zirkel, der uns heute aufnehmen sollte. Da ist die milde und sinnige Frömmigkeit, die in dem zarten Charakter der gnädigen Frau des Hauses lebte. Da ist der feierliche Ernst des ältlichen Fräuleins, die ganz den Habitus jener wehmütig heiligen Klosterfrauen an sich habe, die, nachdem sie mit gebrochenem Herzen der sinnlichen Welt ade gesagt hatten, ihr ganzes Leben hindurch an einem großartigen, interessanten Schmerz zehren. Da ist das jüngere Fräulein, frisch, rund, blühend, heiter, naiv und verliebt in einen Gardeleutnant. Der aber, weil er vermutlich nicht tiefsinnig genug ist, kommt nicht zu dem ästhetischen Tee.

Das Fräulein hat die schönsten Stellen von Goethe, Schiller, Tieck und so weiter, welche ihr ihre Mutter ausgesucht und angestrichen hatte, auswendig gelernt und trägt sie gelegentlich mit allerhöchster Präzision vor. Sie singt außerdem auf Verlangen italienische Arietten. Ihr Haupttalent besteht aber im Walzerspielen auf dem Klavier.

Die übrige Gesellschaft, einige schöngeistige Persönlichkeiten, einige Kritiker, sentimentale und naive, junge und ältere Damen sowie freie und andere Fräulein werden wir dann selbst näher kennen lernen.

Der Wagen hielt. Ein Hausdiener riss den Schlag auf und half meinem bangen Mentor heraus, der ihm prompt auf den Fuß trat. Erwartungsvoll schweigend stiegen wir die taghell erleuchtete Treppe hinauf. Ein würziger Ambraduft wallte uns aus dem Vorzimmer entgegen. Das Geräusch vieler Stimmen und das Gerassel der Teelöffel tönten aus der halb geöffneten Tür des Salons. Diese wurde uns nun geöffnet, und umstrahlt von glitzernden Lüstern saß dort die außerordentlich erlesene Gesellschaft im Kreise.

Der Dichter führte uns vor den Platz der gnädigen Frau und stellte den Doktor Mucker und seinen Eleven, den Baron von Stobelberg, vor. Huldreich neigte sich die Matrone und reichte uns die schöne, zarte Hand, indem sie uns freundlich willkommen hieß. Mit galanter Leichtigkeit fasste ich die feingliedrige Hand und hauchte ein leises Küsschen darüber hin. Die charmante Art des Fremdlings schien der Dame zu gefallen, und gern gewährte sie dem Mentor des wohl erzogenen Zöglings die gleiche Gunst. Aber oh Schrecken! Als der Alte sich hörbar knirschend niederbückte, sah ich, dass sein grauer, stechender Bart nicht glatt vom Kinn wegrasiert war, sondern wie eine Kratzbürste hervorstand. Die gnädige Frau verzog das Gesicht recht grimmig bei dem Stechkuss, aber der Anstand ließ sie nicht mehr, als einen leisen Jammerlaut hervorstöhnen. Wehmütig betrachtete sie ihre schöne weiße Hand, die rot anzulaufen begann, und sie sah sich genötigt, im Nebenzimmer Hilfe zu suchen. Ich beobachtete, wie dort ihre Zofe die wunde Stelle mit Kölnischem Wasser betupfte. Dann wurden glacierte Handschuhe geholt und die gnädige Hand damit bekleidet.

Indessen hatten sich die jungen Damen unsere Namen zugeflüstert, die Herren traten näher und fragten uns Belangloses, worauf wir Belangloses antworteten, bis die Seele des Hauses wieder hereintrat. Die edle Frau vermochte ihren Kummer um die rot angeschwollene Hand so gut zu verbergen, dass sie nur einem häuslichen Geschäft nachgegangen zu sein schien, und dass sogar der alte Sünder selbst nichts von dem Unheil ahnte, das er verschuldet hatte. Die einzige Strafe war, dass sie ihm einen stechenden Blick für seinen stechenden Handkuss zuwarf und mich den ganzen Abend hindurch auffallend vor ihm bevorzugte.

Ja, es war ein ausgesprochen eleganter Tee, zu welchem uns der Dichter da geführt hatte. Die massive, silberne Teemaschine, an der die jüngere Tochter das Getränk bereitete, die prachtvollen Lüster und Spiegel, die leuchtenden Farben der Teppiche und Tapeten, die künstlichen Blumen in den zierlichen Vasen und endlich die Gesellschaft selbst ließen auf den wertgeschätzten Stand der Hausfrau schließen.

Der Tee erwies sich aber auch tatsächlich als sehr ästhetisch. Die gnädige Frau bedauerte, dass wir nicht früher gekommen waren. Der junge Dichter Frühauf habe einige Dutzend Verse aus einem Heldengedicht vorgelesen, so innig, so schwebend, mit so viel Musik in den Schlussreimen, dass man seit langer Zeit nichts Erfreulicheres gehört hatte. Es sei zu erwarten, dass dieses Epos mit Gewissheit großes Furore in Deutschland machen werde.

Wir beklagten den Verlust dieses Kunstgenusses mit unendlichem Bedauern. Aber der bescheidene, hoffnungsvolle Dichter versicherte uns hinter vorgehaltener Hand, er wolle uns morgen in unserem Hotel besuchen, und wir sollten dann nicht nur die paar Zeilen, die er hier preisgegeben hatte, sondern einige vollständige Gesänge zu hören bekommen.

Das allgemeine Gespräch bekam jetzt eine andere Wendung. Eine ältliche Dame ließ sich ihre Arbeitstasche reichen, deren geschmackvolle Stickerei die Augen der Damen auf sich zog. Sie nahm ein Buch daraus hervor und sagte mit freundlichem Lispeln: „Voilá, das neueste Produkt meiner genialen Freundin Johanna. Sie hat es mir frisch von der Presse weg zugeschickt. Und ich bin so glücklich, die Erste zu sein, die es hier besitzt. Ich habe es in einem Rutsch durchgelesen. Aber diese herrlichen Situationen, diese Szenen, ganz aus dem Leben gegriffen, die Wahrhaftigkeit der Charaktere, dieser glänzende Stil ...“
„Sie machen mich neugierig, Frau von Wollau“, unterbrach sie die Dame des Hauses. „Darf ich mal sehen ...? Ah, ‚Gabriele‘, von Johanna von Schopenhauer. Ach, und mit dieser sind Sie bekannt, meine Liebe? Wie großartig!“
„Wir lernten uns in Karlsbad kennen“, antwortete Frau von Wollau, „wo wir beide – was für ein Zufall, oder war es göttliche Fügung? – einen akuten Darmkatarrh kurierten. Und unsere Gemüter erkannten sich in einer vollkommen gleichen Hinwendung zu edlen Zielen der Menschheit. Und wir zogen einander magisch an. Und da hat sie mir jetzt zum Zeichen ihrer Wertschätzung ihre ‚Gabriele‘ geschickt.“

„Das ist ja eine wahnsinnig interessante Bekanntschaft“, sagte Fräulein Natalie, die ältere Tochter des Hauses. „Ach, wenn ich doch auch eine so glückliche Begegnung hätte! Es geht doch nichts über eine geniale Damenbekanntschaft. Aber sagen Sie, wo haben Sie das wunderschöne Stickmuster her, ich kann ihre Tasche gar nicht genug bewundern.“

„Schön, wunderschön! Und diese Farben! Und die Girlanden! Und die elegante Form!“, hallte es von den Lippen der schönen Teetrinkerinnen. Und die arme „Gabriele“ wäre vielleicht über der Stickerei ganz vergessen worden, wenn nicht unser Dichter sich das Buch zur Einsicht erbeten hätte.

„Ich habe die interessantesten Passagen angestrichen“, sagte Frau von Wollau. „Wer von den Herren ist so gefällig, uns, wenn es der Gesellschaft angenehm ist, daraus vorzulesen?“

„Oh, herrlich, schön, ein großartiger Einfall …!“, ertönte es wieder, und unser Führer, der in diesem Augenblick das Buch in der Hand hatte, wurde zum Vorleser erwählt. Man goss die Tassen wieder voll und reichte die zierlichen Brötchen umher, um doch auch dem Körper etwas Nahrung zu geben, während der Geist mit einem neuen Roman gespeist wurde. Und als alle ausreichend versorgt waren, gab die Hausfrau das Zeichen, und die Vorlesung begann.

Beinahe eine ganze Stunde lang las der Dichter mit wohl tönender Stimme aus diesem Buch vor. Ich weiß wenig mehr davon, als dass es, wenn ich nicht irre, die langatmige Beschreibung von Tischgesellschaften enthielt, die von einigen Damen der großen Welt abgehalten wurden. Meine Aufmerksamkeit war nur halb oder eigentlich gar nicht bei der Lesung, denn ich belauschte die Herzensergießungen zweier Fräuleins, die nur scheinbar aufmerksam auf den Vortrag hörten, die jedoch einander allerlei Wichtiges in die Ohren flüsterten. Zum Glück saß ich weit genug von ihnen entfernt, um nicht in den Verdacht des Lauschens zu geraten. Und doch war die Entfernung gerade so groß, dass ein Paar gute Teufelsohren alles hören konnten. Die eine der beiden war die jüngere Tochter des Hauses, deren Herz, wie ich bereits gehört hatte, an einen Gardeleutnant mit wenig Sinn für Kunst und Literatur verloren war.

„Und denke dir“, flüsterte sie ihrer Nachbarin zu, „heute in aller Frühe ist er mit seiner Schwadron hier vorbeigeritten, und unter meinem Fenster haben die Trompeter den Galoppwalzer von neulich geblasen.“

„Oh, du Glückliche!“, antwortete das andere Fräulein. „Und hat Mama nichts gemerkt?“

„Gottseidank nicht! Und neulich im Kotillon hat er mich fünfmal zum Tanzen geholt. Fünfmal! Da kam ich schon tüchtig in Verlegenheit, das kannst du mir wirklich glauben. Ich war mit dem italienischen Attaché dort, mit dem meine Mama mich … Und du weißt, wie unerträglich mich dieser dürre Mensch verfolgt. Er hatte wieder von den italienischen Gegenden Süddeutschlands zu schwafeln angefangen und mir zu verstehen gegeben, dass sie noch schöner wären, wenn ich mit ihm dorthin ziehen würde. Und da erlöste mich der liebe Fladorp aus dieser Pein. Doch kaum hatte er mich wieder zurückgebracht, als der Unerträgliche sein Lied von Neuem anstimmte. Aber Eduard holte mich noch viermal aus dieser peinlichen Situation heraus, sodass der Italiener zuletzt vor Wut ganz stumm war, als ich das letzte Mal zurückkam. Er versuchte Mama seine Verstimmung zu erklären, sie schien ihn aber glücklicherweise nicht zu verstehen.“

„Ach, wie glücklich du bist“, entgegnete ihr ganz wehmütig die Nachbarin. „Aber ich! Weißt du eigentlich schon, dass mein Dagobert nach Halle versetzt wird? Was soll jetzt werden!“

„Ich weiß es und bedaure dich von Herzen, aber sag mir doch, wieso das auf einmal sein musste.“

„Ach!“, antwortete das Fräulein und zerdrückte eine Träne im Auge. „Ach, du hast keine Vorstellung von den Intrigen, die es im Leben gibt. Du weißt, wie eifrig sich Dagobert für das Wohl des Vaterlandes einsetzt. Da hatte er nun einen neuen Zapfenstreich erfunden. Er hat ihn mir auf dem Klavier vorgespielt. Er ist wirklich großartig. Seinem Obersten gefiel er auch, aber der wollte, dass Dagobert ihm die Ehre der Erfindung lassen sollte. Natürlich konnte Dagobert das nicht tun! Und darüber aufgebracht ruhte der Oberst nicht eher, bis der Arme versetzt worden ist. Ach, du kannst dir gar nicht denken, wie weh mir ums

Herz ist, wenn der Zapfenstreich an meinem Fenster vorbeikommt. Sie spielen ihn jeden Abend nach der neuen Erfindung, und der, welcher ihn machte, kann ihn nicht hören!"

„Ich bedaure dich wirklich sehr. Aber weißt du auch schon etwas ganz Neues? Dass sie bei der Garde andere Uniformen bekommen?"

„Nein! Ist's möglich? Oh, sag doch, wie denn? Woher weißt du das?"

„Also hör zu ... aber im engsten Vertrauen, denn es ist noch ein großes Militärgeheimnis. Eduard hat es von seinem Obersten und gestand es mir neulich unter dem Siegel der tiefsten Verschwiegenheit. Folgendes: Die silbernen Knöpfe werden auf der Brust weiter auseinandergesetzt und laufen weiter unten enger zu. Auf diese Art wirkt die Taille noch viel schlanker. Und dann sollen sie auch noch goldene Achselschnüre bekommen. Aber das weiß der Oberst noch nicht ganz gewiss. – Eduard muss darin aussehen wie ein Engel ..."

Sie flüsterten jetzt leiser, sodass ich über den Schnitt der Gardeuniform nicht recht ins Klare kommen konnte. Nur so viel sah ich, dass weibliche Augen bei platonischen Empfindungen ein recht schönes Feuer haben, dass sie aber viel reizender leuchten und bei Weitem glänzendere Strahlen werfen, wenn sich sinnliche Liebe in ihnen spiegelt.

DREIZEHNTES KAPITEL

Die Angststunden des Ewigen Juden

Der Vorleser war bis an das Ende eines Abschnitts gekommen und legte das Buch nieder. Allgemeiner Applaus erfolgte, und die begeisterten Ausrufe, die schon dem Stickmuster gegolten hatten, wurden nun auch der „Gabriele" zuteil. Ich konnte die Geistesgegenwart und die schnelle Auffassungsgabe der beiden Fräulein nicht genug bewundern; obgleich sie überhaupt nichts vom Gelesenen gehört haben konnten, waren sie doch schon so gut geschult, dass sie voll Bewunderung schienen. Die eine lief sogar zu Frau von Wollau, fasste ihre Hand und drückte sie sich ans Herz, indem sie ihr innig dankte für den außerordentlichen Genuss, den sie allen bereitet hatte. Die Dame aber saß da, voller Glanz und Glorie, als hätte sie die „Gabriele" selbst geschaffen. Sie dankte nach allen Seiten hin für das Lob, das ihrer Freundin entgegengebracht wurde und gab zu verstehen, dass sie selbst einigen Einfluss auf dieses großartige Buch gehabt habe. Denn sie finde hin und wieder leise Anklänge an ihre eigenen Empfindungen über inneres Leben und über die Stellung der Frau in der Gesellschaft, die sie ihrer Freundin in traulichen Stunden anvertraut hatte. Man fühlte sich natürlich veranlasst, ihr deswegen einige Komplimente zu machen, auch wenn man heimlich überzeugt war, dass die „geniale Freundin" gewiss nichts von Bedeutung aus dem inneren Wollauschen Leben gespickt haben konnte.

Der Ewige hatte indes eine ganz sonderbare Figur abgegeben. Verwundert schaute er in diese Welt hinein, als traue er seinen Augen und Ohren nicht. Doch war sein Bemühen, entsprechend meiner Belehrung ästhetisch auszusehen, nicht zu verkennen. Aber weil ihm die Übung darin fehlte, schnitt er so grausliche Grimassen dabei und stöhnte noch recht laut dazu, dass er einige Male während des Vorlesens die Aufmerksamkeit des ganzen Zirkels auf sich zog und die Dame des Hauses mich besorgt fragte, ob meinem Hofmeister nicht wohl sei. Ich entschuldigte ihn mit Zahnschmerzen, die ihn zuweilen befallen würden, und meinte, damit eine plausible Erklärung für sein Verhalten geliefert zu haben.

Als aber Frau von Wollau, die ihm schräg gegenübersaß, ihren Einfluss auf die Dichterin mitteilte, ließ sich der Jude nichts Besseres dazu einfallen, als laut aufzulachen. Man kann sich wohl denken, wie betreten alle Anwesenden waren, als dieser rohe Ausbruch des Hohns erscholl.

Eine totenstille Pause entstand, während der man bald den unverschämten Doktor Mucker, bald die zutiefst beleidigte Dame ansah. Die Frau des Hauses holte bereits tief Luft, um den ungehobelten Fremden, der den Anstand so rüde verletzt hatte, mit aller gebotenen Strenge zurechtzuweisen, als dieser sich aber mit viel mehr Gewandtheit, als ich ihm je zugetraut hätte, aus der Affäre zog.

„Ich hoffe, gnädige Frau", sagte er zu ihr, indem er sich erhob und sich gegen sie verbeugte, „Sie werden mein unpassendes Lachen nicht missverstehen und mir erlauben, mich dafür gründlich zu rechtfertigen. Es ist Ihnen, verehrte Herrschaften, vielleicht auch schon einmal passiert, dass eine Ideenassoziation Sie aus der Selbstbeherrschung warf. Da kommt einem mitten unter den heiligsten Dingen ein urkomischer Gedanke, der einem die Lachmuskeln kitzelt, und je mehr man sich bemüht, ihn zu unterdrücken, desto unaufhaltsamer bricht er sich Bahn. So geschah es mir in diesem unglücklichen Augenblick. Ich wäre Ihnen wirklich sehr verbunden, gnädige Frau, wenn Sie mir erlauben würden, mich durch eine offenherzige Erklärung bei Frau von Wollau zu entschuldigen."

Die gnädige Frau, sichtlich erleichtert, dass der Anstand ihres Hauses eventuell doch nicht verletzt worden war, gewährte ihm freundlich seine Bitte und der Ewige Jude setzte sich zurecht und begann zu erzählen.

„Frau von Wollau hat uns ihr Verhältnis zu einer hoch begnadeten Dichterin mitgeteilt und erzählt, wie sie über deren Arbeiten sich mit ihr besprochen hatte, und das erinnerte mich lebhaft an eine Anekdote aus meinem eigenen Leben.

Nun also: Auf einer Reise durch Süddeutschland verlebte ich einige Zeit in Sindelfingen. Meine Abendspaziergänge machte ich meistens in einem recht schönen Stadtgarten, der jedem zu allen Tageszeiten offenstand. Die schöne Welt ließ sich dort, zu Fuß und zu Wagen, jeden Abend sehen. Ich wählte die einsameren Ecken des Gartens, wo ich von dichtem Gebüsch vor störender Gesellschaft geschützt auf weichen Moosbänken sitzend meinen schweifenden Gedanken ihren Lauf ließ.

Eines Abends, als ich schon längere Zeit auf meinem Lieblingsplätzchen geruht hatte, kamen zwei gut gekleidete, etwas ältere Frauen und setzten sich auf eine Bank, die nur durch eine schmale, aber dicht belaubte Hecke von der meinigen getrennt war. Ich hielt es nicht für nötig, ihnen meine Nähe, die sie nicht ahnten, zu erkennen zu geben. Neugierde war es übrigens nicht, was mich davon abhielt, denn ich kannte ja gar niemanden in der Stadt, also konnten mir ihre Reden ganz gleichgültig sein. Aber stellen Sie sich mein Erstaunen vor, als ich folgendes Gespräch vernahm: ‚Nun? Und darf man Ihnen Glück wünschen, meine Liebe? Haben Sie die hartnäckige Elise schon aus der Welt geschafft?‘

‚Allerdings‘, antwortete die andere Dame. ‚Heute Morgen nach dem Kaffee.‘

Ein maßloser Schreck durchrieselte meine Glieder, als ich die beiden so deutlich und gleichgültig von einem Mord sprechen hörte. So leise wie möglich näherte ich mich der Hecke, die mich von ihnen trennte. Ich spitzte meine Ohren wie ein Wachtelhund, damit mir ja nichts entgehen sollte, und hörte weiter zu: ‚Und wie haben Sie es gemacht? Wieder durch Gift? Oder haben Sie sie mit der Bettdecke erstickt?‘

‚Keins von beiden. Diesmal war es wirklich ein hartes Stück Arbeit. Drei Tage lang hatte ich sie schon zwischen Leben und Sterben, aber ich kam einfach nicht darauf, wie ich es anstellen sollte. Aber da fiel mir ein gewagtes Mittel ein: Es sollte wie ein Unfall aussehen. Ich ließ sie wie durch Zufall von einem Steg, der ein brüchiges Geländer hat, in den Fluss stürzen. Ein Schlag mit einem Stein auf den Kopf, sie wollte sich noch festhalten, aber ... knack! ... platsch! Und die Wellen schlugen über ihr zusammen.‘

‚Das haben Sie gut gemacht! Und die Wievielte war es nun eigentlich schon?‘

‚Nun, das war jetzt die Nummer fünf.‘

Die Haare standen mir zu Berge. Fünf bedauernswerte Geschöpfe hatte diese Frau schon aus der Welt geschafft! Wäre es nicht ein gutes Werk, wenn ich diese Gräueltaten der Polizei melden würde?

Die Damen waren bald aufgestanden und hatten sich der Stadt zugewandt. Leise schlich ich ihnen nach wie ein Schatten ihren Fersen folgend. Sie spazierten durch die Promenade, sie kehrten um und gingen durchs Tor, und immer folgte ich ihnen.

Doch da schienen sie mich zu bemerken, denn die eine sah sich einige Mal nach mir um. Ihr böses Gewissen war vermutlich erwacht. Sie ahnte wohl, dass ich über sie Bescheid wusste. Da wollten sie mich durch verschiedene abrupte Richtungsänderungen in den Straßen täuschen, aber ich folgte ihnen hartnäckig. Endlich blieben sie vor einem Haus stehen. Sie zogen die Glocke, man schloss auf, sie traten ein. Kaum waren sie in der Tür verschwunden, ging ich schnell heran, merkte mir die Nummer des Hauses und eilte, getrieben vom Eifer, den die Entdeckung eines so schauerlichen Geheimnisses in jedem normalen Menschen erregen muss, zur Direktion der Polizei. Ich bat den Direktor um geheimes Gehör. Ich schilderte ihm die ganze Sache und alles, was ich gehört hatte. Ich wusste aber leider von den Ermordeten keine mit ihrem vollständigen Namen anzugeben, nur eine gewisse Elise. Doch diese Angaben waren dem unter solchen Fällen ergrauten Polizeimann genug. Er dankte mir für meinen Eifer, schickte sogleich eine Patrouille in die Straße, die ich ihm genannt hatte, und forderte mich auf, ihn in jenes Haus zu begleiten, wenn es Nacht ist. Die Nacht würde er lieber dazu wählen, um bei solchen Auftritten den Zudrang der Menschen und das Aufsehen möglichst zu vermeiden. Die Nacht brach an, wir gingen. Die Polizisten, die das Haus umstellt hatten, versicherten, dass es noch kein Mensch verlassen hatte. Der Vogel war also gefangen. Wir ließen uns das Haus öffnen und fingen unsere Untersuchung im ersten Stock an. Gleich vor der Tür des ersten Zimmers hörte ich die Stimmen jener beiden Frauen. Wir öffneten gewaltsam die Tür und ich deutete dem Polizeidirektor die kleinere, ältliche Dame als die eigentliche Verbrecherin an. Erschrocken und über unser plötzliches Eindringen höchst verwundert stand sie auf, trat uns entgegen und fragte, was denn hier los sei. In ihren Augen, ja, in ihrem ganzen Wesen hatte diese Dame etwas, das mir irgendwie Respekt einflößte. Ich verlor für einen Augenblick die Fassung. Ich konnte vor Aufregung kein Wort hervorbringen und deutete nur stumm auf den Polizeidirektor, um sie wegen ihrer Frage an jenen zu verweisen. Doch der ließ sich nicht so leicht verblüffen.

Mit der ernsten Amtsmiene eines Kriminalrichters fragte er sie über ihren heutigen Spaziergang aus. Sie gestand ihn durchaus ein und bestätigte auch diese Bank, auf der sie mit ihrer Bekannten gesessen hatte. Ihre Aussagen stimmten bisher ganz zu den meinigen. Der Polizeidirektor sah sie wohl schon als überführt an.

Die Frau fing jetzt an, ängstlich zu werden. Sie fragte, was man denn von ihr wolle und weshalb man ihr Haus und ihr Zimmer mit Bewaffneten besetzt hatte und warum man sie mit solchen Fragen bestürmen würde? Der Polizeidirektor sah in diesem ängstlichen Fragen den verzweifelten Ausbruch eines schuldbeladenen Gewissens. Er schien es für das Beste zu halten, ihr durch eine verfängliche Frage das Eingeständnis des Verbrechens zu entlocken: ‚Madame, wie haben Sie das seit heute Früh vermisste Fräulein Elise auf den Steg mit dem brüchigen Geländer gelockt? Und haben Sie das Geländer noch angesägt, damit es im richtigen Augenblick bricht? Versuchen Sie nicht zu leugnen, wir wissen bereits fast alles. Die unschuldige Elise starb heute Morgen durch Ihre Hand!‘

‚Ja, mein Herr! Ich habe sie tatsächlich sterben lassen‘, antwortete diese Frau mit einer Seelenruhe, die sogar in ein boshaftes Lächeln überzugehen schien.

‚Und diesen Mord gestehen Sie mit so viel Gleichmut, als hätten Sie eine Taube geschlachtet?‘, fragte der erstaunte Polizeidirektor, dem in seiner langen Berufspraxis eine solche Mörderin noch nicht vorgekommen war. ‚Ist Ihnen klar, werte Dame, dass Sie verloren sind, dass es Sie den Kopf kosten kann?‘

‚Nicht doch!‘, entgegnete die Dame. ‚Denn diese Geschichte ist ja durchaus bekannt.‘

‚Was?! Durchaus bekannt?!‘, rief der Polizeidirektor. ‚Bin ich nicht schon seit zweiundvierzig Jahren Polizist? Und meinen Sie, so etwas könnte einem Mann wie mir entgangen sein?‘

‚Und dennoch werde ich wohl recht behalten‘, entgegnete die Frau. ‚Erlauben Sie, dass ich Ihnen die Belege bringe?‘

‚Nicht von der Stelle ohne gehörige Bewachung! – Wache! Zwei Mann auf jeder Seite von Madame! Beim ersten Versuch zur Flucht wird sofort geschossen!‘

Vier Polizisten mit aufgepflanzten Bajonetten begleiteten also die Unglückliche, die anscheinend den Verstand verloren zu haben schien. Bald jedoch kam sie wieder mit einem kleinen Buch in der Hand.

‚Hier, meine Herren, werden Sie die Belege zu dem Mord finden‘, sagte sie, indem sie uns lächelnd das Buch überreichte.

‚Was, zum Teufel …‘, murmelte der Polizeidirektor, indem er das Buch aufschlug und durchblätterte. ‚Zu lesen steht hier: ‚Pauline Dupuis, Kriminalroman von …‘ Mein Gott, Sie sind, wenn ich nicht irre, eine Schriftstellerin?‘

‚So ist es‘, antwortete die Dame, und brach in Gelächter aus, in das auch der Direktor einstimmte, indem er mit vor Lachen tränenden Augen den Kopf schüttelte.

‚Und Elise, wie ist es denn mit diesem unglücklichen Fräulein?‘, fragte ich, den Zusammenhang der Sache und die Fröhlichkeit der Mörderin und des Polizeimannes noch immer nicht ganz begreifend.

‚Die liegt ermordet auf meinem Schreibtisch‘, sagte die Lachende, ‚und soll morgen durch die Druckerei ins ewige Leben eingehen.‘

Was brauche ich noch dazuzusetzen, meine Herren und Damen? Ich war der Narr in diesem Spiel und jene Frau war die bekannte Theodora von Heidenreich. Und der Roman ‚Pauline Dupuis‘ ist noch heute zu haben. Ob die geniale Frau ihren Kriminalroman ‚Elise‘ herausgegeben hatte, weiß ich nicht. Ich musste aus Sindelfingen fliehen, um nicht zum Gespött der ganzen Stadt zu werden.“

Der Ewige Jude hatte mit einer höflichen Verbeugung zu Frau von Wollau geendet. Allgemeiner Beifall wurde ihm nun zuteil, und ein gnädiges Lächeln der Hausfrau sagte ihm, wie gelungen er sich gerechtfertigt hatte.

Und genauso schnell und wirksam, wie die finsteren Blicke dieser Dame vorher alle Anwesenden aus seiner unglücklichen Nähe entfernt hatten, so nahte man sich ihm nun wieder, als ihn die Gnadensonne erneut beschien. Man zog ihn öfter ins Gespräch und man befragte ihn über seine Reisen, insbesondere über jene in Süddeutschland. Denn genau wie Schottland und seine Bewohner für London, so ist das Schwabenländle für die Berliner, die nie an den Weinhängen des Neckars eines jener sinnigen Lieder aus dem Mund eines „luschtiga Büebles" oder eines strammen „Mädles" hörten, ein exotischer Gegenstand von großem Interesse.

Welch sonderbare Meinungen über jenes Land selbst in gebildeten Zirkeln im Umlauf sind, konnte ich wieder einmal an diesem Abend feststellen. In einer Zauberwelt aus sanften Hügeln, klaren Flüssen, blühenden Obstwäldern und aus prangenden Weingärten würde, so meinten sie, ein Völkchen wohnen, das noch so ziemlich auf der ersten Stufe der Kultur stehen würde. Es gäbe dort Gelehrte, die sich nicht auszudrücken verstünden, und Schriftsteller, die kein Wort gutes Deutsch sprechen könnten. Ihre Mädchen hätten keine Bildung, ihre Frauen keinen Anstand, ihre Männer würden vor dem vierzigsten Lebensjahr nicht klug werden und im ganzen Land würden alle Tage viele Tausende jener Torheiten begangen, die allgemein unter dem Namen „Schwabenstreiche" bekannt seien.

Mir kamen diese Ansichten recht lächerlich vor. Ich war ja manches Jahr in Schwaben gewesen und hatte mich unter den guten Leutchen eigentlich ganz wohl gefühlt. Wenn ich nicht hätte befürchten müssen, aus meiner Rolle eines Zöglings zu fallen, so hätte ich sogleich darauf geantwortet. So aber ersparte mir mein „Mentor" die Mühe, der die gute Meinung, die er für einige Augenblicke gewonnen hatte, nur zu schnell wieder verlieren sollte!

„Ob die Berliner", sagte er, „mehr Bildung oder mehr Eleganz besitzen als die Schwaben, wage ich nicht zu beurteilen. Aber ich habe mit eigenen Augen gesehen, dass man dort im Durchschnitt unter den Mädchen eine weit größere Menge hübscher Gesichter und Gestalten findet als hier."

Schon hörte ich Frau von Wollau wütend schnauben: „Welche abgeschmackten, impertinenten Behauptungen dieser ungehobelte Mensch …!"

Umsonst gab ihm der Dichter einen freundschaftlichen Rippenstoß, um ihn diskret daran zu erinnern, dass er sich unter Damen befand, die einen natürlichen Anspruch auf ihre Schönheit erhoben. Doch völlig unbeirrt fuhr er fort, so als ob er den erzürnten Schönen das größte Kompliment gemacht hätte.

„Sie können gar nicht glauben, wie reizend dieser verschriene Dialekt von schönen Lippen tönt, wie niedlich das klingt, wie unendlich hübsch diese blühenden Gesichtchen sind, wenn man ihnen sagt, dass sie wunderschön sind … Wie schelmisch sie die Augen niederschlagen, wie unschuldig sie erröten … Und welch ein Zauber liegt dann in ihrem Trotz, wenn sie sich verschämt abwenden und wispern: ‚Ach ganget Se mer weg! Moinet Se denn, i glaub's Eana?' Hier im brandenburgischen Sand gibt es meist nur Teegesichter, die einen Gefallen darin finden, ästhetisch blass auszusehen. Die müssten den Atem ziemlich lange anhalten, falls sie sich überhaupt je die Mühe machen wollten, über derlei zu erröten."

Oh Jude, welchen Bock hast du da geschossen! Kaum hast du das Zorn blitzende Auge einer Dame einigermaßen versöhnt, so begehst du den kapitalen Fehler, vor zwölf Damen die schönen Mädchengesichtchen eines weit entfernten Landes zu loben! Und du hast es nicht nur sträflich versäumt, die der Anwesenden mit aufzuzählen, sondern hast es im selben Atemzug sogar noch fertiggebracht, ihre ästhetische Mondscheinblässe als „Teegesichter" herabzuwürdigen!

Die jungen Damen sahen verblüfft, als trauten sie ihren Ohren nicht, die älteren an. Diese wiederum warfen schreckliche Blicke auf den Frevler und auf die übrigen Herren, die ebenso verblüfft noch keine Worte zu einer Erwiderung finden konnten. Die Teetassen und die goldenen Löffelchen klirrten laut in den vor unbändiger Wut zitternden Händen der Mütter, die es in jahrelangem Bemühen dazu gebracht hatten, dass ihre Töchter nobel und edel aussehen, wozu ja heutzutage auch etwas Leidendes, beinahe Kränkliches gehört. All diese Mütter, denen es gelungen war, die immer wieder anschwellende Körperfülle ihrer Töchter und die immer wiederkehrende Röte der Wangen doch endlich zu besiegen, waren nun völlig fassungslos.

Und jetzt auf einmal sollte dieser fremde, abenteuerliche, gemeine Mensch sie und all ihre Freude und ihre Erziehungskunst zu Schanden reden dürfen?! Er sollte tatsächlich wagen, die Damen dieser deutschen Metropole mit jenen schwerfälligen Bewohnerinnen des unkultivierten Schwabenlandes auch nur in Vergleich zu bringen und ihnen den ersten Rang zu versagen?! Und *das* sollten sie widerspruchslos dulden?! Niemals!

Die gnädige Frau ergriff nun das Wort mit einem Blick, der über das eiskalte Gesicht des stillen Zornes wie ein Nordlicht über eine verschneite Landschaft herabglänzte.

„Ich kann nur bedauern, Herr Doktor Mucker, dass Sie das schöne Schwabenländle und seine naiven Bauernmädels so treulos verlassen haben. Und Sie, mein Lieber", fuhr sie mit einem energischen Unterton an unseren Dichter gewandt fort, „Sie bitte ich herzlich, muten Sie diesem … Herrn da nicht mehr zu, meine Zirkel zu besuchen. Meen Jott, er kännte bei unsere Frauensleite seine robusten schwäbischen Pummeljesichter und ihre Naivität vermissen, die er sich selber so janz zu eijen jemacht hat."

Triumphierend richteten sich die Gebeugten auf, die Mütter spendeten Blicke des Dankes, die Fräulein kicherten hinter vorgehaltenen Taschentüchern, die jungen Herren hatten auch wieder die Sprache gefunden und machten sich gnadenlos lustig über meinen armen Hofmeister. Doch der feine Takt der gnädigen Frau ließ diesem Ausbruch der Nationalrache nur so lange Raum, bis sie den Doktor Mucker hinlänglich gestraft zu haben glaubte. Beleidigt durfte dieser Mann in ihrem Salon nicht werden, auch wenn er durch seine rücksichtslose Äußerung ihren Unwillen verdient hatte. Sie beugte also schnell mit jener Gewandtheit, die fein gebildeten Frauen so zu eigen ist, allen weiteren Bemerkungen vor, indem sie ihren Neffen dazu aufforderte, sein Versprechen zu halten und der Gesellschaft die längst versprochene Novelle preiszugeben.

Dieser junge Mann hatte schon während des ganzen Abends meine Aufmerksamkeit auf sich gezogen. Er unterschied sich von den übrigen jungen Herren, die leer in den Tag hinein plauderten, sehr vorteilhaft durch angemessenen Ernst und eine würdige Haltung, durch gewählten Ausdruck und kurzes, treffendes Urteil. Er war groß und schlank, männlich schön, nur vielleicht etwas zu mager. Seine Augen waren hell und hatten jenen Ausdruck stillen Beobachtens, der einem Mann zu eigen ist, der bewusst über das Treiben der Welt nachdenkt.

Er hatte, was mich für ihn einnahm, am Gespräch des Ewigen Juden und an seiner Persiflage mit keinem Wort, ich möchte sagen, mit keiner Miene teilgenommen. Zum ersten Mal an diesem ganzen Abend entlockte ihm die Frage seiner Tante ein Lächeln, das sein Gesicht noch viel angenehmer machte. Wahrhaftig, in diesen Mann hätte ich mich, wenn ich eines der anwesenden Fräulein gewesen wäre, unbedingt verliebt. Aber natürlich haben junge Damen darüber ganz andere Ansichten als der Teufel. Denn der schlichte Anzug des jungen Mannes konnte natürlich eine glitzernde Gardeuniform niemals aufwiegen.

VIERZEHNTES KAPITEL

DER FLUCH - eine Novelle

„Ich habe mich vergebens abgemüht, liebe Tante", sprach der junge Mann mit wohl tönender Stimme, „mir eine nette Novelle oder eine fröhliche Erzählung passend für diesen Abend auszudenken. Aber um nicht wortbrüchig zu werden, muss ich das einigermaßen gutzumachen versuchen. Wenn Sie erlauben, will ich etwas aus meinem eigenen Erleben erzählen. Und wenn es nicht ganz den romantischen Reiz und den anziehenden Gang einer professionellen Novelle hat, dann hat es doch immer noch den Wert, der jeder Wahrheit innewohnt."
Die Tante stimmte ihm gütig darin zu, dass die einfache Wahrheit oft größeren Reiz habe, als die erfundene Spannung einer ausgedachten Novelle. Und sie gestand ihm, dass sie etwas sehr Interessantes erwarten würde, denn er sehe seit der Rückkunft von seinen Reisen so geheimnisvoll aus, dass man auf seine Erlebnisse ausgesprochen gespannt sein dürfte. Hier horchten die

älteren Damen auf und lorgnettierten ihn gründlich und gaben dieser Bemerkung vollkommen Recht.

Der junge Mann fing an zu erzählen: „Als ich vor fünf Jahren in diesem Raum von einer großen Gesellschaft Abschied nahm, warnten mich einige Damen vor den schönen Römerinnen; vor ihren feurigen Blicken. Ich nahm ihre Warnung dankbar an. Doch um Römerinnen wird es in meiner Geschichte nicht gehen. Sie beginnt damit, dass mir der deutsche Gesandte am päpstlichen Hof in der Karwoche eine Karte zu den Lamentationen in der Sixtinischen Kapelle geschickt hatte. Mehr, um den alten Herrn nicht zu beleidigen, als aus Neugierde, entschloss ich mich hinzugehen. Ich war nicht in der besten Laune, als es Abend wurde. Statt einer lustigen Partie, wozu mich ein paar deutsche Maler eingeladen hatten, sollte ich mir also einen Klagegesang anhören. Meine Stimmung wurde nicht heiliger, als ich an das Portal der Sixtinischen Kapelle kam. Die päpstliche Wache … Lauter alte, ausgediente Gestalten standen hier Posten mit so meisterlicher Grandezza wie die Cherubim an der Himmelspforte. Der Glanz der Kerzen blendete mich, als ich eintrat, und stach wunderbar ab gegen den dunklen Chor. Und der Hochaltar war von dreizehn hohen Kerzen erleuchtet.

Ich hatte Zeit genug, die Gesellschaft um mich her zu mustern. Ich bemerkte nur wenige Römer, dagegen fast alles, was Rom an Fremden beherbergte. Einige französische Marquis, berüchtigte Spieler, und einige junge Engländer aus meiner Bekanntschaft standen in meiner Nähe. Sie zogen mich auf, dass auch ich mich habe verführen lassen, diesem Spektakel beizuwohnen. Lord Parter aber meinte, es sei dies wohl der Schönen zuliebe geschehen, die ich mitgebracht habe. Er deutete dabei auf eine junge Dame, die neben mir stand. Er fragte nach ihrem Namen und schien mir nicht zu glauben, als ich ihm damit nicht dienen konnte.

Ich betrachtete meine Nachbarin unauffällig; es war eine sehr schlanke Frau, ein schwarzer Schleier bedeckte das Gesicht und nahezu die ganze Gestalt und ließ nur einen Teil des Nackens sehen. Er war blass und weiß, eine Haut, wie ich sie selten in Italien gesehen hatte.

Schon dankte ich im Stillen dem alten Diplomaten, weil ich hoffen konnte, eine interessante Bekanntschaft zu machen. Da begann der Klagegesang und meine Schöne schien so gebannt zuzuhören, dass ich nicht mehr wagte, sie anzureden.

Ziemlich verstimmt lehnte ich mich an eine Säule zurück, Gott und die Welt, und die Lamentationen verwünschend. Der monotone Gesang war nahezu unerträglich. Denken Sie sich sechzig der tiefsten Stimmen, die unisono im Grundton der menschlichen Brust Bußpsalmen murmeln. Der erste Psalm war zu Ende, eine Kerze auf dem Altar verlöschte. Getröstet, die Vorstellung würde bald ein Ende haben, wollte ich eben den jungen Lord ansprechen, als der Gesang von Neuem anfing. So schlussfolgerte ich, dass erst noch alle zwölf übrigen Kerzen einzeln verlöschen müssten, bis ich ans Ende denken könnte.

Die Menschen standen so dicht gedrängt, dass an ein vorzeitiges Entfernen kaum zu denken war. Ich empfahl mich allen existierenden Göttern und fand mich seufzend damit ab, auf den Schluss zu warten. Aber wie sollte das möglich sein? Wie die Hitze einer Mittagssonne strahlten die tiefen Klänge in mich hinein. Zwei Kerzen waren erst verloschen und meine Unruhe wurde immer größer. Bald drangen mir die Töne tatsächlich bis ins innerste Mark. Eine merkwürdige Wehmut ergriff mich. Gedankenbilder aus den Tagen meiner frühen Kindheit stiegen in meiner Seele auf, unwillkürliche Rührung überkam mich und Tränen flossen wie Sturzbäche aus meinen Augen. Ich konnte nichts dagegen tun und hantierte mit meinem Taschentuch. Beschämt sah ich mich um, ob wohl jemand meine Tränen bemerkt hätte. Aber die französischen Spieler – was für ein Anblick! – lagen zerknirscht auf ihren Knien. Der Lord und seine Freunde weinten hemmungslos und bitterlich.

Zwölf Kerzen waren nun verloschen. Noch einmal erhoben sich die tiefen, herzdurchbohrenden Töne und zogen klagend durch die riesige Halle. Dann wurden sie immer leiser und leiser und verschwebten. Da erlosch auch die letzte Kerze und zugleich mit ihr das blendende Feuermeer der Kirche. Und bange Schatten und tiefe Finsternis drangen aus dem Chor und lagerten sich über die Gemeinde.

Mir war, als wäre ich aus der Gemeinschaft der Seligen hinausgestoßen in eine fürchterliche Nacht. Da tönten aus den hintersten Räumen des Chores auf einmal sehr süße, klagende Stimmen. Was das tiefe, schauerliche Unisono noch ungerührt gelassen hatte, zerschmolz nun vor diesem hohen Klang der Wehmut. Rings um mich her war nur Schluchzen und Wimmern zu hören, und vom Chor herüber kamen Töne wie von leidenden Engeln gesungen. Ich glaubte tatsächlich in diesem Moment, in einer vernichteten Welt unterzugehen und entsetzt zu hören, dass der Glaube an Unsterblichkeit nichts als eine Wahnvorstellung gewesen wäre.

Der Gesang war verklungen, nur Fackeln erhellten noch die Szene. Die Menge strömte durch die geöffneten Pforten. Auch ich wollte aufbrechen, da bemerkte ich, dass meine Nachbarin zusammengesunken auf den Knien lag. Ich fasste mir ein Herz. ‚Signora‘, sagte ich leise, ‚die Tore werden geschlossen, wir sind fast die Letzten in der Kapelle.‘
Keine Antwort. Ich kauerte mich zu ihr und fasste ihre rechte Hand, die auf dem Boden lag. Sie war völlig kraftlos. Die Dame war ohnmächtig. Ich befand mich in einer sonderbaren Lage. Die Nacht war schon weit vorgerückt. Kaum jemand befand sich noch in der Kirche. Ich musste befürchten, vergessen und eingeschlossen zu werden. Ich rief einen Fackelträger heran, um die Dame mit seiner Hilfe aufzurichten. Ich hob den Schleier über ihre Stirn und … Mein Gott! Der flackernde Schein der halb verlöschten Fackel fiel auf ein Gesicht, so wunderschön, wie ich es auch auf den herrlichsten Bildern von Raffael nie gesehen hatte! Glänzend braune Locken hatten sich aufgelöst und fielen bis auf den verhüllten Busen herab. Diese schön geschwungenen Brauen, dieser halb geöffnete Mund mit den vollen Lippen …

Als wir sie aufheben wollten, schlug sie die herrlichsten, *blauen* Augen auf. Ich war so beeindruckt, dass ich einige Zeit brauchte, um mich zu sammeln. Sie richtete sich plötzlich auf und stand mir nun in ihrer ganzen Schönheit gegenüber. Ich konnte meinen Blick nicht von ihr lassen. Diese zarten Formen bei diesem ungewöhnlich schlanken Wuchs …

Sie schaute verwundert in der schattendunklen Kirche umher und ließ dann ihren Blicke auf mir ruhen.

‚Und Sie *hier*, Otto?‘ sprach sie, nicht italienisch, nein, in wohl klingendem Deutsch. Ich konnte es kaum fassen! Sie sprach wie zu einem Bekannten zu mir, ja sogar meinen Namen hatte sie genannt! Woher konnte sie ihn wissen? – Sie schien verwundert zu sein über mein Schweigen.

‚Nicht bei Laune, mein Freund? Doch lassen Sie uns gehen, es wird spät.‘

Sie hatte Recht. Die Fackel drohte zu verlöschen. Ich bot ihr meinen Arm. Sie drückte ganz zart meine Hand. Was sollte ich denken, was sollte ich machen? Ein Betrug war nicht möglich. – Dieses Mädchen *konnte* keine Dirne sein. Eine Verwechslung war also offenbar. Aber sie kannte meinen Namen und sie benahm sich so arglos.

Ich fasste einen Entschluss. – Ich spielte die Rolle eines leicht verstimmten Verehrers und schritt schweigend mit ihr durch die Halle. Am Portal wurde es wieder kritisch. Welche Straße sollte ich wählen, um ihr nicht gleich meine tatsächliche Orientierungslosigkeit zu verraten? Einer Eingebung folgend schritt ich auf die mittlere Straße zu.

‚Mein Gott!‘, rief sie aus und zog meinen Arm sanft seitwärts, ‚Otto, wo sind Sie nur heute? Hier wären wir ja an den Tiber gekommen.‘

Wie gern hörte ich diese zu Herzen gehende Stimme! Ich begriff zum ersten Mal, wie wunderbar unsere Sprache aus einem schönen Mund klingen kann. Schon oft hatte ich die Römerinnen beneidet, um den Wohllaut ihrer Sprache. Aber dies hier war viel schöner, als ich es je in Rom gehört hatte. Es musste offenbar ein deutsches Mädchen sein. Ich sah es deutlich aus ihrem gesamten Verhalten. Und als ich noch immer schwieg, sah sie mich wehmütig an und ihre Lippen wölbten sich, als würden sie einen Kuss von mir erwarten.

‚Bist du mir nicht mehr gut, mein Otto? Bist du mir immer noch gram, weil ich diese Lamentationen hören wollte? Oh, bitte, komm sei wieder gut! Und, ja, du hattest Recht; wäre ich lieber nicht hingegangen. Ich dachte, dort ein wenig Trost zu finden und fand keinen Trost und auch keine Hoffnung. Es war sogar sehr schlimm. Alle meine Lieben schienen ihren Gräbern zu entsteigen, sie schienen über die Alpen zu wehen und mich mit ihren Klagen zu sich zu rufen. Ich habe so schmerzhaft empfunden, wie verlassen ich von allen bin. Ich wäre ja ganz allein auf der Welt, wenn ich dich nicht hätte.'

Ich war verzweifelt; das wunderbarste Mädchen am Arm zu haben und nicht der zu sein, den sie meinte! Als ich Tränen in ihren Augen blitzen sah, hielt ich mein Schweigen nicht mehr aus, doch ich spielte die Rolle weiter und flüsterte leise: ,Wie könnte ich dir nicht gut sein?'

Sie schaute erleichtert auf.

,Du bist wieder gut? Und du siehst heute auch gar nicht so finster aus. Auch deine Stimme klingt heute so weich! Sei doch auch morgen so. Und lass mich nicht wieder einen ganzen, langen Tag auf dich warten.'

Sie näherte sich einem Haus und blieb davor stehen, indem sie die Glocke zog.

,Und nun gute Nacht, mein Herz', sagte sie. ,Wie gern hätte ich noch ein wenig mit dir auf unserer Bank gesessen, aber die Signora steht wohl schon schnaufend hinter der Tür.'

Ich wusste nicht, wie mir geschah, ich fühlte einen Kuss auf meinen Lippen und weg war sie. Ich merkte mir natürlich die Nummer des Hauses, aber den Namen der Straße konnte ich nirgendwo erkennen. Dort war ein Brunnen und gegenüber von ihrem Haus eine in Stein gehauene Madonna. Ich wand mich mit unsäglicher Mühe durch das Gewirr der Straßen und war doch nicht froh, als ich endlich meine Wohnung erreichte.

Ich fand bis zum hellen Morgen keinen Schlaf. Zuerst ließ mich der Mond nicht schlafen, der mich durchs Fenster angrinste. Mitunter zogen auch die Lamentationen durch mein verwirrtes Gemüt. Und ich verwünschte endlich dieses völlig verrückte Abenteuer, das mich eine schlaflose Nacht gekostet hatte, weil ich absolut keine plausible Erklärung dafür finden konnte.

Am anderen Morgen schauten Lord Parter und einer seiner Freunde bei mir ein. Sie wollten mir angeblich begegnet sein, als ich meine rätselhafte Schöne nachhause brachte. Und sie neckten mich, weil ich sie gestern gänzlich verleugnet hätte. Als ich ihnen mein Abenteuer erzählte, behaupteten sie noch unglaublichere Dinge; sie hätten mich nämlich schon mehrmals mit dieser Dame gesehen. Mir wurde immer klarer, dass sich irgendein Dämon in meine Gestalt gehüllt haben musste, weil ja auch das Mädchen mich genau zu kennen schien.

Die beiden Engländer mussten mir Stillschweigen versprechen, weil ich mich vor dem Spott meiner Bekannten fürchtete. Und sie versprachen freundlicherweise auch, mir zu helfen, die namenlose Straße wiederzufinden, weil ich mich an den verwinkelten Weg dorthin einfach nicht mehr erinnern konnte.

Nach langem Umherirren fanden wir endlich in einem entlegenen Winkel der Stadt die bewussten Merkzeichen, die Madonna und den Brunnen. Ich sah also das Haus wieder, in dem sie wohnte, ich stand vor der Tür, hinter der sie verschwunden war, aber hier ging mein Mut zu Ende. Ich ging mehrere Mal durch die kleine Straße; immer war die Tür verschlossen, stets waren die Fenster verhängt. Meine beiden Freunde und ich verteilten uns; wir beobachteten tagelang die Promenaden und das Haus, doch weder meine Schöne noch mein angebliches Ebenbild ließen sich sehen.

Geschäfte riefen mich in dieser Zeit nach Neapel. So angenehm mir sonst diese Reise gewesen wäre, so war sie mir in meiner gegenwärtigen Situation höchst fatal. Unaufhörlich verfolgte mich das Bild des Mädchens in meinen Gedanken. Im Traum wie im Wachen hörte ich ihre wohl klingende Stimme. Recht widerwillig reiste ich ab. Die Reise mit all ihren Abwechslungen, die ernsten Geschäfte, der Reiz der neuen Gesellschaft, nichts gab mir meine Ruhe wieder.

Es war zur Zeit des Karnevals, als ich nach Rom zurückkehrte. Vergebliche Hoffnung, im Gewühl tausender Menschen den Gegenstand meiner Sehnsucht zu finden! Meine englischen Bekannten waren inzwischen abgereist; so hatte ich niemanden mehr, dem ich mich anvertrauen mochte.

Tatenlos hatte ich mehrere Tage verstreichen lassen. Ich war nicht zu bewegen, mich ins Getümmel des bunten Karnevals zu mischen. Wie sehr wunderte ich mich aber, als mich am Morgen des vierten Tages der Karnevalswoche der alte Diplomat fragte, ob ich mich denn gestern gut ‚amüsiert‘ hätte. Ich sagte ihm, ich sei gar nicht im Korso gewesen. Er stutzte und behauptete, mich von seinem Wagen aus mit einer schlanken Dame am Arm gesehen und gegrüßt zu haben. Er war geradezu verärgert, als ich es wieder verneinte. Aber dann kam mir der Gedanke, dass es ja die Gesuchten hätten sein können ...

Alle Leute waren schon sehr gespannt auf den kommenden Abend. Ein prachtvoller Maskenzug, worin Damen aus den edelsten römischen Häusern die Hauptrollen übernommen hatten, sollte den Karneval verschönern. Ich gab dem Drängen einiger Bekannter nach und ging mit auf den Korso.

Erwarten Sie von mir keine Beschreibung dieses Schauspiels. Zu jeder anderen Zeit würde ich ihm alle meine Aufmerksamkeit geschenkt haben, nicht nur, weil es mir als Volksbelustigung sehr interessant gewesen wäre, sondern weil sich der Charakter der Römer gerade hier am meisten zeigt. Aber wenn ich sage, dass von dem ganzen Abend, von allen Herrlichkeiten des Korsos nur noch ein Schatten in meiner Erinnerung geblieben ist und nur ein heller Stern aus dieser Nacht auftaucht, werden Sie mir vergeben, wenn ich mich über das interessante Schauspiel so überaus kurzfasse.

Die lange, enge Straße war schon mit maskierten Menschen gefüllt, als wir durch die Porta del popolo hereintraten. Unüberschaubar wogten die Wellen der Menge durcheinander. Mein Blick glitt suchend darüber hinweg. Die Erwartung war gespannt. Überall hörte man von dem Maskenzug reden, der sich nun bald nähern müsste. Ein rauschendes Beifallsrufen drang jetzt von dem Obelisken auf der Piazza herüber und verkündete die Ankunft der Masken. Alle Blicke richteten sich dorthin. Von den Balkonen und Gerüsten herab wehten ihnen Tücher und winkten ihnen Hände entgegen.

Es war gewiss ein herrlicher Anblick. Die Götter des alten Römischen Reiches schienen wieder in die alten Mauern eingezogen zu sein. Welch herrliche Gestalten des Apoll und des Mars, wie lieblich Venus und Juno! Besonders hoch brandete der Beifall auf, als die Gräfin Parvi sich in recht gewagtem Kostüm unmaskiert als Psyche nahte.

Der Abend kam. Man bestieg die Gerüste, weil das Pferderennen beginnen sollte. Ich stand ziemlich verlassen auf der Straße und musterte die Galerien und Balkone, ob meine Schöne nicht darauf zu sehen wäre. Plötzlich fühlte ich einen leichten Schlag auf die Schulter.

‚So einsam?‘, hörte ich da in meiner Muttersprache die bekannte Stimme dicht an meinem Ohr. Ich sah mich um. Eine reizende Maske in der Kleidung einer Tirolerin stand hinter mir. Durch die Höhlen der Maske blitzten jene blauen Augen, die mich damals so sehr beeindruckten. Sie war es, kein Zweifel! Ich gab ihr schweigend die Hand, sie drückte sie leicht.

‚Ach, Otto‘, wisperte sie, ‚den ganzen Abend hab ich dich gesucht. Wie musste ich heute schwatzen, um die Signora loszuwerden!‘

Die Wache marschierte die Straße herab. Es war höchste Zeit, die Galerien aufzusuchen. Ich deutete hinauf, sie gab mir ihren Arm. Ein heimliches Plätzchen hinter einer Säule bot sich uns. Sie wählte es für uns aus.

Karneval und Pferderennen und alle Schönheiten der Heiligen Stadt waren für mich verloren, als mein stiller Himmel sich öffnete und sie die Maske abnahm.

Sie schien mir noch viel schöner zu sein, als an jenem Abend. Die zarte Blässe, die sie damals in der Kapelle zeigte, war einer feinen, durchsichtigen Röte gewichen. Der tiefe, beinah wehmütige Ernst ihres Gesichtes, der damals vorherrschte, war jetzt durch ein Lächeln gemildert, das flüchtig um die zarten Lippen wehte. Sie heftete schweigend ihren Blick auf mein Gesicht, strich mir spielend die Haare aus der Stirne und rief dann plötzlich: ‚Jetzt bist du es wieder ganz! Ganz wie an jenem Abend in der Kapelle, den du mir so hartnäckig leugnest! Gestehst du ihn deiner Luise immer noch nicht?‘

Welche Qual! Was sollte ich sagen? Da kam plötzlich das Signal, die Pferde rannten durch den Korso. Meine Schöne bog den Kopf abwärts und ich, keines klaren Gedankens fähig, stand wieder auf und flüchtete hinter die nächste Säule, um

nicht im nächsten Augenblick vor dem arglosen Geschöpf als
ein Idiot dazustehen. Und was war ich auch anders, wenn ich
mich selbst ernsthaft fragte? Was wollte ich denn nur von dem
Mädchen? Was konnte ich von ihr erwarten? Und war nicht
schon meine so weit getriebene Neugierde ein erbärmlicher
Frevel? Während ich noch so mit mir selbst kämpfte, ob es
nicht ehrlicher sei, ein Abenteuer aufzugeben, dessen Ende nur
ein ziemlich blamables sein konnte, bemerkte ich, dass mein
Platz schon wieder besetzt war. Ich schlich näher heran, um
wenigstens zu hören, wer denn der Glückliche wäre, denn sehen konnte ich ihn leider nicht, ohne meine Anwesenheit zu
verraten.

‚Wie kannst du nur so zerstreut fragen‘, sagte Luise. ‚Du selbst
hast mich ja hier heraufgeführt.‘

‚Ich hätte dich geführt, wo ich doch diesen Augenblick erst zu
dir trete? Gestehe, du betrügst mich! Wer hat dich hierher begleitet?‘

Mit befangener Stimme, hörbar dem Weinen nahe, beharrte sie
auf dem, was sie vorhin gesagt hatte.

‚Du bist wie unser Wetter über den Alpen, eben noch so freundlich, und jetzt so kalt und finster.‘

‚Ich bin wirklich nicht gestimmt, meine Gnädige, das Ziel Ihrer
Scherze zu sein‘, sagte er grob. ‚Und wenn Sie es sich zur Aufgabe gesetzt haben, mich zu verstimmen, wird meine Gesellschaft Ihnen vermutlich lästig sein.‘

Er stand auf und wollte gehen. Ich konnte die Leiden des Mädchens nicht mehr verlängern. Ich nahm also all meinen Mut zusammen und trat hinter der Säule hervor, um die Situation auf-
zuklären. Aber was war das! Mein eigenes Gesicht wandte sich
mir zu, meine eigene Gestalt stand mir gegenüber …“

FÜNFZEHNTES KAPITEL

Der Ewige Jude und die Trinker

Ein Aufschrei und ein Gerassel wie Gewitterdonner und Hagel unterbrachen den Erzähler. Was für ein Anblick! Der Jude lag ausgestreckt auf dem Boden des Saales, überschüttet mit Tee. Die Trümmer seines Polsterstuhls und der feinen Meißner Tasse, die er im Sturz zerschmettert hatte, waren um ihn her verstreut.

Der Schreck und der Ärger über eine solche Unterbrechung waren auf allen Gesichtern zu lesen. Zürnend wandten die Damen ihre Blicke von diesem erbärmlichen Schauspiel. Von den Herren machte keiner auch nur die leisesten Anstalten, dem Juden irgendwie beizustehen. Und er selbst blieb einfach liegen, ohne sich zu rühren, und glotzte verwundert herauf.

Ich sprang endlich herzu, um ihm aufzuhelfen, und sah mich nach einem anderen Stuhl um, auf welchen ich ihn setzen könnte. Aber ein Verwandter des Hauses raunte mir ins Ohr, ich möchte machen, dass wir fortkommen; mein Hofmeister scheine sich nicht recht wohl in dieser Gesellschaft zu fühlen.

Wir folgten dem Wink und nahmen unsere Hüte. Als ich mich mit dem Ausdruck unendlichen Bedauerns von der gnädigen Frau verabschiedete, lud sie mich mit tiefem Blick und leiser Stimme ein, sie recht oft zu besuchen. Meinen armen Hofmeister allerdings würdigte sie keines Blickes mehr. Sie ließ ihn tatsächlich grußlos abziehen. Lautes Gelächter schallte uns nach, als wir den Saal verließen.

Ich musste wohl mit meiner diesmaligen Inkarnation so viel menschliche Eitelkeit angezogen haben, dass mich dieses hämische Lachen merkwürdigerweise wirklich und wahrhaftig zu ärgern vermochte.

Wie gern hätte ich die Erzählung jenes jungen Mannes zu Ende gehört, die an ihrer spannendsten Stelle so jäh unterbrochen wurde! Wie viel Wichtiges und Psychologisches hätte ich noch von dem „gardeuniformliebenden" Fräulein erlauschen können! Und war ich selbst nicht ganz dazu gerüstet, an diesem

Abend manch ein sehnsuchtsvolles Herz zu erobern? Ein junger, reicher und hübscher Mann auf Reisen findet ja überall freundliche Augen, durch die er leicht in die Herzen einzieht. – Und das alles hatte mir dieser ungeschliffene Kauz verdorben. Ich hätte ihn würgen mögen, als wir im Wagen saßen.

„War es nicht genug“, schimpfte ich los, „dass du mit deinem kratzigen Judenbart die zarte Hand der gnädigen Frau gebürstet hast?! Musstest du auch noch die Frau von Wollau durch dein dämliches Gelächter beleidigen?! Und kaum hast du es einigermaßen geradegebogen, da bringst du schon wieder alles gegen dich auf! Was, zum Teufel, gingen dich denn die Schwabenmädels an, dass du unbedingt ihre übermäßige Schönheit an den Teetischen Berlins predigen musst? Darfst man denn etwa in China einer schönen Frau sagen, sie habe ein Teegesicht? Und dann, nachdem du die spitzen Worte der ungnädigen Frau einstecken musstest, als jetzt alles auf das erste halbwegs vernünftige Thema lauschte, das diesen Abend abgehandelt wurde, da fällst du wie der selige Hohepriester Eli im zweiten Kapitel Samuel rücklings in den Saal und zerschmetterst – nicht den eigenen hohlen Schädel wie jener würdige jüdische Priester – nein! – einen kunstvoll geschnitzten Polsterstuhl und eine Tasse aus Meißner Porzellan! Nun sag mal, Kamerad, wie konnte dir das alles nur so glänzend gelingen?“

„An deiner Stelle, Satan, wäre ich nicht so arrogant gegen Unsereinen“, antwortete er verdrießlich. „Du weißt, dass dir keine Gewalt über meine Seele zusteht, und das ärgert dich ganz gehörig. Hab ich nicht Recht? Darum versuchst du, mich seit fast zweitausend Jahren mit deinen Schlichen und Ränken zu piesacken. Aber die will ich schon ertragen; bringen sie doch immerhin etwas Abwechslung in mein eintöniges Dasein. Was aber die Geschichte von Eli betrifft, so will ich dir reinen Wein einschenken, vorausgesetzt, du begleitest mich in ein *anständiges* Wirtshaus. Dieser schlabberige Tee hier, mit dem man in China kaum die Tassen ausspülen würde, hat mich ganz miserabel gestimmt.“

Ich ließ also vor einem Restaurant halten und ging mit dem verunglückten Doktor Mucker hinein. Es war schon ziemlich tief in der Nacht, und nur noch wenige hartnäckige Trinker hielten sich im Schankzimmer auf. Wir setzten uns an einen Tisch zu vier oder fünf solcher nächtlichen Gesellen. Ich ließ für den Juden Burgunder bringen, und in uns beiden geläufigem Malabarisch, wovon die Trinker nichts verstanden, forderte ich ihn auf, zu erzählen. Nachdem er sich durch einige kräftige Schlucke erholt hatte, begann er mit seiner Geschichte.

„Ich glaube, es ist ein Teil des Fluches, der auf mir lastet, dass ich mich stets lächerlich mache, sobald ich mich in eine bessere Gesellschaft wage. Ein paar Beispiele gefällig? Na schön. Du weißt ja, dass ich, um mir die Langeweile des Erdenlebens zu vertreiben, zuweilen mit Frauen anbandle. – Nun verzieh dein Gesicht nur nicht so spöttisch! Ich bin eine Normalausgabe von einem kräftigen Fünfziger, und ein solcher darf sich schon noch aufs Eis wagen.

Nun hatte ich einmal in einem sächsischen Städtchen eine Schöne aufs Korn genommen. Ich hatte schon seit einigen Tagen Zutritt in das elterliche Haus, und die kleine Kokette schien mir gar nicht abgeneigt. Ich kleidete mich sehr sorgfältig, um ihr zu gefallen, ich scharwenzelte um sie her, wenn sie spazieren ging, kurz, ich war ein so ausgemachter Geck, als je einer über das holprige Pflaster von Leipzig ging.

In diesem Städtchen gehörte es zum guten Ton, morgens um neun Uhr am Haus seiner Angebeteten vorbeizugehen; schaute sie heraus, so wurde elegant der Hut gezogen und … nun ja … ein bisschen geseufzt und geblinzelt. Dies hatte ich mir bald auch zur Gewohnheit gemacht und trabte nun, wenn die Glocke neun Uhr schlug, an ihrem Haus vorbei. Und ich freute mich zu sehen, wie mein Engel jedes Mal zum Fenster herausschaute und huldvoll lächelte.

Eines Morgens war es sehr kotig auf der Straße; ich ging also, um meine weißseidenen Strümpfe zu schonen, auf den Zehenspitzen und machte dabei Schritte wie ein balzender Hahn. Aber vor dem Haus meiner Schönen war der Dreck ganz sorgfältig in große Haufen zusammengekehrt, denn ihr Papa war eine Art von Polizeiinspektor und musste den Einwohnern ein gutes Beispiel geben.

Wie freute sich mein Herz über diese Reinlichkeit! Ich konnte dort, wo es ja darauf ankam, fest auftreten. Ich konnte auch mit dem rechten Bein, wenn ich meinen Kratzfuß beim Ziehen des Hutes machte, recht weit ausschweifen, ganz ohne mich zu beschmutzen.

Mein Engel schaute wie jeden Morgen huldvoll auf mich herab. Glücklich ziehe ich den Hut von dem schön frisierten Toupet, schwenke ihn in einem kühnen Bogen und – oh Unglück! – er entwischt meiner Hand und saust wie ein Pfeil in den aufgeschichteten Unrat, dass nur noch die Spitze hervorsieht. Wie schön und treffend sagt doch Schiller: ‚Einen Blick nach dem Grabe seiner Habe sendet noch der Mensch zurück.‘

So stand ich wie ein begossener Hund an dem Dreckhaufen. Was tun? Sollte ich jetzt mit größtmöglicher Unauffälligkeit aus meiner eleganten Verbeugung heraus den Hut mit den Fingerspitzen aus dem Kot herausziehen und so tun, als sei nichts gewesen? Aber dann war doch zu befürchten, dass er ganz ruiniert wäre. Sollte ich dann lieber völlig unbedeckt weiterziehen wie einer, der ohne Hut dem Galgen oder dem Tollhaus entlaufen war?

Wie ein silbernes Feuerglöckchen schlägt jetzt das belustigte Lachen meiner Angebeteten an mein Ohr. Brummend wie schwere Totenglocken klingen wohl zwanzig Bässe aus dem Kaffeehaus gegenüber; Husarenleutnants, Schreiber, Kaufleute, alle brüllen lachend aus den aufgerissenen Fenstern. Und jemand rief: ‚Such, Sultan! Such Hütchen!‘

Die spöttische Stimme gehörte zu allem Überfluss meinem Erzrivalen, dem Grafen Lobau. Eine englische Dogge von Menschenlänge stürzt heran, packt den besudelten Hut mit der Schnauze, wendet sich mir zu, stellt sich auf die Hinterbeine, tappt mit seinen verdreckten Pfoten auf meine Schultern und präsentiert mir das triefende Stück.

Was ich dir hier mit vielen Worten erzähle, mein Bester, war das Werk eines Augenblicks. Wie angefroren stand ich da. Und erst die Zudringlichkeit des dressierten Hundes gab mir meine Fassung wieder. Wieherndes, brüllendes Gelächter scholl aus dem Café, und auch bei meiner Schönen waren auf einmal alle

Fenster mit Lachern angefüllt. Und als ich einen letzten Blick, den wohl erbärmlichsten zu ihr hinauf schickte, sah ich, wie sie sich ihr Schnupftuch vor den Mund presste, um nicht vor Lachen zu bersten. Da verlor ich die Fassung. Wütend ergriff ich den Hut und schlug ihn der Dogge über die Schnauze. Aber die Bestie verstand keinen Spaß. Sie packte meine strahlend weiße Vorhemdbrust und riss sie mir vom Leib.

Ich machte mich eilig davon, durch den dicksten Dreck galoppierend, aber die verwunschene Bestie folgte mir, und andere Hunde und Gassenjungen schlossen sich an, und die schreckliche Jagd nahm erst ein Ende, als ich völlig atemlos das Portal meines Gasthofes erreichte. Als ich es nach rückwärts öffnete, erwischte mich einer der Köter noch am Bein, von dem ich ihn erst noch abschütteln musste.

Dass es mit meiner Liebe aus war, kannst du dir ja denken; zumal ich später erfuhr, dass die Kokette alle ihre Anbeter um diese Stunde in das Kaffeehaus bestellt hatte, um meine tägliche Fensterparade zu ... bewundern."
Ich bedauerte den Armen von Herzen. Er aber griff ruhig nach seinem Glas, trank und fuhr dann fort: „Ich kann dir versichern, dass es mir schon immer so oder ähnlich erging. Ich kann zu keinem Gastmahl gehen, ohne dass mir höllenangst wird. Wenn zum Beispiel eine fette Sauce herumgereicht wird, dann sehe ich schon im Geiste, dass ich sie verschütten werde. Kommt dann die Reihe an mich, bricht mir der Angstschweiß aus. Die Sauciere klappert in meiner zitternden Hand, sie schwankt, ich greife mit der anderen Hand danach und ... wahrhaftig, meine bis dato freundliche Nachbarin hat die ganze Bescherung auf ihrem neuen genuesischen Samtkleid.

Habe ich aber endlich eine solche Fegefeuertour durchgemacht, ohne Sauce zu verschütten, ohne ein Glas umzuwerfen, ohne einen klirrenden Löffel fallen zu lassen, ohne dem Schoßhund auf den Schwanz zu treten, ohne der Tochter des Hauses eine Plumpheit zu sagen; immer wenn ich höflich und anständig sein will, dann kriegt mich zum Schluss noch irgendein Unheil zu fassen, dass ich mit Schimpf und Schande abziehen muss wie heute."

„Nun", fragte ich, „und was war es denn, das dich heute mitten ins Zimmer warf?"

„Als der junge Mensch seine triviale Erzählung anfing, wie er ein paar Pfaffen singen hörte und wie er einem hübschen Mädchen nachgelaufen war – was man ja wohl überall tun kann, ohne gerade in Rom sein zu müssen – da übermannte mich die Langeweile, die eine meiner Hauptplagen ist, und ich setzte meinen Stuhl nach rückwärts in Bewegung und schaukelte mich ganz angenehm. Und auf einmal schlug der Stuhl mit mir hintenüber und ich lag da und …"

„Das habe ich ja gesehen, wie du dalagst", sagte ich verärgert. „Aber wie kann man nur in einer so vornehmen Gesellschaft so vollkommen jeden Anstand vergessen und mit dem Stuhl kippeln?"

„Ach, sei jetzt still davon und bringe mich nicht noch mehr in Rage mit der verdammten Geschichte! Ich habe heute Abend eben kein Glück gehabt, das ist alles", sagte der alte Mann tief verdrossen. Doch gleich darauf wies er schmunzelnd auf das dunkelrote Glas vor sich.

„Der ist koscher, ein guter Burgunder, wenigstens zwanzig Jahre alt. Du magst mich jetzt auslachen oder nicht, aber ein gutes, altes Weinchen vom Südhang ist noch immer meine Leidenschaft. Und ich behaupte, die Welt sieht jetzt nur darum so übel aus, weil so viel Tee, Branntwein und Bier und wenig Wein getrunken wird."

„Du könntest Recht haben, Ahasverus!"

„Wie gemütlich", fuhr er fort, „wie gemütlich waren doch früher die Wirtshäuser; breite, gedrungene, kräftige Gestalten, den dreispitzigen Hut ein wenig auf die Seite gesetzt, rote Gesichter, feurige Augen, ins Bläuliche spielende Nasen, prangende Bäuche – so traten sie feierlich grüßend ins Schankzimmer. Und wenn der Hut am Haken hing, der Stock in die Ecke gestellt war, schritt der Gast dem wohl bekannten Plätzchen zu, das er sich seit Jahren zu eigen gemacht hatte und das oft nach ihm benannt war. Der Wirt stellte mit einem ‚Wohl bekomm's' die Weinkanne vor den ehrsamen Trinker, die Becher-Nachbarn fanden sich zur bestimmten Stunde ein. Man trank viel, man schwatzte wenig und zog zur bestimmten Stunde heim. Ja, so war es in den guten alten Zeiten, wie die Menschen sagen, die nach Jahren rechnen. So war es, und nur der Tod brachte eine Änderung in diesen Ablauf. Und jetzt? Jetzt putzen sie sich heraus wie die Fürstenkinder und sitzen den Wirten für zwei Groschen die Bänke krumm. Und windiges, fremdartiges Gesindel treibt sich in den Wirtshäusern herum; man weiß nicht mehr, neben was für einem Hallodri man zu sitzen kommt. Und das nennen die Leute Kosmopolitismus. Nur selten trifft man noch ein paar alte, weingrüne Gesichter von der echten Sorte, aber auch diese wenigen werden bald ausgestorben sein!"

„Schau mal dorthin", sagte ich, „du Prediger in der Wüste. Dort sitzen ein paar von den Echten. Sieh nur das kleine Männchen da in dem braunen Röckchen, wie es die roten Augen auf die Flasche gerichtet hat. Dieser Mensch scheint mir ein echter Kenner zu sein, denn er trinkt den Niersteiner Kirchhofwein, den er vor sich hat, in ganz kleinen Zügen und er zerdrückt ihn ordentlich auf der Zunge, ehe er ihn schluckt. Und dort der große dicke Mann mit der roten Nase; ist er nicht eine Figur wie aus der alten Zeit? Nimmt er nicht das Glas in die ganze Faust, statt wie heute üblich vornehm den kleinen Finger abzuspreizen? Ist er nicht schon bei der zweiten Flasche, seit wir hier sind? Und hast du nicht bemerkt, wie er den Pfropfen in die Tasche gesteckt hat, um nachher zu zählen, wie viele Flaschen er getrunken hat?"

„Tatsächlich, die sind echt!", rief der Jude froh. „Ich bin ja schon ziemlich alt geworden, aber solche Leute habe ich wenige erlebt. Lass uns fragen, ob wir uns zu ihnen setzen dürfen!"

Wir hatten nicht falsch geraten; diese Trinker waren von der echten Sorte, denn schon seit zwanzig Jahren kamen sie alle Abende in dieses Wirtshaus. So schlossen wir uns ihnen gerne an; ich, weil ich solche Käuze mag, der Ewige Jude aber, weil der Kontrast zwischen dem ästhetischen Tee und diesen Trinkern in seinen Augen sehr zu Gunsten der Letzteren ausfiel. Er wurde auf einmal so leutselig, dass er ganz zu vergessen schien, dass er schon mit ihren Urvätern getrunken hatte und dass er vielleicht mit ihren späten Enkeln wieder trinken wird.

Die alten Gesellen mochten jetzt allmählich ihre volle Ladung
haben, denn sie wurden fröhlich und fingen an, zuerst leise vor
sich hin zu brummen. Dann wurde dieses Brummen zu einer
Melodie, und endlich sangen sie mit heiserer Weinkehle ihre
gewohnten Lieder. Auch Ahasverus bekam nun Lust zu singen.
Er dudelte die Melodien mit, und als sie geendet hatten, fing
auch er sein Lied an. Er sang uns voller Inbrunst das Trinklied
des Ewigen Juden.

„Wer seines Leibes Alter zählet
nach Nächten, die er froh durchwacht,
wer, wenn ihm auch der Taler fehlet,
sich über Groschen lustig macht,
der findet in uns seine Leute,
der sei uns brüderlich gegrüßt,
weil ihn wie uns der Gott der Freude
in seine sanften Arme schließt.

Drum, die ihr frohe Freundesworte
zum würdigen Gesang erhebt,
euch grüß ich, wogende Akkorde,
dass ihr zu uns herniederschwebt!
Sie tauchen auf – sie schweben nieder,
im Vollton rauschet der Gesang
und lieblich hallt in unsre Lieder
der vollen Gläser Feierklang.

Die beiden alten Weingeister waren ganz erbaut und gerührt
von dem Gesang. Sie drückten dem alten Juden die Hand und
taten so, als hätte er ihnen die ewige Seligkeit verkündigt.

Es schlug auf den Uhren drei Viertel vor zwölf. Der Ewige
Jude sah mich an und brach auf. Ich folgte ihm. Rührend war
der Abschied von den Trinkern. Und noch auf der Straße hörten
wir ihre heiseren Stimmen singen.

SECHZEHNTES KAPITEL

Das Diabolische in der deutschen Literatur

„Die Idee eines Teufels ist so alt wie die Welt und nicht erst durch die Bibel unter die Menschen gekommen. Jede Religion hat ihre Dämonen und bösen Geister, weil die Menschen von Anfang an Sünder waren und in ihrem naiven Verständnis das Böse einem Geist zuschrieben, dessen Absicht es ist, überall Unheil anzurichten."

So ungefähr würde ich mich ausdrücken, wenn ich es bis zum Professor der Philosophie gebracht hätte. In meiner Position aber lache ich über solche Elaborate, die gewöhnlich darauf abzielen, dass man mich wegzudiskutieren versucht, was ja aber niemals gelingen kann.

Ich behaupte, die Menschen, so dumm sie in der Masse auch sein mögen, spüren recht schnell, wenn es nicht geheuer um sie her ist. Und ob sie mich nun Ariman oder das böse Prinzip, Satan oder Herrn Urian nennen; sie kennen mich in allen Völkern und Sprachen. Es ist doch eine schöne Sache um diese Allgegenwärtigkeit. Darum gefällt mir auch die deutsche Literatur so sehr. Haben sich denn nicht die größten Geister dieser Nation darum bemüht, mich zu verherrlichen?

In meiner Dissertation schrieb ich unter anderem zu diesem Thema Folgendes: „Die Idee, das moralische Verderben in einer Person darzustellen, musste sich den Dichtern als ein überaus ergiebiges Thema geradezu aufdrängen. Die Literaten sind, wie es in Deutschland meistens der Fall ist, philosophisch gebildet, doch ist sowohl ihre Philosophie wie auch ihre Moral von einer unbestimmten und unkonkreten Art. Sie verbreiten sich in endlosen Diskussionen um Gegenstände, die kaum jeder Zehnte zu verstehen im Stande ist, und sie drehen und wenden ihre meisterlichen Wortschöpfungen so lange von einer Seite auf die andere, bis sie nahezu völlig zu einem Brei zerkaut sind, welchen kaum noch jemand zu schlucken gewillt ist. Daher kommt es auch, dass die Teufelsdarstellungen dieser Literaten gänzlich verfälscht sind."

Dies also schrieb ich in meiner Doktorarbeit. Es gibt tatsächlich viele dichterische Teufelsfiguren; monströse literarische Ungetüme, die hier aufzuzählen müßig wäre.

Oft kann man gar nicht begreifen, wie ein Mensch sich überhaupt von einer solchen plumpen Gestalt verführen lassen könnte. Doch sie alle haben mir von jeher viel Spaß gemacht; ich bin nun mal in der Literatur eine Art stehende Figur, die immer irgendwie die Hörner herausstreckt, auch wenn sie auf tausenderlei Weisen beschrieben wird.

Die Auffassung einer jeden literarischen Idee, so auch der des Teufels, richtet sich natürlich stets nach den individuellen Ansichten des jeweiligen Dichters über den zu behandelnden Gegenstand. Diese absolut menschliche Eigenschaft lässt jedoch immer große Stücke der Realität auf der Strecke bleiben.

Dies ist leider auch in den Werken jenes berühmten Mannes festzustellen, die kraft seines umfassenden Genies nicht nur den engen Grenzen seines Vaterlandes, sondern sogar der ganzen Welt selbst in künftigen Jahrhunderten angehören könnten. Denn auch dieser große Dichter hat einen überaus schlechten Teufel zur Welt gebracht. – Der Goethe'sche Mephistopheles ist eigentlich auch nichts anders, als jener geschwänzte und gehörnte Popanz des Volkes. Den Schweif hat er aufgerollt und in die Hosen gesteckt, über den Bocksfuß hat er elegante Stiefel angezogen und die Hörner hat er unter dem Barett verborgen. – Und das ist dann der Teufel eines großen Dichters? Erbärmlich! Man kann einwenden, das gerade ist ja die große Kunst des Mannes, dass er tausend Fäden zu spinnen weiß, durch die er seine kühnen Gedanken, seine hohen überschwänglichen Ideen an das Volksleben, an die Volkspoesie knüpft. – Doch halt! Ist es eines solchen Dichters würdig, der angeblich intellektuell so hoch über seinem Gegenstand steht, dass er sich die Fesseln eines billigen Populismus anlegen muss? Sollte nicht der königliche Adler dieses Volk bei seinem populistischen Schopf fassen und es mit sich in seine geistige Höhe tragen?

Ich meine, dass Goethe durch die Schaffung dieses abgeschmackten, gewöhnlichen Teufels absolut nichts für die Würde seines Werkes gewonnen hat. Dieser Mephistopheles wird zwar viele Leser herbeiziehen und viele Gaffer ins Theater locken, und viele Tausende werden ausrufen: „Ja, das ist der Teufel wie er leibt und lebt!“

Auf die übrigen Schönheiten des Textes achtet dieses Publikum darüber hinaus wenig; die Leute sind vergnügt, dass es endlich einmal eine Figur in der Literatur gibt, die ihrer verstandesmäßigen Stufe angemessen ist.

Ich selbst sehe nämlich wirklich nichts in diesem meinem Konterfei, als den gewöhnlichen „Ritter vom Pferdefuß“, wie er in jeder Spinnstube beschrieben wird. Man erlaube mir, dieses Bild noch etwas näher zu beleuchten. Ich werde nämlich vorgestellt als ein Geist, der beschworen werden kann, der sich nach magischen Gesetzen richten muss.

Ich zitiere hier zwischendurch immer mal ein wenig aus dem „Faust“: „Gesteh ich's nur, dass ich hinausspaziere, verbietet mir ein kleines Hindernis; der Drudenfuß auf Eurer Schwelle“, und dieser Schwelle Zauber zu zerspalten „Bedarf ich eines Rattenzahns“, daher befiehlt „der Herr der Ratten und der Mäuse, der Fliegen, Frösche, Wanzen, Läuse“ in einer Zauberformel seinem dienstbaren Ungeziefer die Kante, welche ihn bannte, zu benagen.

Auch kann ich nicht in das Studierzimmer treten, ohne dass der Doktor Faust dreimal „Herein!“ ruft. In andere Zimmer, wie zum Beispiel bei Frau Marthe und in Gretchens Stübchen, trete ich dann aber ohne diese merkwürdige Erlaubnis ein. Doch den Schlüssel zu diesen sonderbaren Zumutungen finden wir vielleicht in dem Vers: „Gewöhnlich glaubt der Mensch, wenn er nur Worte hört, es müsse sich dabei auch etwas denken lassen!“

Doch weiter. Ich stehe auf einem ganz besonderen Fuß mit den Hexen. Die in der Hexenküche hätte mich gewiss liebevoller empfangen, aber sie sah keinen Pferdefuß, und um mich bei ihr durch mein Wappen zu legitimieren, mache ich eine unanständige Gebärde. „Mein Freund, das lerne wohl verstehen, das ist die Art, mit Hexen umzugehen.“ Auf dem Brocken in der Walpurgisnacht bin ich angeblich noch viel besser bekannt. Das Gehen behagt mir dort nicht und ich sage daher zum Doktor: „Verlangst du nicht nach einem Besenstiele? Ich wünschte mir den allerderbsten Bock." Auch hier „Zeichnet mich kein Knieband aus, doch ist der Pferdefuß hier ehrenvoll zu Haus." Um mich vor diesem grauslichen Gelichter hervorzutun, tanze ich mit einer alten Hexe und unterhalte mich mit ihr in Zoten, die der große Dichter nur durch Gedankenstriche anzudeuten wagt: „Der hatt ein – – – – – So – es war, gefiel mir's doch."

Und ich bin auch in Fausts Augen ein widerwärtiger Geselle, der „– kalt und frech Ihn vor sich selbst erniedrigt –" Ich habe in diesem Werk eine hässliche Gestalt und ein abstoßendes Gesicht, wie es im wirklichen Leben zu einem abgefeimten Spitzbuben gehört. Daher sagt Gretchen über mich: „Der Mensch, den du da bei dir hast, ist mir in tiefer innerer Seele verhasst. Es hat mir in meinem Leben so nichts einen Stich ins Herz gegeben als des Menschen widrig Gesicht. – Seine Gegenwart bewegt mir das Blut, ich hab vor dem Menschen ein heimlich Grauen. – Kommt er einmal zur Tür herein sieht er immer so spöttisch drein und halb ergrimmt. – Es steht ihm an der Stirn geschrieben, dass er nicht mag eine Seele lieben"… und so weiter und so fort.

Daher sagt mein „Konterfei" dann: „Und die Physiognomie versteht sie meisterlich, in meiner Gegenwart wird ihr, sie weiß nicht wie, mein Mäskchen da weissagt verborgenen Sinn, sie fühlt, dass ich ganz sicher ein Genie, vielleicht wohl gar der Teufel bin." Nun also, was soll das heißen? Soll dies bei Gretchen eine Ahnung sein? Ist sie befangen in der Nähe eines Wesens, das, wie man sagt, ihren Gott verleugnet? Ist es etwa ein unangenehmer Geruch, eine schwüle Luft, die ihr meine Nähe so widerwärtig macht? Ist es kindlicher Sinn, der den Teufel ahnt wie auch Hunde und Pferde vor einem nächtlichen Spuk scheuen, obwohl sie ihn nicht sehen? Nein – es ist ganz allein mein Gesicht, mein lauernder Blick und mein höhnisches Lächeln, das sie sehr ängstlich macht; so ängstlich, dass sie sagt: „– Wo er nur mag zu uns treten, mein ich sogar, ich liebte dich nicht mehr …"

Was soll das nun heißen? Warum soll der Teufel denn wohl ein Gesicht aufsetzen, das jedermann Misstrauen einflößt und das alle zurückschreckt?

Es gibt da einen genialen Zeichner namens Moritz Retsch, der Goethes Faust in wirklich herrlichen Umrissen dargestellt hat. An einem solchen Kunstwerk müsste selbst der Teufel Freude haben. Ein paar Striche, ein paar Pünktchen bilden das liebliche Gesicht des keuschen Gretchens ab, Faust in der vollen Blüte des Mannes steht neben ihr; welch eine Würde ist hier noch in dem gefallenen Göttersohn erkennbar!

Aber der Maler folgt leider minutiös der Idee des Dichters, und siehe da, ein Scheusal in Menschengestalt steht neben diesen beiden ästhetischen Figuren. Der dürre Körper, das ausgedörrte Gesicht, die hässliche Nase, die tief liegenden Augen und die verzerrten Mundwinkel – Pfui! Was soll uns dieses Bild sagen, das mich schon so oft geärgert hat?

„Und warum diese hässliche Gestalt?", frage ich noch einmal. „Darum", antworte ich selbst, „weil Goethe in einer Art bedauerlicher Naivität seinen Satan vermenschlicht hat. Um den gefallenen Engel würdig genug darzustellen, presst er ihn in die Gestalt eines tief gefallenen *Menschen*. Die Sünde hat seinen Körper hässlich und mager und seine Physiognomie widerwärtig gemacht. In seinem Gesicht müssen wohl sämtliche lasterhaften Leidenschaften gewühlt und es zur Fratze entstellt haben. Aus den hohlen Augen sprüht die grünliche Flamme des Neides und der Gier. Der Mund ist hämisch wie der eines Elenden, der alles Reizvolle der Erde schon gekostet hat und jetzt aus Übersättigung die Nase darüber rümpft. Der reinen Unschuld muss es ja gezwungenermaßen unwohl sein in seiner Nähe, weil ihr vor diesen Gesichtszügen schaudert. Nun, und so hat der Maler, weil er vom Dichter einen schlechten *Menschen* vorgesetzt bekam, einen schlechten Teufel gezeichnet."

Oder steht etwa in der Mythologie des Herrn von Goethe, der Teufel könne nun einmal nicht anders aussehen, er könne sein Gesicht, seine Gestalt nicht verwandeln? Nein, man lese: „Auch die Kultur, die alle Welt beleckt, hat auf den Teufel sich erstreckt; das nordische Phantom ist nun nicht mehr zu schauen, wo siehst du Hörner, Schweif und Klauen? Du nennst mich Herr Baron, so ist die Sache gut, ich bin ein Kavalier, wie andre Kavaliere …"

Und an anderer Stelle lässt er mich selbst mein Gesicht ein „Mäskchen" nennen; folglich kann sich der Teufel eine Maske geben, er kann sich also verwandeln. Aber wie gesagt, der Dichter hat sich nun einmal damit begnügt, das so genannte „nordische Phantom" beizubehalten, nur dass er mich eben von den lächerlichen Anhängseln „Hörner, Schweif und Klauen" befreite.

Dies also ist das Bild des berühmten Mephistopheles! Dies ist des großen Goethes erbärmlicher Teufel; dieses nordische Phantom soll allen Ernstes *mich* darstellen! Ich kann es kaum fassen!

Ja, aber darf nun überhaupt ein vom Dichter so hochgestellter Mensch wie der Herr Professor Doktor Heinrich Faust durch eine so niedrige Kreatur, die sich schon durch ihren finsteren Gesichtsausdruck verdächtig macht, ins ewige Verderben geführt werden? Darf dieser begnadete, menschliche Geist durch einen gewöhnlichen „Bruder Liederlich", als den sich Mephisto ausweist, herabgezogen werden? Und – muss daher nicht diese billige Teufelsmaske dem Ansehen der gesamten Tragödie zum Schaden gereichen?

Doch ich schweige an dieser Stelle, denn an geschehenen Dingen ist ja nichts zu ändern. Und meine verehrte Großmutter würde in Bezug auf diesen Gegenstand zu mir sagen: „Ach, Söhnchen, bedenke doch, dass ein großer Dichter ein großes Publikum haben muss, weil er ja sonst kein großer Dichter wäre. Und um ein großes Publikum zu bekommen, muss er sich zu ihm herablassen ..."

Um es nur einmal klarzustellen: Kein Lebender wird mich in der materiellen Welt je als eine finstere Gestalt mit Hörnern, Klauen, Schweif und Bocksfuß sehen. Ich habe da ein umfangreiches Arsenal von interessanten, schönen, charaktervollen, mal sympathischen, mal würdevollen Gesichtern, die ich nach Belieben und passend zu jeder Situation aufzusetzen im Stande bin und die geeignet sind, mir die Menschen zugeneigt zu machen. In meinem Äußeren ist so gut wie nichts, das mich verrät, wenn ich es denn nicht will; bis auf das leichte Hinken, das jedoch so unauffällig ist, dass man es kaum bemerkt. Und nur, wer mich in einem Spiegel sieht, mag vielleicht ein wenig stutzig werden, da mein Bild darin stets etwas unscharf ausfällt, aber das ist auch schon alles.

SIEBZEHNTES KAPITEL

Der Besuch

Trotz alledem bleibt „Faust" eine erhabene Dichtung und Goethe einer der größten Geister seiner Zeit. Und man braucht sich daher nicht zu wundern, dass ich ein großes Bedürfnis hatte, diesen Mann einmal zu treffen. Ich hatte ihm beinahe schon einen unerwarteten Besuch abstatten wollen, als ich wieder einmal ärgerlich über mein Zerrbild war, dass er da verzapft hatte. Ich stand tatsächlich schon auf dem Sprung, ihm einmal nächtlicherweile im Kostüm des Mephistopheles zu erscheinen, um ihm einen Schreck einzujagen. Aber eine gewisse Gutmütigkeit, die ich zuweilen hege, hielt mich davon ab, dem alten Mann eine schlaflose Nacht zu bereiten.

Ich entschloss mich daher, ihn als reisender Doktorand zu besuchen, und demgemäß kostümiert kam ich in Weimar an. Es ist mit berühmten Leuten wie mit exotischen Tieren; kommt man in eine Stadt auf den Jahrmarkt, so fragt man vor dem Zirkus: „Wann kann man den Löwen sehen?", und man bekommt gewöhnlich zur Antwort: „Der Löwe ist am besten gestimmt, wenn er gefressen hat. Daher sollte man nach der Fütterung hingehen."

Genauso erging es mir auch in Weimar. Ich fuhr von Jena aus mit einem jungen Amerikaner hinüber. Auch in sein Vaterland war des deutschen Dichters Ruhm schon gedrungen, und der junge Mann machte auf seiner Tour durch Europa eigens wegen ihm einen Umweg von etwa zwanzig Meilen.

In dem Gasthof, wo wir abgestiegen waren, fragten wir gleich sehr forsch, um welche Zeit wir denn bei Herrn von

Goethe vorsprechen könnten. Wir waren noch in unseren staubigen Reisekleidern, die besonders bei meinem Gefährten etwas unscheinbar und nicht gerade gepflegt aussahen. Der Wirt musterte uns daher unverhohlen misstrauisch und wollte zunächst wissen, ob wir denn auch Fracks bei uns hätten? Wir waren glücklicherweise beide damit versehen, und unser Wirt versprach, uns sogleich anmelden zu lassen.

„Sie werden wahrscheinlich nach dem Diner, um fünf Uhr empfangen werden. Um diese Zeit sind Seine Exzellenz am besten zu sprechen. Ich zweifle auch gar nicht, dass Sie angenommen werden, denn wenn man eigens deswegen aus Amerika nach Weimar kommt, wäre es doch unbarmherzig, einen so weit gereisten Herrn ungesehen wieder fortzuschicken.“

Diese Behauptung ging zwar recht weit an der Wahrheit vorbei, doch wir ließen den Wirt in dem Glauben, der junge Philadelphier komme extra wegen des großen, deutschen Dichters in die Stadt. Übrigens sollte der Mann Recht behalten, der seinen „Löwenzirkus“ zu kennen schien; Doktorand Alois Supfer, wie ich mich nannte, und Mister James Forthill aus Amerika wurden tatsächlich zu fünf Uhr bestellt.

Endlich schlug die Stunde und wir machten uns auf den nicht sehr weiten Weg. Der Dichter wohnt ausnehmend schön. Eine sanfte, mit Statuen dekorierte Treppe führt zu ihm hinauf. Eine tiefe, geheimnisvolle Stille herrschte im Hausgang, als wir ihn betraten. Schweigend führte uns ein Diener in das Besuchszimmer. Behagliche Eleganz verbunden mit Würde zeichnete dieses Zimmer aus.

Mein junger Gefährte betrachtete mit unverhohlenem Staunen die Wände, die Bilder und die Möbel. So hatte er sich wohl das „Stübchen des Dichters“ nicht vorgestellt. Mit der Bewunderung dieser Umgebung schien auch die Angst vor der Größe des Erwarteten zu steigen. Alle Nuancen von Rot wechselten auf seinem Gesicht. Sein Herz pochte nahezu hörbar. Seine Augen waren jetzt starr an die Tür geheftet, durch die der Gefeierte eintreten musste.

Ich aber hatte inzwischen Muße genug, über den großen Mann gründlicher nachzudenken. Wie viel weiter, so sagte ich mir, wie unendlich weiter helfen dem Sterblichen Gaben des Geistes als der zufällige Glanz der Geburt. – Der Sohn eines unscheinbaren Bürgers der Stadt Frankfurt hat hier die höchste Stufe erreicht, die dem Menschen nach dem gewöhnlichen Lauf der Dinge offensteht. Es hat schon mancher eine solch hohe Stufe erstiegen. Auch große Geschäftsmänner haben am bescheidenen Plätzchen an der Tür beginnend alle Sitze ihrer Karriere durchlaufen, bis endlich der Lehnstuhl, der zunächst am Thron steht, der ihre wurde. – Goethe aber hat sich seine eigene Bahn gebrochen, auf der ihm noch keiner voranging und noch keiner gefolgt ist. Er hat bewiesen, dass der Mensch kann, was er will.

Ich kann mich noch gut daran erinnern, welch ein Aufsehen der „Werther" in das verschlafene Deutschland brachte. Die Lotten schienen wie durch einen Zauberspruch aus dem Boden zu wachsen. Die vielen Werther wurden Legion. Aber was war dabei Goethes Verdienst? Wie heißt dieses schöpferische Geheimnis? – Alles zu rechter Zeit …

Die Tür ging auf – er kam herein.

Dreimal bückten wir uns tief und wagten erst dann, an ihm hinauf zu blinzeln. Ein schöner, stattlicher Greis! Augen so klar und hell wie die eines Jünglings, die Stirn voll Hoheit, der Mund voll Würde und Anmut. Er trug einen feinen, schwarzen Anzug und auf seiner Brust glänzte ein schöner Stern. – Doch er ließ uns nicht lange Zeit, ihn zu betrachten; mit der feinen Geste eines Weltmannes, der täglich viele Bewunderer bei sich sieht, lud er uns zum Sitzen ein.

Was war ich doch für ein Esel gewesen, in dieser allzu gewöhnlichen Maske zu ihm zu gehen! Irgendwelche Doktoranden mochte er doch schon viele Hunderte gesehen haben, Amerikaner, die ihm zuliebe über den Atlantik fuhren, schon etwas weniger.

Daher kam es auch, dass er sich meist mit meinem Gefährten unterhielt. Hätte ich mich doch als einen gelehrten Irokesen ausgegeben! Hätte ich ihm nicht Wunderdinge erzählen können, wie sein Ruhm bis jenseits des Ohio gedrungen war, wie man sich in den Salons von Louisiana über ihn und seinen „Wilhelm Meister" unterhielt? – So aber wurden mir nur einige unbedeutende Floskeln zuteil, und mein glücklicherer Gefährte durfte den großen Mann unterhalten.

Wie abwegig sind aber oft die Vorstellungen, die man sich ganz allgemein von der Unterhaltung mit einem derart bedeutenden Menschen macht! Ist er als ein witziger Kopf bekannt, so glaubt man, wenn man ihn zum ersten Mal besucht, sich einer Art von Elektrisiermaschine zu nähern und er müsste dann Witzfunken versprühen. Ist er ein Romandichter, dann erwartet man eine interessante Novelle, die der Berühmte ganz nebenbei nur so aus dem Ärmel schüttelt. Ist er gar ein Dramatiker, so teilt er uns vielleicht freundschaftlich den Plan zu einem neuen Trauerspiel mit. Ist er nun gar ein Universalgenie wie Goethe – wie interessant, wie belehrend muss die Unterhaltung werden, wie sehr muss man sich selbst aber auch zusammennehmen, um ihm gerecht zu werden.

Der Amerikaner dachte wohl auch so, ehe er neben Goethe saß. Er blickte angstvoll auf die Lippen des Dichters, damit ihm nur ja kein Wörtchen entginge. Dabei knickte er seinen Hut und presste ihn zwischen seinen Knien zu einer Flunder zusammen. Welcher Zentnerstein mochte ihm vom Herzen fallen, als der große Dichter aus seinen Höhen zu ihm herabstieg und mit ihm sprach wie Hinz und Kunz in der Kneipe. Er redete mit ihm vom guten Wetter in Amerika. Und als er über das Verhältnis der Winde zur Luft des wasserreichen Amerika im Unterschied zu den Dünsten in Europa referierte, zeigte er, dass geradezu ein ganzes, geistiges Universum in ihm lebte; er war nicht nur lyrischer und epischer Dichter, Romanist und Novellist, Lustspiel- und Trauerspieldichter, Biograf (sein eigener) und Übersetzer – nein, er war auch Meteorologe!

Wer darf sich rühmen, jemals so tief in das geheimnisvolle Reich des Wissens eingedrungen zu sein? Wer kann von sich sagen, dass er mit jedem seine Sprache sprechen kann? – Ich meine natürlich nicht seinen vaterländischen Dialekt, sondern über das zu reden, was jedermann gerade geläufig ist.

Ich glaube, wenn ich mich als reisender Koch bei ihm vorgestellt hätte, er hätte sich mit mir in gelehrte Diskussionen über die Komposition einer Gänseleberpastete eingelassen, oder er hätte nach einer Sekundenuhr berechnet, wie lange man ein Beefsteak auf jeder Seite schmoren müsste.

Ja, also wir sprachen über das schöne Wetter in Amerika, und siehe da – das Armesündergesicht des Amerikaners erhellte sich. Die Schleusen seiner Beredsamkeit taten sich auf. Er beschrieb den weichen Regen von Kanada, er ließ die Frühlingsstürme von New York brausen und pries die Regenschirmfabrik in der Franklinstraße zu Philadelphia.

Es kam mir allmählich so vor, als wäre ich gar nicht bei Goethe, sondern im Wirtshaus unter guten Gesellen und es würde bei einer Flasche Bier über das Wetter gesprochen. So menschlich und volksnah war unser Gespräch.

Aber das ist ja gerade das Geheimnis einer gelungenen Konversation, dass man nicht unbedingt gut zu sprechen braucht, sondern eher gut zuhören sollte. Wenn man nämlich einem weniger gebildeten Menschen Zeit und Raum zu sprechen lässt, wenn man dabei ein Gesicht macht, als lausche man aufmerksam auf seine Honigworte, so wird er nachher mit Enthusiasmus verkünden, dass man sich bei dem und dem köstlich unterhalten hätte. Dies wusste der vielerfahrene Dichter ganz gewiss, und statt uns also von seinem geistigen Reichtum ein Krümchen abzugeben, zog er es lieber vor, mit uns Witterungsbeobachtungen anzustellen.

Nachdem wir ihn genügend unterhalten haben mochten, gab er das Zeichen zum Aufstehen. Die Stühle wurden gerückt und wir begannen, unsere Abschiedsfloskeln herzusagen. Der große Dichter ahnte nicht, dass er den Teufel meinte, als er großmütig wünschte, mich noch öfter bei sich zu sehen. Ich sagte ihm zu und werde zu gegebener Zeit schon noch bei ihm vorbeischauen. Denn wahrhaftig, ich habe seinen erbärmlichen Mephistopheles noch immer nicht hinuntergeschluckt. Noch ein- zwei Bücklinge, wir gingen.

Stumm und noch völlig berauscht vor Bewunderung folgte mir der Amerikaner zum Gasthaus. Die Röte des angeregten

Gespräches lag noch auf seinen Wangen. Zuweilen umspielte ein beifälliges Lächeln seinen Mund; er schien höchst zufrieden mit dem Besuch zu sein.

Auf unserem Zimmer angekommen warf er sich heroisch auf einen Stuhl und ließ zwei Flaschen Champagner bringen. Der Korken knallte mit einem Freudenschuss an die Decke. Der Amerikaner füllte zwei Gläser, bot mir das eine an und erhob das seine auf das Wohlsein des großen Dichters.

„Ist es nicht erfreulich", sagte er, „wenn man feststellt, dass so hoch erhabene Männer nicht anders sind wie unsereiner? Mir war vorher direkt angst und bange vor einem Genie, das dreißig Bände geschrieben hat. Ich gestehe dir, bei dem Sturm, der uns auf offener See erfasste, war mir nicht so bange wie heute. Und wie freundlich er war! Wie vernünftig er mit uns diskutiert hat! Welche Freude er daran gehabt hatte, dass ich aus Amerika zu ihm kam!"

Er schenkte sich dabei fleißig ein und trank auf seine und des Dichters Gesundheit, und von der erlebten Gnade und vom Schaumwein benebelt, sank er endlich mit dem Entschluss, Amerikas Goethe zu werden, dem Schlaf in die Arme.

Ich aber setzte mich zu dem Rest der Flaschen. Dieser Wein ist von allen Getränken der Welt derjenige, welcher mir am meisten behagt. Sein perliger, flüchtiger Geist macht ihn würdig, von Geistern gekostet zu werden, wenn sie in menschlichen Körpern die Erde besuchen.

Ich musste lächeln, als ich auf den seligen Schläfer blickte. Wie leicht ist es doch für einen bedeutenden Menschen, die anderen glücklich zu machen. Er braucht nur so zu tun, als wären sie ihm so ziemlich gleich, und sie verlieren beinahe ihren Verstand.

Das also war mein Besuch bei Goethe, und wahrhaftig, ich bereue nicht, bei ihm gewesen zu sein, denn: *„Von Zeit zu Zeit seh ich den Alten gern, und hüte mich mit ihm zu brechen. Es ist gar hübsch von einem großen Herrn, so menschlich mit dem Teufel selbst zu sprechen." (aus Goethe, „Faust", Prolog im Himmel)*

DER FESTTAG IM FEGEFEUER

„Das größte Glück der Geschichtsschreiber ist, dass die Toten nicht gegen ihre Ansichten protestieren können." (aus Welt und Zeit)

ACHTZEHNTES KAPITEL

Satan lernt auf dem Fest drei merkwürdige Subjekte kennen

Ich füge hier einen Abschnitt aus meinen Memoiren hinzu, der zwar nicht unmittelbar mich selbst betrifft, den ich aber aufschrieb, weil er für mich sehr interessant war. Seine Überschrift „Der Festtag im Fegefeuer" kam folgendermaßen zu Stande. – Es ist ja auf der Erde bei allen großen Potentaten so Sitte, ihre Freude und ihre Trauer recht laut und deutlich zu begehen. Wenn ein aus fürstlichem Blut stammender Leib dem Staube wiedergegeben wird, haben die Küster im Land schwere Arbeit, denn man läutet viele Tage lang alle Glocken. Wird eine Prinzessin oder gar ein Stammhalter geboren, so verkündet schrecklicher Kanonendonner diese Nachricht. Landesväterliche oder landesmütterliche Geburtstage werden mit allem möglichen Glanz begangen; die Bürgermilizen marschieren auf, die Honoratioren veranstalten einen Festschmaus, abends findet ein Ball statt und alles Volk jubelt an solchen Tagen.

Um nun meiner hochverehrten Großmutter die ihr gebührende Ehre zu erweisen, hielt auch ich es schon seit mehreren Jahrhunderten so. Im Fegefeuer, wo sie sich gewöhnlich aufhält, ist immer an diesem Tage allgemeine Seelenfreiheit. Die Seelen bekommen für diesen ganzen Tag ihre Körper, die sie an der Oberfläche hatten, wieder zu ihrer Verfügung. Was von Adel da ist, muss Grußbotschaften mit Glückwünschen an die Alte schicken. – In Person können sie nicht vorgelassen werden, weil sonst die Prozession einige Tage lang dauern würde. – Ehemalige Hofmarschälle, Kammerherren, Regierungsräte und dergleichen haben die verantwortungsvolle Aufgabe und schätzen es sich zur Ehre, die Festlichkeiten anzuleiten und zu organisieren, sodass ich mein eigenes Personal schonen kann.

Ich erfülle durch diese Festlichkeiten einen mehrfachen Zweck; einmal fühlt sich chère grande-maman ungemein geschmeichelt durch diese Aufmerksamkeit, zweitens gelte ich unter den Seelen als ein anständiger Mann, der ihnen auch mal ein Vergnügen gönnt, drittens bewirkt dieser einzige Tag in Freude und alten Gewohnheiten zugebracht, dass die Seelen sich nachher umso unglücklicher fühlen, was ganz und gar dem Zweck einer solchen Anstalt wie dem Fegefeuer entspricht.

An einem solchen Festtag gehe ich dann gern verkleidet durch die Menge. Manchmal erkennt man mich dabei, und ein tausendstimmiges „Vivat der Herr Satan!" erfreut dann mein landesväterliches Herz. Doch weiß ich sehr wohl, dass es nicht weniger geheuchelt ist wie ein Hurrageschrei oder ein scheinbar begeisterter Applaus auf der Oberwelt, denn sie glauben, ich unterdrücke sie noch mehr, wenn sie *nicht* schreien.

In meinem Inkognito besuche ich dann die verschiedenen Ansammlungen: Kaffeegesellschaften, Tees von allen Sorten, diplomatische, militärische, theologische, staatswirtschaftliche, medizinische Klubs finden sich wie durch natürlichen Instinkt zusammen. Sie machen sich einen guten Tag und führen lebhafte Gespräche, die auf manches Ereignis neuerer und älterer Zeit ein fragwürdiges Licht werfen würden, wenn man auf Erden davon erfahren könnte.

Einst trat ich in einen Saal des Café de Londres. Ich traf dort nur drei junge Männer, die aber durch ihr Äußeres gleich meine Neugierde erweckten und mir, wenn sie ins Gespräch miteinander kommen sollten, nicht wenig Unterhaltung zu versprechen schienen. Ich verwandelte daher meinen Anzug in das Kostüm eines flinken Kellners und stellte mich in den Saal, um die Herrschaften zu bedienen und sie unauffällig belauschen zu können.

Zwei dieser jungen Leute beschäftigten sich mit einer Partie Billard. Der Dritte war lässig in einen geräumigen Sessel zurückgelehnt, seine Beine ruhten auf einem vor ihm stehenden kleineren Stuhl, seine linke Hand spielte mit einer Reitgerte, sein rechter Arm unterstützte das Kinn. Ein schöner Kopf! Das Gesicht war länglich und sehr bleich und von hellbraunen, gut frisierten Haaren umgeben, die Nase gebogen und spitzig wie aus weißem Wachs geformt, die Lippen waren dünn und die Augen blau und hell, aber ungewöhnlich kalt und ohne sichtbares Interesse langsam über die Gegenstände hingleitend. Dies alles und ein feiner Hut, nachlässig auf ein Ohr gedrückt, ließen mich einen Engländer vermuten. Sein feines, blendend weißes Leinenzeug, die gewählte, überaus einfache Kleidung konnte nur einem Gentleman aus den höchsten Ständen gehören.

Ich sah in meine Liste und fand ihn dort als Lord Robert Fotherhill verzeichnet. Er winkte mir mit den Augen, weil es ihm wohl zu anstrengend war, zu rufen. Ich eilte zu ihm und stellte auf seinen Befehl ein großes Glas Rum, eine Havannazigarre und eine brennende Wachskerze vor ihn hin.

Die beiden anderen Herren hatten inzwischen ihr Spiel beendet und nahten sich dem Tisch, an welchem der Engländer saß. Ich warf schnell noch einen Blick in meine Liste; der eine war ein junger Franzose, Marquis de Lasulot, der andere ein Baron von Garnmacher, ein Deutscher.

Der Franzose war ein untersetztes, gewandtes Männchen. Sein schwarzes Haar, das ihm in dichten Locken bis tief in die Stirn fiel, passte recht hübsch zu seinem etwas verbrannten Teint, den roten Wangen und freundlichen, schwarzen Augen. Um die vollen, roten Lippen und das wohl genährte Kinn zog sich ein kurz gepflegter, nahezu blauschwarzer Bart, den die nordeuropäischen Damen immer so sehr bewundern. Von dem nachlässig umgebundenen, ostindischen Halstuch bis herab auf die Gamaschen und bis auf die Schuhe, die, um als modisch zu gelten, ganz ohne Absatz sein mussten, war er sehr gewissenhaft nach dem neuesten modischen Geschmack seiner vergangenen Lebenszeit angezogen.

Er schien soeben erst seinem Jean die Zügel seines Cabriolets in die Hand gedrückt, die Peitsche aus geglättetem Fischbein kaum in die Ecke des Wagens gelehnt zu haben und jetzt ins Café hereingeflogen zu sein, mehr um gesehen zu werden, als zu sehen, mehr um zu schwatzen, als zu hören.

Er lorgnettierte flüchtig den Gentleman im Sessel, schien sich über das große Rumglas und den Rauchapparat, den jener vor sich hatte, ein wenig zu wundern, setzte sich aber wie selbstverständlich an die Seite Seiner Lordschaft und fing sogleich an zu sprechen.

„Werden Sie denn heute Abend den Ball besuchen, mein Herr, den uns Monseigneur le diable gibt? Werden viel Damen dort sein? Ich frage Sie, weil ich hier leider noch wenig Bekanntschaft habe. Mein Herr, darf ich Ihnen vielleicht meinen Wagen anbieten, um uns beide hinzuführen? Es ist ein ganz nettes Ding, dieser Wagen, kann ich Ihnen versichern, mein Herr. Er hat mich bei Latonnier vor vier Monaten achtzehnhundert Franken gekostet. Mein Herr, Sie brauchen dann auch keinen Bedienten mitzunehmen, wenn ich die Ehre haben sollte, Sie zu begleiten, mein Jean ist ein Wunderkerl von einem Bedienten."

So ungefähr ging es im Galopp über die Zunge des Franzosen. Seine Lordschaft schien sich übrigens nicht sehr für ihn zu interessieren. Er richtete den Kopf ein wenig auf, um seine rechte Hand frei zu machen, ergriff das Kelchglas, nippte einige Züge Rum, rauchte behaglich seine Zigarre an, legte den Kopf wieder auf die rechte Hand und schien dem Franzosen mehr mit dem Auge als mit dem Ohr zuzuhören und auch auf diese Art antworten zu wollen, denn er erwiderte keine Silbe auf die Einladung des redseligen Franzosen und schien, wie sein Landsmann Shakespeare sagt, „der Zähne doppelt Gatter" vor seine Sprachorgane gelegt zu haben.

Der Deutsche hatte sich dem Tisch genähert, eine höfliche Verbeugung gemacht und einen Stuhl dem Lord gegenüber genommen. Er war, was man in Deutschland einen gewichsten jungen Mann zu nennen pflegt; ein Stutzer. Er hatte blonde in die Höhe strebende Haare, eine etwas niedere Stirn und eine Stupsnase. Über dem Mund hing ein Stutzbärtchen, dessen Enden hinaufgezwirbelt waren. Seine Miene war gutmütig, die Augen hatten einen Ausdruck von Klugheit. Seine Kleidung wie seine Sitten schien er von verschiedenen Nationen entlehnt zu haben. Sein Rock mit vielen Knöpfen und Schnüren war polnischen Ursprungs. Er war auf russische Weise auf der Brust vier Zoll hoch wattiert und formte die Taille so schlank wie die einer geschnürten Jungfrau. Er hatte enge Reithosen an. Weil er aber nicht selbst ritt, waren die nur aus dünnem Kattun gefertigt. Aus ebendiesem Grund mochten auch die Sporen nur zur Zierde und zu einem wohl tönenden, Aufmerksamkeit erregenden Gang dienen, als zum Antreiben eines Pferdes. Ein feiner italienischer Strohhut vollendete das gewählte Kostüm.

Ich sehe es einem gleich an der Art an, wie er den Stuhl nimmt und sich niedersetzt, ob er in Kreisen lebte, wo auch die kleinste Bewegung von den Gesetzen der feinen Sitte bestimmt wird. Der Stutzer setzte sich zwar ganz passabel, doch bei Weitem nicht mit der feinen Leichtigkeit wie der Franzose. Und der Engländer vermittelte selbst in seiner nachlässigen Sitzhaltung mehr Würde als jener, der sich so bemüht aufrecht hielt.

Diese Feststellungen, zu denen ich vielleicht bei weitem mehr Worte verwendet habe, als es dem Leser dieser Memoiren nötig erscheint, machte ich innerhalb eines kurzen Augenblicks.

Der Marquis wandte sich sogleich an seinen neuen Nachbarn: „Mein Gott, Herr von Garnmacker, ich bin am Verzweifeln. Der englische Herr da scheint mich nicht zu verstehen und ich bin seiner Sprache zu wenig mächtig, um eine gepflegte Konversation zu führen. Ich frage Sie, mein Herr, gibt es etwas Langweiligeres, als wenn drei ansehnliche junge Leute beieinandersitzen und keiner den andern versteht?"

„Ja, Sie haben Recht", antwortete der Stutzer in besserem Französisch, als ich ihm zugetraut hätte. „Man kann sich zur Not denken, dass ein Türke mit einem Spanier Billard spielt, aber ich weiß nicht, wie wir unter diesen Umständen mit dem Herrn plaudern können."

„J'ai bien compris, Messieurs", sagte der Lord ruhig neben seiner Zigarre vorbei und nahm wieder einigen Rum zu sich.

„Ist's möglich, Mylord!", rief der Franzose vergnügt. „Das ist sehr gut, dass wir uns verstehen können! Kellner, bringen Sie mir Zuckerwasser! Oh, das ist großartig, dass wir uns verstehen! Welch schöne Sache ist es doch, sich mitzuteilen, selbst an einem Ort, wie diesem hier."

„Sie haben Recht, Bester!", gab der Deutsche zu. „Aber wollen wir nicht ein wenig umherschlendern, um uns vielleicht mit weiblicher Gesellschaft zu umgeben? Ich nenne Ihnen schöne

Damen von Berlin und von allen möglichen Städten meines Vaterlandes, die ich bereist habe. Ich hatte oben schöne Bekanntschaften und Beziehungen. Und ich darf hoffen, an diesem verfluchten Ort manche wiederzutreffen. Mylord nennt uns die Schönen von London und Sie, Marquis, können uns hier Paris im Kleinen zeigen."

„Gott soll mich behüten!", entgegnete eifrig der Franzose, indem er auf die Uhr sah. „Jetzt, um diese frühe Stunde wollen Sie weibliche Gesellschaft …?"

„Ach, naja", antwortete der Stutzer, „ich meine nur, falls wir nichts Besseres zu tun haben. Also wenn Ihnen ein besserer Zeitvertreib einfällt, bleibe ich gerne hier."

„Mein Gott", entgegnete der Franzose, „ist dies nicht ein anständiges Café? Und fehlt es uns an Unterhaltung? Können wir nicht plaudern, soviel wir wollen? Sagen Sie selbst, Mylord, ist es nicht ein gutes Haus? Kann man sich diesen Salon besser wünschen? Nein! Monsieur le diable hat Geschmack in solchen Dingen, das muss man ihm lassen. – Aber meine Herren, was sagen Sie dazu, wenn wir uns zur Unterhaltung gegenseitig etwas aus unserem Leben erzählen? Ich höre so gerne interessante Abenteuer, und Baron Garnmacker hat davon wohl schon viele erlebt, wie ich den Eindruck habe, und Mylord doch bestimmt ebenfalls?"

„God damn! Das war ein vernünftiger Einfall, mein Herr", sagte der Engländer, indem er mit der Reitgerte auf den Tisch schlug, die Füße von dem Stuhl herabzog und sich würdevoll in dem Sessel zurechtsetzte.

„Noch ein Glas Rum, Kellner!"

„Ich stimme zu", sagte der Deutsche. „Ein annehmbarer Vorschlag, Herr von Lasulot. – Eine Flasche Rheinwein, Kellner! – Wer soll anfangen, zu erzählen?"

„Ich denke, wir lassen das Los entscheiden", antwortete Lord Fotherhill, „und ich wette fünf Pfund, dass der Marquis beginnen muss."

„Angenommen, mein Herr", sagte der Franzose lächelnd. „Machen Sie die Lose, Herr Baron, und lassen Sie uns ziehen, Nummer zwei soll beginnen."

Baron Garnmacher stand auf und machte die Lose zurecht, ließ ziehen, und die zweite Nummer fiel auf ihn selbst.

Ich sah den Franzosen dem Lord ein Zeichen geben, indem er das linke Auge zugedrückt mit dem rechten auf den Deutschen hinüberwies. Ich übersetzte mir diesen Wink so: „Geben Sie mal acht, Mylord, was wohl unser ehrlicher Deutscher vorbringen wird. Denn wir beide sind schon durch den Rang unserer Nationen weit über ihn erhaben."

Baron von Garnmacher schien den Wink nicht zu beachten. Mit einiger Selbstgefälligkeit trank er ein Glas seines Rheinweins, wischte sich den Stutzbart mit dem Rockärmel ab und begann.

NEUNZEHNTES KAPITEL

Die Geschichte des deutschen Stutzers

„Als mein Großvater, der kaiserlich-königliche …"
„Ich bitte Sie, mein Herr", unterbrach ihn der Franzose, „schenken Sie uns den Großpapa und fangen Sie gleich bei Ihrem Vater an. Was war er?"
„Nun ja, wenn es Ihnen so lieber ist, aber ich hätte gerne beim Glanz unserer Familie etwas länger verweilt. Mein Vater lebte in Dresden auf einem ziemlich großen Fuß …"
„Was war er denn, der Herr Papa? Sie verzeihen, wenn ich etwas zu neugierig erscheine, aber zu einer Geschichte gehört eine gewisse Genauigkeit."
„Mein Vater", fuhr der Stutzer etwas missmutig fort, „war Kleiderfabrikant en gros …"
„Wie?", fragte nun der Lord. „Was ist Kleiderfabrikant? Kann man in Deutschland Kleider in Fabriken machen?"
„Hol mich der Teufel, wie er's schon getan hat!", rief der Stutzer unwillig und knallte sein Glas auf den Tisch. „Wie soll man denn seine Biografie erzählen, wenn man alle Augenblicke von

kritischen Zwischenfragen unterbrochen wird! Mein Vater hatte
ein Haus am Alt-Markt, darin hatte er ein Atelier und er hatte
angestellte Arbeiter, die Kleider machten!“

„Mon dieu, also war er das, was wir tailleur nennen? Ein
Schneider?“

„Nun in Gottes Namen! Nennen Sie es, wie Sie wollen! Jedenfalls, er hatte die Welt gesehen, er hatte ein Haus, und wenn er
auch nicht gerade den Adel und die allerersten Bürger in seinen
Abendgesellschaften sah, so war doch ein gewisser guter Ton,
ein gewisser Anstand, ein gewisses … ach, ich weiß nicht was!
Kurz, er war eigentlich im Großen und Ganzen ein recht anständiger Mann, mein Papa.“

Mich erfasste der Lachkitzel, als ich den Schneiderjungen so
herumdrucksen hörte. Ich beherrschte mich aber, um den Kellner nicht aus der Rolle fallen zu lassen. Der Marquis hatte sich
zurückgelehnt und hielt den Atem an, um nicht laut loszula-
chen, der Engländer sah den Stutzer forschend an und unterdrückte ein Lächeln, das seiner Würde hätte schaden können,
und nahm einige Schlucke Rum zu sich.

Der deutsche „Baron“ aber fuhr fort: „Na schön, meine Herren. Sie hätten mich in der Oberwelt in Daumenschrauben pres-
sen können und ich hätte meine Maske nicht vor Ihnen abge-
nommen. Hier ist es eine ganz andere Sache. Wer kümmert sich
an diesem üblen Ort um den ehemaligen Baron von Garnmacher? Darum verletzt mich Ihre Heiterkeit nicht im geringsten;
im Gegenteil, es macht mir Vergnügen, Sie zu unterhalten!“

„Ah, wie nobel von Ihnen!“, rief der Franzose und wischte sich
die Tränen aus den Augen. „Geben wir uns die Hand und bleiben wir Freunde. Was geht es mich an, ob Ihr Vater Baron oder
Maßschneider war. Erzählen Sie bitte weiter, Sie machen es
wirklich sehr gut.“

„Also, ich genoss eine gute Erziehung, denn meine Mutter
wollte mich unbedingt zum Theologen machen. Und darum
wurden mir seit meinem siebenten Lebensjahr Lateinisch, Alt-
griechisch, Hebräisch und alles mögliche sinnlose Zeug einge-
bläut. Sie können sich also denken, dass ich bei dieser wahnsinnigen Gelehrsamkeit keine besonders angenehmen Tage hatte.

Ich hatte außerdem das, was man einen harten Kopf nennt, in den nichts hineingehen wollte. Ich ging viel lieber aufs Feld und hörte die Vögel singen oder ich schaute den Fischen im Fluss zu. Ich trieb mich lieber mit meinen Spielkameraden herum, als dass ich mich oben in der Dachkammer, die man zur Studierstube des künftigen Pastors eingerichtet hatte, mit meinen Lehrbüchern abmarterte.

Ich hatte außerdem noch eine andere Leidenschaft, die mich viel Zeit kostete; es war die in mir aufkommende Neigung zu schönen Mädchen. Im Sommer war es in meiner Dachkammer glühend heiß. Wenn ich das kleine Schiebefenster öffnete, um den Kopf ein wenig in die frische Luft zu stecken, so fiel mein Blick unwillkürlich in den Garten unseres Nachbars, eines reichen Kaufmanns.

Dort unter den schönen Akazien auf der weichen Moosbank saßen Amalie, sein Töchterlein, und ihre Freundinnen. Unwiderstehliche Sehnsucht riss mich zu ihr hin. Ich zog schnell meinen Sonntagsrock an, frisierte das Haar mit den Fingern zurecht und langte im Nu durch eine Zaunlücke bei der Königin meines Herzens an.

Diesen Titel bekleidete sie in meinem Herzen im vollsten Sinne des Wortes. Ich hatte in meinem elften Lebensjahr bereits den größten Teil der Ritter- und Räuberromane meines Vaterlandes gelesen, Werke, von deren Genialität man in anderen Ländern keinen Begriff hat. Ich glaube nicht, dass diese Art Literatur es jemals bis über den Rhein oder gar über den Kanal geschafft hat. Oder gibt es bei ihnen etwa Bücher, in denen dermaßen großartige Textstellen vorkommen, wie zum Beispiel: ‚Mitternacht, dumpfes Grausen der Natur, Rüdengebell, Ritter Urian tritt auf.‘

Ha! Wem pocht nicht das Herz, wem sträubt sich nicht das Haar, wenn er nachts in einer öden Dachkammer soetwas liest? Mein Gott, wie ich da das ‚Grausen der Natur!‘ fühlte! Und wenn unser armseliger Hofhund sein Rüdengebell ertönen ließ, war die Illusion so vollkommen, dass sich meine Blicke ängstlich an die verriegelte Tür hefteten, denn ich erwartete dann tatsächlich, Ritter Urian würde hereinkommen.

Was war natürlicher, als dass bei so lebhafter Einbildungskraft auch mein Herz Feuer fing? Jede Berta, die ihrem Ritter die Feldbinde umhing, jede Ida, die sich auf den Burgfried begab, um dem den Schlossberg hinabdonnernden Liebsten noch einmal mit dem Schleier zuzuwedeln, jede Agnes oder Hulda verwandelte sich unwillkürlich in Nachbars Amalie.

Mein Herz war ihr gnadenlos auch deshalb verfallen, weil die Romane nämlich aus ihrer Sparbüchse angeschafft wurden. Wenn sie einen gelesen hatte, bekam ich ihn. Zuhause band ich ihn dann in alte lateinische Schriften ein, denn Amalie war sehr reinlich erzogen und hätte es mir übel genommen, wenn ich ihre Bücher beschmutzt hätte. So lasen und liebten wir. Unsere Liebe richtete sich nach dem Vorbild, das wir gerade lasen; bald war sie zärtlich und verschämt, bald feurig und stürmisch, und wenn Eifersuchten vorkamen, dann gaben wir uns alle Mühe, eine Ursache für unser namenloses Unglück zu ersinnen.

Mein gewöhnliches Verhältnis zu der reichen Kaufmannstochter war übrigens das eines Edelknaben von dunkler Geburt, der am Hof eines großen Grafen oder Fürsten lebt, eine unglückliche Leidenschaft zu der schönen Tochter des Hauses bekommt und endlich von ihr eine heimliche, aber innige Gegenliebe empfängt. Und wie lebhaft wusste Amalie ihre Rolle zu spielen; wie gütig und wie herablassend war sie zu mir! Wie liebte sie den schönen, ritterlichen Edelknaben, dem kein Hindernis zu schwer war, zu ihr zu gelangen, der den breiten Burggraben (die Entenpfütze in unserem Hof) durchwatet, der die Zinnen des Walles (den Gartenzaun) überstieg, um sich in ihr Gartengemach (die Moosbank unter den Akazien) zu schleichen. Tausend Dolche (die Nägel auf dem Zaun, die meinen Hosen gefährlich waren) lauern auf ihn, aber die Liebe führt ihn unaufhaltsam zu Füßen seiner Herrin.

Das einzige Unglück bei unserer Liebe war, dass wir eigentlich gar kein Unglück hatten. Zwar gab es hie und da Grenzstreitigkeiten zwischen dem armen Ritter (meinem Vater) und dem reichen Fürsten (dem Kaufmann), wenn nämlich eines unserer Hühner in seinen Garten hinübergeflogen war und auf seinen Mistbeeten kratzte. Es kam sogar zur ernsthaften Fehde, wenn der Fürst einen Herold (seinen Ladendiener) zu uns herüberschickte und den fälligen Tribut anmahnen ließ (weil mein Vater eine große Rechnung im Kontobuch des Fürsten offenstehen hatte). Aber alle diese kleinen Geplänkel waren leider kein besonderes Unglück für unsere Liebe und diente eigentlich nicht dazu, unsere Situation noch romantischer zu machen. Die einzige nachteilige Folge meiner Leseleidenschaft und meiner Liebe war das Unglück, immer unter den letzten meiner Schulklasse zu sein und von unserem alten Rektor tüchtig Schläge zu bekommen.

Doch auch darüber belehrte und tröstete mich meine ‚Herrin.‘ Sie erzählte mir nämlich, dass des Herzogs (des Rektors) jüngster Prinz um sie gebuhlt und dass sie ihn aus Liebe zu mir abgewiesen hatte. Er aber hatte gewiss den Grund seiner Abweisung entdeckt und sie seinem Vater mitgeteilt, der sich nun dafür auf eine so erbärmliche Art an mir rächen würde. Ich ließ die Gute gern in ihrem Glauben, doch ich wusste wohl, weshalb ich die Schläge bekam; der alte Herzog nahm mir nämlich übel, dass ich die unregelmäßigen, griechischen Verben nicht lernte.

So war ich fünfzehn und meine Herzensdame vierzehn Jahre alt geworden. Ungetrübt war bis jetzt der Himmel unserer Liebe gewesen, da ereigneten sich mit einem Mal zwei Unglücksfälle, wovon schon jeder für sich ausreichend gewesen wäre, mich aus meinen Höhen herabzuschmettern. Es war die unglückliche Zeit, wo die Fouqéschen Romane anfingen, in meinem Vaterland Mode zu werden …“

„Was ist das, Fouquésche Romane?“, fragte der Lord.

„Das sind … einfach nur überaus fromme Geschichten. Also, Herr von Fouqué ist ein sehr frommer Rittersmann, der, weil es nicht mehr zeitgemäß ist, mit Schwert und Lanze zu turnieren, mit der Feder in die Schranken tritt und tapfer damit kämpft. Er hat das ein wenig grobschlächtige Mittelalter sozusagen modernisiert. Da erscheint nun alles irgendwie süßlich und sieht recht ästhetisch und zwielichtig aus. Und die Ritter, von denen man vorher nichts anderes kannte, als dass sie derbe Landjunker waren, die sich aus Religion und feiner Sitte so wenig machten wie der Großtürke aus dem sechsten Gebot, die treten hier auf einmal mit einer bezaubernden Liebenswürdigkeit auf, sie sprechen in feinen Redensarten und sind fromm und kreuzgläubig. Die Damen sind moderne Schwärmerinnen, sehr keusch, und sie tragen steife Kragen statt eines deftigen Blusenausschnitts. Selbst die edlen Rosse sind glänzender als heutzutage und haben ordentlich Verstand, genau wie die Wolfshunde und andere solche Getiere."

„Mon dieu! Solch einen Unsinn liest man in Deutschland?", rief der Franzose und schlug vor Verwunderung die Hände zusammen.

„Oh ja, meine Herren, man liest so etwas und bewundert es auch noch. Es gab eine Zeit bei uns, da wir damit aufhörten, alles nur an fremden Nationen zu bewundern. Weil wir nun, auf unsere eigenen Herrlichkeiten beschränkt, nichts an uns fanden, das wir bewundern konnten, außer die vergangenen Zeiten, so warfen wir uns mit unserem gewöhnlichen Nachahmungstrieb auf eben diese und wurden allesamt altdeutsch.

Man hatte jetzt auf einmal das Bedürfnis, der herrlichen vergangenen Zeit nachzueifern. Es gab bald alle möglichen Handbücher und auch Modejournale, die uns über die Sitten und Gebräuchen unserer Vorfahren belehrten. Das Auftauchen dieses frommen Ritters ließ einen neuen Menschenschlag entstehen; die deutschen Mädchen wurden keusche, fromme Fräulein, die jungen Herren zogen die modischen Fracks aus, ließen Haar und Bart wachsen und an die Hemden eine halbe Elle zusätzlichen Stoff setzen und auch sie waren auf einmal tugendhaft und fromm."

„God damn! Sie haben Recht, ich habe solche Figuren gesehen", unterbrach ihn der Engländer. „Vor acht Jahren machte ich eine große Tour und kam auch in die Schweiz. Am Vierwaldstätter See ließ ich mir den Ort zeigen, wo die Schweizer ihre Republik gegründet haben. Ich sah dort eine Gesellschaft, die sich merkwürdig halb modern, halb aus den Garderoben früherer Jahrhunderte gekleidet zu haben schien. Sechs junge Männer saßen und standen am Ufer und blickten mit glänzenden Augen über den See. Sie hatten komische Mützen auf dem Kopf, die so aussahen wie Pfannkuchen. Lange wallende Haare fielen ihnen bis auf die Schultern. Ein Überrock, der nach antiker Form gemacht war, kleidete sie gar nicht übel. Er schloss sich eng um den Leib und zeigte den schönen Wuchs der jungen Männer. In sonderbarem Kontrast damit standen weite Pluderhosen aus grober Leinwand. Aus ihren Gürteln sahen drohende Dolchgriffe hervor und in der Hand trugen sie Axtstiele. Gar nicht recht wollte aber zu diesem Kostüm passen, dass sie Brillen auf der Nase hatten und Pfeife rauchten. Ich fragte meinen Führer nach diesen sonderbaren Leuten. Er meinte, dass es fahrende Schüler aus Deutschland wären. Und als mein Kahn über den See fuhr, erhoben sie einen vierstimmigen Gesang in so erhabener Melodie mit sehr ergreifenden Wendungen, dass ich ihnen in Gedanken Abbitte leistete für das Vorurteil, das ihre Kostümierung in mir erweckt hatte."

„Nun ja, da haben wir's", fuhr der Baron von Garnmacher fort. „Genauso sah es damals bei Alt und Jung in ganz Deutschland aus. Und auch ich hatte Fouquésche Romane gelesen, wurde ein frommer Knabe, trug altdeutsche Kleidung und ich war meiner Herrin, der ‚wonnigen Maid‘ mit einer keuschen Minne zugetan.

Auf Amalie allerdings machten Romane wie der ‚Zauberring‘ und die ‚Fahrten Thiodolfs‘ leider nicht den gewünschten Eindruck. Sie verlachte die sittsamen, lichtbraunen, blauäugigen Damen, besonders die Bertha von Lichtenrieth, und empfahl mir dafür Lafontaine und Langbein; ziemlich schlüpfrige Geschichten, die ihr eine ihrer älteren Freundinnen heimlich zugesteckt hatte.

Ich war einfach viel zu erfüllt von dem deutschen Wesen, das auch in mir aufgegangen war, um ihr Gehör zu schenken. Aber der lüsterne Brennstoff jener Romane hatte sich in dem Mädchen, das für sein Alter schon ziemlich groß war, entzündet. Nun ja – es gab eine Josephsszene zwischen uns; ich hüllte mich in meinen altdeutschen Rock und meine Fouquésche Tugend ein und floh vor den Lockungen der Sirene wie mein Held Thiodolf vor der herrlichen Zoe.

Die Folge davon war, dass sie mich fortan verachtete und dem Prinzen, (dem Sohn des Rektors) ihre Liebe schenkte. Ob er mit ihr Lafontaine und Langbein las, weiß ich nicht. Nur so viel ist mir bekannt, dass ihn der Fürst (Amalies Vater) einige Wochen nachher eigenhändig aus dem Garten gepeitscht hat.

Ich saß tagelang in der Dachkammer, hatte die hebräische Bibel und die griechischen unregelmäßigen Verben vor mir liegen und auf ihnen meine Romane. An manchem Abend habe ich dort heiße Tränen geweint und durch die herabgezogenen Jalousien in den Garten hinabgeschaut, denn die zuchtlose Jungfrau sollte meinen tiefen Jammer nicht sehen. Sie sollte den Kampf zwischen Hass und Liebe nicht auf meinem Antlitz lesen. Ich war fest davon überzeugt, dass höchstens der unglückliche Otto von Trautwangen, als er in Frankreich mit seinem klugen, lichtbraunen Pferd eine Höhle bewohnte, so kummervoll gewesen sein konnte wie ich.

Aber das Maß meiner Leiden war noch nicht voll. Hören Sie, wie mich ‚aus entwölkter Höhe‘ ein zweiter Donner traf.

Der alte Rektor hatte uns ein Thema zu einem Aufsatz gegeben, worin wir die Frage beantworten sollten, wen wir für den bedeutendsten Mann Deutschlands halten. Es sollte sein Wert geschichtlich nachgewiesen, sowie Gründe für und wider angegeben und alles recht gelehrt zusammengefasst werden.

Ich hatte, wie ich Ihnen bereits andeutete, meine Herren, immer einen harten Kopf. Und Aufsätze waren mir von jeher zuwider gewesen; ich hatte also auch immer schlechte Arbeiten geliefert. Aber für diese Sache war ich auf einmal ganz begeistert. Ich fühlte eine besondere Freude in mir, meine Gedanken über die großen Männer meines lieben Vaterlandes einmal in geschriebenen Worten auszudrücken.

Geschichtlich sollte das Ding abgefasst werden? Was war leichter für mich als das? Jetzt erst begriff ich den Nutzen meines eifrigen Lesens. Wo war einer, der so viele Geschichten gelesen hatte wie ich? Und wer, der jemals diese Bücher in die Hand nahm, wer konnte sich in Unkenntnis darüber befinden, wer die größten Männer Deutschlands wären?

Zwar war ich noch nicht ganz mit mir selbst im Reinen, wem ich die Krone zuerkennen sollte; Hasper a Spada? Es war zwar ein Tapferer, der Schrecken seiner Feinde und die Liebe seiner Freunde, aber, wie die Geschichte sagt, war er sehr stark dem Trinken ergeben und das war doch schon ein Makel in seinem sonst so großartigen Charakter. Adolph der Kühne, Raugraf von Dassel? Er hat schon etwas mehr von einem großen Mann; wie schrecklich züchtigte er die gierigen Pfaffen! Wenn er nur nicht hätte nach Rom wandeln und Buße tun müssen, leider, dies schwächt sein majestätisches Bild. Otto von Trautwangen glänzt als ein Stern erster Größe in der deutschen Geschichte, dachte ich weiter, aber auch er scheint doch nicht der Größte gewesen zu sein, auch wenn seine Frömmigkeit, die sehr wohl ein starkes Argument ist, nahezu jeden schlechten Zauber mit Leichtigkeit überwand.

Island gehörte ja wohl auch zum Deutschen Reich, und wahrhaftig unter allen deutschen Helden ist doch keiner, der dem Thiodolf das Wasser reicht. Stark wie Simson, fromm wie ein Lamm und im Zorn ein Berserker; es kann kein Irrtum sein, er ist der bedeutendste Deutsche.

Ich setzte mich hin und schrieb voll Begeisterung diese Rangordnung nieder. Wohl zehnmal sprang ich auf, meine Brust war zu voll, ich konnte nicht alles sagen, die Feder, die Worte versagten mir, wohl zehnmal las ich mir mit lauter Stimme die gelungensten Stellen vor.

Wie erhaben es doch klang, wenn ich von der Stärke des Isländers sprach, wie er einen Wolf zähmte, wie er in Konstantinopel ein Pferd nur ein wenig auf die Stirn klopfte, dass es auf der Stelle tot war, wie großmütig verschmähte er alle Belohnung, ja er schlägt einen Kaiserthron aus, um seiner Liebe treu zu bleiben, wie kindlich fromm er ist, obgleich er die christliche Religion eigentlich nicht kannte … Wie schön beschrieb ich das alles! Oh ja, es musste das harte Herz meines Rektors rühren!

Ich malte mir aus, wie er meine Arbeit mit steigender Begeisterung lesen und wie er morgens in die Klasse kommen würde, um unsere Aufsätze zu beurteilen. Dann sendet er gewiss einen freundlichen Blick zum letzten Platz, wohin er sonst immer nur wie ein brüllender Löwe schaute. Dann liest er meine Arbeit vor und spricht sanft: ‚Kann man etwas Gelungeneres lesen als dies, und ratet, wer es gemacht hat? Die Letzten sollen die Ersten werden. Tritt hervor, mein Sohn, Garnmacher!‘ So musste er sprechen, denn er konnte ja nicht anders, ohne das schreiendste Unrecht zu tun. Eifrig schrieb ich jetzt meinen Aufsatz ins Reine. Und um zu zeigen, dass ich auch in den neueren Geschichten nicht unbewandert war, schrieb ich am Ende, dass ich Hermann von Nordenschild für den nächsten größten Mann halte. Ihm würde der Ritter Euros nachfolgen, welcher als Domschütz mit seinen Gesellen so großes Aufsehen erregt hatte. Ich brachte dem Rektor triumphierend den Aufsatz und musste ihm beinahe ins Gesicht lachen, als er mürrisch sagte: ‚Du wirst wieder ein schönes Geschmiere verzapft haben, Garnmacher!‘

‚Lesen Sie, und dann … richten Sie‘, gab ich ihm stolz zur Antwort und verließ ihn erhobenen Hauptes.

Der Samstag, an welchem man unsere Arbeiten gewöhnlich zensierte, war endlich gekommen. Sooft dieser Tag sonst erschienen war, war er mir immer ein Tag des Unglücks gewesen. Gewöhnlich schlich ich da mit Herzklopfen zur Schule, denn ich durfte gewiss sein, wegen schlechter Arbeit getadelt und öffentlich geschmäht zu werden.

Aber wie viel stolzer trat ich heute auf. Ich hatte meinen besten Rock angezogen, den schönsten, fein gestickten Hemdkragen angelegt, mein wallendes Haar war ordentlich gescheitelt und gelockt, ich sah stattlich aus und gestand mir, auch im Äußeren des Preises nicht unwürdig zu sein, welcher mir heute zuteilwerden sollte.

Der Rektor fing an, die Aufsätze zu zensieren. Was für ärmliche, obskure Helden hatten sich meine Mitschüler ausgewählt! Hermann der Cherusker, Karl der Große, Kaiser Heinrich, Luther und dergleichen – der Rektor ging viele durch, noch immer kam er nicht an meine Arbeit. Ja, es war offenbar, meinen Helden hatte er sich also bis zuletzt aufgespart – als den allerbesten!

Endlich ruhte er einige Augenblicke, räusperte sich und nahm ein Heft mit rosenfarbenem Umschlag, das meinige, zur Hand. Mein Herz pochte laut vor Freude. Ich fühlte, wie sich mein Mund zu einem triumphierenden Lächeln verziehen wollte, aber ich gab mir Mühe, bescheiden bei dem Lob auszusehen. Der Rektor begann.

‚Und nun komme ich zu einer ganz besonderen Arbeit, welche ihresgleichen nicht hat auf dieser Erde. Ich will einige Stellen daraus vorlesen.‘

Und er deklamierte mit ungemeinem Pathos gerade jene Kraftstellen, welche ich mit so großer Begeisterung niedergeschrieben hatte. Ein schallendes Gelächter aus mehr als vierzig Kehlen unterbrach jeden Satz, und als er endlich an den Schluss gelangte, erscholl Bravo! Und die Tische krachten unter den Beifall trommelnden Fäusten meiner Mitschüler. Der Rektor winkte Stille und fuhr fort: ‚Es wäre dies eine gelungene Satire, wenn nicht der Verfasser selbst eine Satire auf die Menschheit wäre. Es ist unser lieber Garnmacher. Tritt hervor, du Schandfleck der Natur, hierher zu mir!‘

Zitternd folgte ich dem fürchterlichen Befehl. Das erste war, als ich vor ihm stand, dass er mir das rosenfarbene Heft einmal rechts und einmal links um die Ohren schlug. Und dann donnerte eine Strafpredigt über mich herab, von der ich nur so viel verstand, dass ich ein Idiot war und nicht begriffen hätte, was Geschichte überhaupt sei.

Es passiert zuweilen, dass man im Traum von einer schönen, blumigen Sonnenhöhe in einen tiefen Abgrund herabfällt. Es schwindelt einen, wenn man aus den unermesslichen Höhen stürzt, man fühlt die furchtbare Erschütterung, wenn man auf den Boden schlägt. Man erwacht und sieht sich mit völliger Verwunderung um, und die Höhe, von der man herabstürzte, ist mit all ihren Blütengärten verschwunden. Ach, es war ja nur ein wunderbarer Traum! So war mir damals, als mich der Rektor aus meinem Schlummer aufschüttelte. Ein tiefer Seufzer war die einzige Antwort, die ich ihm geben konnte. Ich war arm wie Krösus, als er vor seinem Sieger Cyrus stand. Auch ich hatte ja alle meine Reiche verloren!

Ich sollte bekennen, woher ich die Romane bekommen und wer mir das Geld dafür gegeben hatte. Doch konnte ich sie, die ich einst liebte, verraten? Ich leugnete. Ich hielt mit ritterlicher

Tapferkeit dem wütenden Sturm des furchtbaren Mannes stand. Der langen Rede kurzer Sinn war der, dass ich von meinem Vater ein Attest darüber bringen müsse, dass ich das Geld zu solchen Unsinnigkeiten von ihm bekommen habe. Und außerdem habe ich ab dem nächsten Montag vier Tage Karzer anzutreten. Verhöhnt von meinen erbarmungslosen Mitschülern, die mir noch auf der Straße „Thiodolf!“ nachriefen, und in dumpfer Verzweiflung ging ich nachhause.

Es gab gar keinen Zweifel, dass mich mein Vater, wenn er diese Geschichte erfuhr, gleich windelweich schlagen würde. Ich besann mich also nicht lange, band etwas Wäsche und einige Münzen, die mir meine Paten geschenkt hatten, in ein Tuch, warf noch einen letzten Blick in des Nachbars Garten, und eine Viertelstunde später wanderte ich schon auf der Straße nach Berlin, wo ein Oheim von mir lebte, an welchen ich mich fürs Erste zu wenden gedachte.

In meinem Herzen war es öde und leer; meine Ideale waren zerronnen. Sie hatten also nicht gelebt, diese tapferen, frommen, biederen Männer, sie hatten nicht geatmet, diese holden Frauen. Die ganze bunte Welt voller Glanz, all jene Stimmen, die aus fernen Jahrhunderten zu mir herübertönten, die mutigen Töne der Trompete, Rüdengebell, Waffengeklirr, Sporenklang, süße Akkorde der Laute – alles dahin, alles nichts als eine papierene Geschichte, im Hirn eines Poeten ausgedacht, in einer schmutzigen Druckpresse zur Welt gebracht!

Ich sah mich noch einmal nach der Gegend um, die ich verlassen hatte. Die Nebel der Elbe verhüllten das liebe Dresden. Nur die Spitzen der Türme ragten im Abendrot aus dem Dunstmeer. So lagen auch mein Hoffen und meine Zukunft in Nebel gehüllt. Da fühlte ich einen leichten Schlag auf die Schulter und wandte mich um …“

Hoch geschätzter Leser!

Ich bin in der größten Verlegenheit. Ich habe bis auf den Tag, an welchem ich dies schreibe, dem Verleger das vollständige Manuskript des ersten Teils versprochen. Leider fehlt noch ein ziemlich bedeutender Abschnitt; er ist noch nicht geweiht. Die Messe ist schon vorüber, und eine eigene über die paar Bogen lesen zu lassen wäre ein viel zu hoher finanzieller Aufwand. Wir verschieben daher die Fortsetzung des Festtages in der Hölle auf den zweiten Teil.

Der Herausgeber

ZWEITER TEIL

EIN PROLOG

Über einen Gerichtsprozess des Herausgebers

Dieser zweite Teil der Memoiren des Satans erscheint um ein Halbjahr zu spät. Die Schuld dieser Verspätung liegt aber weder in der zu heißen Temperatur des letzten Spätsommers, noch in der strengen Kälte des Winters, weder im Mangel an Zeit oder Stoff noch in politischen Hindernissen. Die einzige Ursache ist ein sonderbarer Prozess, in welchen der Herausgeber verwickelt wurde, und vor dessen Beendigung er diesen zweiten Teil nicht erscheinen lassen konnte.

Kaum war nämlich der erste Teil dieser Memoiren in die Welt versandt und mit einigen werbenden Anzeigen in verschiedenen Zeitungen begleitet worden, als plötzlich in allen diesen Blättern Folgendes zu lesen war:

Warnung vor Betrug!
*Die in der Franckh'schen Verlagshandlung Stuttgart herausgegebenen ,**Memoiren des Satans**' stammen <u>nicht</u> von dem aus den biblischen Testamenten bekannten Teufel, sondern es handelt sich hierbei um eine böswillige Fälschung und eine Täuschung des Publikums!*

Ich gestehe, dass ich mich nicht wenig über diese Zeilen ärgerte, die von niemandem unterschrieben waren. Ich war meiner Sache absolut gewiss, denn ich hatte das Manuskript von niemand anders als dem Satan selbst erhalten. Und nun, nach vielen Mühen und Sorgen, nachdem ich mich an den infernalischen Chiffren beinahe blind gelesen hatte, soll ein anonymer Totschläger über mich herfallen, meine literarische Ehre besudeln und besagte Memoiren für unecht erklären?

Während ich noch mit mir zurate ging, wie wohl auf eine solche Beschuldigung am treffendsten zu antworten sei, werde ich vor Gericht zitiert und mir wird eröffnet, dass ich einer Namensfälschung und eines literarischen Diebstahls angeklagt bin, und zwar – vom Teufel selbst, der angeblich als Geheimer Hofrat in persischen Diensten leben würde. Er behaupte nämlich, ich hätte seinen Namen Satan missbraucht, um ihm einen miserablen Schund, den er nie geschrieben hatte, unterzuschieben. Und ich hätte seinen Namen nur benutzt, um diesem schlechten Buch einen schnellen und einträglichen Absatz zu verschaffen. Er verlange nicht nur, dass ich bestraft würde, sondern auch, dass ich ihm Schadenersatz zu leisten hätte, „weil ihm ein Vorteil durch die missbräuchliche Nutzung seines prominenten Namens entgangen war."

Ich verstehe so wenig von juristischen Streitigkeiten, dass mir früher schon der Begriff Klage oder Prozess Herzklopfen verursachte. Man kann sich also wohl denken, wie mir bei diesen schrecklichen Anschuldigungen zumute war.

Ich ging niedergeschlagen heim und schloss mich einen Tag lang ein, um in Ruhe über die Sache nachzudenken. Ich kam endlich zu dem Schluss, dass es hier drei Möglichkeiten gab: 1.) Entweder hatte mir der Teufel selbst das Manuskript gegeben, um mich nachher als Kläger zu ängstigen und auf meine Kosten zu lachen oder 2.) irgendein böser Mensch hatte mir eine Komödie vorgespielt, um sein Manuskript in meine Hände zu bringen, und der Teufel selbst trat jetzt als erbitterter Kläger auf oder 3.) das Manuskript kam wirklich vom Teufel, und ein findiger Kopf wollte jetzt den Satan spielen und mich in seinem Namen verklagen.

Ich ging zu einem berühmten Rechtsgelehrten und trug ihm den Fall vor. Er meinte, es sei allerdings eine fatale Angelegenheit, besonders weil ich keine Beweise beibringen könne, dass das Manuskript vom echten Teufel stamme. Doch er wolle das Seinige tun und aus einer bedeutenden Anzahl Bücher einiges nachlesen, die er mir alle aufzählte und deren komplizierte Titel ich sofort wieder vergaß.

Das juristische Gefecht nahm jetzt seinen Anfang. Es wurde dann, wie es bei solchen Fällen üblich ist, so viel darüber geschrieben, dass auf jeden Bogen der Memoiren des Satans ein

Stapel Akten kam. Und nachdem die Sache ein Vierteljahr anhängig war, wurde sogar auf Kosten des Prozessverlierers eine eigene Aktenkammer für diesen Prozess eingeräumt. Über der Tür stand mit großen Buchstaben: „Akten in Sachen des persischen G. H. R. Teufel gegen Dr. Hauff, betreffend die Memoiren des Satans.“

Ein sehr günstiger Umstand für mich war der, dass ich auf dem Titel nicht „Memoiren des Teufels“, sondern „des Satans“ geschrieben hatte. Die Juristen waren sich darin einig, dass der Name Teufel in Deutschland ein Familienname sei. Ich habe also wenigstens diesen nicht zur Fälschung gebraucht. Satan hingegen sei nur die Bezeichnung eines bestimmten herrschaftlichen Standes in der höllischen Hierarchie.

Ich fing an, aus diesem Umstand günstigere Hoffnungen zu schöpfen, aber nur zu bald sollte ich die bittere Erfahrung machen, was es heißt, den Gerichten anheimzufallen. Das Referat in Sachen Teufel gegen Hauff war nämlich dem berühmten Justizrat Julius Wackerbart in die Hände gefallen, einem Mann, der schon bei Dämpfung einiger großen Revolutionen ungemeine Talente bewiesen hatte. Neuerdings war er sogar damit beschäftigt gewesen, bedeutende Unruhen in einem Gymnasium zu schlichten.

War da nicht zu erwarten, dass ein so berühmter Jurist den Fall nur als eine durchaus Aufsehen erregende Sache ansehen würde, um sie so zu handhaben, dass sie ihm möglichst viel Ruhm einbringt, wobei das Recht auf der Strecke bleibt? Dazu kam noch der Titel und Rang meines Gegners; Wackerbart hatte seit einiger Zeit angefangen, sich an gewisse höhere Zirkel anzuschließen; musste ihm da ein so wichtiger Mann, wie ein persischer Geheimer Hofrat, nicht mehr gelten als ich armseliger Schlucker?

Es ging genau so aus, wie ich es vorausgesehen hatte. Ich verlor meine Sache gegen den Teufel. Strafe, Schadenersatz, aller mögliche Unsinn wurde auf mich abgewälzt. Ich wunderte mich direkt darüber, dass man mich nicht auch noch ins Gefängnis sperrte oder gar hängte. Man hatte hauptsächlich Folgendes gegen mich in Anwendung gebracht, ich zitiere:

Entscheidungsgründe zu dem vor dem Kriminalgericht Klein-Justheim am 4. Dezember 1825 gefällten Urteil in der Untersuchungssache gegen den Dr. Hauff wegen Betrugs:

Es ist durch das Eingeständnis des Angeklagten erwiesen, dass er keine Beweise beizubringen weiß, dass die von ihm herausgegebenen ‚Memoiren des Satans' wirklich von dem bekannten echten Teufel, der gegenwärtig als Geheimer Hofrat in persischen Diensten lebt, herrühren.

Ferner hat der Angeschuldigte Hauff zugegeben, dass die in den öffentlichen Blättern darüber enthaltene Ankündigung mit seinem Wissen erfolgt sei. Die letztgenannte Ankündigung ist derart formuliert, dass hieraus die Absicht des Verfassers, die Lesewelt glauben zu machen, dass „Die Memoiren des Satans" höchstselbst von dem wahren, im Alten und Neuen Testament bekannten Teufel geschrieben seien, nur allzu deutlich hervorleuchten tut.

Durch diese ihm vom Kläger unerlaubte Verfahrensweise hat sich der Angeklagte Hauff eines Betruges schuldig gemacht, alldieweil solcher im Allgemeinen in jedweder auf den Schaden anderer gerichteten unrechtlichen Täuschung anderer, entweder, indem man falsche Tatsachen mitteilt oder wahre dito nicht angibt – besteht; oder um uns näher auszudrücken, da hier die Sprache von einer Ware und gedrucktem Buch ist – einer Fälschung schuldig gemacht hat. Denn, durch den Titel ‚Memoiren des Satans' und die Anpreisung des Buches wurde der Lesewelt fälschlich vorgespiegelt, dass das Buch ausdrücklich persönlich von dem unter dem Namen Satan bekannten, königlich persischen Geheimen Hofrat Teufel verfasst sei, was beim Verkauf des Werkes verursachte, dass es schneller und in größerer Quantität verkauft wurde, als wenn das Buch unter dem Namen des Herrn Hauff, welcher dem Publico noch gar nicht bekannt ist, erschienen wäre, und wodurch die, welche es kauften, in ihrer berechtigten Erwartung, ein echtes Werk des Teufels in Händen zu haben, schnöde betrogen wurden.

Wenn der Herr Dr. Hauff, um sich zu entschuldigen, dagegen einwendet, dass der Name Satan in Deutschland nur ein angenommener sei, worauf der Teufel, wie man ihn gewöhnlich nennt, keinen Anspruch zu machen habe, so bemerken wir Juristen von Klein-Justheim sehr richtig, dass sich Hauff auf den Gebrauch jenes angenommenen, den Teufel sehr wohl bezeichnenden Namens nicht beschränkt, sondern dessen vordem bezeichnete Identität in dem Werk selbst überall durchblicken lässt. Namentlich tut er das in der Einleitung, dass der Verfasser derjenige Teufel oder Satan sei, welcher dem Publico als eben dieser rühmlichst bekannt ist, wodurch wohl ebenfalls niemand anders gemeint ist, als der Geheime Hofrat Teufel.

Man muss lachen über die Behauptung des Angeklagten, dass das infrage stehende Werk, wie auch nicht desto weniger seine Anzeige, eigentlich eine Satire auf den Teufel und jegliche Teufelei jetziger Zeit sei! Denn diese Entschuldigung wird durch den Inhalt der Schrift selbst widerlegt; ja, jeder Leser von Vernunft muss das auch wohl eher für eine etwas geringe Nachäffung der Teufeleien, als für eine Satire auf denselben erkennen. Wäre aber auch, was wir Juristen nicht einzusehen vermögen, das Werk dennoch eine Satire, so ist durchaus kein günstiger Umstand für Hauff zu ziehen, weil derjenige Käufer, der etwas Echtes, vom Teufel Verfasstes kaufen wollte, erst nach dem Kauf entdecken konnte, dass er betrogen sei.

Außer der völlig rechtswidrigen Täuschung der Lesewelt sowie der Leihbibliotheken et cetera, ist in der vorliegenden Täuschung auch ein Verbrechen gegen denjenigen begangen worden, dessen Name oder Firma missbraucht worden war; nämlich gegen den Geheimen Hofrat Teufel, welcher sehr daran interessiert ist, dass nicht das Geschreibsel anderer als von ihm niedergeschrieben wie auch erdacht, angezeigt und verkauft werde.

Wenn endlich der Angeklagte behauptet, dass er das Buch arglos herausgegeben habe, ohne das Klein-Justheimer Recht hierüber zu kennen, dass ihn auch bei der Fälschung durchaus keine gewinnsüchtigen Absichten geleitet hätten, so ist uns dies gleichgültig und wir haben nicht darauf Rücksicht zu nehmen, denn Fälschung ist Fälschung, sei es, ob man englische Teppiche nachahmt und als echt verkauft, oder Bücher schreibt unter falschem Namen; ist alles nur verkäufliche Ware und kann den

Begriff des Vergehens nicht ändern, weil immer noch die Täuschung und Anschmierung der Käufer restiert.
Es ist daher, wie man getan hat, beschlossen worden.
Gezeichnet Präsident und Räte des Kriminalgerichtes zu Klein-Justheim.

Ware nannten sie deine Memoiren, Satan, Ware! Als würde so etwas wie Garn oder Draht aus dem Gehirn hervorgehaspelt. Warenfälschung! Was für ein idiotischer Begriff, um zu definieren, was man hier meint! Und rechtswidrige Täuschung des Publikums! Blödsinn! Wer hat denn darüber geklagt? Wer ist also aufgestanden unter den Tausenden und hat Zeter geschrien, weil er herausgefunden hatte, dass das Büchlein nicht vom Beelzebub selbst herrührt und dass er den Missetäter bestraft sehen wolle für diese rechtswidrige Täuschung? Oh, Klein-Justheim, wie weit bist du doch zurückgeblieben, dass du nicht einmal einsehen kannst, dass Werke des Geistes kein nachgemachter Rum oder Arrak sind und absolut nicht vor deine inkompetenten Schranken gehören!

Traurig musterte ich das Manuskript des zweiten Teils, der nun für mich und das Publikum verloren war. Ich dachte nach über das Hohngelächter der literarischen Welt, wenn der erste Teil nun als ein Torso, als ein unvollendet abgerissenes Stück verachtet und verschmäht in den Leihbibliotheken verschimmelt. Da wurde mir eines Morgens ein Brief überbracht, dessen Aufschrift mir bekannte Schriftzüge verriet. Ich riss ihn hastig auf und las:

Sehr geehrter Herr Dr. Hauff!

Durch den Oberjustizrat Hammel, der vor einigen Tagen das Zeitliche gesegnet hatte, erfuhr ich zu meinem großen Missfallen von den miserablen Machenschaften, die gegen Sie unternommen werden. Glauben Sie auf keinen Fall, dass das von mir veranlasst wurde! Bei meinen vielen Geschäften komme ich selten dazu, eine deutsche Literaturzeitung zu lesen. Aber einige Rezensenten, die ich sprach, versicherten mir, mit welchem

Eifer Sie meine Memoiren herausgegeben haben und dass das Publikum meine literarischen Bemühungen zu schätzen weiß. Der Prozess, den man Ihnen an den Hals warf, kam für mich daher ganz unerwartet. Glauben Sie mir, es ist nichts als eine böswillige Intrige, nur um mich nicht als Schriftsteller anerkennen zu müssen, weil ich ein wenig über die deutschen Universitäten spottete und über diese ästhetischen Tees. Und Ihnen wollen sie nebenbei auch an den Kragen. Kümmern Sie sich nicht darum, Wertester, und geben Sie unbeeindruckt den zweiten Teil heraus. Notfalls können Sie ja dieses Schreiben jedermann lesen lassen, namentlich den Halunken Wackerbart. Sagen Sie ihm, wenn er meine Handschrift nicht kennt, so kenne ich umso besser die seinige!

Ich kenne dieses Gesindel! Es sind nichts als Raubritter und Piraten, die jeden öffentlich interessanten Prozess, der ihnen in die Krallen fällt, so lange deuteln und drehen, bis sie ihn dahin entscheiden können, wo er ihnen am meisten Ruhm nebst etlichem Geld einträgt. Grämen Sie sich nicht übermäßig darüber. Und was diesen persischen Geheimen Hofrat betrifft, der sich für mich ausgegeben hat, so will ich bei Gelegenheit ein Wörtchen mit ihm reden.

Hier lege ich Ihnen noch ein kleines Manuskriptchen bei. Ich habe es in den letzten Pfingstfeiertagen in Frankfurt geschrieben. Es ist eigentlich ein Scherz und hat nicht viel zu bedeuten; doch wenn Sie es im zweiten Teil einfügen, wird es vielleicht doch ein paar Leute geben, die sich dabei freundschaftlich an mich erinnern.

In der Hoffnung Ihre persönliche Bekanntschaft bald zu erneuern, verbleibe ich als

Ihr Freund

der Satan

Man kann sich denken, wie sehr mich dieser Brief freute. Ich lief gleich damit zu dem wackeren Mann, der meine Rechtssache geführt hatte, und zeigte ihm den Brief. Ich erklärte ihm entschlossen, an die nächsthöhere Instanz gehen zu wollen. Er zuckte die Achseln und sprach: „Sie fallen nur umso tiefer, wenn man Sie auch dort durchfallen lässt. Doch an mir soll es nicht liegen. Also meinetwegen ..."

Und er focht für mich mit erneuerten Kräften, doch ... Was half es? Sie stimmten ab, erklärten den persischen für den echten Teufel, der allein das Recht habe, Teufeleien zu schreiben, und der Prozess ging auch im höheren Gericht verloren.

Da fasste mich ein glühender Grimm. Ich beschloss, doch den zweiten Teil herauszugeben, selbst wenn es mich den Kopf kosten sollte. Ich nahm das Manuskript unter den Arm, raffte mich auf und ... erwachte.

Freundlich strahlte die Frühlingssonne in mein enges Stübchen, die Lerchen sangen vor dem Fenster und die Blütenzweige winkten herein. Verschwunden war der böse Traum von Prozessen, Justizräten, Klein-Justheim und alles was mir Gram und Ärger bereitete, das alles war spurlos verschwunden. Ich stand auf und erinnerte mich, den Abend zuvor bei einigen Gläsern guten Weins über einen ähnlichen Prozess mit Freunden gesprochen zu haben. Da war mir nun im Traum alles so erschienen, als hätte ich selbst diesen Prozess am Hals gehabt und als wäre ich selbst verurteilt worden von Klein-Justheimer Kriminalrichtern und Schöffen.

Ich lachte über mich selbst! Wie glücklich bin ich doch, in einem Land zu wohnen, wo dergleichen juristische Exzesse gar nicht vorkommen, wo die Justiz sich nicht in Dinge mischt, die ihr fremd sind, wo es keine Wackerbärte gibt, die einen solchen Fall nur für ihre Zwecke nutzen und das Recht drehen und wenden, egal ob es biegt oder bricht, wo man Satire versteht und zu würdigen weiß und wo man bei der Rechtsprechung weder den Titel eines persischen Geheimen Hofrats noch sonstige Ränge beachtet.

Doch wie staunte ich, als ich auf meinen Arbeitstisch blickte! Da lag er ja, der Brief des Satans, wie ich ihn im Traum gelesen hatte, da lag das Manuskript, das er im Brief erwähnte. Ich traute meinen Sinnen kaum. Ich las, ich las wieder, und der Zusammenhang wurde mir immer unbegreiflicher. Doch ich konnte ja nicht anders, ich musste seinen Hinweis befolgen und seinen „Besuch in Frankfurt" dem zweiten Teil einverleiben.

Ich gestehe, ich tat es ungern. Ich hatte zu diesem Teil schon alles geordnet. Es fand sich darin auch ein Abschnitt, der recht interessant zu lesen war; nämlich wie er mit Napoleon eine Nacht in einer Hütte in Malojaroslawez zubrachte und wie von da an sich vieles auf geheimnisvolle Weise so überaus erfolgreich gestaltete im Leben jenes Mannes, dem selbst der Teufel Achtung zollte; vielleicht, weil er ihm nicht beikommen konnte, doch vielleicht auch …?

Aber vielleicht ist es möglich, dieses merkwürdige Aktenstück dem Publikum an anderer Stelle mitzuteilen?

Noch war ich mit Durchsicht und Ordnen der Papiere beschäftigt, da wurde auf einmal die Tür aufgerissen und mein Freund Moritz stürzte ins Zimmer.

„Weißt du schon?“, rief er. „Er hat ihn verloren!“

„Wer? Was hat man verloren?“

„Von was wir gestern sprachen, den Prozess gegen Clauren meine ich, wegen des Mannes im Mond!“

„Ist es möglich!“, entgegnete ich, an meinen Traum denkend. „Unser Freund Bemperlein? Den Prozess verloren?“

„Eben komme ich vom Gericht, der Verleger sagte es mir, soeben wurde das Urteil gesprochen.“

„Aber wie konnte das doch geschehen! Moritz! Der Prozess fand doch nicht etwa auch in Klein-Justheim statt?“

„Klein-Justheim?“, fragte Moritz verwundert. „Wo gibt es denn einen solchen Ort?“

Ich stutzte einen Moment.

„Ach“, winkte ich verlegen ab, „ich hab nur etwas Dummes geträumt …“

MEIN BESUCH IN FRANKFURT

1. Wen der Satan im Weißen Schwan traf

Kommt man um die Zeit des Pfingstfestes nach Frankfurt, so sollte man meinen, es gebe keine heiligere Stadt in der Christenheit, denn sie feiern dort nicht wie zum Beispiel in Bayern anderthalb oder wie eigentlich vorgeschrieben zwei Festtage, sondern sie rechnen vier Feiertage. Und die Juden haben sogar fünf, denn sie fangen ihre heiligen Zeremonien immer schon am Samstag an.

Auch diesmal wieder kam ich zu Pfingsten nach Frankfurt. Lesern, die alles bis ins kleinste Detail wissen wollen, sei mitgeteilt, dass ich im Weißen Schwanen auf Nummer 45 recht gut wohnte und an der großen Wirtstafel in angenehmer Gesellschaft vorzüglich speiste. Die Speisenkarte können Sie sich übrigens vom Oberkellner ausbitten.

Schon in der ersten Stunde meines Aufenthalts bemerkte ich ein Seufzen und Stöhnen, das aus dem Zimmer nebenan drang. Ich trat näher an die Wand und hörte deutlich, wie man auf gut deutsch fluchte und tobte, dann Rechnungen und Bilanzen, die sich in viele Tausende beliefen, nachzählte und dann wieder wimmerte und weinte wie ein Kind, das seine Schulaufgaben nicht lösen kann.

Teilnahmsvoll, wie ich nun einmal bin, schellte ich nach dem Kellner und fragte ihn, wer denn der Herr sei, der sich nebenan so überaus kläglich gebärdet?

„Nun", antwortete er, „das ist der stille Herr."

„Der stille Herr? Lieber Freund, das ist mir noch zu wenig Information. Wer ist er denn?"

„Wir nennen ihn hier im Schwanen nur den stillen Herrn oder auch den Seufzer. Er ist ein Kaufmann aus Dessau, nennt sich Zwerner und wohnt schon seit vierzehn Tagen hier."

„Was tut er denn hier? Ist ihm ein Unglück zugestoßen, dass er so jämmerlich winselt?"

„Ja, das weiß ich nicht", erwiderte der Kellner. „Aber seit dem zweiten Tag, den er hier ist, ist seine einzige Beschäftigung,

zwischen zwölf und ein Uhr in der neuen Judenstraße auf und
ab zu gehen. Und dann kommt er zu Tisch, spricht nichts, und
den ganzen Tag über jammert er ganz still und trinkt Kapwein."
„Nun, das ist keine schlimme Eigenschaft", sagte ich. „Setzen
Sie mich doch heute Mittag in seine Nähe."
Der Kellner versprach es. Und ich lauschte wieder auf das Jam-
mern meines Nachbarn.
„Den 12. Mai", hörte ich ihn stöhnen, „Metalliques 84¾. Öster-
reichische Staatsobligationen 87⅜. Rothschildsche Lotterielose,
der Teufel hat sie erfunden und gemacht! 132. Preußische
Staatsschuldscheine 81! Oh, Rebekka! Rebekka! Was soll das
noch werden! 81! Die Preußen! Ist denn gar keine Barmherzigkeit im Himmel?"

So ging es eine ganze Zeit lang fort. Bald hörte ich ihn ein
Glas Kapwein zu sich nehmen, und dabei ganz behaglich mit
der Zunge schnalzen, bald jammerte er wieder in den kläglichs-
ten Tönen. Endlich wurde er ruhiger. Ich hörte ihn sein Zimmer
verlassen und den Gang hinabgehen. Es war wohl die Stunde,
in der er durch die neue Judenstraße promenierte.

Der Kellner hatte Wort gehalten. Er wies, als ich in den
Speisesaal trat, auf einen Stuhl: „Setzen sich nur dorthin, Herr
Doktor", flüsterte er. „Zu Ihrer Rechten sitzt der Seufzer."

Ich setzte mich und betrachtete ihn von der Seite. Wie man
sich täuschen kann! Ich hatte einen jungen Mann von melan-
cholischem Aussehen erwartet, wie man sie heutzutage in großen Städten und in Romanen trifft, etwa bleichschmachtend
und von schwächlicher, beinahe liederlicher Erscheinung. Aber
im Gegenteil; ich fand einen untersetzten, runden jungen Mann
mit frischen, wohl genährten Wangen, der aber die trüben Augen beinahe immer niederschlug und um den Mund einen wei-
nerlichen Zug hatte, welcher zu diesem frischen Gesicht nicht
recht passte.

Ich versuchte, während ich ihm allerlei vorzügliche Speisen
empfahl, einige Male mit ihm ins Gespräch zu kommen, aber
immer vergeblich; er antwortete nur durch ein Nicken, begleitet
von einem halb unterdrückten Seufzer. In solchen Momenten
schlug er dann wohl einmal die Augen auf, doch nicht, um auf

mich zu blicken; er warf nur einen scheuen, finsteren Blick geradeaus und sah dann wieder seufzend auf seinen Teller. Ich folgte einem dieser Blicke und glaubte zu bemerken, dass sie einem Herrn gelten mussten, der uns gegenübersaß und der schon zuvor meine Aufmerksamkeit auf sich gezogen hatte.

Er war gerade das Gegenteil von meinem Nachbarn rechts. Seine schon etwas kahle, gefurchte Stirn, sein bräunliches, eingeschnurrtes Gesicht, seine schmalen Wangen und seine spitze, weit hervortretende Nase deuteten darauf hin, dass er die fünfundvierzig Jährchen, die er haben mochte, etwas zu ausgiebig verlebt haben mochte. Den auffallendsten Kontrast mit diesen verwitterten, von Leidenschaften durchwühlten Zügen bildete ein süßliches Lächeln, das immer um seinen Mund schwebte, die gezierten Bewegungen seiner Hände wie auch seine jugendliche und modische Kleidung.

Es saßen etwa fünf oder sechs junge Damen an der Tafel, und nach den zärtlichen Blicken, die er jeder zusandte und dem süßen Lächeln zu urteilen, musste er mit allen irgendwie bekannt sein. Dieser Herr hatte, wenn er mit seiner knöchernen Hand einen Spargel zum Mund führte und süßlich dazu lächelte, die größte Ähnlichkeit mit einem kahl rasierten Kaninchen, während mein Nachbar rechts wie ein melancholischer Frosch anzusehen war.

Warum der Seufzer das Kaninchen mit so finsteren Blicken bedachte, konnte ich nicht erraten. Endlich, als die Blicke meines Nachbarn düsterer als gewöhnlich auf jenem ruhten, fing das rasierte Kaninchen an, die Arme graziös hin und her zu drehen, den Rücken auf gezierte Art auszudehnen und das spitzige Köpfchen zu uns herüber zu drehen. Mit seinem süßen Lächeln fragte er: „Noch immer so düster, mein lieber Monsieur Zwerner? Etwa gar eifersüchtig auf meine Wenigkeit!"

An dem zarten Lispeln glaubte ich in ihm einen dieser adeligen Salonmenschen zu erkennen, denen diese feine, leise Sprache zu eigen ist. Und so war es, denn mein Nachbar antwortete: „Eifersüchtig, Herr Graf? Auf Sie in keinem Fall."
Graf Rebs, so hörte ich ihn später nennen – faltete sein Mäulchen zu einem feinen Lächeln, drückte die Augen halb zu, bog

die Spitznase auf komische Weise seitwärts, strich mit der Hand über sein knöchernes Kinn und kicherte.

„Das ist schön von Ihnen, lieber Monsieur Zwerner; also gar nicht eifersüchtig? Und doch habe ich die schöne Rebekka erst gestern Abend noch in ihrer Loge gesprochen. Ha ha! Sie standen im Parterre und schauten mit melancholischen Blicken herauf. Darf ich Sie um das Ragout dort bitten, mein Herr?"

„Ich war allerdings im Theater, habe aber nur vorwärts aufs Theater und nicht rückwärts gesehen, am wenigsten mit melancholischen Blicken."

„Herr Oberkellner", lispelte der Graf, „Sie haben an Trüffeln gespart! Monsieur Zwerner, wie man sich täuschen kann! Ich hätte tatsächlich geglaubt, Sie schauten herauf in die Loge mit melancholischen Blicken. Auch Rebekka hat es bemerkt und Fräulein von Rothschild, denn als ich auf Sie hinabwies – Kellner, ich trinke heute lieber roten Engelheimer, ein Fläschchen – ja, was wollte ich sagen? – das ist mir nun während des Engelheimers entfallen. So ist das, wenn man viel zu denken hat."

Meinem Nachbarn mochte das unverzeihlich schlechte Gedächtnis des Grafen nicht behagen. Obwohl er vorhin das Kaninchen ziemlich barsch abgewiesen hatte, schien ihm dieser Punkt zu interessant zu sein, um nicht weiter zu forschen.

„Nun, auch Fräulein von Rothschild hat bemerkt, dass ich melancholisch hinaufgesehen habe?", fragte er, indem er seine bitteren Züge durch eine Zutat von Lächeln zu versüßen suchte.

„Freilich, sie hat ja scharfe Augen durch die Lorgnette …"

„Richtig, das war es", erwiderte Rebs, „das war es; ja, als ich auf Sie hinabwies und Rebekkchen Ihre Leiden anschaulich machte, schlug sie mich mit ihrem Fächer auf die Hand und nannte mich einen Schalk."

Mein Nachbar wurde wieder finster, seine roten Wangen röteten sich noch mehr und die ansehnliche Breite seines Gesichtes erweiterte sich noch durch einen bösen Trotz, der in ihm wütete. Er zog den Kopf ein und blitzte das Kaninchen mit einem grimmigen Blick an. Er hatte nie so große Ähnlichkeit mit einem liebeskranken Frosch, der an einem warmen Juniabend trauernd am Teich sitzt, als in diesem Augenblick.

Graf Rebs bemerkte das. Mit genüsslicher Herablassung sprach er: „Werter Monsieur Zwerner, Sie sollten aus dem Schlag mit dem Fächer keine besonderen Schlüsse ziehen. Es ist nur ein Späßchen unter Leuten von gutem Ton. Solange man jung ist", fuhr er fort, indem er seinen Halskragen höher heraufzog und spitzbübisch daraus hervor sah wie das Kaninchen aus dem Busch, „solange man jung ist, macht man sich halt hie und da ein Späßchen. Aber ein ganz anderer Gegenstand fesselt mich jetzt, mein Bester! Haben Sie schon die Nichte des englischen Botschafters gesehen, die seit drei Tagen hier in Frankfurt ist?"
„Nein", antwortete mein Nachbar ohne Interesse.
„Oh, ein deliziöses Kind! Augenbrauen wie, wie – wie mein Rock hier, einen Mund zum Küssen und in dem schönen Gesicht so etwas Pikantes, ich möchte sagen, echte englische Rasse. Nun, wir sind hier unter uns, ich kann Ihnen versichern, es ist auffallend aber wahr, ich sollte es nicht sagen, es beschämt mich, aber auf Ehre, Sie können sich drauf verlassen, obgleich es ein ganz komischer Fall ist, übrigens hoffe ich mich auf Ihre Diskretion verlassen zu können; nein, doch, es ist wirklich auffallend, in drei Tagen …"
„Nun, also bitte, Graf, was wollen Sie denn nun sagen?", knurrte der Seufzer.
Es war ein eigener Genuss, das Kaninchen in diesem Augenblick anzusehen. Ein Gedanke schien ihn zu kitzeln, denn er kniff die Äuglein zu, sein Kinn verlängerte sich, seine Nase bog sich abwärts zu den Lippen und sein Mund war nur noch eine dünne Linie. Dann brachte er endlich hervor: „Sie ist in mich verliebt. Sie staunen. Ich kann es Ihnen nicht übel nehmen. Auch mir wollte es anfangs sonderbar scheinen, in so kurzer Zeit. Aber ich habe meine sicheren Kennzeichen, und auch andere haben es bemerkt."
„Sie Glücklicher!", rief der Seufzer nicht ohne Ironie. „Wo Sie nur hintippen, schlagen Ihnen die Herzen entgegen. Übrigens rate ich ihnen, diese Engländerin ernstlicher zu verfolgen, bedenken Sie, eine derart solide Partie …"
„Merke schon, merke schon", entgegnete Rebs mit schlauem Lächeln, „es geht Ihnen um Rebekka. Sie wollen, ich soll mich

dort gänzlich aus dem Felde zurückziehen. Solide Partie! Sie werden doch nicht meinen, dass ich etwa schon heiraten will? Gott bewahre mich! Aber wegen Rebekkchen dürfen Sie beruhigt sein; ich ziehe mich da wirklich zurück. Und sollte vielleicht eine vorübergehende Neigung in dem Mädchen … Sie verstehen mich schon. Das wird sich schon wieder geben, ich glaube nicht, dass sie mich besonders ernstlich geliebt hat."

„Ich auch nicht", entgegnete der Seufzer mit einem Ton, in welchem sich bittere Ironie mit Grimm mischte. Die Gesellschaft stand auf. Graf Rebs tänzelte zu den Damen hinüber, denen er während der Tafel seine süßlichen Blicke zugeworfen hatte. Ich aber folgte dem unglücklichen Seufzer.

2. Trost für Liebende

„Was war das doch für ein sonderbarer Herr?", fragte ich meinen Nachbar, indem ich mich dicht an ihn anschloss. „Findet er wirklich bei den Damen so großen Anklang oder ist er nur ein wenig verrückt?"

„Ein Geck ist er, ein Narr!", rief der Seufzende, indem er mit dem Kopf aus den Schultern herausfuhr und die Arme umherwarf. „Ein alter Junggeselle von fünfundvierzig, und spielt noch den ersten Liebhaber; eitel und dumm. Er glaubt, jede Dame, die er aus seinen kleinen Äuglein anblinzelt, wäre gleich in ihn verliebt. Er drängt sich überall hinein und …"

„Nun da spielt dieser Graf Rebs eine lächerliche Rolle in der Gesellschaft. Da wird er doch wohl überall verspottet und abgewiesen?"

„Ja, wenn die Damen so dächten wie Sie, wertgeschätzter Herr! Aber so lächerlich dieser Gnom auch ist, so lächerlich er sich überall gebärdet, so … Oh, Rebekka! Der Teufel hat die Weiberherzen gemacht."

„Ach!", sagte ich, indem ich schnell Nummer 45 aufschloss und den Verzweifelnden hineinschob. „Bester Herr Zwerner, wer wird so arge Beschuldigungen ausstoßen. Und auf Fräulein Rebekka, bitte setzen Sie sich doch aufs Sofa, auf das Fräulein sollte er auch Eindruck gemacht haben, dieser Hampelmann?"

„Ach, nicht doch! Sie sieht, dass er lächerlich ist, und doch kokettiert sie mit ihm; nicht eigentlich mit ihm, sondern mit seinem Titel. Es schmeichelt ihr, einen Grafen in ihrer Loge zu sehen oder auf der Promenade von ihm begrüßt zu werden. Vielleicht wenn sie eine Christin wäre, hätte sie einen besseren Geschmack."

„Das Fräulein ist eine Jüdin?"

„Ja, es ist ein Judenfräulein. Ihr Vater ist der reiche Simon in der neuen Judenstraße; das große gelbe Haus neben dem Herrn von Rothschild, und eine Million hat er, das ist sicher."

„Ah, Sie haben einen soliden Geschmack. Und wie ich aus den Worten des Grafen entnommen habe, können Sie sich einige Hoffnung machen?"

„Ja", erwiderte er ärgerlich, „wenn nicht der Satan das Papierwesen erfunden hätte. So stehe ich immer zwischen Tür und Angel. Glaube ich heute einen festen Preis, ein sicheres Vermögen zu haben, um vor Herrn Simon treten und sagen zu können: ‚Herr, wir wollen ein kleines Geschäft machen miteinander, ich bin das Haus Zwerner und Compagnon aus Dessau, stehe so und so, wollen Sie mir Ihre Tochter geben?' Glaube ich nun so sprechen zu können, so lässt auf einmal der Teufel die Metalliques um zwei, drei Prozent steigen, ich verliere, und meinem Schwiegerpapa, der daran gewinnt, steigt der Kamm um so viele Prozente höher, und an eine Verbindung ist dann nicht mehr zu denken."

„Aber kann denn nicht auch einmal der Fall eintreten, dass Sie gewinnen?"

„Ja, aber dann bin ich so schlecht beraten wie zuvor. Herr Simon ist von der Gegenpartei. Gewinne ich nun durch das Sinken dieser oder jener Papiere, so verliert er ebenso viel, und dann ist nichts mit ihm anzufangen, denn er ist absolut reif für das Tollhaus, jedes Mal wenn er verliert. Ach, und auch aus Rebekkchen, so gut sie sonst ist, guckt stets der jüdische Geldteufel heraus."

„Ach? Sollte es möglich sein, dass eine junge Dame so scharf auf Geld ist?"

„Da kennen Sie aber die Mädchen, wie sie heutzutage sind, schlecht", erwiderte er seufzend. „Titel oder Geld, Geld oder Titel, das ist es, was sie wollen. Hat ein Mann wie ich Geld, so wiegt das den Adel zur Not auf, weil der Adel normalerweise keines hat."

„Nun, ich denke aber, das Haus Zwerner und Compagnon in Dessau hat Geld, woher also Ihr Zweifel an der Liebe des Fräuleins?"

„Ja, ja", sagte er etwas freundlicher, „wir haben Geld, und so viel, um mit Anstand um eine Tochter des Herrn Simon freien zu können. Aber Sie kennen die Frankfurter Mädchen nicht, werter Herr! Ist von einem angenehmen, liebenswürdigen jungen Mann die Rede, so fragen sie, ‚Wie steht sein Konto?' Steht er nun nicht nach allen Börsenregeln solide, so ist er in ihren Augen ein Subjekt, an das man nicht zu denken braucht."

„Und Rebekka denkt auch so?"

„Wie sollte sie andere Empfindungen kennen lernen in der neuen Judenstraße? Ach! Ihre Neigung zu mir wechselt nach dem Kurs der Börse! Man weiß hier, dass ich mich verführen ließ, viele Metalliques und preußische Staatsschuldscheine zu kaufen. Mein Interesse geht mit dem der hohen Mächte und mit dem Wohl Griechenlands Hand in Hand. Verliert die Pforte, so gewinne ich und werde ein reicher Mann. Gewinnt der Großtürke, so bin ich halt um zwanzigtausend Kaisergulden ärmer und nicht mehr würdig, um sie zu freien. Das weiß nun das liebenswürdige Geschöpf ganz genau, und ihr Herz ist geteilt zwischen mir und dem Vater. Ach, ich Unglücklicher!"

„Aber, lieben Sie denn wirklich dieses edle Geschöpf?", fragte ich vertraulich. Da schien er auf einmal tief bewegt zu sein und Tränen traten ihm in die Augen. Ein tiefer Seufzer entrang sich seiner Brust.

„Wie sollte ich sie nicht lieben", antwortete er. „Bedenken Sie, fünfzigtausend Taler Mitgift und nach des Vaters Tod eine halbe Million! Und dabei ist sie vernünftig und liebenswürdig, hat so was Feines, Zartes, Orientalisches; schwarze Glutaugen, eine kühn geschwungene Nase, frische Lippen, der Teint, wie ich ihn liebe, etwas dunkel. Ha! Und eine Figur! Herr! Wie sollte man ein solches Geschöpf nicht lieben!"

„Und haben Sie keinen Rivalen, außer diesen Grafen Rebs?"

„Oh, einige Judenjünglinge aus bedeutenden Häusern buhlen um sie. Aber ihr Sinn steht nach einem soliden Christen; sie weiß, dass bei uns alles nobler und freier ist als bei ihrem Volk. Sie schämt sich, in guter Gesellschaft als eine Jüdin zu gelten. Daher hat sie sich auch den Frankfurter Dialekt ganz abgewöhnt und spricht Preußisch. Sie sollten einmal hören, wie schön es klingt, wenn sie sagt, ‚iss et möchlich?' oder: ‚Et jinge wohl, aba et jeht nich.'"

Der Seufzer gefiel mir. Es ist schon ein originelles Völkchen, diese jungen Herren vom Börsenhandel. Sie bilden sich hinter ihrem Ladentisch eine eigene Welt von Ideen, die sie aus den angesagtesten Romanen der Leihbibliotheken sammeln. Sie sehen die Menschen, die Gesellschaft niemals wirklich, es sei denn, wenn sie abends durch die Promenade gehen oder sonntags, fein gekleidet auf Kirchweihen oder sich auf Bällen amüsieren. Auf Reisen drehen sich ihre Gedanken um die schöne Wirtin der nächsten Station, die ihnen von einem Kameraden empfohlen wurde oder um die Kellnerin des letzten Nachtlagers, die, wie sie glauben, noch lange um den „schönen, wohl gewachsenen, jungen Mann" weinen wird. Sie glauben, dass der Handelsberuf viel zu bedeuten hätte; darum sprechen sie mit Ehrfurcht von sich selbst, denn nie habe ich gehört, dass einer von sich sagte „Krawattenverkäufer" oder „Brennholzlieferant", sondern „Ich reise in Geschäften des Hauses Bäuerlein und Söhne oder Zwierlein und Compagnon." Und fragte man, in welchen Artikeln, so kann man in zehn Fällen auf neun rechnen, sie ganz bescheiden antworten zu hören: Knöpfe, Hüte, Hosenträger, Schnupf- und Rauchtabak und dergleichen bedeutende Dinge. Haben sie nun gar in ihrem Heimatstädtchen ein „Schätzchen" zurückgelassen, so darf man darauf rechnen, sie werden, wenn von Liebe die Rede ist, „ihre sehr interessante Geschichte" erzählen, wie sie Fräulein Jettchen beim Mondschein kennen gelernt haben. Sie werden die Brieftasche öffnen und unter hundert Empfehlungsbriefen und Annoncen von Gasthöfen ein Seidenpapier hervorziehen, das ein „Pröbchen Haar von der Stirne der Geliebten" enthält.

Glückliche Handelsnomaden! Ihr allein seid noch heutzutage die fahrenden Ritter der Christenheit. Und wenn ihr auch nicht mit eingelegter Lanze à la Don Quijote die Ehre eurer Jungfrauen verteidigt, so richtet ihr doch in jeder Kneipe nicht weniger Verwüstung an, wie jener mannhafte Ritter, und seid außerdem meist noch euer eigener Sancho Pansa.

Eine solche liebenswürdige Erziehung, aus Comptoir-Spekulationen, Romanen, Mondscheinliebe und Handelsreisen zusammengesetzt, schien nun auch mein Nachbar Seufzer genossen zu haben. Nur etwas fehlte ihm, er war zu ehrlich.

Wie leicht wäre es für einen Mann von Zweimalhunderttausend gewesen, einen Kurier nicht aus Sindelfingen, sondern aus Wien kommenzulassen, um dadurch seinem Glück ein wenig auf die Sprünge zu helfen. Gibt es denn nicht fast alles für Geld zu kaufen?

Zwar macht ein solcher Sperling noch keinen Sommer; eine solche Händlerseele ist sowieso schon mehr oder weniger die meine. Es macht mir aber immer wieder Spaß, sie zu jagen und am Ende zu sehen, wie ein solcher Hecht ins Netz geht. Und darum beschloss ich, ihm zu nützen.

„Ich bin", sagte ich zu ihm, „ich bin selbst Börsenspekulant, daher werden Sie mir vergeben, wenn ich Ihre bisherige Handlungsweise etwas sonderbar finde."

„Wie meinen Sie das?", fragte er verwundert. „Als ich in Dessau war, ließ ich mir nicht jeden Posttag den Kurszettel zusenden? Und gehe ich hier nicht jeden Tag in die Börsenhalle? Gehe ich nicht jeden Tag in die neue Judenstraße, um das Neueste zu erfragen?"

„Das ist es nicht, was ich meine", sagte ich. „Ein Genie wie Sie, Herr Zwerner, ein Mann mit diesen Mitteln, der etwas wagen will, muss selbst eingreifen in den Lauf der Zeiten."

„Aber mein Gott", rief er verwundert, „das kann ja jetzt niemand als der Rothschild, der Reis-Effendi und der Herr von Metternich. Oder was meinen Sie denn?"

„Über Ihr Glück, Sie geben es selbst zu, kann ein einziger Tag, eine einzige Stunde entscheiden. Wenn die Papiere fallen, können Sie in den Abgrund stürzen, ebenso im gegenteiligen Fall, wenn sie steigen, können Sie auf einen Schlag ein gemachter Mann sein.“

„Ja gewiss, gewiss“, seufzte er. „Ich sehe nur noch nicht recht ein…“

„Nur Geduld. Wer veranlasst nun die Nachrichten über das Steigen und Fallen der Kurse und wer bekommt sie? Das Ministerium in Wien, oder … ein guter Freund, dem jemand ein Stück Geld in die Hand gedrückt hat, um einige Informationen aus den engsten Kreisen zu erfahren, lässt noch in der Nacht einen Kurier losreiten nach Frankfurt. Und der bringt die brisante Depesche wem?“

„Ach, dem Glücklichsten, dem Vornehmsten!“

„Nein, dem, der ihn bezahlt. Einen solchen Kurier kann ich Ihnen um Geld auch verschaffen. Ich habe Kontakte in Wien. Man kann dort mancherlei erfahren. Kurz, wir lassen einen Brief mit der Nachricht einer beginnenden Krise, eines bedeutenden Vorfalls kommen …“

„Etwa, der türkische Sultan habe einen Schlag bekommen, oder der russische Zar sei plötzlich …“

„Nichts davon, das ist einfach zu wahrscheinlich, dass es die Leute glauben; etwas völlig Unwahrscheinliches, etwas vollkommen Überraschendes muss auf die Börse wirken …“

„Also etwa der Fürst von Metternich habe sein ganzes Geld in die Türkei geschafft und den Islam angenommen?“

„Ich sage Ihnen ja, nichts Wahrscheinliches. Bekommen Sie nun eine solche Nachricht, lassen Sie den Kurier gleich ein paar Stationen weiterreisen, lassen Sie den Brief einige Geheimniskrämer lesen, gehen kurze Zeit darauf in die Börsenhalle, so kann es gar nicht anders sein, als dass Sie Ihre Papiere mit einigem Gewinn absetzen.“

„Aber, lieber Herr“, erwiderte der Kaufmann kläglich, „das wäre ja denn doch erlogen, wie man zu sagen pflegt, eine Sünde für einen ehrlichen Mann. Ein Kaufmann muss im Geruch von Ehrlichkeit stehen, wenn er Kredit haben will.“

„Ehrlichkeit, ich bitte Sie! Geld, Geld, das ist es, wonach er riechen muss, und nicht nach Ehrlichkeit. Und was nennen Sie am Ende Ehrlichkeit? Ob Sie Ihre Kunden bei einem Pfund Kaffee betrügen, ob Sie einem alten Weib ihr Lot Schnupftabak zu leicht wiegen oder ob Sie dasselbe Experiment im Großen vornehmen, das ist am Ende dasselbe.“

„Verzeihen Sie, da muss ich denn doch bitten; an der Prise, die das Weib zu wenig bekommt, stirbt sie nicht, wie man zu sagen pflegt. Aber wenn ich einen solchen Kurier kommenlasse, so kann er durch seine falsche Nachricht die ganze Börse durcheinanderbringen. Ganze Geldhäuser können dann wanken oder gar alles verlieren, und das wäre meine Schuld!“

„So, aha?“, sagte ich mit mitleidigem Lächeln zu der schwachen Seele. „Sie schämen sich nicht, die Moral, das Herrlichste, was man auf Erden hat, so zu verhunzen? Also wegen der möglichen Folgen wollen Sie das nicht? Sie schrecken aber nicht vor dem Beginn der Tat an sich zurück? Ja, wer den Anfang einer Tat nicht scheut, darf eben auch ihr Ende nicht scheuen, ohne für eine kleingeistige Seele zu gelten. Oder glauben Sie, eine Rebekka könnte man dadurch verdienen, dass man im Weißen Schwanen wohnt und seufzt und dass man zu Tisch geht und sich dort mit dem kaninchenköpfigen Grafen Rebs herumzankt?“

„Aber, mein Herr“, rief der Seufzer etwas pikiert, „ich weiß gar nicht, was Sie mir, als einem ganz Fremden für eine Teilnahme entgegenbringen. Ich weiß gar nicht, wie ich das werten soll.“

„Aber das haben Sie sich doch selbst zuzuschreiben. Sie haben mir Ihre Lage offenbart und mich damit sozusagen um Rat gefragt, daher meine Antwort. Übrigens bin ich ein Mann, der durch die Welt reist, um überall das Beste kennen zu lernen. In Ihnen glaubte ich gleich auf den ersten Anblick, genau das gefunden zu haben …“

„Ach, nicht doch, eine so ganz gewöhnliche Physiognomie wie die meine …“

„Das können Sie selbst nicht so beurteilen, wie ein Anderer. Auf Ihrer Stirne steht etwas Freies, Mutiges, um Ihren Mund steht ein energischer Zug …“

„Finden Sie das wirklich?", rief er, indem er verstohlen zum Spiegel blickte. „Es ist wahr, man hat mir schon Ähnliches gesagt. Ja, und in Stuttgart hat man mir erzählt, ich wäre diesem berühmten Dannecker auf der Straße aufgefallen. – Vielleicht haben Sie schon mal Bilder von dem gesehen? – Und er wäre eigens meinetwegen einige Mal in den König von England gekommen, um von mir etwas für seinen Johannes den Täufer abzuschauen."

„Da sehen Sie, wie muss es nun einen Mann wie mich überraschen, so wenig Entschlusskraft hinter dieser freien Stirne, diesem mutigen Auge zu finden!"

„Ach, Sie nehmen es auch zu streng; ich habe ja Ihren Vorschlag durchaus nicht verworfen, nur einiges Bedenken … Einige kleine Zweifel stiegen in mir auf, und … Nun Sie haben ja wahrhaft nicht Unrecht; ich fühle einen gewissen Mut, eine gewisse Freiheit in mir, es ist ein gewisses Etwas. Ja – so gut es ein anderer tun kann, will ich es auch versuchen. Es sei also, wie Sie sagen. Ich mache es! Sie werden schon sehen! Ich will es drauf anlegen und einen Kurier aus Wien kommen lassen. Ha! Wir wollen die Metalliques steigern!"

3. Auf dem Volksfest in Bornheim

Der einzige Zweifel, der den seufzenden Dessauer noch quälte, war die Furcht, den Vater seiner Geliebten in bedeutende Verluste zu stürzen, wenn er seine Operation durchführen würde. Doch auch dafür wusste ich ein probates Mittel. Er musste den Herrn Simon in der neuen Judenstraße auf seine Seite bringen, musste ihm bedeutende Winke von der nahenden Krise geben. Entweder nahm dann der Jude an dem ganzen Unternehmen unbewusst teil und gewann zugleich mit dem Dessauer oder er war wenigstens gewarnt und musste einige Achtung vor einem Mann bekommen, der die politischen Wendungen so genau zu berechnen wusste und der seine Kombinationen dermaßen geschickt zu machen verstand.

Dem Kaufmann leuchtete das also allmählich ein. Er kam von selbst auf den Gedanken, noch an diesem Tage mit dem alten Simon zu sprechen, und lud mich ein, mit ihm nach Bornheim zu fahren, wo der Schabbes heute die noble Welt des alten Judenquartiers und überhaupt sämtliche Stämme Israels versammelt hatte.

Wir fuhren hinaus. Der Seufzer schien ein ganz anderer Mensch geworden zu sein. Sein trübseliges Gesicht leuchtete freundlich vom Glanz der Hoffnung und um seinen Mund war jede Melancholie verschwunden. Sein runder Kopf stand nicht mehr zwischen den Schultern, er trug ihn freier und erhabener, als wollte er sagen: „Seht ihr Frankfurter und Bornheimer, ich bin es, das Haus Zwerner und Compagnon aus Dessau, nächstens eine bedeutende Person an der Börse. Und wenn alles nach Plan geht, Bräutigam der schönen Rebekka Simon aus der neuen Judenstraße!"

Aus dem Garten des Goldenen Löwen in Bornheim tönten uns die zitternden Klänge von Harfen und Gitarren und das Geigen verstimmter Violinen entgegen. Das Volk Gottes genoss die Musik im Freien wie einst König Saul, wenn er übler Laune war. Da saßen sie, die Söhne und Töchter Abrahams, Isaaks und Jakobs, mit funkelnden Augen, kühn gebogenen Nasen, fein geschnittenen Gesichtern wie aus einer einzigen Form geprägt. Da saßen sie vergnügt plaudernd und tranken Sekt aus saurem Wein, Zucker und Mineralwasser zubereitet. Da saßen sie in malerischen Gruppen unter den Bäumen, und der Garten war anzuschauen, als wäre er das Gelobte Land Kanaan, das der Prophet seinem Volk verheißen hatte. Wie sich doch die Zeiten ändern durch die Aufklärung und durch das Geld!

Es waren dies dieselben Menschen, die noch vor dreißig Jahren keinen Fuß auf die Promenade setzen durften, sondern bescheiden den Nebenweg gingen, dieselben, die den Hut abziehen mussten, wenn man ihnen zurief: „Jude, mach brav deine Verbeugung!" Es waren dieselben, die auf Beschluss des Hohen Rates der freien Stadt Frankfurt jede Nacht eingepfercht worden waren in ihr schmutziges Quartier. Und wie anders waren sie jetzt anzuschauen. Überladen mit Putz und wertvollen

Steinen saßen die Frauen und Judenfräulein da. Und die Männer, die die spitzen Ellbogen und die vorgebogenen Knie ihres Volkes nicht verleugnen konnten, versuchten, wenn auch vergeblich, den soliden Anstand eines Kaufherrn von der Zeile zu kopieren. Auch die Männer hatten sich sonntäglich gekleidet, ließen schwere goldene Ketten über die Bäuche herabhängen, streckten alle zehn Finger, mit blitzenden Solitairs besteckt, von sich, als wollten sie zu verstehen geben: „Ist das nicht was ganz Solides? Sind wir nicht das auserwählte Volk? Wer hat denn mehr Geld als wir?“

„Dort sitzt sie, die Taube von Juda, die Gazelle des Morgenlandes!“, rief der Seufzer in poetischer Ekstase, und zerrte mich am Arm. „Schauen Sie dort unter dem Zelt. Der mit dem runden Bauch, der langen Nase und den grauen Löckchen am Ohr ist der Vater, Herr Simon aus der neuen Judenstraße. Die dicke Frau rechts mit den schwarzseidenen Locken und dem rotbraunen Gesicht ist die Tante; eine fatale Verwandtschaft, aber man wird sie in Zukunft fernzuhalten wissen so nach und nach.“

„Aber wo ist denn nun die Gazelle, die Taube, ich sehe sie noch nicht?“

„Geduld, noch bedeckt die dunkle Wolke, die Tante, das helle Gestirn des Morgens. Fassen wir uns ein Herz, treten wir näher. Doch eben fällt mir ein, ich muss Sie vorstellen. Wie darf ich Sie denn eigentlich nennen, mein lieber Freund und Ratgeber?“

„Ich bin der k. und k. Legationsrat Schmälzchen aus Wien“, gab ich ihm zur Antwort, „und reise in Geschäften meines Hofes nach Mainz.“

„Ah!“, rief er, nachdem er sich schon bei dem kaiserlich-königlich ehrfürchtig an den Hut gegriffen hatte. „Le … Legationsrat, wirklicher und nicht bloß Titular ums liebe Geld? Das freut mich umso mehr, Ihre werte Bekanntschaft gemacht zu haben. Hätte es mir gleich vorstellen können, Sie haben einen recht tiefen Blick in die Staatsaffären. Wahrhaftig, ich hätte es Ihnen gleich ansehen können. Sie haben so etwas Diplomatisches im Gesicht.“

„Bitte, bitte, keine Komplimente. Gehen wir zum Juden. Ich hoffe, Ihnen nützlich sein zu können.“

Wir traten zu dem Zelt aus hölzernem Gitterwerk. Mein Begleiter errötete desto tiefer, je näher er trat. Seine Wangen liefen
vom Hellroten ins Dunkelrote an, und als wir vor dem Herrn
Simon standen, war er anzusehen wie eine dunkelrote Herzkir-
sche. Die Tante, „das dunkle Gewölk", erhob sich, und nun
wurde auch das Gestirn des Morgens sichtbar. Das Töchterchen
des Juden war nicht übel. – Sie hatte, um mich wie Graf Rebs
auszudrücken, tatsächlich viel Rasse und ihre Augen konnten
bei unserem Seufzer wohl gleich bis aufs Herz durchbrennen.

Nachdem mich mein Freund, der als solides Haus aus Dessau bei der Familie wohlgelitten zu sein schien, vorgestellt hatte, machte er sich an die Taube von Juda heran und überließ es
mir, den alten Simon zu unterhalten. Mein Titel schien ihm einigen Respekt eingeflößt zu haben.

„Sie haben da ein schönes Fach erwählt, Herr von Schmälzlein", bemerkte er wohlgefällig lächelnd. „Ich habe immer eine
Inklination für die Diplomatik gehabt, aber die Verhältnisse
wollten es nicht, dass ich ein Gesandter oder dergleichen wurde. Man weiß da gleich alles aus der ersten Hand, man kann
viel komplizieren und dergleichen, was ließen sich da für Geschäfte machen!"

„Sie haben Recht, mein Herr! Man lernt da die verwickeltsten
Verhältnisse kennen. Allerdings aber schauen S', das Ding hat
auch seinen Haken. Man weiß oft eigentlich *zu* viel, es geht
einem wie ein Rad im Kopf umher."

Der Jude rückte näher. Mit einem Wiener Diplomaten, mochte
er denken, nehme ich es allemal noch auf.

„Zeviel?", sagte er. „Ich für meinen Teil kann nie zeviel wissen. Was die Papiere betrifft, da kann ein Fingerzeig oft mehr
tun, als eine lange Rede im Frankfurter Museum. Nu, Sie stehen solide in Wien. Ihr Staat ist ein gemachtes Haus. Hihihi!
Apropos, wissen Sie Neues von daher?"

Er rückte mir schon näher und wurde verfänglicher.

„Herr Simon", sagte ich ausweichend, „es gibt Fälle …"

„Wie! Was?", rief er erschrocken. „Gotts Wunder! Neue Fallis-
sements, waas! Ist nicht die Krise vom letzten Winter schon ein
Strafgericht des Herrn gewesen? Waas?"

„Um Jotteswillen, Papa!", schrie Rebekka, indem sie den Arm
des zärtlichen Seufzers zurückstieß und aufsprang. „Ein Un-
jlück? Mein Jott! Doch nich hier in Frankfort?"
„Beruhigen Sie sich doch, gnädiges Fräulein, ich sprach mit
Ihrem Herrn Papa über Politik und zählte einige Fälle auf, und
er hat mich wohl nicht recht verstanden."
Sie presste mit einem zärtlichen, hinsterbenden Blick auf den
erschrockenen Dessauer, ihre Hand auf das Herz und atmete
tief.
„Nee, was ich erschrocken jeworden bin, da machen Sie sich
keenen Bejriff von!", lispelte sie. „Mein Herz pocht schrecklich! Na, erzählen Sie man weiter; was sachte der Jraf? Sie hätten ins Parterre jestanden und wären melancholisch jewesen?"
Das Geflüster der Liebenden wurde leiser und leiser, die Blicke
des Seufzers wurden feuriger, und er zog, als „das Gewölk" ein
wenig im Garten auf und ab ging, die niedliche Hand der Jüdin
an die Lippen und gestand ihr, wenn ich recht gehört habe, dass
nächstens die Metalliques um drei Prozent steigen werden ...
„Herr von Schmälzlein", sagte der Alte, nachdem er einigen ko-
scheren Wein zu sich genommen hatte, „Sie haben mir da einen
Schreck in den Leib gejagt. Fälle! Wie kann man auch nur dieses Wort in Gesellschaft aussprechen! Nun, aber was wollten
Sie sagen?"
„Es gibt Affären", fuhr ich fort, „wo der Diplomat schweigen
muss. Über das Nähere meiner Sendung zum Beispiel werden
Sie selbst mich nicht befragen wollen. Nur so viel kann ich Ihnen aber, verehrter Herr Simon, im engsten Vertrauen ...!"
„Der Gott meiner Väter tue mir dies und das", rief er feierlich,
„wenn ich nur meinem Nachbarn oder seinem Weib oder seinem Sohn oder seiner Tochter das Geringste ...!"
„Schon gut! Ich traue auf Ihre Diskretion. Kurz, so viel kann
ich Ihnen sagen, dass nächstens eine bedeutende Krise eintreten
wird; ganz zu allernächst. Für oder gegen wen darf ich nicht sagen, doch Herr von Zwerner ..."
„*Von* Zwerner?"
„Nun, ich nenne ihn so, man weiß ja nicht, was geschieht. An
ihn war ich besonders empfohlen vom Fürsten, und ich glaube,

wenn ich richtig vermute, muss er in den nächsten Tagen Kuriere aus Wien bekommen."

„Der Zwerner?! Ach was! Wer hätte das gedacht! Zwar ich sagte immer, in dem steckt etwas. Er geht so tiefsinnig kalkulierend umher, hat wahrscheinlich nicht umsonst so unsinnig viele Metalliques gekauft. Schau doch einer an! Hält sich Kuriere mit Wien! Und, wenn man fragen darf, es handelt sich wohl um …"

„Herr Simon, ich bitte …"

„Oh, ich versteh, ich versteh! Sie wollen es nicht sagen, aus Politik, ja, aus Politik, aber er weiß …?"

„Trauen Sie auf nichts, ich warne Sie, auf keine Nachricht dürfen Sie trauen, außer auf authentische. Der Herr dort weiß vielleicht mancherlei, und er hat nicht das drückende Stillschweigen eines Diplomaten zu beachten."

„Hätt ich das in meinem Leben gedacht, Kuriere von Wien, und der Zwerner aus Dessau! Zwar ist er ein solides Haus, das ist keine Frage, aber … Ob sich wohl was mit ihm machen ließe?", setzte er tiefer nachsinnend hinzu, indem er seine Nase herunter gegen den Mund bog, und das lange Kinn aufwärts drückte, sodass sich die beiden fast berührten. Das war der Moment, wo er anbeißen musste, denn er nagte schon am Köder. Ich gab dem Seufzer einen Wink, sich dem Papa zu nähern, und nahm seinen Platz bei der Gazelle des Morgenlandes ein.

4. Das gebildete Judenfräulein

Wie graziös sie war! – Aber eigentlich war sie nur geziert. Und sie war fröhlich und nett! – Aber eigentlich war das eher kokett und lüstern zu nennen.

„Ich liebe die Diplomatiker", sagte sie mit feinem Lächeln und viel sagendem Blick. „Es is nämlich so was Anständijes in ihre Manieren drin. Man sieht ihnen den Mann von juten Jeschmack schon von die Ferne an. Und wie anjenehm sie alle riechen; nach Eau de Portugal!"

„Oh, gewiss, wenn man ihnen recht nahe kommt … Kommen
Sie viel unter die Leute? Auch *unter* die Herren Diplomaten?“

„Nun, sehen Sie, wie das nun jeht, die älteren Herren von die
Diplomatiker haben sechs bis sieben Monate Ferien und reisen
umher. Die jüngeren aber, die hierbleiben und die Jeschäfte
treiben, die müssen Pässe ausstellen, die müssen Zeitungen lesen, ob nichts Verfängliches drin is, die müssen das Papier ordentlich zusammenlegen für die Sitzungen. Nun, was solche
junge Herren Tiblomen sind, das sind janz scharmante Leute,
die wohnen in die janz feinen Chambres garnies, essen an die
Tables d‘hôte, jehen auf die Promenade recht schön ausstaffiert
comme il faut, haben zwar jewöhnlich kein Jeld nich viel, aber
desto mehr Ansehen.“

„Da haben Sie einen herrlichen Schal umgelegt, mein Fräulein.
Ist der wohl echt?“

„Ah, jehen Sie doch! Meinen Sie, ich werd was anderes anziehen, als was nicht janz echt ist? Der Schal hat mir jekostet acht-
hundert Gulden, die ich in die Rothschildischen Lose gewonnen
hab. Sehen Sie, dieses Kollier hier kostet sechzehnhundert Gulden und dieser Ring … zweitausend. Ja, man jeht sehr echt in
Frankfort, das heißt, Leute von den juten Ton wie unsereine.“

„Ach, was haben Sie doch für eine schöne, gebildete Sprache,
mein Fräulein! Wurden Sie etwa in Berlin erzogen?“

„Finden Sie das ooch?“, erwiderte sie anmutig lächelnd. „Ja,
man hat mir schon oft das Kompliment vorjemacht. Nee, direkt
in Berlin war ich nie, ich bin hier erzogen worden; aber es
kommt davon, wo ich viel lese und bilde auf diese Art meinen
Jeist.“

„Oh, und was lesen Sie, wenn man fragen darf?“

„Nu, Bücher halt. Ich bin abbonniert bei Herrn Döring in der
Sandjasse, und der proviantiert mich mit Almanachs und Romane.“

„Lesen Sie Goethe, Schiller, Tieck und dergleichen?“

„Nee, das tu ich nicht. Diese Herren machen schlechte Jeschäfte in Frankfort. Es will sie keen Mensch, die sind *zu* studiert.
Nich natürlich jenug. Nee, den Jöthe lese ich nie wieder! Das is
was Langweiliges. Und seine Wohlverwandtschaften! Ich wer-

de rot, wenn ich nur daran denke. Wissen Sie, die Szene in der Nacht, wo der Baron zu die Baronin … Ach, man kann's jar nich sagen … Nu, kurz jesagt, den mag ich nich. Aber wer mein Liebling is, das is der Clauren. Nee, diese Sinnigkeit, und was er über das weibliche Jemüt so schreiben tut, ach, es is was Herrliches! Und dabei so natürlich! Wie aus'm Leben! Ach, das Tanzen kommt einem in die Beene, wenn man ihn liest. Es is was Herrliches!"

„Fahren Sie fort, wie gerne höre ich Ihnen zu. Auch ich liebe diesen Schriftsteller über alles. Diese andern, besonders ein Schiller, wie wenig hat er für das Vergnügen der Menschheit getan. Man sollte meinen, er wollte moralische Vorlesungen halten. Aber dieser Clauren! Er kommt mir vor wie Champagner, und zwar wie dieser unechte, den man aus Birnen zubereitet. Der echte verdunstet ja immer gleich, aber dieser unechte, der ‚brüsselt' doch mit tanzenden Bläschen manchmal eine Stunde lang, er berauscht, er macht die Sinne rege, er ist der wahre Lebenswein."

„Oh, sehen Sie, da kann ich Ihnen ja gleich unseren Clauren erklären mit Bornheimer Champagner. Also, man nimmt fremden Wein, so etwa die Hälfte, jießt Mineralwasser dazu, und nu jeben Sie acht; ich werfe Zucker in das Janze, und unser Clauren is fertig. Sehen Sie mal, wie es brüsselt. Und wie anjenehm es schmeckt, und ist ein preiswertes Jetränk. Nee, ich muss sagen, er is mein Liebling. Und das Anjenehmste is das, man kann ihn so lesen, ohne viel dabei zu denken, man erlebt es eigentlich, es is, meine ich, mehr der Körper, der ins Buch guckt, als der Jeist. Und wie anjenehm lässt es sich dabei einschlafen!"

„Ich glaube gar, ihr seid in einem gelehrten Gespräch begriffen", rief lachend der alte Jude, indem er mit dem Dessauer am Arm zu uns trat. „Nicht wahr, Herr Legionsrat, ich habe da ein gelehrtes Ding als Tochter? Sie liest ja auch den ganzen Tag und spricht auch wie ein Buch."

„Nun, und Sie, Papa, und Herr Zwerner, haben wohl tiefe Handelsjeheimnisse abjemacht? Darf man auch davon hören; wie werden sie in der nächsten Woche stehen, die Metalliques? Recht hoch? Hab ich es erraten?"

„Stille, Kind, stille! Kein Wort davon! Das muss alles geheim gehalten werden! Er ist ein Goldmännchen, der Herr von Zwerner. Setzen Sie sich zu ihr hin und klären ihr alles auf. Sie ist auf diesem Punkt ein verständiges Kind und weiß zu rechnen, das Rebekkchen."

Was schlich denn da jetzt durch das Gras? Was hüpfte auf zierlichen Beinchen heran? Was lächelte schon von Weitem so freundlich? War es nicht das Gräfchen Rebs, das alte, freundliche Kaninchen, das in alle Damen verliebt ist und das alle bezaubert? Er war es. Er kam herangeschwänzelt. Er schnaufte und ächzte, als er heran war, und doch konnte er auch in dem Zustand höchster Erschöpfung, in welchem er zu sein schien, sein liebliches, süßes Lächeln nicht unterdrücken. Er warf sich ermattet neben Rebekka in einen Sessel, streckte die dünnen Beinchen, heftete den matten, sterbenden Blick auf die schöne Jüdin und sprach: „Habe die Ehre, vergnügten Abend zu wünschen. Ich sterbe, mit mir geht's zu Ende!"

„Mein Jott! Jraf Rebs was haben Sie doch? Ihre Wangen sind janz einjeschnurrt, Ihre Augen bleiben stehen! Er antwortet nicht! Herr Tipplomat, Eau de Cologne! Haben Sie keins bei sich in die Tasche?"

So rief das schöne Judenkind und besorgte sich um den Ohnmächtigen mit zarter Sorgfalt. Da ich kein Eau de Cologne bei mir trug, so begann sie fast zu verzweifeln und verlangte von dem Dessauer, er solle ihm Tabaksrauch in die Nase blasen. Doch der Vater wusste besseren Rat.

„Da geht einer", rief er freudig, „da geht ein charmanter junger Herr, den ich gut kenne, der trägt ständig etliches Kölnerwasser in seiner Rocktasche!"

Wie ein Pfeil schoss er auf den jungen Mann zu und ähnelte Sir John Falstaff, als er die Krämer beraubt, wie er ihm mit schrecklichen Gebärden das Eau-de-Cologne-Fläschchen abforderte. Maria Farinas Lebenstropfen brachten das arme Kaninchen bald wieder zu sich. Der Graf schlug die Augen auf, seufzte tief und lächelte.

„Ich bedanke mich gehorsamst", lispelte er mit zitternder Stimme, „für die gütigst geleistete Hilfe. Hach, war mir aber auch elend zumut. Fast als hätte ich mehr Bier getrunken, als mir bekömmlich ist."

„Sind Sie oft solchen Zufällen unterworfen?", fragte Rebekka, ihn etwas missfällig betrachtend.

„Mitnichten und im Gegenteil", erwiderte er, indem er seinen Rücken streckte, „mitnichten, ich habe sonst eine überaus starke Konstitution. Aber der dicke Pfarrer, der dicke Pfarrer ..."

Die Juden schwiegen, und Rebekka schlug die Augen nieder, wie immer wenn von christlichen Pfarrern oder Zeremonien oder auch von Schweinfleisch in ihrer Nähe gesprochen wurde. Der Seufzer aber, dem die Erscheinung des Grafen lästig zu sein schien, fragte ihn ziemlich boshaft, ob er etwa im Goldenen Brunnen gewesen wäre und sich da etwas betrunken hätte und ob er nachher wieder wie gewöhnlich mit dem ehrsamen Pastor Münster in Streit geraten wäre.

„Ich ein Unruhstifter oder Säufer!", rief das Kaninchen empört. „Ich im Goldenen Brunnen, ich, der ich nur die allernobelsten Hotels, den Pariser und den Englischen Hof, den Weidenbusch und den Weißen Schwanen mit meinem Besuch beehre? Nein! Er ist mir begegnet, der Pfarrer, und als er an mir vorbeiging, sah er mich mit schrecklichen Augen an und sagte laut: ‚Das ist auch so ein Stein des Anstoßes, auch so ein Mystiker.‘

‚Herr Pfarrer‘, sagte ich, ‚guten Abend, aber ein Mystiker bin ich nicht und will auch nicht so genannt werden, am wenigsten öffentlich auf der Chaussee nach Bornheim.‘

‚So, Sie wollen keiner sein?‘ antwortete er, indem er näher auf mich zutrat, sodass sein Bauch mir gerade auf die Brust zu sitzen kam und mich heftig drückte. ‚Sie wollen keiner sein? Warum haben Sie an öffentlichen Wirtstafeln, im Pariser, Weiden und anderen Höfen geschimpft über mich, dass ich ein gewisses Gedicht von Langbein in der Predigt vorgelesen habe?‘

Es ist wahr, ich hatte mich ziemlich stark darüber ausgesprochen, aber nicht aus Mystizismus, sondern weil ich glaubte, es könne zarte Damenohren und weichere Gemüter unangenehm berühren, jenes Gedicht. Aber er nahm keine Entschuldigung an. Ich schlüpfte ihm unter dem Bauch weg und wollte nur schnell weitergehen, aber er eilte mir nach, ging neben mir her und er beschuldigte mich, seinem Gegenpart, dem mystischen Pfarrer, zu einer reichen Frau verholfen zu haben. Er behauptete auch, dass ich mich jeden Morgen statt des Frühstücks magnetisieren lasse und dergleichen. Und erst hier an der Gartentür ließ er von mir ab."

„Aber was hat denn das alles zu bedeuten?", fragte ich. „Halten denn die Pfarrer hier auf der Landstraße Predigten wie es Sitte war zur Zeit der Apostel?"

„In Frankfurt", belehrte mich der Kaufmann aus Dessau, „in Frankfurt ist gegenwärtig ein großer Krieg zwischen den Pfarrern. Mystiker und Rationalisten beschimpfen sich gegenseitig. Der eine wirft dem andern vor, er predige nur Moral, der andere entgegnet, sein Gegner rede tiefen Unsinn. Nicht nur in den Kirchen und auf den Kanzeln, sondern auch in den Weinhäusern und Trinkstuben, auf Chausseen und in Kasinos wird gekämpft. Und so konnte es leicht geschehen, dass der Herr Graf einem Eiferer der Vernunft in die Hände fiel. – Doch wie? Herr Graf, wenn ich nicht irre, so fährt dort der Lord und seine Nichte. Ist es nicht so? Und sie halten vor dem Garten … Ha! Sie steigen aus?"

„Ah, sie hat mich bemerkt!", rief das Kaninchen hoch erfreut. „Sie schaut schon herüber und winkt mir mit dem Taschentuch zu, wenn ich nicht irre. Verzeihung allerseits, dass ich mich entferne. Miss Mary hat ein Auge auf mich geworfen, und Sie wissen selbst, bei solchen Affären …"

Er schlüpfte unter diesen Worten aus dem Zelt und eilte mit zierlichen Sprüngen zur Gartenpforte, wo er die junge Dame auf den weißen Handschuh küsste. Es mochte ihr übrigens dieses Zeichen seiner Verehrung überaus komisch vorkommen, denn ihr Lachen drang bis zu uns herüber, und mit tiefem Bass begleitete sie der Lord, indem er dem Kaninchen das Pfötchen schüttelte.

Das Gewölk, die Tante Simon, kam jetzt zurück und beklagte sich, dass es schon etwas kühl werde. Der Jude ließ daher seinen schönen Wagen vorfahren und verließ mit den Seinigen den Garten. Der Seufzer hatte das Glück, Rebekkchen in den Wagen heben zu dürfen, und kam mit ganz verklärtem Gesicht zurück. Sie hatte ihm unter der Türe noch die Hand gedrückt und gestanden, dass sie sich diesen Nachmittag „janz fürtrefflich amüsiert habe", und der Alte hatte ihn eingeladen, morgen und alle Tage den Abend in seinem Hause zuzubringen.

5. Der Kurier aus Wien kommt an

Ich könnte dir, geneigter Leser meiner Memoiren, vieles Ergötzliche und Interessante erzählen, was ich in der freien Stadt Frankfurt erlebte; nicht von früheren Zeiten her, wo ich oft hinter den Stühlen der Kurfürsten stand und den Kaiser wählen half, wo ich so oft unter guten Freunden im Römer saß, wenn das neue Oberhaupt des vielgliedrigen Leibes, Deutsches Reich genannt, mit der Krone geschmückt worden war. Nein, von den heutigen Tagen könnte ich dir viel erzählen, vom geheimnisvollen Wesen der Diplomatie, vom herrlichen Blühen des Mystizismus, und wie ich das Feuer anschürte zwischen seinen Anhängern und den Rationalisten, und wie es im Wirtshaus zum Goldenen Brunnen einige Mal zu bedeutenden Raufereien kam zwischen beiden Parteien, das heißt natürlich – nur mit schneidenden Zungen und stechenden Blicken. Ich könnte dir auch erzählen, wie ich in einem Institut, wo man junge Fräulein für die Welt zurechtstutzt, nützlichen Unterricht gab im Gitarrespielen und anderen … Kleinigkeiten, die eine junge Dame einfach können sollte.

Doch ich schweige von alledem, weil ich mir vorgenommen habe, dir eine kleine Vorstellung von der Art zu geben, wie ich den ehrlichen, seufzenden Sohn Merkurs aus Dessau zu einem Teufelskind machte. Der erste Schritt vom ehrlichen Mann zum schlechten oder zum Betrüger ist an sich klein und dennoch bedeutend, weil man von da an sozusagen in Schuss kommt und es unaufhaltsam bergab und immer bergab geht; anfangs im Trott, nachher im Galopp. Mein guter Seufzer hatte sein bedeutendes Vermögen mit einem ehrlichen Gemüt geerbt. Er ging in seinen Geschäften den geraden, ehrlichen Weg, nicht weil er ihm angenehm war, sondern weil er es unbequem fand, Winkelzüge und Umwege zu machen.

Nicht eigentlich der Geldgewinn, sondern die Liebe zur schönen Tochter des alten Simon ließ ihn straucheln. Jetzt ist er, um das Kind beim rechten Namen zu nennen, ein Betrüger geworden. Er wird, weil es so leicht war, zu betrügen, das nächste Mal etwas Ähnliches tun. Das Gewissen ist ja doch schon zum Teufel, warum soll er sich also genieren? Der große Gewinn für mich liegt darin, dass die ersten Versuche des ehrlichen Mannes, zum Betrüger zu werden, für gewöhnlich gut ausfallen und zur Wiederholung locken. Denn wer mit mir Geschäfte macht, kann damit rechnen, sie mit Glück zu machen. Nur unglückliche Spekulanten, von denen man erzählt, dass sie sich erhängt oder ersäuft haben, hatten durch Reue und Selbstanklage den Kopf verloren, hatten mir zu wenig vertraut, und nicht ich war es, der sie verließ; sie hatten sich selbst verlassen.

Nun ja, es lag in meiner Hand, die Papiere steigen oder fallen zu lassen. Der Vater der schönen Rebekka hatte in den letzten Tagen auf meinen Rat und seine eigene Einsicht hin seine Papiere so umgeschichtet, dass er beim geringsten Steigen der Metalliques auf großen Gewinn zählen konnte. Große Spannung herrschte im Hause des Herrn Simon in der neuen Judenstraße. Der Alte versicherte, seine Gebeine würden erzittern, sooft er an das Geschäft denke. Die Tante, das dunkle Gewölk, mochte wohl ahnen, was vorging, und schlich ächzend im Haus umher. Die Tochter war die mutigste von allen. Zwar war auch sie von Nervosität geplagt, denn sie las nicht mehr, weder den Clauren noch in den Almanachs, sogar das Modejournal wollte sie nicht ansehen, sie spielte auch nicht auf der Harfe, aber noch immer trug sie das Köpfchen so hoch wie zuvor.

Der Seufzer war gänzlich um den Verstand gekommen. Mal war er tiefsinnig und zweifelnd, mal war er wieder ausgelassen fröhlich und sprach allerlei verwirrtes Zeug, wie er ein Millionär zu werden gedenke, wo er sich ein großes Haus bauen werde und was dergleichen überschwängliche Gedanken mehr waren. Und der Rebekka flüsterte er ins Ohr, dass er sich adeln lassen wolle, um sie zur gnädigen Frau Baronesse von Zwerner zu Zwernersheim zu machen.

Endlich, es war am dritten Frankfurter Pfingstfeiertag, und die Mädchen und Frauen spazierten schon scharenweise hinaus an den Main, um sich übersetzen zu lassen nach dem Wäldchen. Und die Männer riefen ihnen nach, nur inzwischen alles dort vorzubereiten, weil sie noch einmal kurz auf die Börse gingen und bald nachkämen. Und auch die alte Baubo, die schnöde Hexe, zog hinaus ins Grüne, doch diesmal nicht auf dem Mutterschwein, sondern in einem eleganten Wagen. Sie hatte ihre schönen Stieftöchter bei sich und nickte mir freundlich zu, als wollte sie sagen, „Dich kenne ich wohl, auch wenn du jetzt in schwarzem Frack und seidenen Strümpfen herumzulaufen beliebst und meiner Elise, dem allerliebsten Kind, praktische Gitarrestunden gibst. Dich kenne ich wohl, komm aber nur hinaus ins Wäldchen, da sprechen wir wieder ein Wort zusammen." Da fuhr sie hin, die gute Alte, eine der ersten Palastdamen meiner Großmutter und sehr angesehen in Frankfurt und auf dem Brocken in der Walpurgisnacht. Da fuhr sie hin, und viele tausende fromme Frankfurter Seelen in festlichen Kleidern folgten ihr nach, die alle das Gebot in ihren frommen Herzen trugen: „Du sollst den Feiertag heiligen, und an Pfingsten auch den dritten und vierten."

Jetzt war es also Zeit zu handeln. Da jagte um elf Uhr ein Kurier durch das Tor, ganz mit Schweiß und Staub bedeckt. Er sprengte, gräulich auf dem Posthorn blasend, durch die Million-Straße und in einem großen Umweg durchs neue Judenquartier. Die Leute rissen die Fenster auf und steckten die Köpfe heraus, um nach dem schrecklichen Trompeten- und Straßenlärm zu schauen.

„Wo kümmt Er här? Wo will Er hün?", riefen sie.

„In Weißen Schwanen", antwortete er. „Ich habe den Weg verfehlt, wo geht's in Weißen Schwanen?"

„Der Herr is wohl Korrier?"

„Freilich, nur schnell!", rief er und zog einen Brief mit großem Siegel aus der Tasche. „Das kommt von Wien und ist an den Herrn Zwerner aus Dessau im Weißen Schwanen!"

„Da an der Ecke geht's rechts, dann die Straße links, dann kömmt Er auf die Zeile, da reitet Er bis an die Hauptwache, und von dort ist's nimmer weit."

So riefen sie, schauten ihm nach, wie er mit der Peitsche knallend davonjagte und besprachen sich dann über die Straße hinüber, was wohl die Depesche aus Wien enthalten mochte. Der Kurier war aber niemand anders als einer meiner dienstbaren Geister in der Uniform eines hessischen Postillions.

6. Der Teufel in der Börsenhalle

Im Brief stand mit dürren Worten, dass der Reis-Effendi dem Herrn von Minciaky die vertrauliche, halboffizielle Mitteilung gemacht habe, „dass die Pforte das Ultimatum, soweit es Russland betreffe, annehmen werde".

Der Seufzer bekam nun die nötige Instruktion, was er zu tun hatte. Er fuhr mit dem Brief sogleich zu Papa Simon und mit diesem zu Herrn von Röblingen, dem Papst der Börse, dem sichtbaren Oberhaupt der unsichtbaren papierenen Kirche. Dieser prüfte die Depesche genau. Er selbst hatte schon zu oft ähnliche Mittel angewendet, Pariser Kuriere aus Mainz und Wiener aus Aschaffenburg kommen lassen, als dass er so leicht konnte hintergangen werden. Er ließ daher ein Licht bringen und prüfte zuerst Geruch und Flüssigkeit des Siegellacks.

„Gotts Wunder!", sprach er bedächtig riechend. „Gotts Wunder! Das ist echter Kaisersiegellack, wie er nur in Wien selbst zubereitet wird und den nur Eingeweihte zu solchen Depeschen zu verwenden pflegen."

Dann betrachtete er genau das Couvert des Briefes und fand darauf die gedruckten Zeichen jeder Poststation von Wien bis Frankfurt, und keines fehlte. Er verglich sodann diese Zeichen mit der Liste der Postzeichen, die er zur Hand hatte, und – sie waren richtig.

Hatte er zuvor den Herrn Zwerner, Handelsmann aus Dessau, als ein kleines Paarmalhunderttausend-Gulden-Männchen so obenhin behandelt wie der Löwe das Hündchen, so wuchs jetzt seine Achtung mit unglaublicher Schnelle. Er hätte zwar am liebsten selbst den Kurier bekommen, samt der inhaltschweren Depesche, doch da dies nicht mehr zu ändern war, machte er gute Miene zum bösen Spiel, dankte, dass man ihn sogleich von der wichtigen Nachricht unterrichtet habe, und berechnete dabei, welche Summen dem Dessauer diese Nachricht gekostet haben könnte, indem er annahm, dieser Kaufmann müsse die Preise, die er in Wien für solche Winke bezahlte, überboten haben. Es war gerade Börsenzeit, so fuhr er selbst mit auf die Börsenhalle.

Börsenhalle! Unter diesem Ding stellt sich wohl der Fremde, der diese Einrichtung noch nie gesehen hat, ein weitläufiges Gebäude vor, wie es der Stadt Frankfurt würdig wäre; mit weiten Sälen, Seitengängen, schönen Portalen und dergleichen. Wie wundert er sich aber und lächelt, wenn er in diese Börsenhalle tritt! Man stelle sich einen ziemlich kleinen, gepflasterten Hof vor, von unansehnlichen Gebäuden eingeschlossen, wo man bequem Pferde striegeln, Wagen reinigen, Hühner und Gänse füttern und dergleichen solide häusliche Hantierungen verrichten könnte. Statt des ehrwürdigen Truthahns, statt der geschwätzigen Hühner und Gänse, statt des Stallknechts mit dem Besen in der Faust, statt der Küchendame, die hier ihren Salat wäscht – sieht man hier zwischen zwölf und ein Uhr mittags ein buntes Gedränge; Männer mit schwarzen Bärten und lauernden Augen, mit kühn gebogenen Nasen und breiten Mäulern, mit schmutzigen Hemden und unsauberer Kleidung schleichen mit gebogenen, schlotternden Knien und spitzen Ellbogen, den Hut tief in den Nacken zurückgedrückt, umher und fragen einander, „Nu, wie stehen sie heute?" Du wandelst staunend durch dieses Gewühl und fühlst einen kleinen unbehaglichen Schauer, wenn dich eine der unsauberen Gestalten im Vorübergehen streift. Du begreifst zwar, dass du dich unter den Kindern Israels befindest, aber zu welchem Zweck treiben sie sich hier in soeinem Hühnerhof umher? Endlich aber wirst du eine Tafel, etwa wie ein Wirtshausschild anzusehen, gewahr; darauf steht mit goldenen Buchstaben deutlich zu lesen: „Börsenhalle." Also in der Börsenhalle der freien Stadt Frankfurt befindest du dich. Du hörst heute ein sonderbares Gemunkel und Geflüster. Die Leute gehen staunend umher, mehr mit Blicken als mit Worten fragend: „Ä Korrier es Wien? – Gotts Wunder! Wer hat'n gekriecht?"

„Ä Fremder, der Zwerner von Dessau."

„Wie? Kaner von unsere Lait? Nicht der Rothschild, der grauße Baron, nicht der Bethmann? Auch nicht der Mezler? Waas?"

„Was hat'r gebracht, der Korrier! Abraham, wie stehn se?"

„Wie werdn se stehn! Wer kann's wissn, solange der Zwerner aus Dessau nicht ist auf der Börsenhalle!"

„Levi, hat er's Oltemat'm angenommen, der Reis-Effendi? Hat er oder hat er nich? Wie werdn se stehn?",

„Mir reicht's nu, 'sis a Vertel auf eins, und noch will keiner verkaufen, aus Schrecka vor die Korrier. Wär nur der Zwerner aus Dessau da! Auch der Rothschild bleibt so lang aus und der Simon von die neue Straße. Wirst sehen, 's wird geben ä grauße Operation! Der Herr wird verstockt haben das Herz des Effendi, dass er hat nich angenommen das Oltematum von dem Moskeviter?"

„Bethmannische Obligationen, will man nich kaufen, sind gefallen um Vertelpurzent!"

„Wie steht's mit die Metalliques? Wie verkauft sie der Mezler? Wie stehn se, Abraham? Tu mer de Gefalln und sag, die Metalliques, wie stehn se?"

„Dass ich der sag, ich weiß nich, wo mer steht der Kopf, weiß heut keiner, wer is Koch oder Kellner? Dass ich nich kann riechen, wie se stehn, die Metalliques!"

Plötzlich entsteht ein Geräusch, ein Gedränge zur Türe hin. Ein Wagen ist vorgefahren, die Leute stellen sich auf die Zehenspitzen, machen lange Hälse, um die Mienen der Kommenden zu sehen. Drei Männer arbeiteten sich durch die Menge und stellen sich ernst und gravitätisch an ihrem Platz zur Seite, wie es wohllöblicherweise auf anderen Börsen der Brauch ist, wo nur die Mäkler umherlaufen und sich drängen. Es war der große

Baron, der an der Seite stand, zu seiner Rechten das Gestirn des Tages, der Kaufmann Zwerner aus Dessau, jetzt nicht mehr Seufzer zu nennen, denn sein Herz schien zu jubilieren und allerlei verliebte Streiche ausführen zu wollen, während er doch die Sinne bedächtig und gesetzt beisammen behalten musste, um sich nicht zu verrechnen. Zur Linken stand der Jude Simon, angetan mit seinem guten Sabbater-Rock und einer schneeweißen Halsbinde, mit sehr feierlicher, hochzeitlicher Miene, sodass sein Volk gleich sah, es müsse sich was ganz Außerordentliches zugetragen haben.

Jetzt nahten die Käufer und Verkäufer und fragten nach den Preisen. Sie wurden bleich, sie sanken in die Knie und schlichen zitternd umher. Sie lamentierten schrecklich mit den Armen, sie steckten die Finger in den Mund, sie fluchten hebräisch auf den Christen, der sich einen Kurier hatte kommenlassen, auf den Vater, der den Kurier gezeugt hatte, auf das Pferd, welches das Pferd des Kuriers zur Welt gebracht hatte, auf seinen Kopf, auf seine vier Füße, kurz auf alles, selbst auf Sonne, Mond und Sterne und auf Frankfurt und die Börsenhalle. Jetzt merkte man, warum der schlaue Simon seine Papiere in den letzten Tagen umgeschichtet hatte. Jetzt konnte man sich den Tiefsinn des Kaufmanns aus Dessau erklären!
„Das Ultimatum ist angenommen“, scholl es durch den Hof.
„Der Reis-Effendi hat zugesagt“, hallte es durch die Ecken.
Und obwohl die drei wichtigen Männer nur entfernt auf ihren Brief anspielten, nur einige nähere Umstände angaben, nichts Bestimmtes aussprachen, so stiegen doch die österreichischen, die rothschildschen und wenige andere Papiere, von welchen durch Zwerners und des alten Simons Sorge gerade nicht sehr viele auf dem Platz waren, innerhalb einer halben Stunde um vier und ein halbes Prozent. Mehrere Häuser, die sich nicht vorgesehen hatten, fingen an zu wanken, eines lag schon halb und halb am Boden und hatte es nur seiner nahen Seitenverwandtschaft mit dem regierenden Börsen-Hause zu verdanken, dass ihm noch einige Stützen untergeschoben wurden.
Als man um ein Uhr auseinanderging, lautete der Kurszettel der Frankfurter Börsenhalle:

Metalliques 87⅝. Bethmännische 75½. Rothschildsche Lose 132. Preußische Staatsschuldenscheine 84.
In den übrigen war nichts geändert worden.

7. Die Verlobung

Dieses kleine Börsengemetzel entschied über das Schicksal des Seufzers aus Dessau. In den zwei nächsten Tagen wirkte er durch die große Menge Metalliques, die er in Händen hatte, mächtig auf den Gang der Geschäfte, und als einige Tage nachher Herr von Rothschild Privatmitteilungen aus Wien erhielt, wodurch seine Nachrichten bestätigt wurden, da drängte sich alles um den hoffnungsvollen Jüngling, um den genialen Kopf, der auf unglaubliche Weise die Umstände habe berechnen können.

Seine Zurückgezogenheit zuvor galt nun für tiefes Studium der Politik, sein Seufzen für Tiefsinn, und jedes Haus hätte ihm freudig eine Tochter gegeben, um sich mit diesem Talent näher zu verbinden. Da aber die Polygamie in Frankfurt derzeit noch nicht erlaubt ist und das Herz des Dessauers an Rebekka hing, so schlug er alle diesbezüglichen Angebote aus, die ihm selbst aus den vornehmen Salons der neuen Mainzerstraße mit glühenden Liebesblicken gemacht wurden.

Der alte Herr Simon rechnete es sich zur besonderen Ehre an, einen so erleuchteten Schwiegersohn zu bekommen, auch wenn sich ihm der Dessauer im Hinblick auf Geld und Glücksgüter nicht gleichstellen konnte. Ja, er sah es als eine glückliche Spekulation an, ihn durch Rebekka gefangen zu haben. Er sah ihn als eine prophetische Spekulationsmaschine, die ihn in kurzer Zeit zum reichsten Mann Europas machen musste; denn wenn er immer mit seinem Schwiegersohn zugleich kaufte oder verkaufte, glaubte er nie verlieren zu können.

Fräulein Rebekka ging ohne vieles Sträuben in die Bedingungen ein, die ihr der Zärtliche auferlegte. Da er eine gewisse

Abneigung verspürte, ein Jude zu werden, so hielt er es für notwendig, dass sie sich taufen lasse. Sie nahm schon folgenden Tages insgeheim Unterricht beim Herrn Pastor Stein und gab dafür auf einige Zeit ihre Klavierstunden auf, wobei nun noch etwas gespart wurde, da sie dem Klaviermeister einen Taler pro Stunde hatte bezahlen müssen. Sie selbst legte dafür dem Dessauer die Bedingung auf, dass er sich für einige hundert Gulden in den Adelsstand erheben lassen und fortan ganz in dem „jöttlichen Frankfort" leben müsse. Er ging freudig darauf ein und überließ mir dieses diplomatische Geschäft.

Im Übrigen traf pünktlich ein, was ich vorausgesehen hatte. Der Seufzer beschwichtigte fürs erste sein Gewissen, das ihm allerlei vorwerfen mochte. Sobald er mit dieser Beschwichtigung fertig war, war auch seine Dankbarkeit verschwunden. Weil ihn alles als den feinsinnigsten Kopf, den scharfsinnigsten Denker pries, glaubte er bald selbst daran und wurde aufgeblasen. Er sah mich nur noch über die Schulter an und erinnerte sich meiner lediglich als eines Menschen, mit dem er im Weißen Schwanen einige Mal zu Mittag gespeist hatte.

Was mich am meisten freute, war, dass er die Strafe seines Undanks in sich und seinen Verhältnissen trug. Es war vorauszusehen, dass sein prophetischer Geist sich nicht lange halten konnte. Missglückten erst einige Spekulationen, die er auf sein blindes Glück und seinen noch blinderen Verstand vertrauend unternahm, verlor er erst einmal fünfzig- oder hunderttausend und zog seinen Schwiegerpapa in gleiche Verluste, so würde die Hölle für ihn schon auf Erden anfangen.

Rebekkchen, das liebe Kind, sah auch nicht aus, als wollte sie mit dem neuen Glauben auch einen neuen Menschen aus sich machen. War sie erst „Gnädige Frau von Zwerner", so war auch zu erwarten, dass ihre Liebesintrigen sich häufen würden. Wohl riechende Diplomaten, alte Sünder wie der Graf Rebs und stramme Leutnants mit glitzernden Uniformen waren dann willkommen in ihrer Loge und zuhause, und der Dessauer hatte das Vergnügen, zuzuschauen. Und wie wird dieser sanfte Engel Rebekka sich erst zur Furie wandeln, wenn der spekulative Erfolg ihres Eheherrn vorbei ist und damit zugleich sein Vermögen einschrumpft, wenn man das vornehme Restaurant in der Zeile, die Loge im ersten Rang, die schöne Kutsche und die schmachtenden Liebhaber aufgeben muss. Und wenn man dann nach Dessau ziehen muss, in den alten Laden des Hauses Zwerner, wenn die gnädige Frau herabsinkt aus ihrem geadelten Himmel und zur ehrlichen Kaufmannsfrau wird, wenn man den Gemahl statt mit Papieren, wie es nobel ist, mit Ellenwaren und Bändern, ganz klein und mickrig handeln sieht ...! Welche Perspektive!

Doch am vierten Pfingstfeiertag 1826 dachte man noch nicht an so etwas im Hause des Herrn Simon in der neuen Judenstraße. Da war ein Hin- und Herrennen, ein Kochen und Backen im Gange; es wurde ungemein viel Gänseschmalz verbraucht, um koscheres Backwerk zu verfertigen. Sogar ein Hammel wurde extra geschächtet, um köstliche Ragouts zu bereiten.

Der geneigte Leser errät wohl, was vorging in dem gesegneten Hause? Nämlich nichts Geringeres als die Verlobung des verliebten Paares. Die halbe Stadt war eingeladen und kam. Hatte denn der alte Simon nicht gute, alte Weine? Speiste man bei ihm, das Gänsefett einmal ausgenommen, nicht ganz vorzüglich? Hatte er nicht die schönsten jüdischen und christlichen Fräulein zusammengebeten, um die Gesellschaft zu unterhalten durch geistreiche Spiele und herrlichen Gesang?

Auch Graf Rebs, das rasierte Kaninchen, war eingeladen. Und es brachte ihn einigermaßen in Verlegenheit, dass nicht weniger als zwanzig Frauen und Fräulein zugegen waren, mit denen er schon in zärtlichen Verhältnissen gestanden hatte. Er behalf sich durch ausdrucksvolle Liebesblicke, die er ständig umherwarf, wie auch durch die eigene Behändigkeit seiner Beinchen, auf welchen er überall umherhüpfte und jeder Dame zuflüsterte, sie allein sei es eigentlich, die sein zartes Herz gefesselt habe. Die übergroße Anstrengung, zwanzig auf einmal zu betreuen, richtete ihn aber dermaßen zu Grunde, dass er endlich elendiglich zusammensank und nachhause gebracht werden musste.

Die Gesellschaft unterhielt sich ansonsten ganz angenehm und erwies sich als sehr gesittet und anständig, denn als Herr

Simon am Abend, nachdem sich alle entfernt hatten, mit seiner Tochter Rebekka das Tafelsilber nachzählte, riefen sie einmütig und vergnügt: „Gotts Wunder! Was war das für eine noble Gesellschaft! Was für gesittete Leute! Es fehlt auch nicht ein Kaffeelöffelchen! Und kein Dessertmesserchen oder Zuckerzängchen ist uns abhandengekommen! Gotts Wunder!"

DER FESTTAG IM FEGEFEUER - Fortsetzung

Am Horizont in diesem Jahr
Ist es geblieben, wie es war.
M. Claudius.

1. Die Geschichte des jungen Garnmacher

Das Manuskript, aus welchem diese infernalischen Memoiren dechiffriert wurden, fährt an jener Stelle fort, wo der erste Teil abgebrochen werden musste. Hier geht die Geschichte des jungen Schneider-Barons weiter, der aus seiner Vaterstadt Dresden entflohen war und nach Berlin gehen wollte.

„Als ich mich umsah", fuhr der junge Mann fort, „stand ein Mann hinter mir, gekleidet wie ein ehrlicher Bürger. Er fragte mich, wohin meine Reise gehe und behauptete, sein Weg sei beinahe der meinige, ich solle doch mit ihm reisen. Ich sah ein, dass es bestimmt weniger auffallen würde, wenn man einen halb erwachsenen Jungen mit einem älteren Mann gehen sieht, als allein. Der Mann entlockte mir bald die Ursache meiner Reise, meine Schicksale und meine Hoffnungen. Er schien sich sehr zu verwundern, als ich ihm von meinem Onkel, dem Herrn von Garnmacher in der Dorotheenstraße in Berlin erzählte.
,Dein Onkel ist ja schon seit zwei Monaten tot!' sagte er.
,Oh, du armer Junge! Er war ein braver Mann, und ich wohnte nicht weit von ihm und kannte ihn gut. Es tut mir so leid. Jetzt fressen ihn die Würmer!'

Sie können sich leicht meinen Schrecken über diese Nachricht denken. Ich weinte bitterlich und hielt mich für unglücklicher als alle Helden. Nach und nach aber wusste mich mein Begleiter zu trösten.

‚Erinnerst du dich gar nicht, mich gesehen zu haben?‘ fragte er. Ich sah ihn an und verneinte.

‚Aber man hat mich doch in Dresden so viel gesehen‘, fuhr er fort. ‚Viel Publikum strömte zu mir und meinem jungen Griechen.‘

Jetzt fiel mir mit einem Mal ein, dass ich ihn doch schon gesehen hatte. Vor wenigen Wochen war ein Mann mit einem jungen Griechen nach Dresden gekommen. Er wohnte in einem Gasthof und ließ den jungen Athener für Geld sehen. Das Geld war für den Unterhalt des Griechen und der Überschuss für einen wohltätigen Verein bestimmt. Alles strömte hin. Auch mir gab der Vater ein paar Groschen, um den unglücklichen Knaben sehen zu können. Ich fragte den Mann nach dem Verbleib seines Schützlings.

‚Er ist mir entlaufen, der Schlingel, und hat mir meine Kasse gestohlen. Aber wie wäre es, Söhnchen, wenn *du* zu meinem neuen Griechen werden würdest?‘ Ich hielt es nicht für möglich, aber er gestand mir, dass der andere auch nur ein Bursche aus München gewesen sei, den er angelernt und kostümiert habe, weil nun einmal die Leute zurzeit so sehr die griechische Sucht hätten.“

„Wie?“, unterbrach ihn der Engländer. „Selbst in Deutschland nahm man Anteil am schweren Schicksal dieses Volkes? Und doch war es eigentlich ein deutscher Minister, der es mit den Osmanen hielt und die Griechen untergehen ließ.“

„Wie es nun so geht in meinem lieben Vaterland“, antwortete Baron von Garnmacher. „Was einmal in einem anderen Land Mode geworden ist, muss auch nach Deutschland kommen. Sogar Philhellenen gab es bei uns, und man sah diese Leute mit langen Bärten, einem Säbel an der Seite und Pistolen im Gürtel durch Deutschland ziehen. Wenn man sie fragte, wohin die Reise gehe, so antworteten sie: ‚In den heiligen Krieg nach Griechenland gegen die Osmanen!‘

Da bekreuzigten sich die Leute, wünschten dem Philhellenen einen guten Morgen und flüsterten, wenn er mit schweren Schritten weitergegangen war: ‚Der muss wenig taugen, dass er im Reich keine Anstellung bekommt und bis nach Griechenland laufen muss.‘“

„Ist’s möglich?“, rief der Marquis. „So teilnahmslos sprachen die Deutschen von diesen heldenhaften Männern?“

„Ja, es ging mancher hin mit dem guten Gefühl, einer unterdrückten Sache beizustehen, mancher auch, um sich Kriegsruhm zu erkämpfen, der nun einmal auf den Billardtischen in den Garnisonen nicht zu erlangen war. Aber die meisten Leute nannten sie hirnlose Landläufer.“

„Mylord“, sagte der Franzose, „es sind doch dumme Leute, diese Deutschen!“

„O ja“, entgegnete jener mit großer Ruhe, indem er sein Rumglas gegen das Licht hielt. „Aber trotzdem sind die Franzosen noch unerträglicher, weil sie immer Recht haben wollen.“

Der Marquis lachte und schwieg. Und der Baron fuhr fort.

„Nun jedenfalls, auf diese Eigenart der Deutschen hatte der Mann, der mir so unverhofft begegnet war, sein Geschäft gebaut, und noch jetzt muss ich mich wundern, wie richtig sein Kalkül war. Man war ihm in mancher kleinen Stadt sehr dankbar, dass er doch wieder ein Thema herbeigeführt hatte, über das man reden konnte. Der ‚echte‘ griechische Waisenjunge, dessen gesamte Familie von den Muselmanen abgeschlachtet worden war, bot ein Gesprächsthema, das die Frauen beim Kaffee und die Männer beim Bier herauf und herab beschwatzen konnten.

Also, was blieb mir übrig? Mein Onkel war tot und ich hatte nichts gelernt, womit ich meinen Lebensunterhalt hätte verdienen können. So entschloss ich mich, ein Grieche zu werden. Jetzt fing ein Unterricht an, bei welchem dieser Mann und ich bald so vertraut miteinander wurden, dass er mir sogar Schläge verabreichte wie mein alter Rektor.

Er lehrte mich alle Gegenstände auf Neugriechisch nennen, bläute mir einige Floskeln in dieser Sprache ein, und nachdem ich dann eines Tages genügend vorbereitet war, da schwärzte er mir Haar und Augenbrauen und färbte mein Gesicht gelblich, und – ich war ein Grieche. Mein Kostüm war sehr bunt und aus echter Seide. So zogen wir im Land umher und verdienten recht viel Geld mit dieser Gaunerei."

„Aber", unterbrach ihn der Franzose, „in Deutschland soll es doch viele gelehrte Männer geben, die sogar Griechisch schreiben. Die müssen das doch auch sprechen können. Wie ist es Ihnen denn gelungen, die alle so ohne Weiteres an der Nase herumzuführen?"

„Nichts leichter als das, und gerade bei denen hatte ich meinen größten Spaß. Diese Leute schreiben und lesen das Griechische so gut, dass sie vor zweitausend Jahren mit Sokrates oder Aristoteles hätten korrespondieren können, aber mit dem Sprechen will es überhaupt nicht gehen. Und da hatte ich nun eine herrliche Floskel bereit, nämlich: ‚Mein Herr, das ist nicht griechisch.'

Mein Führer übersetzte dem Publikum sogleich, was ich gesagt hatte, und jene Kathedermänner kamen gewöhnlich über das Lächeln der ungebildeten Leute dermaßen in Verlegenheit, dass sie es nie wieder wagten, Griechisch zu sprechen.

So zogen wir längere Zeit umher, bis endlich in Karlsbad die ganze Komödie auf einmal aufhörte. Wir kamen dorthin zur Zeit der Kur-Saison und hatten viel Publikum.

Eines Tages fiel mir ein Herr auf, der große Ähnlichkeit mit meinem Vater zu haben schien. Und nun denken Sie sich mein Erstaunen, als ich hörte, wie man ihn Herrn von Garnmacher tituliert. Ich stürzte auf ihn zu und fragte ihn, ob er mein verehrter Herr Onkel sei, und ich gestand ihm auf der Stelle und vor allem Publikum, dass ich eigentlich nicht auf klassischem Boden in Athen, sondern als königlich sächsisches Landeskind in Dresden geboren sei. Es war bestimmt eine rührende Erkennungsszene. Das Staunen des Publikums, als der Grieche auf einmal sächsisches Deutsch sprach, die Verlegenheit meines Onkels, der mit vornehmer Gesellschaft zugegen war und anscheinend nicht gern an meinen Vater, den Schneider, erinnert sein wollte, die ohnmächtige Wut meines Führers, alles das kam mir trotz meiner tiefen Rührung höchst komisch vor.

Mein Führer wurde verhaftet, mein Onkel nahm sich meiner an, ließ mir Kleider machen und nahm mich mit nach Berlin. Und dort begann für mich eine neue Katastrophe."

2. Garnmacher wird ein Rezensent

„Mein Onkel war ein nicht sehr berühmter Schriftsteller, aber ein berüchtigter, anonymer Kritiker. Er arbeitete an zehn Journalen, und ich wurde anfangs dazu verwendet, seine krakeligen Hahnenfüße ins Reine zu schreiben. Schon hier lernte ich nach und nach in meines Onkels Geist zu denken, lernte die üblichen Wendungen und Ausdrücke und bildete mich so zum Rezensenten. Bald qualifizierte ich mich weiter; der geniale Mann brachte mir die verschiedenen Klassen und Formen der Kritik bei, über die ich hier wohl hinweggehen kann, weil sie einen Fremden nicht interessieren …"

„Nein!", protestierte der Lord. „Ich habe schon öfters von dieser kritischen Art Ihrer Landsleute gehört und finde das sogar sehr interessant."

„Allerdings ist das in meinem Vaterland eine eigentümliche Sache", setzte der Baron wieder an. „In unserer ganzen Literatur gilt niemals etwas als gut, was leicht und unterhaltsam ist, sondern nur das, was mit einem schwerfälligen Anstrich geschrieben ist. Es traut sich nämlich niemand in der Gesellschaft eine Meinung über ein neues Buch zu, die sich nicht an ein öffentlich ausgesprochenes Urteil anlehnen kann. Daher gibt es viele öffentliche Stimmen, die für Geld ein kritisches Solo vortragen, in welches dann der Chorus des Publikums einfallen kann."

„Aber wie mögen Sie über diese Institute spotten, Herr Baron?", unterbrach ihn der Lord. „Ich finde das recht praktisch. Man braucht selbst kein Buch, sondern nur diese Blätter zu lesen und kann trotzdem in der Gesellschaft mitreden."

„Sie hätten Recht, wenn der Geist dieser Branche anders wäre. So aber ergreift der, welcher sich nach diesen Blättern richtet,

unbewusst irgendeine Partei, und kann, ohne dass es seine Absicht war, in der Gesellschaft für einen Goethianer, Müllnerianer, Vossiden oder Creuzerianer, Schellingianer oder Hegelianer, kurz für einen Y-aner gelten. Denn das eine Blatt gehört dieser Partei an und haut auf jede andere, ein anderes gehört diesem oder jenem großen Buchhändler. Da müssen nun fürs erste alle seine Verlagsartikel gehörig gelobt, dann die seiner Konkurrenz grimmig angefallen werden. Oft muss man auch ganz diplomatisch zu Werke gehen. Dann darf man es mit keinem ganz verderben. Oder manchmal, indem man einem ein Kompliment macht, stellt man ihm hinterrücks ein Bein."
„Aber schämen sich denn Ihre Gelehrten nicht, auf diese Art die Literatur zu missbrauchen?", fragte der Marquis. „In Frankreich würde man so etwas verachten."
„Oh, es sind nicht gerade die Gelehrten, die dieses Handwerk betreiben. Die eigentlichen Gelehrten werden nur zu wirklich gründlicheren Analysen herangezogen und mit wenigen Groschen bezahlt. Nein, die Hauptakteure auf diesem Schlachtfeld sind die Halbgelehrten. Sie plänkeln mit dem Feind, ohne ihn offen anzugreifen, sie richten Schaden in seinen Linien an, sie umschwärmen ihn und sie versuchen, ihn aus der Reserve zu locken. Auch brauchen sie sich nicht zu schämen, denn sie rezensieren anonym. Sie brauchen ihre kritischen Bluturteile nicht zu unterschreiben."
„Gestehen Sie, Sie übertreiben!", vermutete der Marquis. „Sie haben einmal den unglücklichen Gedanken gehabt, etwas zu schreiben, das dann tüchtig verrissen wurde, und jetzt zürnen Sie dem ganzen Wesen der Kritik."
Der junge Deutsche errötete ein wenig.
„Es ist wahr, ich habe etwas geschrieben, doch war es nur eine Novelle und leider nicht so bedeutend, dass es rezensiert worden wäre. Aber nein, ich selbst habe einige Zeit unter der Anleitung meines Onkels den kritischen Krieg mitgefochten und habe seine Grausamkeiten gründlich kennen gelernt. Mein Onkel brachte mir die verschiedenen Kategorien der Kritik bei; es sind insgesamt sechs. Die erste ist die sanft lobende Rezension. Sie zitiert einige Auszüge aus dem Werk, lobt es als durchaus

gelungen und ermahnt dazu, auf der betretenen Bahn fortzuschreiten. In diese Kategorie fallen junge Schriftsteller, die man auf lange Sicht für sich gewinnen will und junge, schreibende Damen. Die zweite Kategorie ist die lobposaunende. Hier werden die Autoren des Buchhändlers gelobt, der das Blatt bezahlt. Man nennt ihre Namen in fast jedem Satz, man ist gerührt, man ist glücklich, dass die Nation ein solches Genie aufweisen kann. Die dritte Kategorie ist dann die neutrale. Hier werden die Feinde, mit denen man nicht in Streit geraten will, kühl und diplomatisch abgehandelt. Man spricht mehr über die Tendenz ihrer Schrift, als über sie selbst, und gibt sich Mühe, in recht vielen Worten nichts zu sagen. Die vierte Kategorie ist die lobhudelnde. Man versucht hier einen zu loben, indem man ihn scheinbar ein wenig tadelt, oder umgekehrt, man lobt ihn an der falschen Stelle und macht ihn dadurch lächerlich. Die fünfte Kategorie ist die grobe. Man setzt sich hoch zu Ross und schaut hernieder auf die vergeblichen Bemühungen des Autors. Man warnt sogar vor ihm und versucht, etwas Verstecktes in seinem Text zu finden, was zu gefährlich ist, als dass man öffentlich davon sprechen möchte. Diese Kategorie der Kritik macht tiefen Eindruck aufs Publikum. Es ist etwas Mystisches in dieser Art des Kritisierens, das die Menschen mit Scheu und Beben erfüllt. Die sechste Kategorie ist die Totschläger-Kategorie. Sie ist eine Art von Schlachtbank, denn hier werden die Opfer des Zornes und der Rache niedergemetzelt ohne Gnade und Barmherzigkeit. Sie ist eine Säge- und Stampfmühle, denn der Müller schüttet die Unglücklichen, die ihm überantwortet werden, hinein, und zerfetzt, zersägt und zermalmt sie vollständig."

„Aber, wer trägt denn die Schuld an diesem furchtbaren Vertilgungssystem?", fragte Lasulot.

„Das Publikum, die Leser!", entgegnete der Schneider-Baron. „Wie man früher an blutigen Turnieren und Tierhetzen eine Freude hatte, so amüsiert man sich jetzt beim Krieg der Rezensenten. Es freut die Leute ungemein, wenn man die Schriftsteller im Geiste mit eingelegten Lanzen aufeinander anrennen sieht, und wenn die Rippen krachen oder wenn einer vom Pferd fällt, klatscht man dem Sieger Beifall. Sehr anständig! – ,Ein

Stier, ein Stier, ruft's dort und hier!' Ja, in Spanien treibt man das noch in der Wirklichkeit, in Deutschland zwar nur metaphorisch, doch nicht weniger grausam."

„Das ist köstlich!", rief der Engländer, doch war es ungewiss, ob sein Beifall dem deutschen Rezensentenwesen oder dem Rum galt, den er zu sich nahm. „Und ein solcher Klassen-Kritikus sind auch Sie geworden, Mister Garnmacher?"

„Mein Onkel war, wie ich Ihnen sagte, für mehrere Journale tätig. Äußerst wichtig war es übrigens, welchen Interessen er dabei folgen musste. Er hatte es so weit gebracht, dass er an einem Vormittag ein Buch las und sechs Rezensionen darüber schrieb. Und manchmal kam es tatsächlich vor, dass er alle sechs Kategorien bei einem einzigen Gegenstand anwandte. Er zündete dann zuerst dem Schlachtopfer ein kleines gelindes Lobfeuer aus Zimtholz an; dann warf er kritischen Weihrauch dazu, dass es große Wolken gab, die dem Publikum die Sinne umnebelten und die Augen beizten. Dann dämpfte er diese niedlichen Opferflammen zu einer düsteren Glut, blies sie dann mit dem kalten Hauch der vierten Kategorie frischer an, warf in der fünften einen großen Holzstoß dazu, dass es lichterloh brannte, und fing dann zum sechsten an, den Unglücklichen an dieser mächtigen Lohe des Zornes zu braten und zu rösten, bis er ganz schwarz war."

„Wie konnte er aber nur mit gutem Gewissen so verschiedene Meinungen über einen einzigen Gegenstand haben? Das ist ja schändlich!", rief der Franzose.

„Die Deutschen haben es von jeher in allen mechanischen Künsten weit gebracht", erwiderte der Baron. „So auch in der Kritik. Als mich nun mein Onkel so weit gebracht hatte, dass ich nicht nur ein gewöhnliches Buch in zwei Stunden durchlesen, sondern auch den Inhalt einer Schrift erraten konnte, wenn ich wusste, von welcher Partei sie war, begann auch ich Kritiken zu schreiben.

,Ich will dir', sagte er, ,die erste, zweite, fünfte und sechste Kategorie geben. Die Jugend, wie sie nun einmal ist, kann halt nichts mit Maß tun. Sie lobt entweder über alle Grenzen oder sie schimpft und tadelt in Grund und Boden. Zu den mittleren

Kategorien, zum Neutralitätssystem, zum verdeckten Tadel und zum heimtückischen Hinterhalt gehören schon etwas mehr kaltes Blut.'

So sprach mein Onkel und übergab mir den Kranz der Gnade und das Schwert der Rache. Alle Tage musste ich von morgens acht bis mittags ein Uhr rezensieren. Der Onkel übergab mir ein neues Buch, ich musste es schnell durchlesen und die Hauptstellen kurz beschreiben. Dann wurden Kritiken von Nummer 1 und 2 entworfen. Nun schrieb er selbst 3 und 4. Und wenn die eine oder andere Zeitung noch Bedarf an der Exekution eines Autors hatte, dann sagte er: ‚Mein lieber Neffe, schreib eine Nummer 5 und am besten gleich noch eine 6; es kann nicht schaden, dreh ihn in Teufels Namen tüchtig durch die Mangel.'

Und genau den Autoren, den ich noch vor einer Stunde mit wahrer Rührung bis zum Himmel erhoben hatte, denselben verdammte ich jetzt bis in die Hölle. Vor Tisch wurden dann die kritischen Arbeiten verglichen. Der Onkel tat, wie er zu sagen pflegte, noch etwas Salz hinzu, um das Gebräu pikanter zu machen. Dann packte ich alles ein und verschickte die heil- und unheilschweren Blätter an die verschiedenen Journale."

„God damn! Habe ich in meinem Leben je so etwas gehört?", rief der Lord mit wahrem Grauen. „Aber wenn Sie alle Tage ein Buch rezensierten, das macht ja im Jahr 365! Gibt es denn in Ihrem Vaterland jährlich selbst nur ein Drittel dieser Summe an neuen Büchern?"

„Ha! So viele gibt es in einer einzigen Buchmesse, und wir haben jährlich zwei. Jedes Jahr kann man achtzig Romane, zwanzig gute und vierzig schlechte Lust- und Trauerspiele, hundert schöne und miserable Erzählungen, Novellen, Historien, Phantasien, dreißig Almanache, fünfzig Bände lyrischer Gedichte, einige erhabene Heldengedichte in Stanzen oder Hexametern, vierhundert Übersetzungen und achtzig Kriegsbücher dazurechnen, und dann noch die Schul-, Lehr-, Katheder-, Professions-, Konfessionsbücher, die Anweisungen zum frommen Leben, zur Bereitung guten Champagners aus Obst, zur Verlängerung der Gesundheit, die Betrachtungen über die Ewigkeit und wie man auch ohne Arzt sterben kann und so weiter, die sind nicht zu zählen; kurz man kann in meinem Vaterland annehmen, dass unter fünfzig Menschen immer einer Bücher schreibt. Und ist einer einmal im Messekatalog verzeichnet, so gibt er das Handwerk vor dem sechzigsten Jahr bestimmt nicht auf. Sie können also leicht berechnen, meine Herren, wie viel bei uns gedruckt wird. Welcher Reichtum der Literatur, welch fruchtbarer Acker für die Kritik!"

Der junge Deutsche hatte diese letzten Worte mit einer Ehrfurcht gesprochen, die an dieser Stelle so komisch wirkte, dass der Marquis und selbst der Lord lachen mussten.

„Monsieur de Garnmackre! Nehmen Sie es nicht übel, dass ich mich von Ihrer Erzählung zum Lachen hinreißen ließ", sagte der Marquis, „aber Ihre Literatur und Ihre kritische Manufaktur kamen mir auf einmal ungemein komisch vor. Ach, Ihr Deutschen seid sonderbare Leute."

„Und der Herr hier hat Recht", bemerkte Mylord mit feinem Lächeln. „Alles schreibt in diesem göttlichen Land, und was das schönste ist, nicht jeder über sein Fach, sondern lieber über ein anderes. So fuhr ich einmal auf meiner großen Tour durch ein deutsches Ländchen. Der Weg war schlecht, die Pferde womöglich noch schlechter. Ich ließ endlich durch meinen Reisebegleiter, der deutsch reden konnte, den Postillion fragen, was denn sein Chef, der Postmeister, denke, dass er uns so miserable Gäule vorspanne? Der Postillion antwortete mit einem bitteren Lachen: ‚Was das Post- und das Stallwesen anbelangt, so denkt mein Chef überhaupt nichts.'

Wir waren verwundert über diese Antwort, und mein Begleiter fragte, was sein Chef denn anderes zu denken habe?

‚Er schreibt!', war die kurze Antwort des Kerls.

‚Wie? Was schreibt er? Briefe? Postkarten?'

‚Nein', sagt er. ‚Bücher, gelehrte Bücher.'

‚Über das Postwesen?' fragten wir weiter.

‚Nein', meinte er, ‚Verse macht mein Chef, Verse, oft so breit wie meine fünf Finger und so lang wie mein Arm!'

Und klatsch, klatsch, hieb er auf die mageren Brüder des Pegasus ein und trabte mit uns auf dem holprigen Steinweg, dass es uns in der Seele wehe tat.

‚God damn!‘ sagte mein Begleiter. ‚Wenn der Herr Postmeister
so schlecht auf dem Hippogryphen sitzt wie sein Kutscher auf
diesen Kleppern, so wird er holperige Verse zu Tage fördern!‘

Und auf Ehre, meine Herren, ich habe mich auf der nächsten
Station erkundigt, dieser Postmeister ist ein Dichter und wie
Sie, Mister Garnmacher, außerdem ein großer Kritiker.“

„Ja“, seufzte der Baron, „bei uns in Deutschland kann jeder in
die Literatur hineinpfuschen, wann und wie er will, und es gibt
leider kein Gesetz, das es einem verbietet, etwas Miserables
drucken zu lassen.“

„Herr von Garnmacker“, unterbrach ihn der Marquis de Lasulot, „ich würde Ihre Geschichte sehr unterhaltsam finden, wenn
sie nur nicht so lang wäre. Wenn Sie so weitermachen, sind Sie
ja morgen früh noch nicht fertig. Ich schlage daher vor, wir verschieben den Rest und unsere eigenen Lebensläufe auf ein andermal und gehen jetzt auf die Höllenpromenade, um die schöne Welt zu sehen!“

„Sie haben Recht“, sagte der Lord, indem er aufstand und mir
ein Sixpencestück zuwarf. „Der Herr von Garnmacher versteht
es, uns auf unterhaltende Weise einzuschläfern. Brechen wir
auf. Ich bin gespannt, ob wohl viele Bekannte aus der Stadt hier
sind.“

„Wie?“, rief der junge Deutsche enttäuscht. „Sie wollen also
nicht hören, wie ich mich in Berlin weiter perfektionierte? Sie
wollen nicht hören, wie ich eine Affäre mit einer Prinzessin
hatte und auf welche elendigliche Weise ich endlich verstorben
bin? Oh, meine Herren, meine Geschichte fängt jetzt erst an, interessant zu werden.“

„Sie könnten Recht haben“, erwiderte der Lord mit vornehmem
Lächeln, „aber wir finden, dass uns die Abwechslung mehr
Freude macht. Begleiten Sie uns. Vielleicht sehen wir einige Fi-
guren aus Ihrem Vaterland, die Sie uns zeigen können.“

„Nein, wirklich! Ich bin ja gespannt auf Ihre Geschichte“, sagte
der Marquis lachend, „aber nur jetzt nicht. Es ist jetzt die Zeit,
wo die Welt promeniert, und um keinen Preis, selbst nicht um
Ihre interessanteste Erzählung möchte ich diese Stunde versäumen. Gehen wir.“

„Gut", antwortete der deutsche Stutzer leicht resigniert, aber ohne beleidigt zu sein. „Ich begleite Sie. Auch so ist mir Ihre werte Gesellschaft sehr angenehm, denn es ist für einen Deutschen immer eine große Ehre, sich an einen Franzosen oder gar an einen Engländer anschließen zu können."

Lachend gingen die beiden voran, der Baron folgte, und ich veränderte schnell meine Erscheinung, um diesen merkwürdigen Subjekten unauffällig zu folgen, denn ich hatte gerade nichts Besseres zu tun.

Ach, welch einen Anblick gewährte diese höllische Promenade! Die Stutzer vergangener Jahrhunderte, die Kurtisanen aller Zeiten, Theologen aller Konfessionen, Juristen aller Staaten, Financiers von Paris bis Konstantinopel, von Wien bis London; und sie alle im angeregten Gespräch über ihre Angelegenheiten mit dem ewigen Refrain: „Zu unserer Zeit, ja, zu unserer Zeit war es doch anders!"

Aber ach, meine drei Stutzer kamen leider zu spät auf die Promenade, kaum dass noch Baron von Garnmacher einen jungen Dresdner Dichter umarmen und einer Berliner Sängerin die Hand küssen konnte. Der edle junge Herr hatte durch seine Erzählung die Promenadezeit verpasst, und die große Welt strömte schon zum Theater.

3. Das Theater im Fegefeuer

Man wundert sich vielleicht über ein Theater im Fegefeuer? Freilich spielt es keine Opern und auch kein Trauer- oder Lustspiel. Ich habe zwar Schauspieldichter, Sänger, Schauspieler und Schauspielerinnen, Tänzer und Tänzerinnen genug, aber wie könnte man ein so gemischtes Publikum mit einem dieser Stücke unterhalten? Ließe ich etwa von Zacharias Werner eine schauerlich-tragi-komisch-historisch-romantisch-heroische Komödie aufführen – wie würden sich die Franzosen und Italiener langweilen, um von den Russen, die mehr das Trauerspiel und Mordszenen lieben, gar nicht zu sprechen. Wollte ich mir von Kotzebue ein Lustspiel schreiben lassen, etwa „Die Kleinstädter in der Hölle", wie würde man wohl über schlechten Geschmack schimpfen! Daher habe ich eine andere Entscheidung getroffen.

Mein Theater spielt große pantomimische Stücke, die nicht die Vergangenheit, sondern die Zukunft zum Inhalt haben. Die Vergangenheit, also ihr ganzes Leben, liegt ja abgeschlossen hinter diesen armen Seelen. Selten nur bekommt eine einen Erlaubnisschein, um als Rückkehrer die Erde um Mitternacht besuchen zu dürfen. Denn was nützt es mir und was soll es dem irren Geist einer eifersüchtigen Frau bringen, zum Lager ihres Mannes zurückzukehren? Was nützt es dem Mann, der sich schon nach einer zweiten umgesehen hat, wenn sich plötzlich die Gardine hebt und seine Angetraute im Sterbekleid vor seinem Bett steht?

Was kann es einer ausgeleerten, herzoglichen Kasse helfen, wenn der Finanzminister, der sich aus Verzweiflung mit dem Brieföffner die Kehle durchschnitt, allnächtlich in sein ehemaliges Arbeitszimmer schleicht, angetan mit demselben Schlafrock, in welchem er zu arbeiten pflegte, schlurfend auf alten Pantoffeln und die Feder hinter dem Ohr; zu was dient es, wenn er sich seufzend vor die Akten setzt und mit glühenden Augen leise murmelnd seinen fehlenden Rest immer wieder berechnet?

Was kann es dem fürstlichen Weinkeller helfen, wenn der Schlossküfer, den ich in einer bösen Stunde abgeholt hatte, zur Mitternacht horchend mit krampfhaft gekrümmtem Finger an den Fässern anpocht, von denen er heimlich Wein für seine Zwecke abzapfte? Warum sollte ich den General entsenden, wenn oben der Zapfenstreich ertönt und die Hörner zur Ruhe blasen? Wozu den Stutzer? Um zu sehen, ob sein bezahltes Liebchen auf eines Anderen Rechnung liebt? Zwar sie alle, ich weiß es, sie alle würden sich noch unglücklicher fühlen, könnten sie sehen, wie schnell man sie vergessen hat; es wäre eine Verschärfung der Strafe wie etwa bei dem König, als man ihm das Urteil zu seiner lebenslänglichen Zuchthausstrafe vorlegte, und der „noch sechs Jahre länger" darunterschrieb, um seinen Richter zu verhöhnen. Aber sie würden mir auf der anderen Seite so viel wirres Zeug mit herabbringen, würden mir manchen fromm zu machen versuchen, wie dieser reiche Mann im Evangelium, der zu Lebzeiten so viel Wein getrunken hatte, dass er in der Hölle nur noch Wasser trinken wollte. – Ich habe in diesen Dingen zu viele schlechte Erfahrungen gemacht und mag es in jetzigen Zeiten nicht mehr erlauben. Daher kommt es, dass es heutzutage weniger in den Häusern, desto mehr aber in den Köpfen spukt.

Um nun den Seelen im Fegefeuer dennoch Nachrichten von oben zu vermitteln, lasse ich nun also an Festtagen wie dem heutigen entsprechende Stücke von meiner höllischen Theaterbande aufführen. Auf dem Programmzettel war diesmal angezeigt:

Programm am Geburtstagsfest Ihrer diabolischen Hoheit der Großmutter. **Einige Szenen aus dem Jahr 1826.** *Pantomimische Vorstellung mit Begleitung des Orchesters. Die Musik ist aus Meisterwerken von Mozart, Haydn, Gluck und anderen zusammengestellt von Rossini. – Die Direktion des infernalischen Hof- und Nationaltheaters.*

Das Publikum drängte sich ungestüm ins Haus. Ich bot mich den drei jungen Herren als Platzanweiser an und führte sie durch das Gedränge ins Parkett. Mancher Ausruf der freudigen Überraschung entschlüpfte ihnen, wenn sie wieder auf ein bekanntes Gesicht trafen. Besonders Garnmacher schien vor Erstaunen außer sich zu sein.
„Nein, ist es möglich!", rief er wiederholt aus. „Sehen Sie, Marquis, der Herr dort oben in der zweiten Galerie rechts, mit den roten Augen, er spricht mit einer bleichen jungen Dame; der starb in Berlin im Ansehen eines Heiligen und soll nun auch hier sein an diesem unheiligen Ort? Und die Dame, mit der er spricht, wie oft habe ich sie oben gesehen und gesprochen! Sie war eine liebenswürdige, fromme Schwärmerin, ging lieber in die Dreifaltigkeitskirche als auf einen Ball – sie starb, und wir

alle glaubten, sie würde gleich in den dritten Himmel schweben, und jetzt sitzt sie hier im Fegefeuer! Zwar ging das Gerücht, sie sei in Töplitz an einer heimlich vorgenommenen Abtreibung verschieden, aber wer ihren frommen Lebenslauf erlebt hatte, konnte das niemals glauben!"

„Ha!", rief auf einmal der Lord. „Sehen Sie, Mister Garnmacher, diese hässlichen, kriechenden Gestalten mit den Kapuzen? – Das sind berühmte Missionare, die uns glauben machen wollten, sie seien frömmer als wir. Dem Teufel sei es gedankt, dass er diese Schweinehunde auch geholt hat."

Alle drei Stutzer waren höchst erstaunt über die Anwesenheit so manches ihrer Zeitgenossen und wollten noch viel mehr sagen, aber der Kapellmeister hob den Stab und die Trompeten und Pauken der Rossinischen Ouvertüre schmetterten los. Es war die herrliche Ouvertüre aus „Il maestro ladro", die Rossini auf sich selbst gedichtet hatte, und das Publikum war entzückt über die schönen Anklänge aus der Musik aller Länder und Zeiten. Die Ouvertüre endete mit dem ergreifenden Schluss von Mozarts „Don Juan", dem man zur Verstärkung seiner Dramatik noch einen Nachsatz für Pauken, Trommeln und Trompeten angehängt hatte und – der Vorhang flog auf.

Man sah einen Saal der Börsenhalle von London. Ängstlich drängten sich Juden und Christen durcheinander. In malerischen Gruppen standen Börsenmakler umher und handelten wild gestikulierend miteinander. Nachdem diese Einleitung einige Zeit lang gedauert hatte, kamen in sonderbaren Sprüngen und Kapriolen zwei Kuriere hereingetanzt. Allgemeine Spannung; die Depeschen werden in einem Pas de deux entsiegelt, die Nachrichten mitgeteilt. In diesem Augenblick erscheint mein erster Solotänzer, der das Haus Goldsmith vorstellte. Seine Miene und seine Haltung drücken Verzweiflung aus; man sieht, seine Fonds sind erschöpft, sein Beutel leer, er muss seine Zahlungen einstellen. Ein Chor von Juden und Christen dringt auf ihn ein. Er fleht, er bittet, seine Gebärdensprache ist bezaubernd – es hilft nichts. Da rafft er sich verzweifelt auf; er tanzt ein majestätisches Solo. Wie ein gefallener König ist er noch in seinem Unglück groß, seine Sprünge reichen in immense Höhe und mit einem prachtvollen Fußtriller fällt das Haus Goldsmith endlich in sich zusammen. Großartig ist es nun anzusehen, wie der Chor der englischen, deutschen und französischen Häuser, dargestellt vom Corps de Ballet, diesen Sturz fortsetzen. Sie wanken und fallen ebenfalls eines nach dem anderen. Besonders tun sich hierbei einige Berliner Börsenkünstler hervor, die durch ihre hohen Sprünge und die verzweifelten Gesten einen wahrhaft tragischen Effekt hervorbringen und allgemeine Begeisterung im Parterre erregen.

Plötzlich geht die tragische Börsenmusik in einen Triumphmarsch über. Die herrliche Passage aus der „Italienerin in Algier": „Heil dem großen Kaimakan" ertönt es. Ein glänzender Zug von Christensklaven, die Goldbarren und Schüsseln mit gemünztem Gold tragen, tanzen auf die Szene. Es ist, als wenn in der Hungersnot ein Wagen mit Brot in eine ausgehungerte Stadt kommt. Man denkt nicht daran, dass der spekulative Kopf, der das Brot herbeischaffte, nichts als ein gemeiner Wucherer ist, der den Hunger nur benutzt, um sein Brot zu ungeheuren Preisen loszuschlagen. Man denkt nicht daran, man verehrt ihn als den Retter in der Not. So auch hier. Die gefallenen Häuser richten sich mit Grazie wieder empor, sie scheinen Hoffnung zu schöpfen und den Messias der Börse zu erwarten. Er kommt. Acht Finanzminister berühmter Könige und Kaiser tragen auf ihren Schultern eine prachtvolle Sänfte, welche die Inschrift trägt: „Seid umschlungen Millionen!" Ein Herr mit einer morgenländischen Physiognomie, wohlbeleibt und von etwas schwammigem Aussehen, sitzt in der Sänfte und macht eine triumphale Geste. Mit rauschendem Applaus wird er begrüßt, als er von den Schultern der Minister herab auf den Boden steigt.

„Das ist Rothschild! Es lebe Rothschild!", schreit man in den ersten Ranglogen und klatscht und ruft „Bravo", dass das Haus zittert. Es ist mein bester Grotesktänzer, der diese schwierige Rolle so meisterhaft spielt. Besonders als er mit Mitgliedern der englischen, österreichischen, preußischen und französischen Ministerien eine Polka tanzt, übertrifft er sich selbst. Rothschild gibt in einer komischen Solopartie seinem Reich, der Börse, den Frieden. Und der erste Akt der großen Pantomime endet mit einem brillanten Schlusschor, in welchem er förmlich gekrönt und geheiligt wird.

Als der Vorhang gefallen war, ließ sich Mylord ziemlich ungnädig über diese Szene aus.

„Es war zu erwarten“, sagte er, „dass diese Menschen bedeutenden Einfluss auf die Kurse bekommen werden, aber dass auf der Börse von London ein solcher Skandal vorfallen wird im Jahr 1826, das ist unglaublich!“

„Mein Herr!“, erwiderte der Marquis lachend, „unglaublich finde ich es nicht. Bei den Menschen ist alles möglich, und warum sollte nicht einer, wenn er auch im Judenquartier zu Frankfurt das Licht der Welt erblickte, durch Geldgeschäfte so weit kommen, dass er Kaiser und Könige in den Sack stecken kann?“

„Aber England, Alt-England! Ich bitte Sie!“, protestierte der Lord schmerzlich. „Ihr Frankreich, Ihr Deutschland hat schon immer nach recht fragwürdigen Pfeifen tanzen müssen! Aber das englische Ministerium mit diesem komischen Hopsmeister eine Polka tanzen zu sehen …! Das tut weh!“

„Oh ja“, sprach Baron von Garnmacher bedächtig, „es wird und muss so kommen. Freilich, da ist ein bedeutender Unterschied zwischen 1826 und der Zeit des Königs David.“

„Das finde ich nicht“, antwortete der Marquis. „Im Gegenteil, Sie sehen ja, welch großen Einfluss die Juden in dieser Zeit gewinnen!“

„Und dennoch finde *ich* einen bedeutenden Unterschied“, erwiderte der Deutsche. „Damals, mein Herr, hatten alle Juden nur *einen* König, jetzt aber haben alle Könige nur *einen* Juden.“

„Wenn Sie so wollen, ja. Aber neugierig bin ich doch, mit was für einer Szene uns der Teufel jetzt überraschen wird. Ich nehme an, er wird Frankreich aufs Korn nehmen, wo auch nicht wenig Unrat in den Ecken liegt.“

„Ich denke, Deutschland“, erwiderte Garnmacher. „Ich möchte wohl wenigstens wissen, wie es im Jahr 1826 oder 1830 in Deutschland sein wird. Als ich die Erde verließ, war die Konstellation sonderbar. Es roch in meinem Vaterland wie in einer Pulverkammer, bevor sie in die Luft fliegt. Die Lunte glühte,

und man roch sie allerorten. Meinen Sie nicht auch, es müsse
bedeutende Veränderungen geben?"

„Es wird heißen – ,auch in diesem Jahr, ist es geblieben wie es
war'", antwortete ich dem guten Deutschen. „Sie wollen Ihr
Vaterland in die Szene gesetzt sehen, um zu erfahren, wie es
anno 1826 dort aussehen wird? Da müsste ich ja zuvor noch
fragen, was für ein Landsmann Sie sind."

„Wie soll ich das verstehen?", fragte der Baron unmutig.

„Nun, was könnte man Ihnen denn schon Nationales vorspie-
len, wo Deutschland doch eigentlich gar keine Nation ist? Sind
Sie ein Bayer, sind Sie Württemberger, sind Sie ein Rheinlän-
der, ein Hesse, ein Preuße, ein Mecklenburger, ein Sachse …?"

„Herr, Sie sind wohl des Teufels!", fuhr der Baron auf. „Wollen
Sie uns etwa alles Nationalgefühl absprechen? Wollen Sie vielleicht …!?"

„Still! Der Vorhang geht auf!", raunte der Marquis. „Was sehe
ich? Das ist ja tatsächlich das Portal von Notre Dame!"

Die Glocken von Notre Dame ertönen in feierlichen Klängen.
Chorgesang und das Murmeln kirchlicher Gebete nähern sich
und eine lange Prozession, angeführt von Missionaren, betritt
die Bühne. Da sieht man königliche Hoheiten und Fürsten mit
den Mienen zerknirschter Sünder mit dem Rosenkranz in der
Hand einherschleichen. Da sieht man vornehme Damen, die
schönen Augen gen Himmel gerichtet, das offene Haar mit
Asche bestreut, barfüßig im Staube wandeln. Das Publikum
staunt; man scheint seinen Augen nicht zu trauen, wenn man
Herzoginnen, Comtessen und Fürstinnen im Büßerkostüm zur
Kirche gehen sieht. Doch als dann Offiziere der alten Armee
nicht mit Adlerstandarten, sondern mit heiligen Fahnen in der
Hand hereinwanken, als sogar ein Mann in der reichen Uniform
der Marschälle, den Degen an der Seite, die Kerze in der Hand
und Gebetbücher unter dem Arm, über die Szene geht, da wendet sich der Marquis ab. Die Soldaten der alten Garde an unserer Seite ballen die Fäuste und rufen Verwünschungen aus, und
wer weiß, was meinen Akteurs geschehen wäre, hätte man faule
Äpfel oder Steine griffbereit gehabt. Das hohe Portal von Notre
Dame hat endlich die Prozession aufgenommen, und nur der

Schluss geht noch über die Szene. Es ist ein Affe, der eine Kerze in der Hand und unter dem Arm eine Bibel trägt. Man hatte ihm einen ungeheuren Rosenkranz als Zaum um den Hals gelegt, an dem ihn zwei Missionare wie ein Schlachtkalb führen. Sooft er aus dem ruhigen Prozessionsschritt in wunderliche Seitensprünge fallen will, wird er mit einer Kapuzinergeißel gezüchtigt. Und er schreit dann, um seine Zuchtmeister zu besänftigen: „Vive le bon Dieu! Vive la croix!"

So bringen sie ihn endlich mit einiger Mühe zur Kirche hinein, Orgel und Chorgesang erschallen und der Vorhang fällt.

„Oh, mein armes Frankreich!", stöhnte der Marquis bekümmert und wandte sich an den Lord. „Was ist Ihr Skandal an der Börse gegen diesen kirchlichen Unfug?"

„Es ist wahr", antwortete Mylord sehr ernst. „Sie sind zu beklagen. Aber ich glaube nicht recht an solche Possen. Frankreich kann nicht so tief sinken, um sich so unter den Pantoffel der Kirche zu begeben; Frankreich, das Land des erlesenen Geschmacks, der fröhlichen Sitten, der feinen Lebensart. Nein, was wir sahen, ist ein Blendwerk der Hölle!"

„Aber was wollten sie nur mit dem Affen in Notre Dame?", fragte der Baron. „Was hat denn dieses Tier zu bedeuten?"

„Das ist", antwortete ich, „der Affe Jocko, der sonst die Leute im Theater belustigte. Jetzt ist er anscheinend auch von den Missionaren bekehrt worden, und wenn er, wie man aus seinen Seitensprüngen schließen könnte, noch nicht sehr gefestigt ist in seinem Glauben, so werden sie ihn wohl in der Kirche zur Taufe prügeln müssen."

„God damn! Was Sie nicht sagen! Doch Sie scheinen sich ja recht gut in diesem Theater auszukennen. Wissen Sie auch, was noch aufgeführt wird?"

„Es kommt nur noch ein Akt, der mehr von allgemeinem Interesse ist", antwortete ich. „Es wird nämlich ein diplomatisches Diner aufgeführt, das der türkische Minister den Gesandten hoher Mächte gibt. Es soll das Siegesfest der Festung Missolunghi darstellen. Es werden dabei Ragouts aus Griechenohren und Pastetchen von Philhellenennasen aufgetischt. Das Hauptgericht der Tafel aber ist ein Roastbeef von diesem griechischen

Patriarchen, den sie lebendig geröstet haben. Und zum Schluss
wird dann ein Ball veranstaltet, den ein uralter, ordensbehäng-
ter Staatsmann mit der schönsten Griechensklavin aus dem Ha-
rem seiner mohammedanischen Majestät eröffnet."
„Oh je!", rief der Marquis. „Wozu wollen wir diese Schande
der Menschheit sehen? Ihre Londoner Börse war lächerlich, die
Prozession gemein und dumm, aber diese ekelhafte Erbärmlichkeit will ich nicht mit ansehen! Kommt, meine Freunde, wir
wollen lieber die Geschichte von Herrn Garnmacker hören, als
dieses schändliche Diner erleben!"
Der Lord und der deutsche Baron willigten ein. Sie standen auf,
und verließen das Theater. Und der Lord sah, als er hinaustrat,
mit einem derben Fluch zurück und rief: „Wirklich, es steht
schlimm mit der Zukunft!"

DER FLUCH – Fortsetzung der Novelle

Man kann sich denken, dass ich in Rom immer viele Geschäfte
zu erledigen habe. Die Heilige Stadt hatte stets einen Überfluss
an Leuten, die in der ersten, zweiten oder dritten Abstufung mir
gehörten.

Man wird sich wundern, dass ich eine Klassifikation der guten Leute, auch Sünder genannt, mache. Aber wer je mit der Erde zu tun hatte, hat den Menschen bald abgeschaut, dass nur
das Systematische mit Erfolg betrieben werden kann. Es ist dies
besonders in Städten wie Rom notwendig, wo sich vielerlei Nuancen guter Sünder befinden, vom roten Bischofshut bis zur
Mönchskapuze, vom Fürsten, der die Macht hat, Orden zu verleihen, bis auf den Bedürftigen, dem diese Abzeichen der Würde für dreißig Taler angeboten werden. Da muss man Kategorien haben. Daher teile ich meine Leute ein in die 1. Klasse mit
dem Prädikat „sehr gut", solche, die öffentlich verneinen, also
Freigeister, Gottesleugner und dergleichen, die 2. Klasse, „gut",
die mit einigen Umschweifen verneinen und die untereinander

als Heiden gelten, bei Vernünftigen aber als liberale Männer und in der Öffentlichkeit als fromme Menschen; in dieser Klasse befinden sich viele Türken und Pfaffen. Die 3. Klasse mit dem Prädikat „mittelmäßig", besteht aus solchen, die ihr Nein nur durch ein Kopfschütteln andeuten. Das sind diejenigen, die sich selbst für eine Art Gott halten.

Es lässt sich denken, dass die Übergänge von einer Klasse in die andere fließend sind und sich mit der Zeit ändern. Geld, Sitten und der Zeitgeist üben hier einen großen Einfluss aus, und machen etwa alle zwei Jahre eine Reise zum Ort des Geschehens nötig.

Als ich einmal auf einer solchen Geschäftsreise in Rom weilte, war ich Zeuge folgender Szene: Ich ging eines Morgens unter den Säulengängen der Peterskirche spazieren, da fiel mir jemand auf, der mir irgendwie bekannt vorkam. Es war ein schlanker, schöner, junger Mann. Sein Gesicht trug die Spuren von stillem Gram. Dem Aussehen nach war er kein Italiener – wohl ein Deutscher. Und jetzt fiel mir mit einem Mal ein, dass ich ihn vor wenigen Monaten in Berlin im Salon jener Dame gesehen hatte, die mir und dem Ewigen Juden einen ästhetischen Tee zu trinken gegeben hatte. Es war der junge Mann, dessen angenehme Erscheinung mir schon damals aufgefallen war und der uns eine Geschichte aus seinem Leben erzählt hatte, die ich für geeignet hielt, in meine Memoiren aufgenommen zu werden.

Ob ihn wohl die Liebe zu der jungen Dame noch einmal in die Heilige Stadt gezogen hatte? Oder ob ihm der düstere Himmel seines Landes und die süße Langeweile der ästhetischen Tees im Hause seiner Tante so lästig wurden, dass er sich unter eine südlichere Sonne flüchtete? Ich beschloss seine Bekanntschaft zu erneuern, um über jene interessante Begebenheit, deren Erzählung der Ewige Jude so jäh unterbrochen hatte, etwas Weiteres zu erfahren.

Er stand an einer Säule des Portals, den Blick auf die Tür gerichtet. Fromme Menschen, schöne Frauen, junge Mädchen strömten aus und ein, doch keine dieser Gestalten schien ihn zu interessieren. Endlich erschien ein kleiner Florentiner Strohhut in der Tür. Noch konnte man weder Gestalt noch Gesicht der Dame sehen, aber die Augen des jungen Mannes leuchteten auf, ein Lächeln der erfüllten Hoffnung flog um seinen Mund, seine Wangen röteten sich, er richtete sich höher auf und schaute zum Säulengang hin. Noch verdeckten zwei Pfaffen mit ihren Kapuzen die sich Nahende, jetzt bogen sie rechts ein und ich sah ein wahrhaft holdes Wesen heranschweben.

Wer wie ich erhaben über jede Leidenschaft ist, die euch Sterbliche auf der Erde quält, der die Dinge betrachtet wie sie sind und nicht wie sie euch durch eure tausend Vorurteile erscheinen, dem ist eine solche Erscheinung ein Fest, denn es ist etwas Originelles. Ich dachte unwillkürlich an die Worte des jungen Mannes, wie er uns den Eindruck beschrieb, den der Anblick dieser Dame zum ersten Mal auf ihn machte, mit welchem Entzücken er uns ihre Augen beschrieb. – Ich war keinen Augenblick im Zweifel darüber, dass diese attraktive Erscheinung, die jetzt auf uns zukam, und jene rätselhafte Dame aus seiner Erzählung ein und dieselbe Person war.

Der errötete junge Mann hatte den Hut gezogen. Auch sie errötete, sie blickte auf und warf einen fragenden Blick auf ihn, hielt einen kurzen Moment ihre Schritte an, als würde sie erwarten, von ihm angeredet zu werden, doch er schwieg und sie eilte weiter.

Der junge Mann sah ihr enttäuscht nach. Dann folgte er langsamen Schrittes ihrem Weg. Ich ging ihm einige Straßen nach. Manchmal blieb er gedankenverloren stehen. Er trat dann endlich in ein Kaffeehaus, wo sich die deutschen Künstler zu versammeln pflegen. Hatte schon früher dieser Mensch und seine Erzählung mein Interesse erregt, so war ich jetzt, da ich Zeuge dieser flüchtigen Begegnung geworden war, um so neugieriger, mehr über ihn zu erfahren. Dass es kein glückliches Verhältnis war, konnte ich ja in den Gesichtern und im sonderbaren Verhalten der beiden lesen.

Man wird sich wohl erinnern, dass ich als hoffnungsvoller Zögling des Ewigen Juden die Bekanntschaft dieses Mannes machte. Daher trat ich in dieser Gestalt in das Café. Der junge Herr saß an einem Fenster und las in einem Brief. Ich wartete

eine Weile, ob er wohl bald ausgelesen haben würde, um ihn
dann anzusprechen, aber er las immer weiter. Ich trat hinter ihn,
um einen Blick auf den Brief zu werfen – es war unverkennbar
eine Frauenschrift, die er gedankenlos anzustarren schien.
„Habe ich die Ehre, Herrn von Sarow vor mir zu sehen?", fragte ich in deutscher Sprache, indem ich vor ihn trat.
„Der bin ich", antwortete er, indem er den Blick hob.
„Sie scheinen mich nicht mehr zu kennen; ich hatte das Vergnügen, einmal einen Abend im Hause Ihrer Tante in Berlin zu
erleben, den mir hauptsächlich Ihre interessante Erzählung un-
vergesslich gemacht hat."
„Im Hause meiner Tante?", fragte er aufmerksamer werdend.
„War es nicht einer von diesen Tee-Abenden? Waren da nicht
einige männliche Weiber und einige zartweibliche Herren zugegen? Ich erinnere mich, ich musste etwas erzählen. Aber Ihr
Name ist mir leider entfallen."
„Baron von Stobelberg. Ich reiste damals mit …"
„Ah ja – mit einem ganz sonderbaren Kauz von Hofmeister!
Jetzt erinnere ich mich wieder. Er war so ungeschickt, alle Da-
men gegen sich aufzubringen und krachte dann auch noch mit
seinem Stuhl zusammen."
„So ist's. Würden Sie erlauben, dass ich meinen Kaffee hier
trinke? Ich bin fremd hier, ich kenne noch keine Seele. Sie sind
wohl schon lange hier bekannt?"
Ein melancholisches Lächeln zog um seinen Mund.
„Oh ja, ich bin schon lange hier bekannt", antwortete er düster.
„Ich war früher oft geschäftlich hier, jetzt zu … zu meiner Er-
holung."
„Sie erinnern mich da auf einmal wieder an den Abend bei
Ihrer Tante. Sie erzählten uns ein Abenteuer, das Sie mit einer
Deutschen in Rom hatten. Ihre Erzählung war gerade an dem
Punkt, eine Wendung zu nehmen, die uns über Ihre sonderbare
Verwechslung mit einem Doppelgänger aufgeklärt hätte, da
zerstörte mein Mentor durch seinen Sturz die ganze Spannung.
Ich war genötigt, mit ihm den Salon zu verlassen und plage
mich seitdem in Gedanken mit allerlei Möglichkeiten herum,
wie es Ihnen wohl weiter ergangen sein könnte. Ob Sie sich

wohl mit Ihrem Ebenbild geschlagen haben? Ob Sie sich auch weiterhin der Zuneigung der schönen Luise gewiss sein konnten? Ob nicht vielleicht sogar ein Liebesverhältnis zwischen Ihnen entstanden ist? Ich kann Ihnen versichern, es peinigte mich tagelang, dass ich den Schluss ihrer Geschichte versäumen musste."

Der junge Mann war während meiner Rede nachdenklich geworden; es schien etwas darin zu liegen, das ihm unangenehm war.

„Ich erinnere mich", sagte er, „dass wir damals alle bedauerten, Ihre Gesellschaft entbehren zu müssen. Die Damen meinten, Sie hätten etwas Anziehendes, das man nicht recht bezeichnen könnte. Nun, Sie werden diese Damen in der Zwischenzeit entschädigt haben. Wann waren Sie denn das letzte Mal bei meiner Tante?"

„Oh, ich hatte nie die Freude, Gast Ihrer Tante zu sein, außer an jenem Abend."

Er entgegnete hierauf nichts, sprach vom Papst und dergleichen, kam aber immer wieder darauf zurück, mich durch eine Zwischenfrage nach Berlin ins Haus seiner Tante zu locken.

„Was wollen Sie nur immer mit Berlin?", fragte ich endlich.

„Ich war seit jenem Abend nicht mehr dort und reiste in der Zwischenzeit in Frankreich und England umher. Sehen Sie einmal hier in meinen Pass, was für eine ungeheure Tour ich in dieser Zeit gemacht habe!"

Er warf einen flüchtigen Blick hinein und sagte dann: „Verzeihen Sie, Baron! Ich hielt Sie für einen Spion meiner Tante."

„Spion Ihrer Tante? Für einen Spion, den man Ihnen bis nach Rom hinterherschickt?"

„Die Menschen sind sich zu keiner Dummheit zu schade. Ich halte mich etwa seit zwei Monaten wieder hier auf. Meine Verwandten toben, weil ich meinen Posten im Ministerium ohne Urlaub verlassen habe. Sie bestürmen mich mit Briefen. Sie wandten sich sogar an die preußische Gesandtschaft hier. Vor einigen Tagen schrieb mir ein Freund, ich sollte auf der Hut sein, man werde einen Spion auf mich ansetzen, um meine Schritte zu überwachen."

„Und warum denn das alles?“

„Ach, es ist eine dumme Geschichte, eine Anordnung meines verstorbenen Vaters legt mir Pflichten auf, die … die ich nicht erfüllen kann. Sie werden mir doch hoffentlich verzeihen, dass ich Sie für diesen Spion gehalten habe, lieber Stobelberg?“

„Nur unter der Bedingung“, erwiderte ich freundlich, „dass Sie mir den Schluss Ihres Abenteuers erzählen.“

„Den Schluss!“, rief er und lachte bitter. „Den Schluss? – Doch kommen Sie, wir wollen dort unter die Arkaden gehen. Die Künstler kommen um diese Zeit hierher, wir könnten nicht ungestört reden. Und wer weiß, ob es nicht vielleicht einer von ihnen ist, der …“

Ich folgte also dem jungen Herrn von Sarow unter die Arkaden. Er schien nachdenklich und etwas zerstreut zu sein.

„Es ist etwas, was mir Vertrauen zu Ihnen einflößt“, fing er zu sprechen an. „Ich habe über die Äußerungen der Damen damals in Berlin nachgedacht und finde es irgendwie zutreffend. Es ist mir, trotz der kurzen Zeit, die wir beisammen sind, als wären Sie ein Wesen, das ich schon immer kannte, so als seien Sie schon jahrelang mein Vertrauter. Sie haben für Ihre Jahre viel Menschenkenntnis in Ihrem Blick. Und irgendwie glaube ich, dass mir der Zufall viel geschenkt hat, der Sie damals ins Haus meiner Tante führte, mein Lieber.“

„Ich gebe nichts auf Gesichter“, gestand ich, „denn ich habe festgestellt, dass sie nicht immer der Spiegel der Seele sind. Es freut mich übrigens, wenn etwas an mir ist, das Ihnen Vertrauen einflößt. Es ist vielleicht mein Wunsch, Ihnen helfen zu können, was Ihnen das Vertrauen gibt?“

„Möglich. Doch ich bin Ihnen einige Erklärungen über mich und mein Abenteuer hier in Rom schuldig. Ich erzählte Ihnen, wie ich mit Luise von Palden bekanntwurde …“

„Also Sie erzählten uns, dass Sie eine junge Dame in der Sixtinischen Kapelle trafen, die Ihre Aufmerksamkeit erregte. Sie wurden von ihr mit einem anderen verwechselt und Sie verliebten sich in das Mädchen, klärten ihren Irrtum aber nicht auf. Sie suchten sie lange vergeblich in Rom, der Zufall führte endlich das schöne Kind im Karneval an Ihre Seite. Sie glaubte wieder,

in Ihnen ihren Liebhaber zu erkennen. Sie, lieber Freund, be-
nützen die Gelegenheit noch einmal, diesen Scherz, der Ihnen
so angenehm war, fortzuführen. Sie brachten die Dame auf eine
Loge, um das Pferderennen anzusehen. Da erschien auf einmal
der richtige Liebhaber und Sie – erblickten sich selbst. Bis hierher hörte ich die Geschichte damals. Sie glauben nicht, wie gespannt ich darauf bin, zu hören, wie es Ihnen weiter erging.“
„Ich gestehe“, fuhr Herr von Sarow fort, „mir selbst fiel die
Ähnlichkeit dieses Mannes mit meinem Gesicht, mit meiner
Statur und selbst mit meiner Kleidung überraschend auf. Das
Letztere hatte wohl die Mode verschuldet, die damals alle jungen Leute zwang, sich schwarz zu kleiden. Doch auch für die
große Ähnlichkeit unserer Gesichter gibt es Beispiele. Sie erinnern sich vielleicht des Falles, der einmal in Frankreich vorkam. Zwei Franzosen trafen in Amerika zusammen. Ihre Ähnlichkeit war so groß, dass man sie ständig miteinander verwechselte. Der eine starb, der andere konnte sich dessen Papiere verschaffen, reiste nach Frankreich zurück und lebte mit der
Frau des Verstorbenen jahrelang zusammen, bis der Betrug auf-
flog.

Nun ja, der Herr und Luise schienen nicht weniger überrascht als ich zu sein. Luise war ziemlich verlegen, sie dachte
vielleicht an den Kuss, und es wurde ihr wohl mit einem Mal
klar, dass es schon an jenem Abend nicht ihr Otto gewesen war,
gegen den sie sich so zärtlich benahm. Der Herr mit meinen
Gesichtszügen fragte mich in etwas barschem Ton in schlech-
tem Französisch, wie ich dazu komme, diese Komödie zu spielen. Ich nahm im Gefühl, eine Unschicklichkeit wieder gut machen zu müssen, alle Artigkeit, die ich gelernt hatte, zusammen
und bat die Dame, mir ‚einen Scherz zu vergeben, zu dem sie
mich selbst verleitet hatte.‘
‚Sie selbst?‘ rief bei diesen Worten der Mann, und sein Gesicht
verzog sich immer mehr zum Zorn. ‚Sie selbst! Es ist ein abge-
kartetes Spiel! Ich sehe schon, ich bin der betrogene Teil. Doch
ich will nicht stören.‘
Er sagte das vor Wut zitternd, indem er sich entfernen wollte.
Luise aber schien mit aller Hingebung an dem Kerl zu hängen;

sie ergriff seine Hand, sie beteuerte ihm, völlig unschuldig zu sein, sie rief mich erbost zum Zeugen auf. Ich war vollkommen hingerissen; es ist etwas Schönes um ein Mädchen, das so dermaßen verliebt ist. Es ist etwas Heiliges, möchte ich sagen. Dieser Schmerz inniger Liebe, das Zittern der Angst um ihren Verlust, diese Tränen in den blauen Augen und diese Röte der Beschämung auf den zarten Wangen, es ist ein Bild von einer hinreißenden Gewalt. Aber der zornige Patron glaubte ihren Beteuerungen nicht. Er war voll Eifersucht, die er nicht beherrschen konnte. Er stieß sie zurück, er drohte, sie nie mehr sehen zu wollen. Das Mädchen setzte sich weinend auf ihren Stuhl. Die tobende Freude der Römer an dem Pferderennen, ihr Jauchzen, ihr Rufen stand in schneidendem Kontrast mit dem stillen Schmerz dieses Engels. Ich fühlte inniges Mitleid mit ihr. Und ich war ziemlich empört, dass dieser Mann seine Geliebte so schnöde beleidigte.

‚Mein Herr‘, sagte ich, ‚das Wort eines Mannes von Ehre kann Sie vielleicht überzeugen, dass die Schuld dieser Szene allein bei mir liegt.‘

‚Eines Mannes von Ehre!‘ rief er höhnisch lachend. ‚Kann sich etwa jeder Trottel so bezeichnen?‘

Jetzt glaubte ich, die Formen der gesellschaftlichen Höflichkeit nicht weiter beachten zu müssen. Ich gab ihm ein wohl bekanntes Zeichen, raunte ihm meinen Namen und meine römische Adresse zu und ging.

Es waren widerstreitende Gefühle, die in mir erwachten, als ich zuhause über diesen Vorfall nachdachte. Ich musste mir eingestehen, dass ich unbesonnen gehandelt hatte, die Rolle eines anderen bei diesem Mädchen zu übernehmen. Es ist wahr, der Zufall war so überraschend, die Gelegenheit so verlockend, ihre Erscheinung so reizend, so anziehend, dass wohl kaum einer der Versuchung widerstanden hätte. Aber musste mich nicht schon der Gedanke zurückschrecken, dass es ihr bei dem Geliebten schaden könnte? In welch einem zweifelhaften Licht musste ich und musste ja auch sie ihm erscheinen!

Und doch – wo ist der Mensch, der sich nicht in einem solchen Falle vor sich selbst zu entschuldigen wüsste. Ich fühlte, dass ich dieses unbekannte, reizende Wesen liebe, und darum hasste ich den begünstigten Mann. Er war ein Barbar in meinen Augen; wie konnte er die Geliebte so grausam behandeln! Denn wer, der jemals in diese treuen, seelenvollen Augen gesehen hatte, konnte an der Reinheit dieses Engels zweifeln?

Am Morgen nach dieser Begebenheit bekam ich einen italienischen, schlecht geschriebenen Brief. Er enthielt die Bitte einer Signora Maria Campoco, dem Überbringer des Briefes in ihr Haus zu folgen, wo sie mir etwas Wichtiges zu sagen habe. Ich kannte keine Dame dieses Namens, ich fragte den Diener nach der Straße, er nannte mir eine, von der ich nie gehört hatte. Eine Ahnung sagte mir aber, dieser Brief könnte mit meinem Abenteuer von gestern zusammenhängen. Ich entschloss mich also, der Bitte zu folgen. Der Diener führte mich durch viele Straßen in eine Gegend der Stadt, die mir völlig unbekannt war. Er bog endlich in eine kleine Seitenstraße. Und siehe da, ein Brunnen und eine Madonna aus Stein fielen mir ins Auge; es gab keinen Zweifel, ich befand mich an dem Haus, wohin ich Luise nach den Lamentationen begleitet hatte.

Es war ein kleines, unscheinbares Haus, dessen Tür der Diener aufschloss. Über einen finsteren Gang und eine noch dunklere Treppe brachte er mich in ein Zimmer, dessen überraschende Eleganz nicht mit dem übrigen Ansehen des Hauses übereinstimmte. Nachdem ich eine kleine Weile gewartet hatte, erscholl das Kläffen von Hunden. Die Tür öffnete sich – aber nicht meine Schöne, sondern eine wohlbeleibte, ältere Frau trat ein, umgeben von einer Schar kleiner Hunde.

Es dauerte ziemlich lange, bis Tasso, Ariosto, Dante, Alfieri und wie die Kläffer alle hießen, über den Anblick eines fremden Mannes beruhigt waren und die dickliche Dame endlich zu Wort kommen konnte. Sie sagte mir sehr höflich, sie habe mich rufen lassen, um wegen einer Angelegenheit ihrer Nichte, Luise von Palden mit mir zu sprechen. – Das Verlangen, das schöne Kind wiederzusehen, mich bei ihr selbst zu entschuldigen, gab mir eine Notlüge ein: Ich fragte sie in so miserablem Italienisch, als mir nur möglich war, ob sie vielleicht Französisch oder Deutsch verstehe? Sie verneinte es, ich zuckte die Achseln und gab ihr mehr durch Zeichen als Worte zu verstehen, dass ich der italienischen Sprache durchaus nicht mächtig sei. Sie besann sich kurz und sagte dann, ich könne in ihrer Gegenwart mit ihrer Nichte sprechen, und entfernte sich.

Wie schlug mein Herz vor Erwartung! Und wie beschämt fühlte ich mich, in ihren Augen als ein Nichtswürdiger zu erscheinen, der ihren Irrtum auf so indiskrete Art benutzt hatte! Die hündische Leibwache der Signora verkündete, dass sie kam. Ich fühlte eine furchtbare Verlegenheit, ich spürte, wie ich errötete, jede Sicherheit des Benehmens wollte mich in diesem Augenblick verlassen.

Sie trat ein. Sie erschien mir in dem reizenden Negligé noch schöner als je vorher, und ihre Verwirrung, als sie mich sah, der Unmut, den ich in ihrem Auge zu lesen glaubte, vermochte ihre Anmut nicht zu schwächen.

‚Mein Herr, es ist eine sehr sonderbare Begebenheit, die Sie in dieses Haus führt‘, sprach sie mit ihrer klangvollen Stimme, die ich so gern höre. ‚Sie müssen selbst gestehen …‘
Sie unterbrach sich plötzlich. Ob sie die Erinnerung an jenen Abend zu unangenehm berührte? Oder war es, weil sie meinem Blick begegnete, der vielleicht mehr als nur … Ehrfurcht ausdrückte. Jedenfalls schlug sie die Augen nieder und schwieg.

Ich fasste mich und ich versuchte, mich zu entschuldigen so gut es ging. Ich erzählte ihr, wie ich sie hilflos und in Ohnmacht in der Kirche gefunden hatte, wie ich ihren Irrtum nicht habe berichtigen können, aus Furcht, sie würde meine Begleitung ablehnen, die ihr in ihrem damaligen Zustand doch so notwendig war. Meine zweite Unbesonnenheit schob ich auf die Freiheit des Karnevals. Ich versuchte, einen Scherz daraus zu machen. Ich behauptete, es sei an diesem Abend doch erlaubt, jede Maske anzunehmen, und so habe ich die ihres Freundes angenommen. Ich glaubte, sagte ich, in diesen Scherz umso eher eingehen zu dürfen, da wir Landsleute sind und die Deutschen in Rom als Kinder einer Heimat nur eine große Familie sein sollten.“
„Eine merkwürdige Verwandtschaft!“, erwiderte ich dem jungen Berliner, indem ich mich im Stillen über seine jesuitische

Logik freute. „Deutschland – eine Heimat? Bedenken Sie, dass es in zweiunddreißig Staaten geteilt ist, wo ist da ein Verwandtschaftsband möglich? Wenn Sie sich im Himmel oder in der Hölle treffen, so heißen sie nur Preußen, Sachsen, Bayern, Hessen …“

„Luise mochte auch so denken“, fuhr er fort. „Doch nötigte ihr meine Erklärung ein Lächeln ab. Es schien ihr angenehm zu sein, über diese Punkte so leicht weggehen zu können. Sie klagte sich selbst an, diesen Irrtum veranlasst zu haben und sie vergab mir. Doch ihre Blicke wurden wieder düster. Sie sagte, wie sie nur zu deutlich bemerkt habe, dass ich tief beleidigt weggegangen sei, dass dieser Streit noch eine gefährliche Folge haben könne. Sie beschwor mich, ihrem Freund zu vergeben. Sie versuchte, ihn zu entschuldigen, ihn, der sie selbst so tief beleidigt hatte. Sie sprach mit so zärtlicher Wärme für den Mann, der so erbärmlich war, dieser reinen Seele gegenüber gemeine Eifersucht zu zeigen. Ich wäre selig gewesen, hätte dieses Mädchen so von *mir* gesprochen!

Ich fragte sie, ob sie mir das in seinem Auftrag sagen würde. Sie war etwas betreten und antwortete zögernd, dass sie gewiss sei, dass es ihm leidtäte, mir jene Worte gesagt zu haben. Ich versprach, wenn er mir das selbst sagen würde, nicht mehr an die Sache zu denken. Wie heiter war sie jetzt, sie scherzte über ihren Irrtum, sie verglich meine Züge mit denen ihres Freundes, sie glaubte, große Ähnlichkeit zu finden, und doch schien es ihr unbegreiflich, wie sie nicht an meinen Augen, meiner Stimme, an meinem ganzen Wesen ihr Missgeschick erkannt hatte. Sie rief endlich ihrer Tante zu, dass sie ihren Zweck vollkommen erreicht habe.

Signora Campoco, die während der ganzen Zeit am Fenster gesessen hatte und mal die Leute auf der Straße, mal ihre Hündchen, mal uns betrachtet hatte, kam freundlich zu mir, dankte für meine Gefälligkeit, ihr Haus besucht zu haben, und bemerkte, dass sie nie geglaubt hätte, dass unsere barbarische Sprache so wohl tönend gesprochen werden könne. Sie sehen, ich hatte jetzt nichts mehr in diesem Haus zu tun. So gern ich noch ein wenig mit der Schönen geplaudert hätte, so neugierig ich war, etwas über ihre Verhältnisse in Deutschland und hier in Rom zu erfahren – der Anstand forderte, dass ich mich verabschiedete mit dem unglücklichen Gefühl, diese Schwelle nie mehr zu betreten. Die Signora empfahl mich der Gnade der Heiligen Jungfrau und Luise reichte mir die Hand zum Abschied. Ich fragte sie noch, wie doch der Name des Herrn ist, mit welchem ich das Glück gehabt habe, verwechselt zu werden. Ich erfuhr, dass er Otto West heißt, und sie nannte mir auch seine Adresse und fügte hinzu, sie wünschte sich, dass wir Freunde würden."

So hatte mir der junge Mann den weiteren Verlauf seines Abenteuers erzählt. Ich hörte ihm gerne zu, obgleich eigentlich nichts peinlicher für mich ist, als eine lamentable Liebesgeschichte recht lang und breit erzählt zu bekommen. Aber interessant war dabei besonders die Art, wie er erzählte. Seine ausdrucksvollen Augen schienen die Glut seiner Gefühle widerzuspiegeln, seine Gesichtszüge nahmen den Ausdruck düsterer Wehmut an, wenn er sich unglücklich fühlte, und ein angenehmes Lächeln erheiterte sie, wenn er mir die Reize der jungen Dame zu beschreiben versuchte. Plötzlich, als er mir eben erzählte, wie er das Haus der Signora verließ, drückte er meinen Arm und stieß einen Fluch aus.

„Muss der Teufel mir diesen Pfaffen schon wieder über den Weg schicken!", knurrte er und wandte sich unmutig um. Ich war erstaunt; welchen Pfaffen sollte ich denn geschickt haben? Ich fragte ihn, was ihn denn so aufbrachte.

„Sehen Sie nicht hin, sonst müssen wir noch grüßen", gab er mir zur Antwort. „Oh, dieses unerträgliche Gelichter!"

Ich stellte mich, als befolge ich seinen Hinweis, doch konnte ich es nicht lassen, einen Seitenblick in die Straße zu werfen und sah wirklich ein höchst ergötzliches Schauspiel. Die Straße herauf kam ein hoher Prälat der Kirche, der Kardinal Rocco, ein Mann, der schon längst als einer der zweiten Klasse mit dem Prädikat „gut" in meinen Notizen verzeichnet ist; eine majestätische Gestalt voll stolzer Würde. Sein weißes Haar, von einem roten Käppchen bedeckt, stach sonderbar ab gegen ein Gesicht, das man eigentlich reich nennen könnte; gewölbte

Brauen, große Augen, eine Adlernase, ein kräftiges Kinn. Über
dem Untergewand trug er einen Talar, dessen eines Ende er in
malerischen Falten über den Arm gelegt hatte, das andere Ende
hielt sein hinter ihm herschleichender Diener; ein dürres Geschöpf, dessen tückische Augen nach allen Seiten spähten, ob
seine Eminenz von den Gläubigen denn auch ehrfurchtsvoll gegrüßt wurde.

„Sehen Sie, wie er hingeht, dieser Pharisäer“, flüsterte der junge Mann. „Sehen Sie, wie der Pöbel sich zum Handkuss drängt,
mit welcher Grazie er seinen Segen erteilt. Wenn diese Leute
wüssten, was ich von ihm weiß, sie würden diesem Pharisäer
die Insignien seiner Würde vom Leibe reißen.“

„Was bringt Sie so auf, verehrter Freund? Wer ist dieser Ehren-
mann? Was hat er Ihnen getan? Hängt er mit Ihren Abenteuern
zusammen?“

Ich musste lange fragen, bis er mich hörte, denn er schaute der
Eminenz mit durchbohrenden Blicken nach und murmelte Verwünschungen wie ein Zauberer.

„Ob er mir etwas getan hat? Dieser Mensch hat ein Leben vergiftet, das … Doch Sie werden mehr von ihm hören. Es ist der
Kardinal Rocco. Der Satan ist inwendig nicht schwärzer als er.
Mit seinem roten Hut deckt er alle seine Sünden zu. Aber obwohl er geweiht ist, wird ihn ganz gewiss der Teufel holen!“

‚Da hast du wohl Recht‘, dachte ich und konnte ein Lächeln
kaum verbergen. – Klasse Numero 2, gute Sorte! Doch was
konnte dieser Berliner gegen Rocco haben? Ich konnte nicht
glauben, dass es an seinem Protestantismus lag, dass er jeden,
der violette Strümpfe trug, in die Hölle wünschte. Er hatte sich
wieder gesammelt.

„Vergeben Sie mir diese Hitzigkeit, Sie werden mich verstehen,
wenn ich Sie mit dem Treiben dieses Menschen bekanntgemacht habe. Doch jetzt noch einiges zum Verständnis meines
Abenteuers. Die Geschichte mit diesem Otto West war bald er-
ledigt. Er schickte einen Franzosen zu mir, der mir erklärte,
dass jener sich in mir geirrt habe und um Verzeihung bitte.
Durch ihn erfuhr ich auch, dass Luises Geliebter früher Offizier
im Rang eines Hauptmanns gewesen war.

Um diese Zeit kam die Schwester des sächsischen Gesandten nach Rom, um sich einige Zeit mit ihrer Familie bei ihrem Bruder aufzuhalten. Ich war am ersten Abend ihres Aufenthaltes zufällig zugegen, und – stellen Sie sich einmal mein Erstaunen vor, als ich hörte, wie sie eine andere Dame fragte, ob denn nicht ein Fräulein von Palden hier leben würde? Es war für mich sehr schön, Luises Namen aus einem fremden Mund zu hören. Jedoch keine der anwesenden Damen wusste etwas von ihr, und ich fühlte mich nicht berufen, unaufgefordert mein Geheimnis mitzuteilen.

Deutsche pflegen immer großen Anteil an Landsleuten zu nehmen; so kam es, dass man seine Verwunderung laut darüber aussprach, dass ein deutsches Fräulein in Rom leben würde, die keinem der Anwesenden bekannt sein sollte.

,Wer ist sie? Wie kommt sie nach Rom?', fragte man vielstimmig, und wie lauschte ich, wie pochte mein Herz, endlich etwas über das interessante Wesen zu erfahren.

Sie erzählte, wie sie Luise in Fürth kennen lernte, die damals durch ihr schönes Äußeres und durch ihre Liebenswürdigkeit ihre näheren Bekannten bezauberte hatte. Sehr auffallend sei auf einmal eine Liebesgeschichte gewesen, die sich zwischen einem Offizier, einem bürgerlichen Subjekt, und der Tochter des Geheimen Rats von Palden abspielte. Dieser Offizier habe außer seiner prachtvollen Erscheinung keinerlei Vorzüge, nicht einmal gutes Benehmen gehabt. Dem Vater sei diese Geschichte zu ernstlich geworden. Er habe daher den Offizier in ein Regiment zu versetzen veranlasst, das mit einem Teil der französischen Armee nach Spanien beordert wurde. Man habe sich in Fürth allgemein gefreut über die Art, wie sich Fräulein von Palden in diese Wendung fügte. Doch bald erfuhr man, dass die Verbindung mit dem Offizier nichts weniger als abgebrochen war, sondern durch Armeekuriere Briefe gewechselt wurden. Es vergingen so beinahe zwei Jahre. Das Regiment kehrte zurück, doch nicht jener Offizier. Man sagte in Gesellschaften und in Luises Nähe, er sei wegen einer Ehrensache aus dem Dienst getreten. Seine Kameraden schwiegen hartnäckig darüber, doch gab es einige Stimmen im Publikum, die von einer vorteilhaften Heirat, andere, die von einer Entführung oder von beidem sprachen. Kurz, man bemerkte jedoch, dass Herr West, so hieß der Offizier, der inzwischen den Rang eines Hauptmanns bekleidete, seiner Luise wohl untreu geworden war. Um diese Zeit starb der alte Herr von Palden. Seine erste Frau war eine Römerin gewesen, und das Fräulein entschloss sich, zu ihren Verwandten nach Rom zu ziehen.

So viel wusste die Schwester des Gesandten also von Luise. Ich hätte so gerne noch mehr von ihr erfahren. Ich fühlte lebhaft den Wunsch, Luise wiederzusehen. Da fiel mir ein, wie ich das möglich machen könnte. Ich brauchte ja der Schwester des Gesandten nur zu sagen, wo sie sich aufhält, und dann konnte ich gewiss sein, sie schon in den nächsten Tagen im Hotel des Gesandten zu sehen. Ich tat das also, und mein Wunsch wurde mir erfüllt.“

Ein Bekannter des Herrn von Sarow gesellte sich an dieser Stelle zu uns und unterbrach zu meinem Ärger die Erzählung. Ich blieb noch eine Weile mit ihnen unter den Arkaden. Als ich aber sah, dass der Bekannte sich nicht entfernen wollte, fragte ich den Berliner nach seiner Adresse und verabschiedete mich mit dem Vorsatz, ihn am nächsten Morgen zu besuchen. Ich muss gestehen, ich fing an, die Geschichte des jungen Mannes weniger anziehend zu finden, weil sie mir in eine gewöhnliche Liebesgeschichte auszuarten schien. Doch zwei Umstände waren es, die in mir von neuem wieder Interesse erzeugten. Ich erinnerte mich nämlich, wie beeindruckend sein Anblick, sein ganzes Wesen in Berlin auf mich gewirkt hatte. Es war nicht der gewöhnliche Kummer der Liebe, wie er sich bei jedem Amoroso vom Mühlendamm äußert; es war ein Gram, ein tieferes Leiden, das mir umso anziehender schien, als es nur ganz unmerklich durch diese Hülle schimmerte, mit der die gesellschaftlichen Formen die weinende Seele umgeben. Er schien ein Unglück zu kennen, das ihn ständig beschäftigte, zu welchem ihn die Erinnerung sogar mitten in einem ästhetischen Tee zurückführte.

Das Zweite, was mich zu dem jungen Mann und seinem Abenteuer zog, war die Szene, die ich morgens vor der Peterskirche beobachtet hatte. Mir war aufgefallen, dass er sie mit großer Sehnsucht erwartete; sie war gekommen, aber es schien kein fröhliches Zusammentreffen zu sein. Sie schien ihn etwas mit ihren Blicken zu fragen, das er nicht beantworten konnte, sie schien etwas zu verlangen, das er nicht erfüllen konnte. Wie schwer musste es ihm werden, dazustehen und dem angebeteten Mädchen durch keine Silbe zu antworten. Er ließ sie gehen, wie sie gekommen war, und schaute ihr nur sehnsuchtsvoll nach.

Am Abend dieses Tages fuhr ich mit einigen griechischen Kaufleuten auf dem Tiber. Wir hatten eine der größeren Barken bestiegen und die freien Sitze des Vorderteils eingenommen, weil das Zelt in der Mitte, wie uns die Schiffer sagten, schon besetzt war. Der Abend war schwül und wirkte selbst mitten im Fluss so drückend und ermattend auf die Menschen, dass unser Gespräch nach und nach verstummte. Ich vernahm jetzt ein halblautes Reden und Streiten im Innern des Zeltes. Ich setzte mich ganz nahe hin und lauschte. Es waren zwei Männer und eine Frau, soviel ich aus ihren Stimmen schließen konnte. Sie redeten aber etwas verwirrt und gebrochen. Nur der eine sprach gutes, wohl tönendes Italienisch, er sprach langsam und salbungsvoll, die Dame mischte unter sechs italienische Worte immer zwei spanische und ein französisches. Der andere Mann hatte jene murmelnde, undeutliche Aussprache, an welcher man in Italien sogleich den Deutschen erkennt.

Ein kleiner Riss in der Plane des Zeltes ließ mich die kleine Gesellschaft überschauen. Oh Wunder! Diese salbungsvolle Rede entströmte dem Kardinal Rocco! Ihm gegenüber saß eine Dame, schon über die erste Blüte hinaus, aber noch immer schön zu nennen. Ihre schwarzen Augen, ihre vollen roten Lippen, ihr etwas nachlässig geschlossenes Kostüm, was wohl dem schwülen Abend zuzuschreiben war, zeigten, dass sie mit den ersten Dreißig die Lust zum Leben noch nicht verloren hatte. An ihrer Seite glaubte ich, auf den ersten Blick Otto von Sarow zu erkennen. Doch die Züge des Mannes im Zelt waren düsterer, seine Augen blickten längst nicht so offen und frei wie die des Berliners – ich war keinen Augenblick im Zweifel, es musste sein verkörperter Doppelgänger, der Hauptmann Otto

West sein. Aber was geschah hier? Die Dame war nicht Luise von Palden. Durfte dieser Mann so vertraut neben einer anderen sitzen?

„Ist dir denn meine Liebe überhaupt nichts wert?", hörte ich die Dame sagen. „Habe ich mich nicht ganz für dich aufgeopfert? Habe ich nicht für dich gelitten? Und auch meine Schande ist dir gleichgültig? Ein Wort nur, ein einziges Wort von dir kann uns glücklich machen!"

„Mein Sohn", sprach der Kardinal, „ich will nichts davon sagen, dass dein langes Zögern für unsere heilige Kirche eine Beleidigung ist. Ich weiß wohl, nicht du bist es, der diese Zögerungen verschuldet; der leibhaftige Satan spricht aus dir. Es ist das letzte Zucken deiner ketzerischen Irrtümer, das dich die Wahrheit einfach nicht sehen lässt. Aber beim Heiligen Kreuz beschwöre ich dich: Folge mir! Lass dich aufnehmen in den heiligen Schoß der einzig wahren Kirche zur Verherrlichung Gottes."

‚Ha!', dachte ich, ‚den haben sie gerade gehörig in den Krallen. Ein schönes Weib, ein Kardinal Rocco und ein paar Gewissensbisse, die der Herr im Zelt zu haben scheint. – Da kann eigentlich nichts mehr schiefgehen!'

Sarows Doppelgänger seufzte und blickte unschlüssig mal die Dame, mal den Priester an.

„Ich will ja alles tun, in Teufels Namen, alles tun", sagte er, „mein Leben ist sowieso schon vergiftet. Aber wozu diese sonderbare Prozedur? Warum muss ich vor der Welt zum Narren werden, um die Ehre von Donna Ines wiederherzustellen?"

„Mein Sohn, mein Sohn! Zum Narren werden, sagst du? Oh! Ihr verstockten Ketzer, ihr alle seid von eurer Taufe an, wo der Satan zu Pate steht, Renegaten und Abtrünnige! Es ist doch für dich nur eine Rückkehr, kein Übertritt und keine Ableugnung eines früheren Glaubens. Du hattest ja vorher keinen Glauben. Du wirst doch nicht die Ketzerei so nennen wollen, die der Erzketzer in Wittenberg aus den Fetzen, die er der Heiligen Schrift gestohlen hat, zusammenstückelte?"

„Lassen Sie mich, Eminenz! Es ist halt gegen meine Überzeugung. Ich müsste mich ja vor ganz Deutschland schämen."

„Oh, verstockter Ketzer! Schämen, sagst du? Schämen! Wie ein Heiliger würdest Du dastehen! Es ist gegen deine Überzeugung, sagst du? Da sieht man wieder den Deutschen, nicht wahr Donna Ines, den ehrlichen Deutschen! Wozu Überzeugung? Das ist ja gerade das Wunderbare am Glauben, dass er von selbst wirkt ohne Überzeugung.“

„Otto“, sprach Ines mit schmelzenden Tönen, „sieh mal, wenn mich der heilige Mann hier nicht absolviert hätte, ich müsste ja schon längst verzweifelt sein, einen Ketzer so innig zu lieben! Wie leicht wird es dir gemacht, einer der Unsrigen zu sein und eine Frau auf ewig glücklich zu machen, die alles für dich opferte! Und bedenke die Erlassung deiner Schulden und das hübsche Haus neben dem Palast Seiner Eminenz ... Das alles will uns der Heilige Vater zur Ausstattung schenken. Bist du nicht gerührt von so vieler Liebe?“

„Nicht verschweigen will ich dir, mein Sohn“, fuhr der beredte Mann mit dem roten Hut fort, „dass man im Lateran noch heute von dir sprach, dass es sogar Seiner Heiligkeit selbst auffällt, dass du so lange zögerst. In acht Tage naht ein großes Fest; welche großartige Gelegenheit, etwas zu Gottes Ehre zu tun bietet sich dir!“

„Wozu denn noch diese Öffentlichkeit?“, fragte West. „Ich will das nicht! Lassen Sie mich still in einer Kapelle die Zeremonie verrichten. Was nützt es Ihnen, wenn ich das Opfer öffentlich bringe. Und Luise … Es würde sie töten, wenn sie es erfährt!“

„Elender Schuft!“, rief die Dame, indem sie in Tränen ausbrach, „Ist das die Erfüllung deiner Schwüre? Ich habe dir alles, alles geopfert, und so willst du es mir vergelten? Dann geh doch hin zu ihr, leg dich in ihre Fesseln! Aber du kannst wissen, dass ich mich in den Tiber stürze. Über meine armen, unglücklichen Kinder mag sich Gott erbarmen!“

„Kinder, Kinder! Meine fromme Tochter, mein lieber, verblendeter Sohn! Wozu dieser Skandal, diese Szene hier auf dem Schiff! Stille deine Tränen, schöne Frau; es wird noch alles gut werden. Kommt, ich will einen väterlichen Kuss auf Eure Augen drücken, so. Und du, weißt du nicht, dass du dich versündigst gegen Donna Ines? Was willst du nur immer wieder mit der Ketzerin, die einst deine Sinne verwirrt hat? Haben wir dir nicht Beweise genug geliefert, dass sie in einem verwerflichen Verhältnis mit dem Teufel steht, der deine Gestalt angenommen hat?"

„Was für ein dummes Märchen!", rief der junge Mann. „Wozu müssen Sie den Teufel ins Spiel bringen! Ein ehrlicher Berliner ist er, ein dummer Trottel, dem ich das Mädchen nun einmal nicht gönne."

„Mein Sohn, die Heilige Jungfrau schütze uns, aber der deutsche Baron ist der höllische Geist selbst! Wer es aber auch sei; *sie* hat dich betrogen. Hat nicht die fromme Frau Maria Campoco dir selbst dieses Geständnis über ihre Nichte gemacht? Was willst du nur auf die treulose Ketzerin Rücksicht nehmen! – Und sieh mal, was ich dir hier mitgebracht habe", fuhr Seine Eminenz fort, indem sie ein großes Papier entfaltete. „Sieh, wie ich Wort halte; ich habe dir versprochen, die Liste aller derer mitzubringen, welche in deinem Deutschland öffentliche Ketzer, im Geheimen aber gute Christen der wahren Kirche sind. Da, lies!"

Der junge Mann las und staunte. Er sah den Kardinal fragend an, ob er denn wirklich dieser Schrift trauen dürfe? Donna Ines, die es bemerkte, welchen günstigen Eindruck diese Liste auf ihren Otto machte, zog die Hand des heiligen Mannes an den Mund und bedeckte sie mit Küssen der Dankbarkeit.

„Nicht wahr", fuhr Rocco fort, „da stehen wohl klingende Namen? Professoren, Grafen, Fürsten sogar. Freilich, diese Leute können sich nicht so öffentlich erklären, denn die Politik und die notwendige Rücksicht auf ihre ketzerischen Untertanen erlaubt das nicht. Aber im Herzen gehören sie zu uns. Da, dieser, die Nummer 8, ich kann eure barbarischen Namen nicht aussprechen, der wird sich sogar bald öffentlich erklären und seinen Irrtümern abschwören. Oh, und bedenke doch, was erst in Frankreich, selbst in England für uns getan wird! Bald, vielleicht erlebe ich es noch, bald werdet ihr allesamt zu uns zurückgekehrt sein. Wie herrlich muss dann ein Name wie der deinige leuchten, der nicht mit der Menge, sondern lange vorher auf unsere heiligen Tafeln geschrieben wurde!"

„Aber, Kardinal! Sie wissen doch genau, wenn ich zu eurer Kirche abfalle, geschieht es nur, um den ewigen Klagen der Donna Ines zu entgehen. Diese Heimlichen aber, sie gelten also von außen als echte Lutheraner; was haben die denn eigentlich davon, dass sie von innen katholisch sind?“

„Heilige Einfalt! Was ist denn das Schöne an unserer Kirche? He? Nicht nur, dass sie die allein seligmachende ist, sie ist auch gleichsam eine Brandversicherungsanstalt gegen die Hölle!“

„Wie gut haben wir es doch, hochwürdiger Herr!“, sagte Ines mit bezauberndem Lächeln. „Ach Otto, dich sollte ich an jenem verfluchten Ort wissen, in der Gesellschaft des Teufels und seiner Großmutter? O Gott!“

Die Barke stieß bei diesen Worten ans Land. Wie gerne hätte ich diesem herrlichen Pfaffen noch länger zugehört, wie er diese deutsche Seele bearbeitete. Der heilige Mann stieg aus. Mit Ehrfurcht empfingen die Schiffer seinen Segen, den er mit großer Würde erteilte. Donna Ines folgte. Ich bewunderte, während sie über das Brett ging, ihren feinen, zierlichen Wuchs, die Harmonie ihrer Bewegungen und die Glut, die aus ihren Augen strahlte. Sie reichte dem geliebten Ketzer ihre schöne Hand mit einem so bedeutungsvollen Blick, dass ich im Zweifel war, ob ich nun mehr seine erzwungene Gefühlskälte belächeln, oder den Mut bewundern sollte, mit dem er den Lockungen dieser Circe zu widerstehen versuchte. – Am Ufer hielt ein schöner Wagen; der dienende Bruder Piccolo stand am Schlag und erwartete die Eminenz. Es kostete einige Zeit, bis der Priester sein Gewand zu gehöriger Wirkung drapiert hatte, dann erst folgte der Frater Piccolo. Der Ketzer und seine Dame schlugen einen Fußpfad ein und gingen der Stadt zu.

„Wer sind diese Leute?“, fragte ich den Schiffer.

„Kennen Sie diesen heiligen Mann, den Kardinal Rocco nicht? Oh, es ist einer der besten Füße des Heiligen Stuhles! Fast jeden Abend fährt er in meiner Barke auf dem Fluss.“

„Und die Dame?“

„Ha! Das ist eine … gute Christin“, antwortete er mit zweideutigem Lächeln. „Sie fährt sehr oft mit dem Kardinal, manchmal auch ganz allein mit ihm, und dann steigt sie hinterher in seine

Kutsche … Selten ist der junge Mann dabei. Dem traue ich nicht ganz; es ist ein Deutscher, und die sind doch alle Kinder des Teufels."

„So? Und dieser Mann, ist er ihr Ehemann?"

„Nein, ich denke es ist ihr Geliebter", sagte einer der griechischen Kaufleute. „Die Dame wohnt nicht weit von mir. Sie lebt allein und zurückgezogen mit ihren Kindern. Zu ihr kommen immer nur einige Geistliche einzeln und mit aufgesetzter Kapuze, die sich nach einer Stunde wieder aus dem Haus schleichen. Und dann ist da dieser junge Mann. Aber sie führen kein gutes Leben zusammen. Man hört sie oft zanken und schreien. Der junge Mann flucht und jammert mit schrecklicher Stimme und die Frau weint und klagt und die Kinder erheben ein entsetzliches Zetergeschrei. Dann kommt der junge Mann wütend mit einem Reisekoffer aus dem Haus, aber die Frau rennt ihm mit fliegenden Haaren nach und die Kinder laufen heulend hinterdrein. Die Frau achtet nicht auf die Menschen, die umherstehen oder aus den Fenstern schauen; sie zieht ihn zurück ins Haus und besänftigt ihn, und dann ist es einige Tage still, bis das Wetter von Neuem losbricht."

„Heilige Jungfrau!", rief der Schiffer kopfschüttelnd. „Und hat er sie noch nicht totgestochen im Zorn?"

„Wie Ihr seht, nein", erwiderte der Grieche. „Aber krank ist sie schon oft geworden, wenn er so gräulich tobte. Dann lief er schnell zu einem Doktor, um sie wieder ins Leben zurückzurufen. Es sind doch eigentlich gute Seelen, diese Deutschen!"

So sprachen diese Männer, und ich ging vom Schiff in tiefen Gedanken, über das, was ich gehört und gesehen hatte. Jenes Wort des jungen Berliners fiel mir wieder ein, der den Kardinal Rocco beschuldigte, ein schönes, gutes Herz gebrochen zu haben. Welches andere Herz konnte das wohl sein, als Luises? Ich glaubte zu begreifen, dass der Priester den Hauptmann West der Geliebten entzogen hatte, indem er sie verleumdete, damit er ihn in die Fesseln dieser Donna Ines schmieden konnte. Aber wie hatte er diesen Mann aus den Armen seines Mädchens reißen können, das ihn so herzlich und bedingungslos liebte. Sollten die Beschuldigungen von Untreue denn wahr sein, die der

Kardinal dem Hauptmann einflüsterte? Hatte Luise ihm wirklich den jungen Mann, der ihm so ähnlich sah, vorgezogen? Doch ich wusste ja, wo ich mir Gewissheit verschaffen konnte; ich beschloss, den Berliner am nächsten Morgen wieder aufzusuchen.

Herr von Sarow empfing mich mit einer Herzlichkeit, die selbst den Teufel erfreute. Ich hatte mir vorgenommen, von meiner gestrigen Fahrt und dem, was ich erfahren hatte, vorerst nichts zu erwähnen, weil ich seine Geschichte zuerst noch bis zum Ende hören wollte.

„Von allem Unglück, das die Erde trägt", fuhr er zu erzählen fort, „scheint mir keines rührender, als der tiefe Gram eines Mädchens, das unglücklich liebt. Hören Sie also weiter: Mein Wunsch, Luise von Palden im Hause des Gesandten zu sehen, gelang. Und schon nach einigen Tagen wurde sie durch seine Schwester dort eingeführt. Sie war sehr überrascht, als sie mich dort zum ersten Mal sah. Aber sie schien mich als einen alten Bekannten zu betrachten. Sei es, dass die Erinnerung an unser sonderbares Zusammentreffen mich für sie zu einem besonderen Menschen machte, sei es, dass sie mich gerne sah, weil ich ihrem Geliebten so ähnlich bin, sie unterschied mich auffallend von allen übrigen Männern, die sie dort umschwärmten. Sie lächeln, mein Freund?"

„Ja, ich finde, Sie sind zu bescheiden. Könnte es nicht auch Ihre eigene Persönlichkeit sein, die das Fräulein anzog?"

„Nein, denken Sie nicht so von diesem wunderbaren Geschöpf. Ich gestehe ja, ich war so dumm, ich machte mir zeitweise tatsächlich Hoffnungen. Ja, mein Freund, ich gestand ihr einmal sogar, was ich für sie empfinde ..."

„Und Sie wurden nicht erhört? Ach! Und ihr Hauptmann lag vielleicht gerade in den Armen einer Andern!"

Der Berliner stutzte: „Wie? Was wissen Sie davon? Wer hat Ihnen gesagt, dass West noch ein Verhältnis mit einer anderen Frau hat?"

„Nun, Sie selbst haben mich darauf vorbereitet", erwiderte ich. „Sagten Sie nicht, dass er das Mädchen betrog?"

„Sie haben Recht. – Nun, ich wurde lächelnd abgewiesen; abgewiesen auf eine Art, die mich trotzdem unaussprechlich glücklich machte. Sie war keinen Augenblick ungehalten. Sie gestand mir, dass ich ihr als Freund willkommen sei, aber dass ihr Herz keinem Anderen mehr gehören könne. Sie sagte mir auch manches von ihren Verhältnissen, was ganz mit dem übereinstimmte, was uns die Schwester des Gesandten erzählte. Sie gestand, dass sie nur darum nach Rom gezogen sei, weil bestimmte Umstände den Hauptmann hierher berufen hatten. Sie erzählte, dass er hier einen Rechtsstreit wegen einer Erbschaft hätte und dass er sie, sobald die Sache entschieden sei, vielleicht schon in wenigen Wochen zum Altar führen werde.

Etwa eine Woche nach diesem aufrichtigen Geständnis rief mich eines Abends der Gesandte aus dem Salon, in welchem die Gesellschaft versammelt war, zu sich. Es war nichts Seltenes, dass er sich mir in Geschäftssachen mitteilte, weil ich sein Vertrauen auf eine ehrenvolle Art besaß. Doch die Situation war etwas ungewöhnlich. Es musste also schon etwas Wichtiges sein, weswegen er mich dort aufstörte.

‚Kennen Sie einen gewissen Hauptmann West?‘ fragte er.

‚Ich habe einen Hauptmann West flüchtig kennengelernt‘, gab ich ihm zur Antwort.

Nun, so flüchtig dürfte es doch nicht gewesen sein, entgegnete er mir, da ich ein Duell mit ihm gehabt hätte. Ich stellte klar, dass es nur ein Streit gewesen war wegen einer ziemlich belanglosen Sache, es sei aber alles gütlich beigelegt worden. Doch es war fragwürdig, woher der Gesandte von diesem Streit erfahren hatte, den ich so geheim als möglich hielt und von welchem Luise in seinem Hause gewiss nichts erwähnt hatte.

‚Wegen einer Dame haben Sie Streit gehabt‘, sagte er. ‚Doch möchte ich Ihnen raten, solche Sachen wegen einer so zweideutigen Person zu vermeiden. Sie wissen selbst, wenn man als Diplomat unterwegs ist, können die Folgen solcher Geschichten besonders in einem fremden Land recht fatal sein.‘

Der Gesandte war sehr ernst, sehr warnend, als er das sagte. Noch schmerzlicher berührte mich, was er über die Dame sagte: ‚zweideutige Person!‘ Und doch saß ja gerade diese Person als Krone der Gesellschaft in seinem Salon. Er selbst hatte ja noch vor einer halben Stunde mit ihr auf eine Art gesprochen, die mich in dem alten Herrn einen aufrichtigen Bewunderer ihrer Persönlichkeit erkennen ließ. Ich konnte eine Bemerkung hierüber nicht unterdrücken; ich bat ihn höflich, aber so fest als möglich, in meiner Gegenwart nicht mehr so von einer Dame zu sprechen, die ich achte und die einen so entschiedenen Rang in der Gesellschaft einnimmt. Ich wolle gar nicht davon reden, dass er selbst sein Haus beschimpfe, wenn er in solchen Ausdrücken von seinen Gästen spreche.

Er sah mich höchst verwundert an. Er sagte, er könnte meine Rede nicht begreifen, denn weder behaupte die betreffende Dame einen Rang in der Gesellschaft, noch habe sie je einen Fuß über seine Schwelle gesetzt. Jetzt war ich an der Reihe, mich zu wundern. Ich merkte, dass hier ein Irrtum vorlag, und belehrte ihn, dass Fräulein von Palden die Dame sei, um die wir uns schlagen wollten.

‚Verzeihen Sie‘, bat er, ‚man sagte mir, Sie hätten sich wegen der Geliebten dieses Hauptmanns geschlagen. Und daher glaubte ich, Ihnen dies sagen zu müssen.‘

‚Und wenn dies nun aber so wäre?‘ fragte ich. ‚Kennen Sie denn die Geliebte des Hauptmanns?‘

‚Nein‘, entgegnete er, ‚ich weiß nur, dass sie eine Spanierin ist und … nun ja …‘

‚Von einer Spanierin sprechen Sie? Wie kommen Sie nur darauf? Ich weiß bestimmt, dass der Hauptmann eine deutsche Dame liebt.‘

‚Umso schlimmer für das arme Weib in Deutschland‘, war seine Antwort. ‚Wie die Sachen stehen, scheint man im Lateran zu beabsichtigen, die frühere Ehe dieser Spanierin zu annullieren, weil sie angeblich nicht ganz gültig vollzogen war. Der Hauptmann macht in diesem Fall eine gute Partie, aber … Seine Geliebte soll, wie man munkelt, recht spezielle Beziehungen zu höheren geistlichen Herren unterhalten. Aber dabei handelt es sich nur um ein Gerücht, an dem womöglich nichts dran ist.‘

Ich stand wie vom Donner gerührt vor dem alten Mann; entweder lag hier eine Verwechslung der Namen und Personen vor, oder es war ein schreckliches Geheimnis und der Hauptmann ein Betrüger, der Luises Glück vielleicht für immer zerstören würde.

Ich sagte dem Gesandten geradeheraus, dass er mit mir über Dinge spreche, die mir völlig unbekannt seien. Er staunte, doch glaubte er, da er schon so viel gesagt hatte, mir die weitere Erklärung dieser Rätsel schuldig zu sein.

‚Dieser Hauptmann West ist ein gebürtiger Sachse‘, erzählte er weiter. ‚Er diente früher im Regimentsstab in Fürth und wurde dann für eine diplomatische Aufgabe nach Spanien geschickt. Er soll ein Mann von vielen Talenten, aber etwas zweideutigem Charakter sein. Warum die Wahl gerade auf ihn fiel, da noch ältere Offiziere aus guten Häusern im Departement waren, ist mir unbekannt. Nur so viel erfuhr ich zufällig, dass man ihn damals von Fürth habe entfernen wollen. Man erzählt sich, er habe dann in Madrid in einem Verhältnis zu einer außergewöhnlich schönen Frau gestanden. Sie war eine Spanierin und mit einem alten Engländer verheiratet, der sie vielleicht nicht so streng unter Aufsicht hielt, wie man es sonst in Spanien zu tun pflegt. Als aber dieses Verhältnis zu Ohren des Engländers kam, bewirkte er, dass der Hauptmann von seinem Posten abgerufen und aus dem Dienst entlassen wurde. Andere sagen aber, er selbst hätte aus Ärger über seine Abrufung quittiert. Doch das Beste kommt noch: Einige Zeit nach seiner Abreise war die Frau des Engländers mit ihren beiden Kindern plötzlich spurlos verschwunden. Denn so viel Mühe sich ihr Gatte auch gab, sie zu finden, alles war vergeblich.

Vor einigen Monaten, fuhr der Gesandte fort, sei von seinem Hof die Anfrage an ihn ergangen, ob dieser West sich in Rom befinde, wie er lebe, und ob er nicht in Verhältnis mit einer Spanierin, einer gewissen Donna Ines stünde, die sich ebenfalls hier aufhalten müsse. Man habe ihm dabei die Geschichte dieses Hauptmanns mitgeteilt und bemerkt, dass der bewusste Engländer Spuren seiner Frau entdeckt habe, die annehmen lassen, dass sie sich in Rom aufhalten würde. Man habe sich deswegen an die päpstliche Kurie gewandt. Nun scheine es aber, als wolle der Vatikan diese Dame schützen, denn die Antwort sei zweifelhaft und unbefriedigend ausgefallen. Der Gesandte machte die nötigen Schritte und erfuhr wenigstens so viel, dass der Verdacht sich bestätigt hatte. Er wandte sich nun auch an den Vatikan, um zu erfahren, ob der römische Hof die Dame in der Tat in seinen Schutz nehme, und er erhielt die klare Antwort, man möchte diese Sachen nicht weiter verfolgen, da die Ehe der Spanierin mit dem Engländer wahrscheinlich für ungültig erklärt werden würde.

Dies also erzählte mir der Gesandte. Er fügte noch hinzu, dass er dem Hauptmann aus besonderem Interesse an diesem Fall immer einmal wieder nachgespürt habe, und so sei ihm auch der Streit zu Ohren gekommen, den ich im Karneval mit jenem ‚wegen einer Dame‘ gehabt hatte.

Ich konnte von dem Zimmer, wohin der Gesandte mich gerufen hatte, den Salon übersehen. Ich konnte Luise sehen. Sie schien sehr glücklich zu sein. Ihre Augen glänzten; vielleicht wegen der Erwartung einer schönen Abendstunde. Und das Lächeln, das ihren Mund umschwebte, schien der Nachklang einer frohen Erinnerung hervorgelockt zu haben. Nein, es war mir nicht möglich, diesen Anblick länger zu ertragen. Ich eilte ins Freie, um dieses Bild durch neue Bilder zu verdrängen, aber es war unmöglich. Der Gedanke an sie kehrte schmerzlicher als je zurück. Und die Wolken, die sich am Horizont dieses Abendhimmels schwärzlich auftürmten und ein nächtliches Gewitter ankündigten, hingen sie nicht über der friedlichen Landschaft wie das entsetzliche Unglück, das Luise drohte?

Ich grübelte darüber nach, ob nicht Rettung möglich sei, ob ich sie nicht losmachen könnte von dieser trügerischen Verbindung. Doch war nicht zu befürchten, dass sie mir misstrauen würde, wenn ich ihr offenlegte, was ich wusste? Sie wusste ja, dass ich sie liebe, und würde sicherlich an der Uneigennützigkeit meiner Absichten zweifeln. Außerdem konnte ich es nicht übers Herz bringen, ihr selbst das ganze Unglück zu verkünden. Nur einen Ausweg glaubte ich noch zu sehen; ich wollte ihn selbst zur Rede stellen, den elenden Schurken. Ich wollte ihn dazu bringen, einen entscheidenden Schritt auf die eine oder die andere Seite zu tun. Ja, darin glaubte ich, einen gangbaren Weg gefunden zu haben. Er selbst musste Luise sagen, dass er es nicht mehr verdienen würde, von ihr geliebt zu werden. Und dann, so dachte ich, wird sie zwar für eine Zeit sehr unglücklich sein, aber ich würde dann alles versuchen, um sie wieder glücklich zu machen ..."

„Aber wie konnten Sie glauben", fragte ich, „dass sich ein Hauptmann West zu diesem sonderbaren Geständnis bereit zeigen würde? In Romanen mag das wohl vorkommen, aber in der Wirklichkeit? Haben Sie je einen solchen Narren gekannt?"

„Ach, ich dachte zu gut von den Menschen", antwortete er. „Ich dachte, so wie ich müsste jeder fühlen. – Also, ich ging in die Wohnung des Hauptmanns West. Er wohnte schlecht, beinahe ärmlich. Ich traf ihn, wie er einen kleinen Jungen von etwa acht Jahren auf den Knien hatte, den er lesen lehrte. Offensichtlich peinlich berührt setzte er den Jungen nieder und stand auf, mich zu begrüßen.

,Papa', rief der Kleine, ,dieser Herr sieht dir ja ganz ähnlich!'

Der Hauptmann schickte den Jungen aus dem Zimmer.

,Wie', sagte ich zu ihm, ,Sie haben schon einen Sohn von diesem Alter? Waren Sie früher verheiratet?'

Er versuchte, zu lachen und die Sache in einen Scherz zu drehen. Er behauptete, der Junge würde einer Nachbarin gehören und ihn zuweilen besuchen. Und weil er sich ein wenig um ihn kümmert, nennt er ihn Papa.

,Er gehört wohl einer gewissen Donna Ines?' fragte ich, indem ich ihn scharf ansah. Noch nie zuvor hatte ich gesehen, wie schrecklich das böse Gewissen sich kundtut. Er erbleichte regelrecht und seine Augen glühten wie die einer Schlange. Ich glaubte, er wollte mich mit seinen Blicken töten. Noch ehe er sich gesammelt hatte, um mir zu antworten, sagte ich ihm gerade ins Gesicht, was ich von ihm wusste und was ich von ihm verlangte, um Luise nicht völlig ins Unglück zu stürzen.

Er lief wütend im Zimmer umher, er schimpfte auf Spitzel und Zuträger und er behauptete, ich hätte die ganze Geschichte aufgedeckt, um Luise von ihm zu entfernen. Ich ließ ihn erst einmal ausreden, dann sagte ich ihm mit kurzen Worten, wie ich sein Verhältnis zu der Spanierin erfahren hatte, und bat ihn noch einmal mit den herzlichsten Worten unserer Sprache, sich so schonend wie möglich von Luise zu trennen.

Und es gelang mir tatsächlich, ihn zu überzeugen. Aber nun hatte ich eine andere unangenehme Szene durchzustehen; er klagte sich jetzt selber an. Er heulte und er verfluchte sich, Luise so schändlich betrogen zu haben. Er versprach, sich von der Spanierin zu trennen. Er flehte mich an, ihm zu helfen. Er gestand mir, dass er sich von einem Netz umstrickt sehe, das er nicht durchbrechen könne, weil sonst einige hohe Geistliche der Kirche kompromittiert würden. Er ging so weit, mich zu zwingen, seine Geschichte anzuhören, um vielleicht milder über ihn urteilen zu können.

Es war die Geschichte eines ... Leichtsinnigen. Es lag etwas im Wesen dieses Mannes, das ihn bei den Frauen sehr erfolgreich machte. Es war der äußere Anschein von Kraft und Entschlossenheit, woran es ihm übrigens in Wirklichkeit sein ganzes Leben hindurch gemangelt hatte. Er musste eine für seinen Stand ausgezeichnete Bildung genossen haben, denn er erzählte sehr gut. Seine Ausdrücke waren recht originell. Er konnte durchaus hinreißen, sodass ich oft glaubte, er würde von einem Anderen sprechen, während er mir seinen eigenen Zustand schilderte. Ich habe so etwas schon an Menschen bemerkt, die stets ihrem Trieb folgen, in den Tag hinein leben, ohne sich selbst zu prüfen, und die erst im Moment der Erzählung über sich selbst nachdenken.

Es war Luise gewesen, die sich zuerst in ihn verliebt hatte. Er erkannte freudig ihre Zuneigung. Die Eitelkeit, die junge, aufblühende Schönheit, die Tochter eines der ersten Häuser der Stadt für sich gewonnen zu haben, riss ihn zu einem Gefühl hin, das er für Liebe hielt. Luises Vater sah das Verhältnis äußerst ungern. Ich denke, dass es vielleicht weniger ein Familiendünkel, als vielmehr die Bedenken vor dem schwankenden Charakter des Hauptmanns waren, was ihn zu einer Härte veranlasste, die die Gefühle eines Mädchens wie Luise immer mehr anfachen musste. Er soll ihr, was ich jetzt erst erfuhr, auf seinem Sterbebett gesagt haben, sie möge verflucht sein, falls sie sich je mit dem Hauptmann verbinden würde.

West versuchte, die Geschichte mit der Frau des Engländers auf deren weibliche Verführungskunst zu schieben. Er erzählte, dass er vermutlich durch den Einfluss des Engländers seines lukrativen Postens enthoben wurde. Donna Ines habe ihm allerlei sonderbare Vorschläge zu einem gemeinsamen Leben im Ausland gemacht, die er aber nicht annehmen wollte. Er sei, ohne Abschied von ihr zu nehmen, abgereist. Was ihn eigentlich dazu trieb, nach Rom zu gehen, sah ich nicht recht ein, und er versuchte auch, über diese Frage so schnell als möglich hinwegzukommen. Er erzählte ferner, wie er durch Luises Ankunft erfreut worden sei, wie er sich vorgenommen hatte, seine Verhältnisse zu klären, um Luise danach zu ehelichen. Doch da war plötzlich Donna Ines in Rom erschienen. Sie war ihm mit zweien ihrer Kinder nachgereist und verlangt jetzt, dass er sie heiraten soll.

Er schilderte mir nun ein Gewebe von unglücklichen Verhältnissen, in welche ihn diese Frau geführt hatte, die mit verschiedenen Kardinälen durch irgendwelche Empfehlungen spanischer Kirchenfürsten sehr schnell bekanntgeworden war. Es wurde ernstlich an der Auflösung ihrer früheren Ehe gearbeitet, und es war als Gewissheit angenommen worden, dass er die Geschiedene heiraten werde.

‚Sie sagen mir hier nicht viel Neues‘, antwortete ich. ‚Ich hoffe nur, dass Sie als Mann von Ehre einsehen werden, dass das Verhältnis zu Fräulein von Palden so nicht fortdauern kann. Oder Sie müssen sich von der Spanierin lossagen.‘

Das Letztere könne er nicht, sagte er, er habe von ihr und dem Kardinal Rocco einige Vorschüsse empfangen, die sein Vermögen übersteigen, er könne also wenigstens im Augenblick keinen entscheidenden Schritt tun.

‚Im Augenblick heißt doch in diesem Fall nie‘, erwiderte ich. ‚Sie werden sich aus diesen Beziehungen, wenn sie so beschaffen sind, nie mit Anstand losmachen können. Ich halte es also für Ihre Pflicht, Luise nicht noch unglücklicher zu machen. Denn was kann endlich das Ziel Ihrer Bestrebungen sein?‘

Er meinte, ich halte ihn für schlechter als er sei. Er würde selbst einsehen, dass man etwas tun müsse. Er glaubte aber, das wäre auch meine Sache. Jetzt sagte er plötzlich, er würde mir Luise abtreten. Ich sollte mir ihre Gunst zu erwerben versuchen und sie glücklich machen. Und er würde mich sogar dabei unterstützen. Er hatte Tränen in den Augen, als er das sagte. Es war eine höchst peinliche Situation.

Ich ging um nichts klüger geworden und ohne dass ein wirklich glaubhafter Entschluss gefasst worden wäre aus diesem Gespräch. Was waren die Worte eines dermaßen wankelmütigen Menschen denn wert, der von einem Moment auf den anderen derart lebenswichtige Entscheidungen fällt und sie sogleich wieder über den Haufen wirft. Mein Gefühl war eine Mischung aus Verachtung und Bedauern. Auf der Treppe begegnete mir wieder der kleine Junge. Er fragte, ob er wohl jetzt wieder zu seinem Papa kommen dürfte."
An dieser Stelle hielt von Sarow im Erzählen inne.
„Aber jetzt", meinte ich, „haben Sie doch wohl alles Recht der Welt, die Segel zu setzen und Jagd auf die schöne Galeere zu machen."
„Ja und nein", antwortete er trübsinnig. „Sie scheint meine Gefühle zu übergehen, einfach nicht darauf zu achten. Schon seit einiger Zeit bemerke ich, dass sie zurückhaltender wird in meiner Gegenwart. Es schmerzt sie wohl, dass mir ihre Freundschaft nicht genügen will. Und dieser elende Schuft zog sich natürlich *nicht* von ihr zurück, wie er es versprach. Ich vermute sogar, er hat sie vor mir gewarnt.

So standen die Sachen also, als die Zeit, die ich dienstlich in Rom zubringen sollte, zu Ende ging. Im Kabinett des Gesandten arbeitete man schon an Unterlagen, die man mir nach Berlin mitgeben wollte. Man wunderte sich, dass ich noch keine Abschiedsbesuche machte – und ich, ich lebte in dumpfem Hinbrüten. Ich wusste nicht, wie ich diese Reise absagen konnte, und dennoch hielt ich es nicht für möglich, Luise zu verlassen. Oft war ich an dem Punkt, ihr alles zu erzählen, aber ich fürchtete mich davor, als eigennütziger Schuft vor ihr dazustehen.

Da stürzte eines Morgens der Hauptmann West in mein Zimmer. Er war ziemlich verstört. Es dauerte eine Zeit, bis er sich fassen und sprechen konnte.

„Jetzt ist alles aus!', rief er. Er berichtete, dass Donna Ines und der Kardinal Rocco die Fortdauer seiner Beziehung zu Luise entdeckt hätten. Sie schrieben sein Zögern diesem Umstand zu, und der Kardinal hatte angekündigt, noch an diesem Tage zu dem deutschen Fräulein zu gehen und sie zur Rede zu stellen, wie sie es wagen könne, einen Mann, der schon so gut wie verehelicht ist, von seinen Pflichten zurückzuhalten.

Ich kannte diesen Priester und seine Tücken. Und ich begriff, dass Luise verloren war, wenn ich jetzt nichts unternahm. Ich kann Ihnen von diesem Tag wenig mehr erzählen. Ich weiß nur, dass ich den Hauptmann in kalter Wut zur Türe hinausschob und wie ein gejagtes Wild durch die Straßen zum Haus der Signora Campoco hetzte. Als ich unten an dieser Straße anlangte, sah ich einen Kardinal sich bereits dem Haus nähern. Er schritt stolz einher, ein Mönch trug ihm den Mantel; kein Zweifel, es war Rocco. Ich setzte meine allerletzten Kräfte daran, ich rannte wie ein Wahnsinniger auf ihn zu, doch – ich kam eben an, als mir Piccolo mit teuflischem Grinsen die Tür vor der Nase zuwarf.

Instinktiv hatte ich plötzlich nur noch das Bedürfnis, all diesem Jammer zu entfliehen. Ich ging zum Gesandten und sagte ihm, dass ich noch in dieser Stunde abreisen werde. Er war einverstanden, gab mir seine Aufträge, und bald hatte ich die Heilige – unglückselige Stadt im Rücken. Erst als ich nach langer Fahrt zur Besinnung kam, als meine Gedanken sich wieder ordneten, erst da bereute ich meine Feigheit, die mich zu dieser übereilten Flucht veranlasst hatte. Ich verfluchte meine ganze Handlungsweise, ich klagte mich an, die unglückliche Luise nicht schon längst auf diesen Schlag vorbereitet zu haben. – Doch jetzt war es zu spät. So kam ich nach Berlin, in dieser Stimmung trafen Sie mich dort, und ein Teil dieser Geschichte war es, den ich damals im Haus meiner Tante erzählt habe."

Der junge Mann hatte geendet. In seinem Gesicht sah ich genau jene Wehmut wieder, die ich zu bemerken glaubte, als ich ihm in Berlin begegnete. Er war ganz derselbe, der er an jenem Abend war. Und die Worte seiner Tante, er sehe seit seiner Rückkunft so geheimnisvoll aus, kamen mir wieder in den Sinn und ließen mich den zutreffenden Eindruck dieser Dame bewundern. An seiner ganzen Geschichte schienen mir zwei Dinge besonders auffallend zu sein. Unglückliche Mädchen wie das Fräulein Luise, abenteuernde Damen wie Donna Ines und intrigante Priester wie Kardinal Rocco hatte ich auf der Welt schon viele gesehen. Aber die beiden Männer unter den Hauptakteuren waren mir als Menschenkenner noch etwas rätselhaft. Der Hauptmann hatte allerdings schon einen bedeutenden Grad in meinem Reglement erlangt, aber mir war unbegreiflich, wie sich dieser Mann so lange auf einer Stufe halten konnte, da doch eigentlich nach physikalischen Gesetzen ein abwärts gleitender Körper immer schneller fällt. Er war falsch, denn er spielte zwei Rollen, er war eifersüchtig, obgleich er es selbst mit zwei Frauen trieb, und er war schnell zum Zorn reizbar, hatte aber noch nie Gewalt angewendet. Ein Anderer an seiner Stelle wäre vielleicht aus Eifersucht und Zorn schon längst zum Totschläger geworden. Ein Zweiter wäre vielleicht all diesen peinlichen Umständen entflohen und hätte die Donna Ines und Fräulein Luise einfach sitzenlassen, um an einem anderen Ort eine Andere zu freien. Ein Dritter hätte vielleicht der Donna Gift verabreicht, um frei für die schöne Luise zu sein oder hätte aus Verzweiflung die Letztere umgebracht.

Ach, und dieser ehrliche Berliner! Er stand zwar in etwas entfernteren Verhältnissen zu mir, doch wusste ich, wenn ich ihm das Ziel seines Strebens, das Fräulein Luise, recht lockend, recht reizend vor Augen führte, wenn ich ihm ihren Besitz nur recht schmackhaft machen würde, so käme wohl auch er bald auf die abschüssige Bahn. Ich beschloss daher, mir ein kleines Vergnügen zu machen und die ganze Sache ein wenig aufzumischen.

Während diese Gedanken flüchtig in mir aufstiegen, wurde Herrn von Sarow ein Brief gebracht. Er sah die Aufschrift an und errötete auffällig. Er riss das Siegel auf, er las, und seine Augen wurden immer glänzender.

„Ach, Luise!", rief er freudig aus. „Sie will mich treffen! Hier, lesen Sie, mein Freund."

Und er reichte mir den Brief. Ich las:

Mein treuer Freund!

Es wäre schön, wieder einmal mit Ihnen sprechen zu können. Ich wollte Sie eigentlich nicht mehr sehen, bis Sie mir gute Nachrichten zu bringen haben. Doch das ist jetzt einerlei. Sie wissen, wie tröstlich es für mich ist, einfach nur mit Ihnen zu reden. Der Fromme – Sie wissen, wer gemeint ist – war wieder hier, um mich zu demütigen. Er erhofft sich „das Beste" von meinem Otto, für den es nichts als unerträgliche Schmach bedeutet.

L. v. P.

PS: Wissen Sie in Rom keinen Deutschen, der in Mecklenburg bekannt wäre? Otto hat dort Verwandte, die vielleicht in der Sache etwas tun könnten.

„Ich kann mir denken, dass Sie dieses schöne Vertrauen freut", sagte ich. „Doch einiges ist mir nicht recht klar in diesem Brief. Wegen der Verwandten in Mecklenburg kann sich übrigens das Fräulein an niemand Besseren wenden, als an mich, denn ich war mehrere Jahre dort und kenne viele Familien."

Der junge Mann war glücklich, seiner Angebeteten helfen zu können.

„Das ist wunderbar!", rief er. „Und Sie begleiten mich doch wohl zu ihr? Ich erzähle Ihnen unterwegs noch einiges, was Ihnen die Verhältnisse noch klarer machen wird."

Ich sagte erfreut zu. Wir gingen.

„In Berlin", erzählte er, „hielt ich es nur zwei Monate aus. Ich hatte niemanden hier in Rom, der mir über Luise hätte Nachricht geben können, und so lebte ich in einem verzweifelten Zustand. Nur einmal schrieb mir der Gesandte: Der Papst habe sich jetzt sogar öffentlich zu Otto West geäußert; der Übertritt des Hauptmanns zur römischen Kirche stünde bevor. In demselben Brief erwähnte er mit Bedauern, dass die junge Dame, die uns alle so sehr bezaubert hatte und die mich immer ganz auffallend nett behandelte, sehr schwer erkrankt war, die Ärzte würden an ihrer Heilung zweifeln.

Diese letzte Nachricht entschied über mich. Mir war natürlich klar, dass nur die Intrigen des Kardinals Rocco die Ursache dieser Krankheit waren. Ich war furchtbar erschrocken und besorgt. Unverzüglich reiste ich nach Rom zurück, und meine Bekannten hier haben sich nicht weniger darüber gewundert, mich so unverhofft zu sehen. Und meine Verwandten in Berlin waren ebenso verwundert, mich so plötzlich wieder zu vermissen. Besonders die Tante konnte es mir nicht verzeihen, denn sie hatte schon geplant, mich mit einem der Fräuleins, die Sie beim Tee versammelt fanden, zu verkuppeln.

Ersparen Sie mir, zu beschreiben, wie ich Luise wiederfand! Sie war nur noch ein Schatten ihrer selbst. Es betrübt sie so unsagbar schwer, dass Otto West zu seinem schäbigen Verhalten ihr gegenüber, worüber sie übrigens nie spricht, auch noch seinen öffentlichen Abfall von der protestantischen Kirche fügen will. Ich sehe ihre Kräfte dahinschwinden und ich sehe, wie sie ihr gebrochenes Herz hinter einem lächelnden Gesicht verbirgt. Auch wenn sie die Hoffnung, Wests Frau zu werden, wohl ganz aufgegeben hat, so bemüht sie sich sehr darum, ihn wenigstens vor der Erbärmlichkeit zu bewahren, zum Apostaten zu werden. Es scheint, sie hat wenigstens bei dieser Sache Hoffnung. Ich habe keine; denn Rocco hat ihn so im Netz, dass es kein Entrinnen gibt. Und Luise bindet ihre Hoffnung da an einen etwas sonderbaren Menschen … Es ist ein deutscher Kaufmann und ein so genannter Pietist. Er zieht umher, um die Leute zum Protestantismus zu bekehren. Doch leider muss er jedem halbwegs Vernünftigen zu lächerlich vorkommen, als dass man glauben könnte, er sei zur Bekehrung eines Hauptmanns West fähig. Eher setze ich einige Hoffnungen auf Sie, mein Freund, wenn Sie durch die Verwandten etwas bewirken könnten; doch auch das kommt wohl zu spät! Es ist wirklich zum Erbarmen, wie verzweifelt sich Luise mit ihren letzten Kräften noch um die Ehre und das Seelenheil dieses elenden Schufts kümmert!"

Ich war nun recht gespannt darauf, Luise von Palden persönlich zu begegnen. Ich hatte mir schon lange zuvor, ehe ich sie für diesen kurzen Moment im Portikus sah, im Geiste ein Bild von ihr entworfen, das sich nahezu bestätigte. Nun wollte ich ihre Art des Umgangs erleben; ich dachte sie mir nämlich etwas fromm und schwärmerisch, und sie musste das auch wohl sein, denn wie konnte sie sonst einem deutschen Pietisten die Heilung des Hauptmanns West zutrauen?

Wir wurden von der Signora Campoco und ihren Hunden freundlich empfangen. Den Berliner führte sie sogleich zu ihrer Nichte, mich bat sie in ein Zimmer zu treten, wo ich einen Landsmann finden würde. Ich trat ein. Am Fenster stand ein kleiner, hagerer Mann von finsterem Aussehen. Er heftete seine Augen meist zu Boden und blickte nur selten auf wie jemand, der irgendetwas zu verbergen hat. Er erwiderte meinen höflichen Gruß mit einem leichten Kopfnicken und antwortete: „Begrüßet seist du mit dem Gruße des Friedens!"

Ha, das war also niemand anders als dieser besagte Pietist! Solche Leute sind eine wahre Augenweide für den Teufel; er weiß genau, wie es in ihrem Inneren aussieht. Und diese herrliche Charaktermaske, lächerlicher noch als Truffaldino, trifft man gerade jetzt besonders oft in Deutschland und seit neuerer Zeit auch in Amerika, vornehmlich dort, wohin viele Deutsche ausgewandert sind. Diese Protestanten glauben im echten Sinne des Wortes zu handeln, wenn sie gegen alles protestieren. Der Glaube der katholischen Kirche ist ihnen ein Gräuel; der Papst ist der Antichrist, gegen ihn und gegen die Türken beten sie alle Tage ein absonderliches Gebet. Nicht zufrieden damit protestieren sie auch gegen ihren eigenen Staat und selbst gegen ihre eigene Kirche. Nichts ist ihnen orthodox und fromm genug. Man glaubt vielleicht, sie selbst sind umso frömmer? Nun ja … Es fällt auf, dass sie gesenkten Hauptes umhergehen und den Blick nicht zu heben wagen. Sie wagen es nicht, einem offen in die Augen zu schauen. Und sie scheuen sich nicht, ihre Mitmenschen zu verleumden, zu bestehlen und zu betrügen. Daher kommt es, dass sie einander selbst nicht trauen. Sie vermeiden es, sich öffentlich zu vergnügen, und wer am Sonntag tanzt, ist in ihren Augen ein Heide. Unter ihresgleichen aber feiern sie Orgien, für die sich jeder andere schämen würde.

Darum lacht mir stets das Herz, wenn ich einen Mystiker dieser Art sehe. Sie gehen still durchs Leben und wollen die Welt glauben machen, sie seien von Anbeginn der Welt als extrafeine Sorte erschaffen worden, und der heilige Petrus, mein lieber Cousin, werde ihnen extra einen kürzeren Weg, ein Seitenpförtchen in den Himmel aufschließen. Aber alle, alle kommen ausnahmslos zu mir; Separatisten, Pietisten, Mystiker, wie sie sich auch nennen mögen, seien sie Kathedermänner oder Schuhmacher, alle sind Nummer 1 oder 2, sie verneinen, wenn auch nicht in ihrem Äußeren, denn sie sind allesamt Heuchler in ihren Herzen von Anbeginn. Ein solcher war nun auch der fromme Mann am Fenster.

„Oh, Ihr seid also ein Landsmann von mir", sagte ich nach seinem Gruß. „Ihr seid ein Deutscher."

„Alle Menschen sind gleich vor Gott", antwortete er tiefgründig, „aber die Frommen sind ihm ein angenehmer Geruch."

„Da habt Ihr Recht", erwiderte ich, „besonders wenn sie sich in einer engen Stube drängen und Betstunde halten. Sagt, seid Ihr schon lange hier in dieser gotteslästerlichen Stadt?"

Er warf einen scheuen Blick auf mich und seufzte: „Oh welche Freude hat mir der Herr geschenkt, dass er einen Erweckten zu mir sandte! Du bist der Erste, der mir hier sagt, dass dies die Stadt der Babylonischen Hure und der Sitz des Antichrists ist. Da sprechen sie in ihrem weltlichen Sinn vom Altertum der Heiden, laufen umher in diesen protzigen Götzentempeln und nennen das alles Heilige Stadt."

„Wie freut es mich, Bruder, dich gefunden zu haben. Sind noch mehrere Brüder und Schwestern hier? Doch hieran kann es ja nicht fehlen. In einer Gemeinde, die der Apostel Paulus selbst gestiftet hat, müssen doch fromme Seelen sein."

„Bruder, geh mir weg mit dem Apostel Paulus, dem traue ich nur halb."

„Oh!"

„Ja! Man weiß inzwischen so allerlei von seinem früheren Leben. Er hatte so etwas hochnäsig Gelehrtes wie unsere Professoren und Pfaffen. Ich glaube, durch ihn ist dieses Übel ja überhaupt erst in die Welt gekommen. Zu was denn diese Gelehrtheit, diese Wissenschaftlichkeit; sie führen doch nur zum Unglauben. Auf die Erleuchtung kommt es an! Ein altes Weib, wenn es erleuchtet ist, kann genauso gut predigen und lehren wie der gelehrteste Doktor."

„Du hast vollkommen Recht, Bruder“, erwiderte ich. „Und ich war in meinem Leben in der Seele nie so heiter gestimmt, als wenn ich einen Bruder Schuster oder eine Schwester Waschfrau das Wort verkündigen hörte. War es auch lauter Unsinn was sie sprachen, so hatte es ihnen doch der Heilige Geist eingegeben, und wir alle waren zu Tränen gerührt. Doch sage mir, wie kommst du ins Haus dieser Gottlosen?“

„In der Stadt Fürth wohnte ich nicht weit vom Haus des bleichen, dürren Fräuleins. Damals lachte sie, wenn die Frommen am Sonntagabend in mein Haus wandelten, um sich eine Stunde bei mir zu erbauen. Als ich nun hierher kam in dieses Sodom und Gomorra, da gab mir der Geist ein, meine Nachbarin aufzusuchen. Ich fand sie von einem schweren Unglück niedergedrückt. Es ist ihr ganz recht geschehen, denn so straft der Herr den Wandel der Sünder. Aber mich erbarmte doch ihre junge Seele, dass sie so sicher dorthin abfahren soll, wo Heulen und Zähneklappern herrschen. Ich sprach ihr zu und sie ging ein in meine Lehren, und ich hoffe, es wird bei ihr bald zur Erleuchtung kommen. Und da erzählte sie mir von einem Mann, den der Satan und der Antichrist in ihren Schlingen gefangen haben, und bat mich, ob ich diese Bande kraft des Heiligen Geistes nicht lösen könnte. Und darum bin ich hier.“

Während der fromme Mann die letzten Worte sprach, kam der Berliner mit dem kränklich blassen Fräulein herein. Er stellte mich vor und sie fragte übergangslos, ob ich mit der Familie des Hauptmanns West in Mecklenburg bekannt sei. Ich bejahte es; ich hatte tatsächlich schon mit mehreren dieser Leute zu tun gehabt und nannte ihr einige Details, die sie bestätigen konnte.

„Der Hauptmann ist dabei, einen sehr unvernünftigen Schritt zu tun, der ihn gewiss nicht glücklich machen wird. Sarow hat Ihnen wohl schon davon erzählt. Und es kommt jetzt darauf an, ihm das Missliche eines solchen Schrittes auch von Seiten seiner Familie klarzumachen.“

„Mit Vergnügen, mein Fräulein. Und dieser fromme Mann wird uns dabei tatkräftig unterstützen. Er ist in geistlichen Argumentationen viel erfahrener als jeder von uns hier. Und ich denke, er wird der Sache sehr nützlich sein.“

„Es ist mein Beruf", antwortete der Pietist, wobei er die Augen
gräulich verdrehte. „Es ist meine Passion, zu kämpfen, solange
es Tag ist. Ich will setzen meinen Fuß auf den Kopf der Schlange und will ihr den Kopf zertreten wie einer Kröte! Ah, soeben
ist der Geist in mich gefahren. Ich fühle mich kraftvoll wie ein
gewappneter Streiter. Lasset uns nicht lange zaudern, denn die
Stunde ist gekommen! Sela!"
„Nun ja, gehen wir", sagte der Berliner. „Seien Sie versichert,
Luise, dass Herr von Stobelberg und ich alles tun werden, was
zu Ihrer Beruhigung dienen kann. Fassen Sie sich. Wie heißt es
doch? Die Zeit bringt Rosen."
Das schöne, bleiche Mädchen antwortete mit einem schwachen
Lächeln, das sie sich mühsam abgezwungen hatte. Wir gingen,
und als ich mich in der Tür noch einmal umwandte, sah ich sie
lautlos, aber heftig weinen.

Wir drei gingen ziemlich einsilbig über die Straße. Der Pietist,
vom Geist befallen, murmelte unverständliche Worte vor sich
hin, er verzog sein Gesicht und rollte seine Augen. Der Berliner
schien wohl am Erfolg unseres Beginnens zu zweifeln und ging
nachdenklich neben mir her. Ich selbst war vom Anblick der
stillen Trauer des Mädchens, ich möchte sagen, tatsächlich gerührt. Ich grübelte, wie ich es möglich machen könnte, sie dieser naiven Schwärmerei zu entreißen und sie dem Leben wie-
derzugeben. Denn so sehr ich ihr den Himmel und alles Gute
wünschte, so schien sie mir doch zu jung und viel zu schön, als
dass sie jetzt schon auf eine furchtbar langweilige Seligkeit spe-
kulieren sollte. Durch den Berliner schien ich das am besten er-
reichen zu können, viel besser als durch diesen Hauptmann
West, der mir ohnehin verfallen war, und der das Mädchen mit
seinem flatterhaften Charakter auf Dauer ja doch nur noch unglücklicher machen musste, als sie jetzt schon war.
    Im Hausflur des Hauptmanns ließ uns der Pietist vorange-
hen, weil er hier beten und unsern Ein- und Ausgang segnen
wollte. Doch, oh Wunder! Als wir uns umsahen, nahm er nach
einem Stoßseufzer einen kräftigen Schluck aus einem Fläschchen, das seiner Farbe nach einen italienischen Likör enthalten

musste. Ja, jetzt musste der Geist erst recht über ihn kommen, jetzt konnte überhaupt nichts mehr schiefgehen.

Der Hauptmann empfing uns mit einer etwas finsteren Stirn. Der Berliner stellte uns ihm vor, und sogleich begann der Pietist, vom Geist getrieben, seinen Sermon. Er stellte sich vor den Hauptmann hin, verdrehte die Augen zum Himmel und sprach: „Bruder, was haben meine Ohren von dir vernommen? So ganz hat dich der Teufel in seinen Klauen, dass du dich den Antichristen ergeben willst? Dass du absagen willst der heiligen, christlichen Kirche, der Gemeinschaft der Heiligen? Sela. Aber da sieht man es deutlich. Wie heißt es Sirach am 9. im dritten Vers? He? ,Fliehe die Buhlerin, dass du nicht in ihre Stricke fallest.'"

„Zu was soll diese Komödie dienen, Herr von Sarow?", fragte der Hauptmann gereizt. „Ich hoffe, Sie sind nicht gekommen, nur um mir diesen Schwachsinn zuzumuten."

„Ich wollte Sie mit Herrn von Stobelberg besuchen, der Ihre Familie kennt. Da ließ sich dieser fromme Mann hier, der gehört hat, dass Sie übertreten wollen, nicht abhalten, uns zu begleiten."

„Ja, aber geben Sie sich nur weiter keine Mühe, denn …"

„Höret, höret, wie er den Herrn lästert, in dessen Namen ich komme!", schrie der Pietist. „Der Antichrist krümmet sich in ihm wie ein Wurm, und der Teufel hockt ihm auf der Zunge. Was sagt derselbe Sirach? ,Lass dich nicht bewegen von dem Gottlosen in seinen großen Ehren; denn du weißt nicht, wie es ein Ende nehmen wird. – Wisse, dass du unter den Stricken wandelst, und gehest auf eitel hohen Spitzen!'"

„Und Sie kennen meine Familie, Herr von Stobelberg? Sind Sie vielleicht selbst ein Landsmann aus Mecklenburg?"

„Nein, aber ich kam oft zusammen mit Ihrer Familie. Einige kenne ich näher, zum Beispiel Ihren Onkel Friedrich, Ihre Tante Wilma, Ihren Schwager Zacharias …"

„Wie? Der Satan hat ihm die Ohren zugeleimt!", rief der fromme Protestant, als sein abtrünniger Bruder ihn völlig ignorierte. „Auf, ihr Brüder, ihr Streiter im Namen des Herrn, lasset uns ein geistliches Lied singen!"

Er kniff die Augen zu und fing an, mit näselnder Stimme zu
singen:

„Herr, schütz uns vor dem Antichrist,
Und lass uns doch nicht fallen;
Es streckt der Papst mit Hinterlist
Nach uns die langen Krallen;
Und lass dich erbitten,
Vor den Jesuiten
Und den argen Missionaren
Wollest gnädig uns bewahren.
Sie sind des Teufels Knechte all,
Nur wir sind fromme Seelen;
Wir kommen in des Himmels Stall,
Uns kann es gar nicht fehlen;
Denn nach kurzem Schlafe
Ziehn wir frommen Schafe
In den Pferch für uns bereitet,
Wo der Hirt die Schäflein weidet.
Dort scheidet er die Böcke aus ...“

Man kann nicht gerade sagen, dass der Fromme wie eine Nach-
tigall sang, aber komisch genug war es anzusehen, wie er vom
Geist getrieben dazu herumfuchtelte. Was den Hauptmann betraf, war man ungewiss, ob er mehr über die Unverschämtheit
dieses Proselytenmachers staunte, oder mehr über den Inhalt
der frommen Hymne erbost war. Als der Pietist nach einem tiefen Seufzer den dritten Vers begann, ging die Tür auf und die
majestätische Gestalt des Kardinals Rocco trat ein. Er war angetan mit einem weißen, faltenreichen Gewand, und der Purpur,
der über seine Schultern herabfloss, verlieh ihm etwas Erhabe-
nes. Er übersah uns mit gebieterischem Blick, und die Rechte,
die er ausstreckte, mochte vielleicht den ehrwürdigen Kuss
eines Gläubigen erwarten.

Der Hauptmann war nun in sichtlicher Verlegenheit; er fühlte, dass der Kardinal uns den Protestantismus sogleich anrie-
chen und er darüber erzürnen würde, seinen Katechumenen in

einer so schlechten Gesellschaft zu sehen. West nannte der Eminenz unsere Namen, doch als er Herrn von Sarow erblickte, trat er erschrocken einen Schritt zurück und flüsterte dem Frater Piccolo in der violetten Kutte zu: „Das ist wohl der Teufel, den du im Traum gesehen hast?"

Piccolo antwortete mit drei Kreuzen, die er ängstlich über seiner Brust schlug, und der Kardinal fing an, leise einige Stellen aus dem Exorzismus zu beten. Währenddessen hatte sich der fromme Kaufmann, dem das Wort auf der Lippe stehen geblieben war, wieder erholt. Er betrachtete die imponierende Gestalt des Kirchenfürsten, doch schien sie ihm nicht mehr zu imponieren, nachdem er zu dem Schluss gelangt war, dass nur ein protestantisch-mystischer Christ zur ewigen Seligkeit gelangen kann. Er fing im heulenden Predigerton auf Italienisch an zu beschwören: „Siehe da, ein Sohn der Babylonischen, ein Nepote des Antichrists! Er hat sich angetan mit Seide und Purpur, um eure armen Seelen zu verlocken! Hebe dich weg, Satanas!"

„Ist der Mensch ein Narr?", fragte der Kardinal, indem er nähertrat und den Prediger ruhig anschaute. „Piccolo, merke dir diesen Kerl, wir sollten ihn ins Spital bringen."

Der Pietist geriet nun richtig in Rage.

„Baalspfaffe, Götzendiener, Antichrist!", schrie er. „Du willst mich ins Spital tun? Ha, jetzt kommt der Geist erst recht über mich! Ich will barmherzig sein mit dir, Sodomiter! Ich will dich die Religion lehren, damit du deine ketzerischen Irrtümer einsehest! Aber zuvor wirf sogleich den Purpur ab! Zu was soll dieser Flitter dienen? Meinst du, du gefallest dem Heiligen Geist besser, wenn du violette Strümpfe anhast? Oh, du Tor! Das sind die ekelhaften Lehren des Antichristen, des Drachen, der auf dem hohen Stuhle sitzt! In Sack und Asche musst du Buße tun!"

Jetzt glühte Roccos Auge vor Wut, seine Stirne zog sich in Falten zusammen, seine Wangen glühten.

„Jetzt sehe ich, Otto West", rief er, „was dich so lange zögern lässt; du hältst Zusammenkünfte mit diesen wahnsinnigen Ketzern, die dich in deinem Aberglauben bestärken! Ha! Bei der heiligen Erde, du hast uns tief gekränkt!"

„Herr Kardinal“, fiel ihm von Sarow in die Rede, „ich bitte Sie, uns nicht alle in einen Topf zu werfen. Wenn der Mann dort den Trieb hat, alle Welt zu bekehren, dann können wir ihn ja nicht daran hindern, aber ...“
Jetzt war der Moment für mich gekommen; jetzt begann ich, sie aufeinander zu hetzen.
„Herr von Sarow“, sagte ich, „der Herr West will, denke ich, durch sein Schweigen klarstellen, dass er Seiner Eminenz Recht gibt. Zwar schließt mich mein Bewusstsein von den ‚wahnsinnigen Ketzern‘ aus, ich mache keine Proselyten, ich unterrichte niemand in der Religion; aber Ihrer werten Familie in Mecklenburg werde ich bei meiner Rückkehr sagen können ...“
„Stille!“, rief der Pietist mit feierlicher Stimme, indem er sich an West wandte. „Bruder, Mann Gottes, willst du dich so versündigen und dem Baalspfaffen folgen? Er geht einher wie ein Pharisäer, aber es wäre besser, ein Mühlstein hinge an seinem Halse und er würde ertränket, wo es am tiefsten ist.“
„Hüte dich, einen Pfaffen zu beleidigen“, ist ein altes Sprichwort, und der Hauptmann kannte es wohl. Ich sah seine Scham, von Rocco wie ein Schulknabe behandelt zu werden, und die Furcht, ihn zu beleidigen in seinem Inneren streiten.
„Ich muss Ihren Irrtum berichtigen, Eminenz“, sagte er. „Diesen Mann hier kenne ich überhaupt nicht, und er kann sich entfernen, wann er will, denn sein gräuliches Gezeter ist mir zuwider. Aber über diese Herren hier haben Sie eine ganz falsche Ansicht. Herr von Stobelberg bringt mir Nachrichten von meiner Familie, und Herr von Sarow besucht mich, weil ... Ich weiß nicht, welche böse Absicht Sie darin sehen.“
Die Wut des Kardinals wurde nun in kaltem Spott sichtbar.
„Ja, ich habe mich freilich geirrt“, sagte er lächelnd. „Ich bitte um Verzeihung, meine Herren. Ich dachte, Ihr Besuch betreffe religiöse Themen, doch nun merke ich, dass es nur friedliche Absichten sind, die Sie verfolgen. Herr von Sarow wird wahrscheinlich den Herrn Hauptmann wieder in die süßen Fesseln des deutschen Fräuleins legen wollen? Hab ich Recht? Egal, wenn eine andere Dame, eine Mutter, deswegen ins Unglück gestoßen wird. Es ist ihm gleichgültig. Ich bewundere nebenbei

auch deine Gutmütigkeit, mein Sohn, dass du dich jetzt von demselben Mann ködern lassen willst, der dich bei dem jungen Fräulein doch überhaupt erst aus dem Sattel gehoben hat!"
Zu welch sonderbaren Sprüngen steigert doch den Sterblichen die Beschämung. Das Gefühl des Unrechts, schwere Beleidigung oder glühender Zorn, alle diese Leidenschaften seines Gemüts hätten den Hauptmann wohl nicht so außer sich gebracht, wie die Scham, vor deutschen Männern von einem römischen Priester so verhöhnt zu werden.
„Nur die Achtung, Signor Rocco", sagte er mühsam beherrscht, „die ich vor Ihrem Priestergewand habe, hindert mich daran, Ihnen gebührend auf das zu erwidern, was Sie eben in meinem Zimmer über mich gesagt haben. Ich kenne jetzt Ihre Ansichten über mich zur Genüge und wundere mich, dass Sie sich wegen meiner armen Seele so viel Mühe geben. Diesem Herrn, der, wie Sie sagten, mich aus dem Sattel hob, werde ich folgen. Doch Sie dürfen jetzt wissen, dass das, was er getan hat, mit meiner Zustimmung geschah. Ich werde ihm folgen, obgleich es zuvor gar nicht in meiner Absicht lag; nur um Ihnen zu zeigen, dass weder Ihr Spott, noch Ihre Drohungen auf mich Eindruck machen."
Das rosige Antlitz Roccos war auf einmal so weiß geworden wie sein seidenes Gewand.
„Geben Sie sich keine Mühe", entgegnete er, „mir zu beweisen, wie wenig man an einem seichten Kopf wie dem Ihrigen verliert. Glauben Sie mir, die Kirche hat höhere Zwecke, als einen unehrenhaft entlassenen Hauptmann West zu bekehren …"
„Wir kennen diese höheren Zwecke!", rief da der Berliner dazwischen. „Ihre Pläne sind freilich nicht auf einen Einzelnen gerichtet; Sie möchten gar zu gerne unser ganzes Vaterland und auch England und alles, was zum Evangelium hält, unter den heiligen Pantoffel bringen. Aber Sie kommen hundert Jahre zu spät oder zu früh, denn noch gibt es Gott sei Dank Männer genug in Deutschland, die lieber des Teufels sein wollen, als den Heiligen Stuhl anbeten!"
„Bringe mir meinen Hut, Piccolo", sagte der Priester sehr gelassen. „Ihnen, mein Herr von Sarow, danke ich für diese Beleh-

rung. Doch liegt uns an den dummen Deutschen wenig. Es liegt ein sicheres Mittel in der Erbärmlichkeit Ihrer Nation und in ihrer Nachahmungssucht. Ich kann Ihnen versichern, wenn man in Frankreich recht fromm wird, wenn England über kurz oder lang zur allein seligmachenden Kirche zurückkehrt, dann werden auch die ehrlichen Deutschen nicht mehr lange protestieren. Leben Sie wohl, mein Herr, auf Wiedersehen."

Die Züge des Kardinals hatten etwas Gebieterisches, das mir noch nie so sichtbar wurde, wie in diesem Moment. Ich muss gestehen, er hatte sich gut aus der Affäre gezogen und verließ als einstweiliger Sieger den Kampfplatz. Frater Piccolo setzte ihm den roten Hut auf, ergriff die Schleppe seines Talars, und mit Anstand und Würde grüßend schritt der Kardinal aus dem Zimmer.

Der Berliner fühlte sich beschämt und sprach kein Wort, der Pietist murmelte Stoßgebete und war augenscheinlich düpiert, denn der Streit war weit über seinen niederen Horizont gegangen, über dem nur die Phrasen vom Antichrist, dem Drachen auf dem Heiligen Stuhl, dem Baalspfaffen, der babylonischen Hure, dem Höllenpfuhl und dem Paradiesgarten schwebten.

Dem Hauptmann schien übrigens gar nicht wohl bei der Sache zu sein. Ich erinnerte mich, dass er von Donna Ines und diesem Priester bedeutende Vorschüsse empfangen hatte, die er nicht zurückzahlen konnte. Es war also zu erwarten, dass sie ihn von dieser Seite bald heftig piesacken würden, und ich freute mich schon darauf, was er dann in seiner Verzweiflung tun würde. Ja, auch zu diesem hochmütigen Auftritt hatte ihn sein notorischer Leichtsinn verleitet. Denn hätte er bedacht, was für Folgen für ihn daraus entstehen würden – er hätte sich von seiner falschen Scham bestimmt nicht so blindlings hinreißen lassen. Dem Berliner erging es bei diesem Stand der Dinge ebenso schlimm. Ich wusste wohl, dass er die Hoffnung auf Luise nicht aufgegeben hatte und dass er an diesem Tage mehr denn je Anlass darauf zu hoffen hatte, weil sie ihn ja sogar zu sich gebeten hatte. Ich wusste aber auch, mit welch bedingungsloser, strunzdummer Liebe Luise an diesem Hauptmann hing; sie hatte natürlich ein ureigenes Interesse daran, dass er ihre gemeinsame

Konfession nicht verließ, weil er folgerichtig sonst als Ehegemahl nicht mehr für sie infrage kommen dürfte. Ihre Sorge um sein Seelenheil war also mit Sicherheit nur vorgeschoben. Ich hielt es aber auch für sehr gut möglich, dass sie dem Berliner bald zugeneigter werden könnte, weil sie ihn wohl ohnehin zu mögen schien und weil sie sah, wie eifrig er sich um sie bemühte. Und außerdem musste sie die bittere Enttäuschung über den stetigen Wankelmut des Hauptmanns doch irgendwann einmal zur Vernunft bringen.

Doch jetzt hatte der Hauptmann erst einmal vor uns allen ausgesprochen, dass er das Fräulein wiedersehen wollte. Und der Berliner knirschte leise mit den Zähnen.

„Es ist mein voller Ernst, Herr von Sarow", sagte der Hauptmann. „Ich sehe ein, dass ich mich dieser unwürdigen Verbindung mit dem Kardinal und der ihm vollkommen ergebenen … Donna entreißen muss. Können Sie mir Gelegenheit verschaffen, Luise wiederzusehen, um ihre Verzeihung zu erbitten?"

„Ich weiß nicht, wie Fräulein von Palden darüber denkt", antwortete der junge Mann etwas verstimmt. „Ich glaube eigentlich nicht, dass sie nach diesen Vorgängen …"

„Oh, ich habe die beste Hoffnung!", rief der Hauptmann. „Ich kenne Luises gutes Herz und kann nicht glauben, dass sie aufgehört hat, mich zu lieben. Hören Sie einen Vorschlag. Signora Campoco hat einen Garten am Tiber. Bitten Sie das Fräulein, mit ihrer Tante heute Abend dorthin zu kommen. Ich will sie ja nicht allein sehen, Sie alle können zugegen sein. Ich will ja nichts, als Vergebung lesen in ihren Augen, ein Wort von ihr soll mir genügen, um mich mit dem Himmel zu versöhnen und dem einzig wahren Glauben *nicht* abzuschwören. Mein Gott, wie konnte ich so etwas nur in Betracht ziehen!"

„Gut, ich will es ihr sagen", erwiderte der Berliner, indem er sich um Fassung bemühte. „Soll ich Ihnen Antwort bringen?"

„Ist nicht nötig. Wenn Sie keine Antwort bringen, bin ich um sechs Uhr als reuiger Sünder in diesem Garten am Tiber."

Ich war sehr gespannt auf diesen Abend. Sarow hatte mir gesagt, dass Luise eingewilligt hatte, den Hauptmann zu treffen.

Sie hatte den Berliner gebeten, dabei zu sein, und er bat mich, ihn zu begleiten, weil er diese verrückte Szene allein nicht mit ansehen könnte. Als ich am frühen Abend seiner Wohnung entgegenging, trat mir auf einmal Frater Piccolo mit der Frage in den Weg, wo er denn wohl den Hauptmann finden könnte. Ich forschte ihn aus, zu welchem Zweck er wohl den Hauptmann suchen würde, und er sagte mir ohne Umschweife, dass er ihm vom Kardinal einen Schuldschein auf fünftausend Scudi zu überreichen habe, die er binnen zwölf Stunden bezahlen müsse. „Wertester Frater Piccolo", erwiderte ich, „das sicherste ist, Ihr bemüht Euch nach sechs Uhr in den Garten der Signora Campoco, dort werdet Ihr ihn bestimmt finden."
Er dankte und ging weiter.
„Fünftausend Scudi binnen zwölf Stunden!", frohlockte ich. „Ich will sehen, wie er seinen Kopf aus dieser Schlinge zieht!"

Den armen Berliner traf ich in einer sehr niedergeschlagenen Stimmung an. Er schien zu glauben, dass seine Hoffnungen zerstört seien. Doch nicht nur dieses Gefühl war es, was ihn so unglücklich machte; er fürchtete, Luise würde auf Dauer nicht glücklich werden.
„Ach, dieser West!", seufzte er. „Was ist das nur für ein wankelmütiger Mensch! Wenn ihn auf einmal die Reue überkommt, die Spanierin unglücklich gemacht zu haben, ist es doch jederzeit möglich, dass er Luise wieder verlässt."
,Allerdings', dachte ich, ,und wenn erst das Schuldscheinchen bei ihm anlangt und er nicht zahlen kann, wird das schon ziemlich bald geschehen.'

Wir gingen hinaus an den Tiber und fanden zum Garten der Signora Campoco. Unterwegs sagte mir der junge Mann, das Fräulein sei ihm unbegreiflich. Als er ihr berichtete, wie sich beim Hauptmann auf einmal alles so sonderbar gefügt hatte, dass er nicht nur bei der protestantischen Kirche bleiben, sondern auch als reuiger Sünder zu ihr zurückkehren wollte, da war ein unglaublich seliges Lächeln in ihrem Gesicht aufgegangen. Sie hat geweint vor Freude und sie hat ohne darüber nachzudenken ihre Tante darum gebeten, den Hauptmann in ihrem Garten zu empfangen, so sehr sie doch den Elenden zuvor auch angeklagt hatte. Und dennoch wäre sie jetzt nicht mehr so heiter; eine sonderbare Befangenheit, ein Zittern banger Erwartung hatte sie befallen. Sie hatte Sarow gestanden, dass sie der Gedanke an den Fluch ihres Vaters quälen würde. Wenn sie nun doch die Gattin des Hauptmanns werden würde, könnte womöglich auch er, der über alles Geliebte, davon betroffen sein.

Unter diesen Klagen des Berliners und unter seinen Beschuldigungen gegen das ganze weibliche Geschlecht hatten wir uns endlich dem Garten genähert. Er war von Büschen und Bäumen umgeben; ein ideales Versteck für heimlich Liebende. Was mag sich dort an manchem lauen Sommerabend wohl zwischen Luise und ihrem Hauptmann nicht alles ereignet haben ...?

Signora Campoco empfing uns mit all ihren Hündchen aufs Freundlichste. Sie erzählte, dass sie das deutsche Gewisper und Geseufze der beiden Versöhnten nicht mehr länger habe ertragen können. Mit vieldeutigem Lächeln wies sie auf eine Laube, wo wir sie finden würden.

Mit glänzenden Augen und mit unendlicher Freude auf dem schönen Gesicht trat uns Luise entgegen. Der Hauptmann aber schien mir recht ernst zu sein, und es war mir, als müsste ich in seinen scheuen Blicken eine neue Schuld lesen, die er zu der alten auf sein Gewissen geladen hatte.

Dem Berliner war wohl der feurige Dank das Schmerzlichste, den ihm das schöne Mädchen für seine eifrigen Bemühungen ausdrückte. Sie umarmte ihn, sie nannte ihn ihren treuesten Freund, ja, sie bot ihm sogar ihre Lippen zum Kuss, und er hat wohl nie so tief als in jenem Augenblick gefühlt, wie höchste Lust sich mit Schmerz paaren kann.

Angesichts dieser Szene fiel mir eine Passage aus dem wunderbaren Buch „Flegeljahre" von Jean Paul ein, die einen solchen peinlichen Gefühlskleister ganz wunderbar beschreibt:

„Selige Stunden, welche auf die Versöhnung der Menschen folgen! Die Liebe ist wieder blöde und jungfräulich, der Geliebte neu und verklärt, das Herz feiert seinen Mai, und die Auferstandenen vom Schlachtfelde begreifen den vorigen, vergessenen Krieg nicht."

Ich schaue stets verständnislos auf derlei menschliches Verhalten, denn ich selbst habe nicht mehr geliebt, seit sich der Himmel hinter mir schloss, und darum wohl ist mir eine solche Versöhnung eine absolut unbegreifliche Posse.

Bei dieser ganzen Szene ergötzte ich mich mehr an der Erwartung als an der Gegenwart. Wenn jetzt, so dachte ich mir, Frater Piccolo durch die Büsche käme, um seinen Schuldschein vom Hauptmann quittieren zu lassen … Während die anderen in frohem Geplauder mit vielen Worten nichts sagten, lauschte ich in die Stille des Abends hinein. – Da hörte ich das sich nähernde Plätschern von Rudern. Es war nach sechs Uhr, die Stunde, um die ich Frater Piccolo hierher bestellt hatte …

Die Ruderschläge kamen immer näher. Weder die Liebenden noch der Berliner schienen sie zu beachten. Jetzt hörte man nur noch das leise Rauschen des Flusses. Das Boot musste in der Nähe angelegt haben. Die Hunde der Signora schlugen an, man hörte Stimmen, es raschelte in den Sträuchern, Schritte knisterten auf dem Sandweg des Gartens. Ich sah mich um. – Donna Ines und Kardinal Rocco standen vor uns.

Luise starrte diese Menschen an, als sähe sie ein Phantasiegebilde. Aber sie mochte sich des Kardinals und jenes Augenblicks erinnern, als sie sich den fürchterlichsten Vorwürfen stellen musste. Sie schien den Zusammenhang allmählich zu begreifen, schien zu ahnen, wer diese Frau an seiner Seite war. Der Hauptmann hatte den Kommenden den Rücken zugekehrt und sah also nicht sogleich die Ursache von Luises Schrecken. Er drehte sich um und begegnete den Zorn sprühenden Blicken der Donna. Er zuckte merklich zusammen, öffnete den Mund und suchte anscheinend vergeblich nach Worten. Aber das Gefühl seiner Schande, die Angst und die Verwirrung schnürten ihm die Kehle zu. Was für ein köstlicher Anblick!

„Wie schändlich!", fing Ines an. „So muss ich dich treffen? Bei deiner deutschen Buhlerin steckst du und vergisst, was du deinem Weib schuldig bist? Statt meine Ehre, die du mir geraubt hast, durch Treue zu ersetzen, statt mich zu entschädigen für mein großes Unglück, das ich deinetwegen erleiden musste, schwelgst du in den Armen einer anderen?"

„Folge uns, Hauptmann West!", sagte der Kardinal sehr streng. „Es ist dir nicht erlaubt, noch einen Augenblick hier zu bleiben. Die Barke wartet. Gib der Donna deinen Arm und verlasse diese ketzerische Gesellschaft!"

„Du bleibst!", rief Luise, indem sie ihre schönen Finger um seinen Arm krallte und sich stolz aufrichtete. „Schick diese Leute fort! Du hast ja eben noch dieser … Abenteurerin abgeschworen! – Otto? – Otto! Warum sagst du denn nichts?! – Monsignore, ich weiß nicht, wer Ihnen das Recht gibt, in diesen Garten einzudringen; haben Sie die Güte, sich mit dieser Dame zu entfernen."

„Wer mir das Recht gibt, junge Ketzerin?", entgegnete Rocco. „Die ehrwürdige Frau Campoco. Ich denke ihr gehört der Garten, und sie wird sich bestimmt nicht belästigt fühlen, wenn wir hier sind."

„Ich bitte um Ihren Segen, Eminenz", sagte Signora Campoco, indem sie sich tief verneigte. „Wie kannst du nur so sprechen, Luise! Meinem Garten ist heute Heil widerfahren, denn heilige Gebeine wandeln darin!"

„Hauptmann!", rief der Kardinal. „Stoße den Satan zurück, der dich wieder in den Klauen hält! Folge uns, wohin deine Pflicht dich ruft!"

Der Hauptmann stand da, wie zur Salzsäule erstarrt.

„Ha! Du zauderst noch immer?", fuhr der Kardinal fort, und ein höhnisches Lächeln zeigte sich auf seinem Gesicht. „Soll ich dir etwa dieses Papier vorzeigen? Kennst du diese Unterschrift? Wie steht es mit den fünftausend Scudi, mein Sohn? Soll ich dich von der Wache abholen lassen?"

„Fünftausend Scudi?", unterbrach ihn Sarow. „Ich leiste Bürgschaft, Herr Kardinal!"

In diesem Moment hätte ich den Berliner, diesen Trottel, wegen seiner übermäßigen Blödheit mit einer Fliegenklatsche prügeln mögen. Wie konnte er nur …!

„Mitnichten!", antwortete der Kardinal sehr ruhig. „Sie sind ein Ketzer, und Ketzern ist nicht zu trauen. Sie könnten ja mit der Bürgschaft in die weite Welt fliehen. Nein! – Piccolo! Sende einen der Schiffer in die Stadt, man soll die Wache holen!"

„Um Gottes willen, Otto! Was bedeutet das?", rief Luise mit Tränen in den Augen. „Du wirst dich doch nicht diesen Menschen so ganz übergeben haben? Herr! Nur eine Stunde Aufschub! Mein ganzes Vermögen soll Ihnen gehören! Mehr, viel mehr will ich Euch geben, wenn Sie nur …!"

„Meinst du, sündiges Geschöpf", fiel ihr die Spanierin in die Rede, „meinst du, es würde hier nur um Geld gehen? Mir, mir hat er seine Seele verpfändet! Er hat mich mit seinen Liebesschwüren aus den reichen Tälern meiner Heimat gelockt! Er hat mir ein seliges Leben in seinen Armen versprochen! Aber er hat mich schändlich betrogen um diese Seligkeit! Und du – auch du hast mich betrogen, deutsche Dirne! Aber sieh zu, wie du es dereinst vor den Heiligen verantworten kannst, dass du dem Weib den Gatten raubst und den Kindern ihren Vater!"

„*Ich* hätte ihn dir entrissen, du unglückseliges Weib?!", zürnte Luise mit so lauter Stimme, wie ich sie ihr nie zugetraut hätte. „Er kannte mich längst, ehe er dir in einer verfluchten Stunde begegnete, und die Treue, die er dir schwor, hat er *mir* gebrochen!"

„Von dieser Sünde werden wir ihn absolvieren", sprach der Kardinal. „Diese Sünde ist umso weniger schwer für ihn, als Sie selbst, Signora, mit einem Anderen in Verhältnissen waren, der hier danebensteht. Mein Sohn, folge uns! Bei den Gebeinen aller Heiligen, wenn du jetzt nicht folgst, wirst du sehen, was es heißt, den Heiligen Vater zu verhöhnen!"

Der Hauptmann war wirklich ein miserabler Sünder. So wenig Kraft, so wenig Entschluss, so viel Erbärmlichkeit! Ich hätte ihn packen und in hohem Bogen in den Fluss werfen mögen. Doch jetzt horchte ich abermals auf.

„Was ist das nur für ein Kindergeschrei!", rief ich erstaunt. „Es wird doch kein Unglück gegeben haben?"

„Ha, meine Kinder!", schluchzte die Spanierin. „Weint nur, ihr armen Kleinen! Der, der euer Vater sein sollte, hat Erz in seiner Brust! Ich gehe, ich werfe sie in den Tiber und mich mit ihnen! So ende ich mein Leben, das du, Verfluchter, vergiftet hast!"

Sie rief es und wollte zum Fluss eilen, doch Luise fasste sie an der Kleidung, und bleich wie der Tod mit starren Augen führte sie Donna Ines zu dem Hauptmann. Dann lief sie mit wehendem Kleid davon.

Ich selbst war einige Augenblicke im Zweifel, ob sie nicht denselben Entschluss ausführen wollte, den die Donna soeben für sich gefasst und leider schon wieder verworfen hatte. Doch der Weg, den Luise einschlug, führte tiefer in den Garten hinein; sie wollte wohl nur diesem Jammer entgehen. Der Berliner aber rannte ihr ängstlich nach, und als sich auch der Hauptmann von der Donna losriss, ihr zu folgen, stürzte die ganze Gesellschaft, der Kardinal, ich und Signora Campoco hinterher.

Wir kamen dazu, als Luise gerade erschöpft und der Ohnmacht nahe zusammensank. Sarow fing sie in seinen Armen auf und trug sie zu einer Bank. Dort wollte ihn der Hauptmann verdrängen. Er wollte wohl seinen momentanen Entschluss zeigen, Luise anzugehören, und entfernte den Arm des jungen Mannes, um den seinigen unterzuschieben. Doch Sarow, tief ergriffen von Liebe und Schmerz, stieß den Hauptmann zurück.

„Fort mit dir!", rief er. „Gehe zu Pfaffen und Ehebrechern, zu Schurken deines Gelichters! Du hast deine Rolle heuchlerisch gespielt. Weg mit dir, du ehrloser Schuft!"

„Was sprechen Sie da!", schrie der Hauptmann aufschäumend. „Was erlauben Sie sich! Erklären Sie sich deutlicher!"

„Jetzt hast du die Sprache wiedergefunden, du Schurke, aber als dieser Engel dich anflehte, da hatte die Schande deinen Mund verschlossen! Rühr sie ja nicht an, oder ich schlag dich auf der Stelle nieder!"

„Das wird *dir* geschehen!", entgegnete der Hauptmann, und wie ein Blitz stieß er mit etwas Glänzendem, das er plötzlich in der Faust hatte, an die Brust des Berliners. – In Spanien lernt man vermutlich gut stoßen. Sarow hatte einen Messerstich in der Brust. Er sank, ohne Luise loszulassen, in die Knie.

,Na, jetzt wird der tapfere Hauptmann ganz gewiss katholisch!', war mein Gedanke, als das Blut des jungen Mannes hervorströmte. ,Jetzt *muss* er sich in den Schoß der Kirche flüchten!'

Und es kam tatsächlich, wie es kommen musste. Willenlos ließ sich der Hauptmann von Ines und dem Kardinal wegführen, und die Barke stieß mit ihnen und den Kindern ab ...

Eine Woche nach diesem Vorfall kam der glorreiche Tag, an dem der Papst wieder einmal vor dem versammelten Volk mir, dem Teufel, die Seelen aller Ketzer übergab. An einem solchen Tag pflegt ganz Rom zusammenzuströmen, besonders die Weiber kommen gern, um die Ketzer im Geiste abfahren zu sehen. Man drängt und schlägt sich auf dem großen Platz, man hascht nach dem Anblick des Heiligen Vaters, und wenn er den heiligen Bannstrahl herabschleudert, durchzuckt ein mächtiges Gefühl jedes Herz, und alle schlagen sich an die Brust und sprechen: „Wohl mir, dass ich nicht bin wie dieser einer."

Dieses Mal aber hatte das Fest noch eine ganz besondere Bedeutung; man sprach nämlich in allen Zirkeln, in allen Kaffeehäusern und auf allen Straßen davon, dass ein berühmter, tapferer, ketzerischer Offizier sich an diesem Tage taufen lassen wollte. Dieser Offizier machte seine Dienstgrade erstaunlich schnell durch. Am Montag hieß es, er sei Hauptmann, am Dienstag er sei Major, am Mittwoch war er Oberst, und wenn man am Donnerstag früh jemanden auf der Straße anhielt, um zu fragen, wohin er so schnell laufe, konnte man auf die Antwort rechnen: „Aber wissen Sie nicht, dass zur Ehre Gottes ein ketzerischer General seinem Irrglauben abschwört und sich taufen lässt, um ein guter Christ zu werden wie wir?"

Sie hatten also den Hauptmann West, wie ich mir gut vorstellen konnte, nach der peinlichen Szene in Signora Campocos Garten so lange und so heftig mit Vorwürfen, Bitten, Drohungen, Versprechungen und Tränen bestürmt, dass er nun alles mit sich machen ließ, besonders da er durch die Taufe nicht nur Absolution für seine arme Seele, was ihm übrigens wenig helfen wird, sondern auch Schutz vor der Justiz erhielt. Die fing nämlich schon an, ihm nachzuspüren, da der Berliner einige Tage zwischen Leben und Tod schwebte und sein Gesandter auf die strenge Ahndung des Mordversuchs drängte.

Ich nahm diesmal die Gestalt eines älteren, holländischen Kaufmanns an und stellte mich auf dem Platz so hin, dass der Zug mit dem Täufling an mir vorüberkommen musste. Endlich war es soweit! Ein langer Zug von Mönchen, Priestern, Nonnen, andächtigen Männern und Frauen kam heran. Ihre halblaut gesprochenen Gebete rollten wie Orgelton durch die Lüfte. Sie zogen im Kreis um den ungeheuren Platz. Und jetzt wurden die Römer um mich her aufmerksamer. „Da kommt er", wisperte es von allen Seiten. Ich sah hin. – In einem grauen Gewand, das Haupt mit Asche bestreut, ein Kruzifix in den gefalteten Händen, nahte mit unsicheren Schritten der Hauptmann. Zwei Bischöfe in ihren violetten Talaren gingen vor ihm und Chorknaben aller Größen folgten ihm nach.

„Ein schöner Ketzer, ein schmucker Mann!", hörte ich die Weiber um mich her raunen.

„Wie freut man sich, wenn man sieht, wie dem Teufel eine Seele entrissen wird!"

„Werden sie ihn vorher taufen oder nachher?"

„Vorher", antwortete ein schwarzlockiges Mädchen, „vorher, denn nachher verflucht der Heilige Vater alle Ketzer, und da würde er ihn ja auf ewig verdammen und nachher wieder segnen und taufen."

„Ach, davon verstehst du nichts", sagte ein älterer Mann. „Der Papst kann alles, was er will, so oder so."

„Nein, er kann nicht alles", erwiderte das Mädchen schelmisch lächelnd, „denn er kann nicht heiraten!"

Das Volk begann indessen in die Peterskirche zu strömen, und auch ich folgte dorthin.

Es ist eine lächerlich materielle Idee, wenn die Menschen sich vorstellen, ich könne in keine christliche Kirche kommen. Ich drängte mich so weit als möglich vor, um die Zeremonien dieser Taufe zu sehen. Der tapfere Hauptmann hatte jetzt sein graues Gewand mit einem weißen vertauscht und kniete nah am Hochaltar. Kardinäle, Erzbischöfe und Bischöfe standen umher. Der ungewisse Schein des Tages, vermischt mit dem Flackern der Kerzen, welche die Chorknaben hielten, umgab sie mit einem ehrwürdigen Heiligenschein, der jedoch bei manchem wie Scheinheiligkeit aussah. Auf der anderen Seite kniete unter vielen Frauen Donna Ines mit ihren Kindern. Sie war lockender und reizender als je, und wer Luise nicht gesehen hatte, konnte dem Täufling verzeihen, dass er sich durch dieses schöne Weib unter den Pantoffel Sankt Petri bringen ließ.

Neben mir stand eine schlanke, schwarz verschleierte Dame. Sie stützte sich mit einer Hand an eine Säule. Mir fiel auf, dass sie am ganzen Leibe zitterte. Der Schleier war zu dicht, als dass ich ihr Gesicht erkennen konnte, doch sagte mir eine Ahnung, wer es sein könnte …

Jetzt erhoben die Priester den Gesang. Er zog mit den blauen Wölkchen des arabischen Weihrauchs hinauf durch die Gewölbe und berauschte die Sinne der Sterblichen, betäubte ihre Seelen und riss sie hin zu einer Andacht, die sie über die Gebote ihrer Vernunft hinwegführte. Jetzt fing der Hauptmann an, sein Glaubensbekenntnis zu sprechen.

„Oh Gott, verzeihe ihm diese Sünde!", seufzte die Dame an meiner Seite auf Deutsch und mit einer Stimme, die mir gut bekannt war.

Der Hauptmann sprach weiter, er verfluchte den Glauben, in welchem er bisher gelebt hatte. Da fingen die Priester wieder zu singen an. Die tiefen Töne drangen wohl schmerzhaft in das Herz der verschleierten Dame, denn sie schien zu weinen. Jetzt wurde das Sakrament an ihm vollzogen, der Kardinal Rocco, im prachtvollen Ornat seiner Würde, segnete ihn ein, und Donna Ines warf dem Getauften frohlockende Handküsse zu.

„Vater im Himmel, lass ihm mein Bild nie erscheinen", betete die Dame an meiner Seite, „dass nie der Stachel der Reue ihn quäle! Lass ihn glücklich werden in deinem Namen!"
Und mit dem Pomp des heiligen Triumphes schloss die Taufe, und der Hauptmann stand auf, zwar als ein genauso großer Sünder wie zuvor, doch als ein rechtgläubiger, katholischer Christ.
Das Volk drängte sich zu ihm und drückte seine Hände, und Donna Ines führte ihm mit holdem Lächeln ihre Kinder zu. Aber noch war die Posse nicht zu Ende. Kardinal Luighi führte den Getauften an die Stufen des Altars, stieg die heiligen Stufen hinan und las die Messe.
Die Dame im schwarzen Schleier zitterte noch heftiger, als sie das alles sah.
„Bitte, mein Herr", flüsterte sie mir plötzlich zu, „seien Sie so barmherzig und führen Sie mich aus der Kirche, ich fühle mich auf einmal sehr unwohl."

Ich gab ihr meinen Arm, und die frommste Seele in Sankt Peters weiten Hallen ging hinweg, begleitet vom Teufel.

Auf dem Platz vor der Peterskirche deutete sie schweigend auf eine Equipage, die in der Nähe wartete. Ich führte sie dorthin, öffnete ihr den Schlag und bot ihr die Hand zum Einsteigen. Sie schlug den dunklen Schleier zurück, es war, wie ich es mir gedacht hatte, es war Luises bleiches, schönes Gesicht, das zum Vorschein kam.

„Ich danke Ihnen, mein Herr!", sagte sie. Ihre schönen Augen wandten sich noch einmal nach Sankt Peter und füllten sich dabei mit Tränen. Aber schnell schlug sie den Schleier wieder nieder und schlüpfte in den Wagen. Ich schloss den Schlag und die Pferde zogen an. Ich habe sie nie wiedergesehen.

Dringende Geschäfte riefen mich in meine Residenz, sodass ich erst nach ein paar Tagen wieder als Stobelberg nach Rom zurückkehren konnte. Der erste Bekannte, den ich nach dieser erbärmlichen Zeremonie nahe der Porta del Popolo traf, war der deutsche Pietist. Er saß in einem stattlichen Reisewagen und hatte, wie es schien, Streit mit einigen päpstlichen Polizisten.

„Lieber Bruder", sagte ich, „es scheint, du willst Sodom verlassen gleich dem frommen Lot?"

„Ja, fliehen will ich aus dieser Stätte des Satans", war seine Antwort, und er klang recht verbittert. „Aber hier lässt mich der Drache auf dem Stuhl des Lammes noch einmal anhalten, aus Rache, weil ich einen seiner Baalspfaffen im Christentum unterweisen wollte."

Ich sah hin und merkte jetzt erst die Ursache des Streites. Die Polizei hatte, ich weiß nicht aus welchem Grund, den Wagen durchsucht. Da war man auf ein Kistchen gestoßen und hatte den Pietisten gefragt, was es denn enthalte.

„Geistliche Bücher", hatte er geantwortet. Man glaubte es aber nicht, schloss auf, und siehe da, es war ein gepolstertes Flaschenbehältnis. Und nun wollten die Polizeimänner wegen seines Betruges einige Scudi von ihm nehmen.

„Aber, Bruder!", sagte ich. „Eine fromme Seele sollte nach nichts dürsten, außer nach dem Tau des Himmels, nach nichts hungern außer dem Manna des Wortes des Herrn, und doch führst du ein Dutzend Flaschen mit dir! Und hier liegt ja noch ein ganzer Pack Salamiwürste? Pfui, Bruder, du solltest Buße tun!"

„Ach, Bruder", erwiderte der Pietist und verdrehte die Augen gen Himmel, „Bruder, bei dir muss es noch nicht völlig zum Durchbruch gekommen sein, dass du einem Mann von so felsenfestem Glauben solche Worte sagst. Dass ich meinen Flaschenkeller gefüllt und diese aus Eselsfleisch bereiteten Würste gekauft habe, geschah aus reinem Glaubensdrang. Der Heilige Geist selbst hatte es mir eingegeben, damit ich mich stärke, um dem einzig wahren Glauben zu dienen."

Und er nestelte seinen Beutel hervor und sprach zu den Polizisten: „Da, ihr lumpigen Söhne von Astaroth, ihr Brut des Basilisken, da nehmt diesen holländischen Dukaten und lasst mir meine geistlichen Bücher in Ruhe! – So, nun lebe wohl, Bruder! Der Geist komme über dich und stärke deinen Glauben!"

Da fuhr er hin, und ich blickte ihm erheitert nach, wohl wissend, ihn nach angemessener Zeit wiederzusehen. Ich ging weiter, den Korso hinab. Am unteren Ende der Straßen begegnete mir der Kardinal Rocco mit seinem Diener. Dem hohen Würdenträger schien nicht wohl zu sein, denn ganz gegen die Etiquette trug ihm Piccolo nicht die Schleppe nach, sondern führte ihn am Arm, und dennoch wankte Rocco zuweilen heftig hin und her. Sein Gesicht war gerötet, die Augen halb geschlossen und der rote Hut saß ihm etwas schief auf dem Ohr.

„Sieh da, ein bekanntes Gesicht!", rief er, als er mich erblickte, und blieb stehen. „Komm hierher, mein Sohn, und empfange meinen Segen. Wo sind wir uns schon einmal begegnet?"

„Ich hatte die Ehre, Eure Eminenz im Garten der Frau Campoco zu sehen."

„Ja, ja! Ich erinnere mich! Du bist ein recht netter, junger Ketzer. Weißt Du, woher ich geradewegs komme? Vom Hochzeitsschmaus des lieben Paares!"

„Sie waren wohl recht vergnügt?", stellte ich fest. „Es ist doch Ihr Werk, dass die Donna den Hauptmann endlich doch noch für sich gewonnen hat?"

„Das ist es allerdings“, sagte er mit stolzem Lächeln. „Mein Werk. Komm, gehen wir noch ein paar Schritte zusammen! – Was wollte ich sagen? Ja – äh … Mein Werk ist es, denn ohne mich hätte die Donna gar keine Nachricht von ihm bekommen. Ich war es, der ihr schrieb, dass er sich in Rom befindet. Ohne mich wäre ihre frühere Ehe nicht für ungültig erklärt worden. Ohne mich wäre der Hauptmann nicht rechtgläubig geworden, was zur Glorie unserer Kirche beiträgt. Ohne mich wäre er nicht von seiner Ketzerin losgekommen – kurz, ohne mich – ja ohne mich stünde alles noch wie zuvor.“

„Es ist großartig!“

„Hör mal, du gefällst mir, mein lieber Ketzer. Willst du nicht auch rechtgläubig werden? Brauchst du Geld? Kannst du haben so viel du willst. Brauchst du eine schöne, frische, reiche Frau? Ich habe eine Nichte, du kannst sie haben. Brauchst du Ehren und Würden? Ich kann dir den goldenen Sporenorden verschaffen; es kann ihn zwar jeder Trottel für einige Scudi kaufen, aber du sollst ihn umsonst haben. Willst du in deiner barbarischen Heimat hohe Ämter bekleiden? Sag es nur; wir haben dort großen Einfluss, geheim und öffentlich. Na? Was sagst du dazu?“

„Ihre Vorschläge sind nicht übel“, erwiderte ich. „Sie sind nobel in Ihren Versprechungen. Ich glaube, Sie könnten selbst den Teufel katholisch machen?“

„Und ob wir das können!“, antwortete der Kardinal. „Wir könnten ihn von seinen zweitausendjährigen Sünden absolvieren und dann taufen. Überhaupt ist er ein dummer Kerl, der Teufel, denn er hat sich von der Kirche noch immer überlisten lassen!“

„Wissen Sie das ganz gewiss?“

„Das will ich wohl meinen. Zum Beispiel: Kennst du die Geschichte, die er mit einem Franziskaner gehabt hatte?“

„Nein, bitte, erzählen Sie!“

„Ein Franziskaner zankte sich einmal mit ihm wegen einer armen Seele. Der Teufel wollte sie unbedingt haben. Er hatte wohl auch nach dem Maß ihrer Sünden das Recht dazu. Der Mönch aber wollte sie Kraft der göttlichen Gnade für den Himmel zurechtstutzen. Da schlug der Satan vor, die Sache auszuwürfeln; wer die meisten Augen mit drei Würfeln wirft, soll die

Seele haben. Der Teufel warf zuerst, und weil er ein falscher Spieler ist, warf er achtzehn. Er lachte den Franziskaner aus. Doch dieser ließ sich nicht irremachen. Er nahm die Würfel und warf ... neunzehn! Und die Seele war sein."

„Herr, das ist ja nicht möglich!", rief ich. „Wie kann er mit drei Würfeln neunzehn werfen?"

„Ach, wer fragt nach der Möglichkeit? Er hat's jedenfalls getan; es war ein Wunder. Also komm morgen in mein Haus, lieber Sohn, wir wollen dann den Unterricht beginnen."

Er gab mir den Segen und wankte von dannen.

,Nein, Freund Rocco', dachte ich, ,eher bekomme ich dich, als du mich. Von dir lässt sich der Satan nicht überlisten.'

Ich hatte das Bedürfnis, zum Haus des Berliners zu gehen, der schwer verwundet war, als ich ihn zuletzt sah. Zu meiner Verwunderung sagte man mir, er sei ausgegangen und werde wohl erst spät in der Nacht zurückkehren. So musste ich den Gedanken aufgeben, heute noch zu erfahren, wie es ihm ergangen war und wie es dem Fräulein Luise geht, und ob er jetzt wohl wieder Hoffnung hat, sie für sich zu gewinnen. Es blieb mir leider keine Zeit, ihn zu suchen, denn diesen Abend noch hatte ich eine Zusammenkunft mit ... einigen dieser kleineren Geister verabredet, die als meine Diener die Welt durchstreifen.

Ich trat zu diesem Zweck, als es dunkelte ins Kolosseum, denn dies war der Ort, wohin ich sie bestellt hatte. Noch war die Stunde nicht da, aber ich liebe es, in der Stille des Abends auf den Trümmern einer großen Vorzeit meinen Gedanken über das Geschlecht der Sterblichen nachzuhängen. Wie erhaben sind diese majestätischen Trümmer in einem schönen Mondlicht! Ich stieg hinab in den mittleren Raum. Aus dem blauen, unbewölkten Himmel blickte der Mond durch die gebrochenen Wölbungen der Bogen herein, und die hohen überwachsenen Mauern der Ruine warfen geheimnisvolle Schatten über die Arena. Dunkle Gestalten schienen durch die verfallenen Gänge zu schweben, wenn ein leiser Wind das Gesträuch bewegte und ihre Schatten hin und her wankten. Wo sie schwebten, diese Schatten, da sah man einst ein fröhliches Volk; schöne Frauen, tapfere Männer und die feierliche Pracht der kriegerischen Kaiser. Geschlecht um Geschlecht ist hinübergegangen, aber diese Mauern überdauerten die Zeit, um durch ihre erhabenen Formen die Sterblichen daran zu erinnern, wie unendlich größer der Sinn jenes Volkes war, das einst ein Jahrtausend vor ihnen an dieser Stätte lebte.

Der Mond erleuchtete gerade den ganzen Innenraum der Ruine. Ich sah mich um. Da bemerkte ich, dass ich nicht allein war. Eine dunkle Gestalt saß da in einiger Entfernung auf dem Sockel einer umgestürzten Säule. Ich trat näher heran. – Es war Otto von Sarow. Ich war freudig erstaunt und warf mich schnell in die Gestalt des Herrn von Stobelberg. Ich sprach ihn an und zeigte mich erfreut, ihm zu begegnen. Er blickte auf. Der Mond beschien sein sehr hohlwangiges Gesicht. Verweinte Augen sahen mich wehmütig an. Er schwieg einen endlos langen Moment.

„Sie sind wohl doch noch nicht ganz geheilt, mein Lieber“, sagte ich. „Sie sehen recht elend aus.“

Er schüttelte nur leicht den Kopf, ohne etwas zu sagen. Was war dem armen Jungen nur geschehen? Hatte er wohl wieder einen Korb bekommen?

„Also, ein Mittel gibt es wohl, Sie vollständig zu heilen“, fuhr ich fort. „Jetzt steht Ihnen bei Fräulein Luise ja nichts mehr im Wege. Jetzt wird sie nicht mehr so spröde sein. Ich werde gern den Brautwerber für Sie machen, mein Freund. Luise wird Sie erhören. Und dann ziehen Sie mit ihr aus dieser unglücklichen Stadt und führen sie in das bunte Berlin. Wie werden sich die ästhetischen Damen im Salon Ihrer Tante wundern, wenn Sie Ihre Novelle auf diese Art schließen und die geheimnisvolle Erscheinung aus den Lamentationen persönlich vorstellen!“

Der Berliner sah mich nur an und schwieg.

„Oder ... haben Sie etwa den Versuch schon gemacht? Hat sie Sie tatsächlich abgewiesen?“

„Sie ist tot“, sagte er leise.

„Was?“

„Tot!“

„Aber, nein...!“

„Doch, es ist wahr.“

„Wie ist das möglich! So plötzlich …?“

„Der Gram hat ihr das Herz gebrochen. Heute hat man sie begraben.“

Er stand auf, drückte mir die Hand, und einsam ging er durch die Ruinen des Kolosseums, bis er meinen Blicken entschwand. Ich habe nie wieder etwas von ihm gehört.

ENDE

*Verschuldete Pein
gedenket stets Dein
und tut irgendwann
ein Gleiches Dir an.*

288 Seiten
illustriert
€ 11,95

Als Junge war der alte Totengräber ein fanatischer Schmetterlingssamm-
ler. Er jagte die Tiere, um sie zu präparieren. Immer wieder erschien ihm
ein Falter mit goldenen Flügelrändern, die im Dunkeln hell leuchteten. Die
vergebliche Jagd nach diesem Schmetterling trieb den Jungen an den
Rand des Wahnsinns. – Als er nach einem entsetzlichen Unfall das Bewusstsein wiedererlangte, hatte sein Körper keine menschliche Gestalt
mehr. Er erkannte, dass niemand anders als er selbst es gewesen war,
den er verfolgt hatte und vor dem er nun fliehen musste. Tröstlich war,
dass er jetzt fliegen konnte mit seinen goldumrandeten Flügeln …

ÜBERALL IM BUCHHANDEL
ISBN 978-3-945976-01-2
auch als eBook erhältlich